T0244070

La ferocidad

NICOLA LAGIOIA
La ferocidad

Traducción de Xavier González Rovira

RANDOM HOUSE

Papel certificado por el Forest Stewardship Council®

Título original: *La ferocia*

Primera edición: junio de 2024

© 2014, 2016, Giulio Einaudi Editore SpA
© 2024, Penguin Random House Grupo Editorial, S.A.U.
Travessera de Gràcia, 47-49. 08021 Barcelona
© 2024, Xavier González Rovira, por la traducción

Printed in Spain – Impreso en España

ISBN: 978-84-397-4331-6
Depósito legal: B-7.026-2024

Compuesto en La Nueva Edimac, S.L.
Impreso en Liberdúplex (Sant Llorenç d'Hortons, Barcelona)

RH43316

ÍNDICE

Hacer predicciones es muy difícil, especialmente sobre el futuro.

NIELS BOHR

PRIMERA PARTE

LOS QUE SABEN CALLAN, LOS QUE HABLAN NO SABEN

Una pálida luna creciente iluminaba la carretera nacional a las dos de la madrugada. La carretera unía la provincia de Tarento con Bari, y a esas horas solía estar desierta. Discurriendo hacia el norte, la calzada entraba y salía por un eje imaginario, dejando atrás olivares y viñedos y pequeñas hileras de naves industriales semejantes a hangares. En el kilómetro treinta y ocho, aparecía una estación de servicio. No había otra hasta bastantes kilómetros más adelante y, además del autoservicio, hacía poco que habían entrado en funcionamiento máquinas expendedoras de café y de comida preparada. Para señalar la novedad, el propietario había hecho instalar un *sky dancer* en el tejado. Uno de esos muñecos hinchables de cinco metros de altura, alimentado por un potente ventilador.

Ese agente comercial hinchable se balanceaba en el vacío y seguiría haciéndolo hasta que llegaran las primeras luces de la mañana. Más que otra cosa, parecía un fantasma inquieto.

Una vez superada la extraña aparición, el paisaje continuaba llano y uniforme durante kilómetros. Era casi como avanzar en el desierto. Luego, a lo lejos, una diadema chisporroteante indicó la ciudad. Al otro lado del quitamiedos había campos sin cultivar, árboles frutales y algunas casas ocultas tras los setos. Entre esos espacios se movían animales nocturnos.

Los cárabos dibujaban en el aire largas líneas oblicuas. Planeaban hasta batir las alas a unos palmos del suelo, de modo que los insectos, asustados por la tormenta de arbustos y hojas muertas, salían al descubierto, decretando su propio fin. Un grillo desalineó sus antenas sobre una hoja de jazmín. E intangible, por doquier, parecida a una gran ola suspendida en el vacío, una flota de polillas se movía en la luz polarizada de la bóveda celeste.

Idénticas a sí mismas desde hacía millones de años, las pequeñas criaturas de alas peludas eran una sola según la fórmula que garantizaba la estabilidad de su vuelo. Pegadas al hilo invisible de la luna, patrullaban el territorio por miles, balanceándose de un lado a otro para evitar los ataques de las aves rapaces. Luego, como ocurría cada noche desde hacía unos veinte años, unos cientos de unidades rompieron el contacto con el cielo. Creyendo que seguían viéndoselas con la luna, enfilaron hacia los focos de un pequeño grupo de casas. A medida que se acercaban a las luces artificiales, la inclinación dorada de su vuelo se rompía. El movimiento se convertía en una obsesiva danza circular que solo la muerte podía interrumpir.

Un montón negruzco de insectos yacía en el porche de la primera de estas viviendas.

Era una casa con piscina, una construcción de dos plantas de líneas regulares. Todas las noches, antes de acostarse, los propietarios dejaban encendidas todas las luces del exterior. Estaban convencidos de que un jardín iluminado disuadiría a los ladrones. Apliques de pared en el porche. Grandes focos ovalados de termoplástico al pie de los rosales. Una serie de discretos difusores verticales señalaba el camino hacia la piscina.

Esto mantenía el ciclo de las polillas en un estado de inmanencia: cadáveres en el porche, agonizando sobre el plástico caliente, volando entre los rosales. A pocos metros de distancia, como había ocurrido la noche anterior y también la anterior, un joven gato callejero se movía cautamente por el césped. Confiaba en otra bolsa de basura olvidada en el exterior. Bajo los rododendros, un áspid tensaba las mandíbulas en un intento de tragarse un ratón aún vivo.

La pesada barrera de hojas que separaba la vivienda de su gemela empezó a temblar. El gato tensó las orejas, levantó una pata. Las polillas proseguían imperturbables su danza en el aire primaveral.

Destacándose sobre ese fondo de la impalpable nube gris verdosa fue como la muchacha entró en el jardín. Estaba desnuda, y pálida, y cubierta de sangre. Tenía las uñas de los pies pintadas de rojo, hermosos tobillos de los que partían un par de piernas esbeltas, pero no flacas. Suaves caderas. Pechos firmes y generosos. Daba un paso tras otro; lenta, tambaleante, partiendo el césped por la mitad.

No pasaba mucho de los treinta, si bien no podía tener menos de veinticinco años, vista la intangible relajación de los tejidos que transforma la agilidad de algunas adolescentes en algo perfecto. La tez clara acentuaba los arañazos a lo largo de las piernas, mientras que los hematomas de las caderas, en los brazos y en el trasero, semejantes a manchas de Rorschach, parecían contar toda una vida interior a través de la superficie. El rostro tumefacto, los labios surcados por un profundo corte vertical.

Era normal que los animales se hubieran alarmado. Mucho más extraño era que no se hubieran mantenido así. El áspid volvió a su presa. Los grillos volvieron a cantar. La chica había dejado de preocuparlos. Más que su inocuidad, parecían percibir el deslizamiento terminal hacia ese punto en que se derrumban las diferencias entre especies. La chica pisaba la hierba rodeada por esa suerte de atávica indiferencia. La recubrió el manto reluciente con que la piscina se reflejaba en las paredes de la casa. Pasó por delante de la bici abandonada en el sendero de entrada. Luego, del mismo modo como había aparecido en aquel pequeño rincón del mundo, se marchó. Cruzó el seto por el lado opuesto. Empezó a perderse entre la maleza.

Ahora caminaba por los campos bajo la luz de la luna. Su mirada inexpresiva seguía clavada en el carrete que la arrastraba por una ruta idéntica y opuesta a la de las polillas: un paso tras otro, haciéndose daño cuando los pies aplastaban ramas y piedras afiladas. Así fue durante minutos.

La maleza se convirtió en una extensión harinosa. Al cabo de unos cien metros, la pista se estrechó. Una capa negra, mucho más compacta. Si la comunicación con sus centros nerviosos hubiera sido completa, la chica habría notado el endurecimiento de sus pantorrillas a medida que ascendía, mientras el viento le azotaba la piel. Llegó a la cima y ni siquiera sintió la fría potencia metálica de 500 vatios que volvió a revelar la curva de su talle.

Cinco minutos después caminaba sobre el asfalto, por la mediana de la nacional. Las farolas quedaban a su espalda. Si hubiera levantado la mirada, habría visto más allá de las curvas el letrero de la estación de servicio, el patético perfil del *sky dancer* lanzado hacia arriba. Siguió la calzada, que doblaba hacia la derecha. La carretera volvió a ser recta. Fue de esta forma –una pálida figura equidistante entre las líneas de los quitamiedos– como debió de reflejarse en las pupilas del animal.

Una gigantesca rata de alcantarilla había llegado hasta ahí arriba y ahora la observaba.

Tenía el pelaje hirsuto, la cabeza cuadrada. Sus incisivos amarillentos la obligaban a mantener la boca entreabierta. Pesaba más de cuatro kilos y no procedía de los campos circundantes, sino de los pútridos colectores pluviales de los que partían los túneles que llevaban hasta las primeras zonas urbanas. La chica que se acercaba no le dio miedo. Al contrario, la miró con curiosidad, tendiendo los bigotes sobre su hocico en espiral. Casi se diría que la apuntaba con ellos.

Entonces el animal notó una vibración en el asfalto y se paralizó. El silencio se llenó con el estruendo de un motor cada vez más cercano. Dos faros blancos iluminaron el perfil femenino y, al final, los ojos de la chica se reflejaron en la mirada consternada de otro ser humano.

Bajo el sofocante manto de la noche, siguió relatando la historia del accidente.

—Un puto desastre. Tú estás trabajando, pero ese día Jesucristo decide cerrarte los ojos. Cuando te abandona, te abandona. Lo que quiero deciros es que la cosa empezó a torcerse esa misma mañana.

Había contado esta historia en primavera, y también antes, cuando la vieja instalación monotubo de calefacción apenas entibiaba el ambiente del centro recreativo, por lo que él, Orazio Basile, de cincuenta y seis años, extransportista con invalidez permanente, se veía obligado a sorber la nariz continuamente. Permanecía encorvado en su silla, con las muletas cruzadas contra la tragaperras de póquer, la mirada sombría, disgustada. Y el público —trabajadores en paro, obreros metalúrgicos con la pleura destrozada— le escuchaba cada vez sin distraerse, aunque la historia no cambiaba ni una coma.

El centro recreativo se encontraba en el casco antiguo de Tarento, un islote con forma de judía unido al resto de la ciudad por los brazos de un puente giratorio. Un lugar atractivo para quienes no vivían en él. Edificios con las fachadas carcomidas por el tiempo y la incuria, patios vacíos infestados de maleza. Más allá de la puerta del lugar, había una explanada donde pernoctaban los camiones articulados. Entre un vehículo y otro se veían los barcos de pesca en las aguas del muelle desierto. Luego, grandes lenguas rojas y bífidas. El mar surcado por los reflejos de la planta petroquímica.

—Esa ciudad de mierda.

Orazio lo dijo abriendo los ojos como platos. Utilizó el dialecto y no se refería a Tarento. Los demás aguzaron las orejas antes de que abriera la boca. Con el tiempo habían aprendido que el metrónomo precedía al inicio de la música; la pernera del pantalón cosida a la altura de la rodilla empezaba a cobrar vida. El muñón subía y bajaba, cada vez más rápido y nervioso.

Aquella mañana, una neblina azul cubría los campos entre Incisa y Montevarchi. Oracio llevaba horas conduciendo la furgoneta por la A1. El pasajero no paraba de hablar. Orazio se arrepentía de haber aceptado llevarlo.

Había salido de Tarento la tarde anterior y había pasado la noche en un área de servicio de la zona del Mugello, arrullado por el aire acondicionado de los camiones cargados de víveres. A las ocho y media estaba en las afueras de Génova. Deambuló por la zona comercial, entre calles marcadas por puntos cardinales inverosímiles. Electrónica. Juguetes. Hogar. Iba pasando por delante de los almacenes de los mayoristas. Ropa. Allí aminoró la velocidad. Rebuscó en sus bolsillos hasta encontrar el papel arrugado. Había estado en ese lugar meses atrás, pero tenía miedo de equivocarse. Cuando comprobó que las letras del letrero coincidían con lo que ponía en el papel, se detuvo.

Dejó que los empleados descargaran la mercancía. Quinientos pares de vaqueros fabricados en Apulia y destinados a los minoristas del noroeste. Mientras los hombres retiraban las prendas, el propietario salió por la puerta acristalada de una pequeña oficina.

—Bienvenido de nuevo —dijo el mayorista sonriendo.

Un hombre de unos sesenta años, con chaleco y un traje a rayas raído, que más que sugerir la racanería de su dueño parecía delatar su carácter supersticioso. Los negocios debían de irle bien desde hacía años, tantos como habían tardado los puños de la americana en desgastársele de ese modo.

—Vamos a tomar un café.

El mayorista tenía el aspecto de quien está convencido de que no ha cruzado aún la frontera que divide en dos la esperanza de vida, ni de correr ese riesgo en el futuro. De allí a Tarento habría más de doce horas de conducción, cada minuto era precioso. Orazio estaba buscando una excusa para marcharse cuando el hombre le puso la mano sobre el hombro. Él se dejó empujar. Ese había sido su primer error.

Al volver del bar, siguió al propietario hasta la oficina para firmar los albaranes de entrega. Fue entonces cuando vio al representante de teléfonos móviles. El chico estaba sentado detrás del escritorio, leyendo el periódico.

—El hijo de un viejo amigo mío —dijo el propietario.

El chico se levantó y se acercó para presentarse. Traje entallado, zapatos negros. Mientras el mayorista se tomaba las cosas con calma, el treintañero era incapaz de mantener los pies quietos ni tres segundos. Sin mover la cabeza, Orazio miró el cielo lívido a través de la ventanilla. No veía la hora de marcharse. Los sábados por la noche, cuando se tomaba un par de copas en el centro recreativo de Tarento, sentía la misma impaciencia y acababa discutiendo con cualquiera.

—Prácticamente se salvó de milagro —dijo el mayorista.

La tarde anterior, el representante de móviles se había estrellado con su Alfa 159 a la altura de Savona. Una curva mal tomada. Estaba buscando a alguien que lo llevara a casa.

—Él también es de Apulia —añadió el mayorista.

Orazio alzó la mirada.

—¿De dónde? —preguntó.

El chico se lo dijo. El mayorista asintió satisfecho. Accidente llama a accidente, pensó Orazio. Se dijo que al menos no tendría que desviarse para acompañarlo. Lo dejaría poco después del peaje y él proseguiría hasta Tarento. Era más fácil decir sí que decir no. Sin embargo, podía negarse. El problema seguía siendo el mayorista: la burbuja de alegría en la que flotaba era una forma de dar por sentado, incluso imponer, el buen entendimiento entre Orazio y el representante. Una jovialidad capaz de demostrar lo que en realidad era —desconfianza y arrogancia— si la burbuja llegaba a estallar. Pero la burbuja no estalló, de manera que el mayorista, como la última vez, no pidió que contaran las prendas antes de que las apilaran en el almacén junto con otras idénticas. Todas eran vaqueros de la misma marca. Una actitud que el transportista había tenido en cuenta para este segundo viaje. Así que no tuvo otro remedio que llevarse al joven.

El segundo error fue dejarle decir todas aquellas tonterías.

El pasajero se había comportado hasta que pararon para tomar un café en el área de servicio de Sestri. Lo que significaba que no había parado de hablar durante los novecientos kilómetros restantes.

—Primero están las vistas de la Riviera de Poniente. Imagino que las conoces. Pinos y arboledas de cítricos a dos pasos del mar. Acto seguido, ¡pam!, ya me ves ahí, sentado en el asfalto sin un solo rasguño. Dios santo, no te puedes hacer una idea. Yo tampoco me lo podía creer. Era un 159 nuevo de fábrica. Antes tenía un Variant.

Se echó a reír sin motivo.

—Un Variant —repitió.

La acelerada precisión de alguien que seguirá teniendo treinta años cuando haya superado los cincuenta. Además, era originario de la capital de la región. Hablaba con ligereza del peligro que había sorteado… Cuando Su garra te rozaba sin darte más que un susto, tenías que callarte la boca y seguir adelante.

Orazio siguió conduciendo, fingiendo que no le prestaba atención. Sin embargo, se vio obligado a reconocer su innegable presencia cuando, a la altura de Caianello, no pudo entrar en la estación de servicio. Si el representante no hubiera estado en el coche, habría visitado al perista para venderle los cuarenta pares de vaqueros que había hurtado de la carga.

Pensaba juntar parte de ese dinero con lo que le quedara después de pagar el alquiler. Le vendría bien cuando discutiera con alguien en el centro recreativo. Como otras veces, se marcharía antes para no llegar a las manos. Cruzaría la zona periférica de Tarento hasta que las luces de la planta petroquímica dejaran de iluminar los límites de la ciudad. Un enjambre de chispas brillaría en la oscuridad al final de una calle sin asfaltar. Las putas. Iría a su encuentro, agradeciendo la suerte que dejaba por las calles a las mujeres que no tenía en casa.

En lugar de parar en la gasolinera, tuvo que seguir recto, dejando que el representante tomara la iniciativa un poco más adelante:

—¿Qué te parece si paramos para mear? Te invito a un café.

Volvieron a ponerse en marcha tras una breve parada. Orazio estaba nervioso. No dejaba de darle vueltas al dinero que acababa de perder. Condujo inmerso en sus cuentas mientras el crepúsculo borraba Irpinia y la noche negra y metálica de finales de abril descendía sobre las llanuras de Apulia.

Cerca de Candela, a la luz de la luna vieron las enormes torres de energía eólica alineadas en los campos. Daban la impresión de un paisaje que hubiera estado atrapado demasiado tiempo en la imaginación. Automóviles en vez de caballos. Postes mecánicos en vez de molinos de viento. Al cabo de diez minutos, las palas eólicas desaparecieron y el horizonte se volvió llano.

El chico tendría que haberse bajado en el peaje de Bari Sud. Sin embargo, poco antes de llegar allí dijo:

—Estoy en deuda contigo. Por favor, deja que te invite a cenar.

Le habló de un restaurante en el centro. Un lugar elegante, dijo. Recitó la carta de platos y de vinos y cuando Oracio detuvo el vehículo aún no había terminado. Orazio asintió.

Fue su tercer error. No fue la gula, sino el cansancio lo que lo convenció de que la invitación del chico compensaría la pérdida, al menos en parte.

Pasaron por el peaje de Bari Sud y se dirigieron hacia la costa.

Quídde paíse de mmerd'!
En este punto de la historia, Orazio ya solía estar de pie. Se había levantado aferrándose al reposabrazos de la silla mientras con la otra mano agarraba sus muletas. Debido al esfuerzo lo dominaba una cólera que descargaba contra la barra y las botellas de la estantería, así como contra los mismos oyentes, que asentían completamente indignados, convencidos de que su ciudad era una sucesión interminable de desastres e infamias de todo tipo. Pero Bari era aún peor.

Cualquier individuo en su sano juicio se habría sentido desconcertado al entrar en Tarento por la nacional del Jónico. La promesa de tranquilidad de la costa se estrellaba contra las torres de la fábrica de cemento, contra las columnas de fraccionamiento de la refinería, los trenes de laminación, los parques mineros del gigantesco complejo industrial que arañaba la ciudad. De vez en cuando, un capataz desaparecía en una ambulancia después de que una rectificadora se pasara de vueltas. Un obrero acababa con el cúbito reventado por la explosión de una muela. Las máquinas estaban organizadas de tal manera que perjudicaban a los hombres según una ecuación de coste-beneficio que otros hombres ideaban en oficinas donde optimizaban las perversiones más descabelladas. Los consejos regionales los ratificaban y los tribunales los absolvían en medio de batallas de las que se nutría la prensa local. Así pues, Tarento era una ciudad de altos hornos. Pero Bari era una ciudad de oficinas, de tribunales, de periodistas y clubes deportivos. En Tarento, un carcinoma urotelial clasificado como «altamente improbable en un adolescente» podía relacionarse con la presencia de dioxinas equivalente al noventa por ciento de toda la producción nacional. Pero en Bari, un domingo por la tarde, un viejo juez de un tribunal de apelación podía estar sentado en el sofá del salón mientras observaba a su nieta haciendo los movimientos del hula-hoop con un par de zapatillas sucias como única indumentaria. El episodio lo había denunciado un trabajador de la fábrica de cemento cuya hija trabajaba de asistenta en la capital de la región.

Por eso no tendría que haber aceptado la invitación del representante. ¿Qué importaba si a raíz de ese asunto había conseguido una casa en propiedad? Cuatro habitaciones recién pintadas en un edificio del Tarento elegante.

En Bari, en cuanto terminaron de cenar, abandonó al representante a su suerte.

Aún no había tenido tiempo de disfrutar de la soledad cuando ya se había perdido. Giró a la izquierda, a la derecha y de nuevo a la derecha para encontrarse otra vez bajo la luz intermitente del búho de la óptica. Despotricó cambiando de sentido. Una valla publicitaria de desplazamiento vertical pasó del luminoso anuncio de una pasta de dientes al anuncio aterciopelado de una tienda de ropa. En ese momento Orazio pensó en los vaqueros que seguían escondidos en la furgoneta.

Después de dar vueltas en vano durante media hora, enfiló el puente que separaba el centro de la zona residencial. Diez minutos después vio la torre de Ikea y se tranquilizó. Se dio cuenta de que estaba en la nacional antes de ver el muro de cemento que separaba los dos sentidos de la marcha.

Un tiempo después solo haciendo un terrible esfuerzo podía levantar la muleta hasta la altura de los hombros. Con su mirada trastornada señalaba el negro espacio más allá de los rompeolas, como queriendo decir que ni siquiera un Hombre que hubiera avanzado caminando sobre las aguas habría podido evitar su accidente. Los errores se habían ido acumulando en el vacío espacio primordial donde se escriben las biografías antes de que la tinta tenue de los acontecimientos las active y vuelva comprensibles.

Recorrió la desierta carretera nacional pisando el acelerador. La calzada ascendía y las cepas se extendían hasta donde alcanzaba la vista. Faltaba un par de días para la luna llena, que esa noche daba la ilusión de poder crecer indefinidamente. Aceleró en la curva, alterando la relación entre el paso de los segundos y los reflectantes del asfalto. A lo lejos, más allá de una segunda curva, vio al hombre hinchable. Se contoneaba sobre el tejado de un taller. El baile tenía algo de ridículo. Orazio frunció el ceño sin perder de vista la curva de la carretera: la ausencia de luces en el tramo visible equivalía a la falta de peligros en el ángulo muerto. Así habría podido ver un coche con las luces de posición apagadas. Pero lo que ocurrió fue imposible evitarlo.

Una mujer, o tal vez una chica. Caminaba por el centro de la calzada, completamente desnuda y cubierta de sangre.

Orazio dio un violento volantazo a la derecha. Fue un error, ya que la furgoneta salió disparada en dirección opuesta. Dejó atrás a la chica. Chocó contra el guardarraíl. La furgoneta patinó hasta estrellarse contra el lado opuesto de la barrera. Derrapó, volcó y siguió deslizándose sobre el lateral, de modo que pudo ver con claridad la pared de hierro que se le venía encima.

Se despertó en el Policlínico de Bari, una habitación de paredes desnudas donde un anciano con el fémur roto no paraba de quejarse.

Por la ventana entraban indicios de que era una mañana soleada. Aturdido por los analgésicos, Orazio estiró un brazo hacia la mesita de noche. Se tocó el otro brazo. Cogió la botella. El largo sorbo de agua lo reanimó; sus pensamientos se alinearon en un puente de luz, pero luego se desplomaron y volvieron a ordenarse de un modo diferente.

Había tenido un accidente, pero estaba vivo. Un accidente grave. Se acordó de la autopista, también del representante. La furgoneta debía de haber acabado destrozada. Luego, recordó algo más. Una canica opalescente brilló entre los toscos engranajes con que estaba reconstruyendo lo ocurrido. Era extraño, pues aquellos formaban parte de un mecanismo de encaje, mientras que la canica flotaba en el vacío. Volvió a brillar y desapareció. La chica. Debía de tratarse de un fantasma, una forma ficticia surgida de los abismos de la conciencia. Sintió un picor. El paciente de la cama de al lado no paraba de lloriquear. Se rascó la cara. Se rascó la mano izquierda con la derecha. Más picor. De un brinco, consiguió sentarse. Notó un tirón, estiró el brazo hacia la pierna derecha.

Dos enfermeras entraron corriendo atraídas por los gritos.

A la mañana siguiente, mientras estaba tumbado en la cama con el drenaje en el muñón, apareció el médico jefe acompañado de una enfermera. A partir de ese momento, Orazio empezó a creer que la chica era real.

El médico era un anciano alto y palidísimo, con el pelo blanco y esponjoso. Se inclinó sobre él. Se quedó mirándolo más de lo necesario. Sonreía. Regresó a la frialdad que debía de serle consustancial y se dirigió a la enfermera: había que lavar el muñón utilizando un jabón suave, le dijo. Un antitranspirante contrarrestaría la excesiva sudoración, mientras que habría que aplicarle cremas para bajar la inflamación.

—Una pomada a base de corticoides —especificó de un modo que para el paciente sonara como una caricia y para la enfermera como una orden.

Hospitales públicos. Orazio conocía esos lugares. Una vez operaron a una prima de apendicitis y después de la operación la tuvieron cinco horas en el pasillo. El médico jefe era una placa en una puerta tras la cual nunca había nadie. Por mucho que el viejo lo mirara protegido por sus diplomas *cum laude*, Orazio reconoció en sus ojos un extraño deseo de complacer.

Y así permaneció inmóvil en la cama. Miró fijamente al médico jefe, de modo que las pupilas de este siguieran las suyas mientras apuntaban a la otra cama.

−¿No podéis hacer nada para que se calle de una puta vez?

Al cabo de dos horas lo habían trasladado. Una habitación individual con aseo privado. Era más bien una estancia con vistas a los eucaliptos del patio. Tal vez un archivo que habían vaciado en el último momento, y habían llenado con una cama, una mesita de noche y un mueble para la tele. Ahora estos desprendían el aura triste de los objetos fuera de lugar.

Tras acostarlo en la cama, desaparecieron durante unas horas. Por la tarde llegó una enfermera que sostenía una bandeja con café y zumo de pomelo. Él la miró frunciendo el ceño. Apartó la bandeja para poder ver lo que tenía delante.

−Vaya mierda de pantalla.

Pidió que le cambiaran el televisor. Al día siguiente, dos mozos le trajeron uno de treinta y dos pulgadas recién salido del centro comercial.

Cuando el médico jefe pasó de nuevo a visitarlo, Orazio pidió que la enfermera se quedara al otro lado de la puerta. Así se hizo.

Al día siguiente, el médico jefe regresó acompañado por dos hombres con traje oscuro. Bajo la americana del primero, observó que asomaba un dobladillo que parecía ser de una bata. El segundo era un cincuentón con el pelo engominado. Lucía una llamativa corbata a lunares, al sonreír mostraba sus dientes anchos. Se presentó:

−Soy el aparejador Ranieri.

Empezaron a hablar. Al primer hombre le pareció necesario bajar las persianas para atenuar la luz.

A esas alturas ya nadie mencionaba el estado de embriaguez. En el centro recreativo ya no hacían bromas sobre si el accidente había sido mortal sobre todo para la memoria. Al principio sí que habían bromeado con eso. Él contaba la historia y los demás negaban con la cabeza. Uno de ellos se hizo con un ejemplar del periódico del día en que debía de haber aparecido la noticia.

—¿Y bien?

Golpeó la barra con el periódico enrollado. Allí estaban, los sucesos ocurridos aquel día. Un parado se había prendido fuego frente a la Apple Store de corso Vittorio Emanuele. La hija de un conocido constructor se había suicidado saltando desde la última planta de un aparcamiento en espiral. También había ocurrido un accidente de tráfico, pero en la Adriática. No había ninguna chica en la carretera nacional 100 a las dos de la mañana: ni desnuda, ni vestida, ni ensangrentada, nada de nada.

—A ver, Ora, ¿nos vas a contar lo que pasó realmente o no?

Sin embargo, al cabo de unas semanas, Orazio se había mudado. Del apartamento de dos habitaciones del casco antiguo se había ido a vivir a un amplio apartamento que daba a via d'Aquino. El problema era que no había ascensor. Por absurdo que fuera, se dio cuenta de ello la segunda vez que tuvo que subir las escaleras, ayudándose con las muletas. Esto no le gustó. Tres meses más tarde, un equipo de obreros trabajaba en los andamios montados en un lado del edificio.

Para quien no le bastara con el muñón de la pierna, esto fue más que suficiente.

Pero Orazio no había dejado de pensar en la chica.

Era a principios de mayo, su estancia en el hospital tocaba a su fin. Uno tras otro, le habían ido retirando los tubos y disminuyendo la medicación. Le habían dado un par de muletas.

Tras la entrevista con el médico jefe, se dio cuenta de que no lo había soñado. Había transformado a la chica de mero fantasma en la causa del accidente. Solo que ahora la había colocado en un papel secundario que también le restaba importancia. Ella era la causa del accidente tanto como podrían serlo un árbol o una mancha de aceite, como si un árbol y una mancha de aceite fueran pasos lógicos que condujeran a la palabra «amputación».

De vez en cuando, los juramentos resonaban por el pasillo. Entonces llegaba el ortopedista.

No era solo el hecho de que percibiera mentalmente la presencia de la pierna, sino que se encontraba *moviendo* de verdad los dedos del pie derecho, sentía *picores* en el tobillo derecho y *dolor*, penetrantes punzadas entre la rótula y la tibia, en la rodilla que ya no tenía. Apretaba los dientes y tenía sudores fríos.

Luego, una noche, encontró a la chica de forma definitiva.

El hospital estaba sumido en el silencio. A la habitación no llegaban las quejas de los pacientes. Tampoco llegaba el bullicio del personal de guardia. Se había quedado dormido viendo la televisión. Se despertó sobresaltado con el anuncio de un joyero que compraba oro a veinticinco euros el gramo. Dos jóvenes hurgaban en la boca de un cadáver y en la siguiente escena presentaban los dientes de oro al joyero. Apagó el televisor, se dio la vuelta. Debió de quedarse dormido de nuevo en el instante en que sintió la necesidad de ir al lavabo. Se levantó de la cama sin pensar, como si pudiera sostenerse sobre las dos piernas, y se cayó de bruces al suelo.

Cabreado, abatido, notó el frío en la frente.

Intentó incorporarse apoyándose en las manos. Le costaba respirar. La habitación estaba inmersa en la quietud. La sombra de los eucaliptos se proyectaba en el techo de modo que las ramas parecían algas, ramificaciones de corales meciéndose en la corriente. Sus ojos se acostumbraron a la oscuridad. Le pareció que una tenue luminiscencia surcaba el suelo –la catálisis de las luciérnagas y las anémonas marinas–, el resplandor de las primeras noches de mayo que la ausencia de luz artificial iba revelando poco a poco. Pero la luz que le dejaría con la boca abierta estaba enfrente.

Al otro lado de la puerta abierta del lavabo, la luna se reflejaba en el espejo de aumento fijado a la pared. En el cielo estaba reducida a la mitad, pero en la concavidad de la superficie reflectante seguía siendo luna llena: un charco plateado procedente del pasado, en cuyo fondo le pareció que volvía a verla. La pequeña mancha opaca fue tomando forma a medida que se acercaba. Orazio comprendió que era hermosa. Comprendió que estaba agonizando. Comprendió, estremeciéndose, que nadie podría mantenerse en pie de ese modo por la simple fuerza de voluntad, de modo que lo que la hacía avanzar paso a paso tenía que ser algo más. El mismo movimiento, más que aquello de lo que este derivaba materialmente. Una arena movediza, una inflamación muerta bajo la lluvia estival.

Ahora comprendía que no había dado un volantazo para evitarla, sino para salvarse él, porque todo en ella era magnetismo y ausencia de voluntad, la hipnótica llamada por la que todo se vuelve idéntico y perfecto, y nosotros dejamos de existir.

Sentado en el sofá con las piernas cruzadas, dobló el brazo apoyado en el respaldo para mantener la hermosa esfera del reloj de oro ante sus ojos. Eran las tres menos cuarto de la madrugada y Vittorio esperaba la llamada telefónica con la que sabría si su hija seguía o no con vida.

Respiraba lentamente en el estudio de la villa que había comprado tras el nacimiento de su hijo mayor. El primero en vivir allí había sido un terrateniente durante el reinado de la dinastía borbónica. Luego la ocupó el *podestá* local, a continuación un viejo senador que sabiamente dejó de considerarla su hogar cuando, al notar en la duermevela la atracción del hilo que lo unía a Roma, noche tras noche fue atribuyendo una sílaba a cada sacudida del hilo, de manera que podía leer con antelación las crónicas judiciales del año siguiente. Fue entonces cuando Vittorio Salvemini hizo el primer mal negocio de su vida, al comprar el inmueble a precio de mercado.

Era 1971, y los empleados del vecino Club de Tenis Bari Sud lo vieron llegar una mañana, escoltado por un equipo de hombres reducido a lo esencial. Alto y bronceado, con un traje de lino hecho a medida, sus labios esbozaban una mueca de satisfacción que ningún sastre habría atribuido a una tradición con más de diez años. Los otros eran demasiado rudos incluso para las zonas del extrarradio más apartado, cinco hombres bajos y musculosos para los que incluso hablar el dialecto era un logro. Cruzaron la calle adelantándose unos a otros con gritos ásperos, olisqueando el aire como si fueran la escolta de un rey bárbaro que acabara de superar la barrera de los Alpes.

Aquí viene otro que no sabe cuál es su sitio, pensó el conserje del club de tenis, mientras fijaba de nuevo la vista en las líneas de yeso que no había dejado de trazar.

El senador casi había convertido la villa en una vivienda moderna tras la fachada modernista. Vittorio tenía otra idea en mente. Mandó apilar los muebles en el jardín. Ordenó arrancar los mármoles, bajo los que reaparecieron las baldosas de terrazo. Cada vez que percibía un sonido sordo al golpear las paredes con los nudillos, se le iluminaba la cara. Fuera los tabiques, fuera los falsos techos. Los obreros derribaban una pared tras otra.

Los hombres, según se supo después, procedían del pueblo natal de Vittorio. Habrían sido jornaleros normales si los tiempos no los hubieran dejado sin trabajo antes de que lo aprendieran de sus padres. Más que parados eran sus siervos, seres sin pasado, fieles y dispuestos a todo. Arrastraban sacos llenos de escombros sin concederse un descanso, y habrían intentado darle la vuelta a una casa con sus propias manos si Vittorio se lo hubiera pedido, porque él, y no ellos —al menos eso creían—, conocía con exactitud cuándo traspasarían la línea en que se estrellarían contra el suelo para no levantarse nunca más.

Vittorio quería que terminaran los trabajos en pocas semanas. Para ganar tiempo, una mañana les permitió quemar en la parte trasera del jardín los muebles que no pensaba reutilizar. Al cabo de media hora, un obrero se le acercó jadeando. Gesticulaba. Su rostro expresaba incredulidad. Vittorio lo siguió. Al otro lado del límite entre las propiedades, unos cuantos hombres hacían aspavientos ofendidos. Dos de ellos llevaban polos y pantalones cortos. Señalaban la columna negra que se elevaba hacia el cielo.

Después de pasar las pistas de tenis, el humo había llegado al cenador, donde unas señoras en bañador habían abandonado precipitadamente las tumbonas y ahora discutían con los brazos en jarras.

—Lo siento mucho. Por favor, les ruego que me disculpen —dijo, al tiempo que hacía una reverencia exagerada y sonreía.

A una parte de su ser le complacía la idea de haberse instalado en un barrio donde, aunque fuera para recriminarle, podía llamar la atención de gente semejante, hombres que incluso en ropa interior evocaban la imagen de la placa de oro colocada en la puerta de un bufete que no habían necesitado tomar por asalto. Sus rostros lucían una forma especial de relajación, el aparente estado de idiotez propio de los privilegiados en el que Vittorio encontraba otra forma de inteligencia. Ni rastro de la lámina metálica que ennegrece bajo la piel a causa de la fricción con el mundo. Quizá sus abuelos habían sentido miedo en su vida, y sus padres solo la volátil aprensión que llenaba de sabiduría a los soberanos de antaño.

Pero una parte de esa parte de su ser lo habría llevado a arrodillarse a sus pies, a besar la huella de las pelotas que llevaban décadas lanzando sobre la tierra roja.

—Mis trabajadores habrán pensado que el viento soplaría todo el día en dirección a la carretera —mintió, pues habría sido peor admitir que no se le había ocurrido que a esas horas hubiera hombres ocupados en otra cosa que no fuera trabajar, y mujeres fuera de casa por motivos que no fuesen el adulterio.

»Por lo que veo hay un bar —señaló el cenador—, y me doy cuenta de que también les he molestado a ellos. Así que…

—Tiene usted una gran capacidad de observación.

Nadie rio la gracia. Quien había hablado era un hombre de unos cincuenta años, no demasiado alto, vestido de punta en blanco a las diez de la mañana. Chaqueta y pantalón eran el facsímil de la elegancia, estaban deliberadamente a un paso por detrás de la verdadera elegancia, pero solo para mostrarle el camino. Vittorio pensó que era el director del club. No se desanimó.

—Así que, para que me perdonen… —continuó, y mientras hablaba sintió una punzada de esperanza en el pecho—, me gustaría invitarlos a todos ustedes a una buena ronda de champán.

Dos hombres giraron al instante sobre sus talones. Se alejaron hacia las pistas de tenis como si la propuesta hubiera disipado las dudas que aún albergaban sobre el desconocido.

—¿Señor...? —El director le dedicó la mejor de sus sonrisas.

Vittorio pronunció su nombre y apellido con la esperanza de que el hombre fuera capaz de vislumbrarlos desde el futuro, con los caracteres tipográficos cada vez más grandes en perspectiva, como los veía él los días en que la inspiración (que no es más que la angustia de las personas de talento) le permitía otear desde el final de la década.

—Señor Salvemini —continuó—, para entrar en este club lo único que hace falta es un carnet de socio. Es pequeño, rectangular, y para obtenerlo se necesita la solicitud presentada por cinco socios que lo hayan renovado regularmente durante los dos últimos lustros. ¿Cuáles de nuestros viejos amigos tienen el placer de ser también los suyos?

Otros hombres se alejaron. Vittorio no se daba por vencido. Mientras más y más hombres se reunían con sus esposas, le pareció que en el director volvían a mezclarse las cuestiones de principio con las consideraciones prácticas.

—¿Puedo hablar un momento con usted?

—Faltaría más.

—Antes ha dicho que tengo capacidad de observación. Me temo que ha dado en el clavo.

El director seguía mirándolo con curiosidad.

Su obsesión por los detalles, prosiguió Vittorio, le había hecho fijarse en las manchas de óxido de las farolas de la segunda pista de tenis, el pavimento lleno de hoyos en un tramo del camino de entrada, que no eran fáciles de ver, pero no para él al atardecer, ya que a esa hora desaparecía el arcoíris producido por los aspersores. Se había percatado de los signos de desgaste en la fachada del edificio administrativo y de la necesidad de cambiar las tarimas modulares de la pista de baile, desde donde por las noches (las veces que se había quedado con los obreros hasta tarde trabajando en las reformas) llegaban las notas de los bailes de salón y la samba con las risas de mujeres y hombres ocultos por los setos.

Se guardó mucho de decir que para él aquellas voces representaban la más dulce de las llamadas. En ellas percibía el movimiento de los apellidos que aparecían en los planes urbanísticos, duras tablas de la ley que él solo podía rodear. Dijo que él se ocuparía de hacer esas reformas. Al club no le costaría un céntimo. En realidad, ni siquiera sabía si podría permitirse traer a alguna cuadrilla de las otras obras. Era probable que las deudas con los bancos le impusieran plazos aún más ajustados. Y, sin embargo, ¿no acababa de comprometerse a reconstruir de forma gratuita la pista de baile?

—¿Ha visto alguna vez algo semejante?

Señaló a sus trabajadores. Sin que él dijera nada, se afanaban en apagar la pequeña fogata. Fuertes como toros, intuitivos como caballos, capaces de percibir el cambio de estación a partir de la fragancia de la avena en flor. Reuniría a más hombres, le dijo al director. Terminarían de repasar la pintura de las farolas antes de que los socios del club se percataran de la presencia de los operarios. Eran hombres acostumbrados a empresas mucho más exigentes. El año anterior habían introducido en la provincia de Tarento la idea de casas adosadas; ahora, en Santa Cesarea, estaban terminando en un tiempo récord un complejo turístico que desempolvaría esa zona anclada en el siglo pasado.

—¿Dónde nació usted? —preguntó Vittorio, ajustándose la chaqueta.

El director sonrió. Porque Apulia desde luego no era Bari, siguió diciendo Vittorio. No era Lecce y difícilmente era Foggia. Por lo demás, era una tierra en la que había que tener agallas para agacharse y besarla a golpes de martillo neumático. Grandes extensiones de campos de trigo y de tabaco, carreteras sin asfaltar que desembocaban en las plazas de pueblos cuyos habitantes se abrían paso a empujones para arrojar fajos de billetes a la cara de las estatuas de los santos patronos. Rezaban a Dios a través de los ojos de los párrocos para que un permiso de construcción les permitiera vender unas tierras cada vez menos productivas.

«Esta propuesta se aprueba por mayoría». En Santa Cesarea, se habían visto obligados a volar una iglesia en desuso. En la provincia de Tarento, hubo que esperar a que un incendio destruyera noventa hectáreas de pinar para traspasar el umbral del Ayuntamiento.

Cruzar esa línea era solo el primer paso. A lo largo de los años había compartido mesa con alcaldes cuyos razonamientos eran tan enrevesados que habrían requerido un intérprete. Hombres con camisas manchadas de salsa que casi te obligaban a acostarte con sus empleadas para desquitarse del favor que les estabas haciendo. Almuerzo tras almuerzo tras almuerzo. Y ahora estaba en la capital de la provincia, a la edad de treinta y cinco años, como socio único de una empresa de la que nadie había oído hablar. Pero preguntadles a los bantúes de Pulsano. Buscad información entre los aborígenes de Campi Salentina. Subid a un tren de los Ferrocarriles de Sud Est y admirad, por favor, en esta parte del cuerno de África, el primer hotel dotado con campo de golf, en cuyas cornisas, si no las taparan los geranios en flor, sería posible ver el nombre de Construcciones Salvemini en bajorrelieve.

—Dese prisa y haga que apaguen esa fogata, o tendremos que llamar a la policía.

Fue una pena que Vittorio se tomara tan mal esas palabras. Si el orgullo no lo hubiera cegado, habría captado una señal bien diferente en los ojos del director. De un caballero de raya diplomática a un caballero con traje de lino, la invitación era a subir la apuesta. Pero Vittorio le dio la espalda al director sin siquiera despedirse. Se dirigió a los trabajadores. Les gritó que se apresuraran hasta que la reprimenda surtió en ellos un efecto tranquilizante.

Durante los días siguientes, amplió los turnos de trabajo. Estaba convencido de que se podría terminar incluso antes del poco tiempo que había previsto. No dejaba de pensar en los miembros del club. ¿Viajaban en bonitos coches deportivos? Él sabía cuánto había que trabajar para poder comprarse uno. ¿Dormitaban a la sombra de los mejores abogados de la ciudad? Vittorio era consciente de que detrás de los planes urbanísticos estaba la legislación, y detrás de esta (que ellos consideraban el suelo firme que siempre habían tenido bajo sus pies) no había nada más que un acto inicial de arbitrariedad.

Ordenó a los operarios que desmontaran los viejos armarios empotrados. Mandó destruir a martillazos las jardineras de granito que había a los pies de la escalera interior.

La mañana en que decidió derribar la gran pared que separaba la entrada del salón, el capataz puso objeciones. Existía el riesgo de que fuera de carga. Vittorio sonrió. El miedo del capataz confirmaba la presencia de un sello que no se había roto.

Al derribar la pared, la luz blanca que se derramó sobre los escombros le dio la impresión de que al fin quemaba la fina pátina del tiempo, permitiéndole mirar, tal vez incluso *tocar*, como si la casa pudiera reencontrarse con algo que se remontaba a una época anterior a sus cimientos —los Austrias antes que los Borbones; la corona de Aragón antes que los Austrias—, una incierta presencia que reconoció por haberla vislumbrado tal vez en algún sueño recurrente. La gloria. No se le podía dar un nombre más exacto, puesto que su poder —siempre que uno se atreviera a tenderle la mano— consistía en el hecho de que cualquier nombre valía.

Al año siguiente, Vittorio ganó en Bari su primer concurso público de obras para un pequeño comedor universitario adyacente a la facultad de Económicas. Diez años más tarde, viajaba una y otra vez a Cerdeña y la Costa Brava, así que su mujer tenía que tirar a la basura las invitaciones a las veladas del club Rotary.

Volvió a mirar las agujas del reloj. En el piso de arriba, su mujer y Gioia dormían sin ser conscientes de nada.

Abandonó el sofá y se acercó a la ventana que daba al jardín. Observó las sombras de los árboles que rodeaban la fuente. Algo se movió entre las hojas sin perturbar las sombras. La última vez que había visto a su hija Clara había sido la semana anterior. Había ido a recoger una vieja gabardina que llevaba años olvidada en lo que solo ella seguía considerando la habitación de Michele.

La prenda yacía en el fondo de un armario donde ahora había de todo, colgada en una crisálida de plástico blanco desde los días en que Gioia era una niña y Ruggero deslumbraba en la facultad de Medicina preparándose para convertirse en el mejor oncólogo de su promoción. En aquella época, aún vivían todos bajo el mismo techo. Y aunque con el tiempo la habitación se había transformado en una especie de trastero, cuando Clara iba a verlos se paraba delante de aquella puerta como si al otro lado siguiera allí su hermano pequeño.

«Ni que se hubiera muerto».

Luego continuaba por el pasillo, con un destello de contrariedad en la mirada.

Vittorio creía saber lo que la molestaba. Les echaba la culpa a él y a su mujer de haber permitido que con los años el globo celeste acumulara polvo, y de haberse convencido de que los muebles de fresno estaban pasados de moda y así tener una excusa para tirarlo todo.

En cualquier caso, si las últimas huellas de su hijo casi se habían desvanecido, en opinión de Vittorio no era por eso. Todo lo contrario. Desde que ya no vivía en Bari, Michele había ido a visitarlos solo cinco veces. Cinco veces en diez años.

Michele nunca se quedaba a dormir. Llegaba de Roma y se marchaba el mismo día. Sin desperdiciar ni una sílaba, había encontrado la manera de dejar bien claro cuánto valoraba la posibilidad de pasar aunque fuera una sola noche en la casa donde había crecido. A Vittorio le habría gustado saber qué urgentes responsabilidades lo reclamaban de vuelta a la capital. No era un profesional de éxito como Ruggero. Decir

«Trabaja en Roma» era una manera de eludir la curiosidad de sus conocidos. A los treinta y tres años, Michele se las apañaba en Roma. Escribía en periódicos que cerraban al cabo de un mes o se olvidaban de él, señal de que alejarse de Bari no había resuelto todos sus problemas, como habían esperado los psiquiatras. Los horarios de los trenes le impedían incluso quedarse a cenar. En la inverosimilitud de aquellas excusas, Vittorio captaba el propósito de un deber de preservación. De preservarlos *a ellos*. Como si sentarse a la mesa con Michele los expusiera no tanto a la incomodidad como al peligro. ¿Aún seguían preparados para saltar de la cama al oír una viga derrumbándose al ser devorada por un fuego prendido en el salón?

Clara habría corrido ese riesgo. Michele y ella estaban ahora separados por cientos de kilómetros, su único contacto se reducía a cordiales charlas telefónicas por fiestas. Ya no existía la intimidad asfixiante que había preocupado a Vittorio años atrás. Y, a pesar de todo, Clara aún se habría arrojado sin vacilar a las llamas por su hermano menor.

Por eso, el hecho de que la última vez que la había visto fuera cuando salía de aquella habitación le pareció la más amarga de las coincidencias.

Vittorio estaba subiendo los últimos peldaños de la escalera. Era una época complicada. Los negocios crujían bajo el peso de la incertidumbre, y el asunto de Porto Allegro le quitaba el sueño. Oyó la puerta al cerrarse y luego vio a su hija aparecer de pronto al final del pasillo: una *s* alargada en la oscuridad, minifalda y blusa blanca, la gabardina recién sacada del armario sujeta con firmeza entre sus dedos llenos de anillos. Pasó junto a él diciéndole «Adiós, papá» con una leve sonrisa en los labios. Vittorio no se había atrevido a preguntarle si quería quedarse a almorzar. Clara ya estaba saliendo al jardín, dispuesta a volver a su apartamento o a dar una vuelta por el centro, dejando al otro lado de la puerta la idea de una bandada de pájaros que emprende el vuelo en una playa sin testigos.

El equivalente a una bendición filial, había pensado Vittorio vagamente, como si todos sus problemas estuvieran a punto de resolverse.

Abrió la ventana de par en par. Recibió la fresca caricia de la noche primaveral. El cielo iluminado por la luna le dio la sensación de que, paradójicamente, podía leer las distancias terrestres, como si en vez de la nada del espacio exterior pudiera ver Brasil, Estados Unidos, China... La constelación de Los Ángeles. La nebulosa insomne de Tokio. Mientras esperaba a conocer el destino de Clara, en Phuket el sol ya llevaba brillando cuatro horas. Eso significaba que un ejército de excavadoras se ajetreaba alrededor del pequeño hotel que estaba construyendo allí con sus socios. Cuando en Tailandia dejaran de trabajar, en Turquía, donde estaba terminando un balneario, serían las tres de la tarde. En Italia telefonearía a los jefes de obra con la luna ya alta sobre el Bósforo; eso dejaba solo los minutos entre las diez y las once de la noche sin actividad.

Era el único momento en el que la maquinaria de su pequeño imperio se detenía en todas partes. Vittorio había llegado a imaginar esa hora como un momento de peligrosa vulnerabilidad. ¿No había sido a esa hora del día cuando le informaron de los problemas que atravesaba el complejo turístico de Porto Allegro? ¿Y los dos infartos? Los había sufrido después de la hora de cenar. «No fueron infartos exactamente, sino anginas de pecho particularmente violentas, de las que por otro lado te has recuperado completamente», repetía Ruggero, disimulando mal su irritación.

Sin embargo, a los setenta y cinco años, Vittorio ya no podía fumar. En el tenis no pasaba del primer set, y su memoria había dejado de ser aquel prodigio que sus contemporáneos le habían envidiado durante años. Por no hablar de cómo había cambiado el mundo. Habría apostado cien veces contra el equipo de fútbol de Argentina, pero nunca habría imaginado cómo los pensamientos, las frustraciones y las confidencias de millones de adolescentes desplomados frente a una pantalla de ordenador podían engordar la cartera del más astuto de ellos. Antaño, le bastaba con la información confidencial de un sindicalista –un chivatazo de que la dirección de la Fiat estaba dispuesta a tomar la calle desafiando a los obreros metalúrgicos en huelga– para que él comprara unas cuantas acciones. Ahora los algoritmos navegaban por internet, emitiendo enormes órdenes de compra y cancelándolas una fracción de segundo antes de ser operativas, para emitir al instante nuevas órdenes a fin de beneficiarse con las variaciones de precios que ellos mismos habían generado.

Algunas noches observaba el cielo estrellado; el mundo volvía a girar sobre su propio eje, y él temía que el espectáculo estuviera desarrollándose fuera de su campo visual.

Clara.

Por la ventana abierta entró una mariquita. Una anodina mota negra se transformó en el hermoso caparazón bermejo al surgir de la oscuridad de la noche. Su vuelo, lento y tembloroso, podría haberse extinguido con una simple palmada. Su agradable aspecto a ojos humanos hacía que esa eventualidad fuera bastante rara. Los pájaros se dejaban engañar por la razón contraria: asociaban ese rojo moteado a la naturaleza venenosa de setas y bayas. De este modo, las pequeñas mariquitas podían desempeñar mejor el papel que la naturaleza les había encomendado: eran capaces de devorar hasta cien pulgones al día, y lo hacían con una voracidad, una rapidez, un frío y convulsivo movimiento de mandíbulas que, a gran escala, habría sido insoportable para la sensibilidad humana.

Parecido a un paraguas japonés, el insecto cerró los élitros y se detuvo en la puerta de la librería.

Vittorio tenía la sensación de que nunca había entendido a Clara lo suficiente. Las instantáneas de su hija mayor se sucedían en su mente sin ninguna relación entre ellas. El único hilo conductor objetivable era el hecho de que siempre había sido hermosa, y eso era un soplo de aire que ninguna red podía retener por mucho tiempo. Callada y taciturna hasta los trece años. Lógica sin llegar a ser pedante a los catorce. Magnética a los dieciséis; vaqueros y jersey de algodón de manga larga, el pelo suelto sobre los hombros, la espalda recta y bien apoyada en la butaca del salón. Un ídolo maya que al tocarlo desencadenaba visiones del futuro: las carabelas de Cristóbal Colón, las violaciones en masa de los conquistadores.

A sus dieciocho años, podía parecerse a ciertas actrices del cine posterior a la época de las *maggiorate*. Sus curvas eran generosas, pero no en exceso, una Natalie Wood sin la última capa de barniz.

A Vittorio se le escapaba lo que unía una transformación a otra. Tuvo que esperar a que Clara se casara para comprender cuál era su lugar en el mundo. Pero hasta ese momento, se esforzó en vano. La chica se movía con ligereza por la casa. Era raro que levantara la voz o que empezara una discusión. La serenidad personificada. A él, sin embargo, le parecía que aquella era por así decirlo su cara favorecida por la luz, y temía recibir la confirmación de ello por parte de quienes, de tanto en tanto, se beneficiaban realmente de la presencia de su hija. Los chicos.

Los especímenes que aparecieron durante mucho tiempo en el camino de entrada a la casa no podían sino calificarse de incómodos. Lo importante parecía ser que dejaran bien a la vista su descontento. Prácticamente unos inadaptados. Individuos explícita o implícitamente hostiles a la autoridad paterna que él representaba. Iban a recogerla por la tarde y hasta bien entrada la noche no se sabía nada de ella. Mientras estaba en la cama con su mujer, Vittorio oía el chasquido de la cerradura en el piso de abajo. Creía percibir cómo el pelo de Clara se liberaba burlonamente del poder nocturno del que un paseo en moto lo había cargado.

Cuando intentaba reñirla, la hermosa boca de su hija se ensombrecía con una expresión melancólica. Aun teniéndola delante, lo evitaba como cuando no estaba en casa. En aquellos momentos, Vittorio no solo no comprendía *dónde* estaba sino *qué* era aquella hija cuya esencia se deshacía, dejando en su lugar el latido desnudo de un disgusto, tal vez incluso de una pena, ante el que todos se veían obligados a retroceder.

La voz de Clara se materializaba en otra parte, ahora fresca y tintineante, de una forma que su padre nunca tenía el privilegio de oír de cerca. Vittorio iba por el pasillo de la planta superior; un silencio repentino en la habitación de Michele. Unos pasos más y prorrumpían en carcajadas, y para ahogarlas terminaban abrazándose.

Vittorio, entonces, se preocupaba. Los niños se contagian con facilidad, y Michele era un receptáculo de descontento. No era una impresión suya. Lo certificaba un sobre con el sello del consejo escolar.

La carta, firmada por la subdirectora, había llegado varios meses después de que se iniciara el curso escolar. Vittorio envió a su mujer a hablar con los profesores. La noche siguiente, Annamaria volvió a casa con la expresión de quien acaba de ver confirmadas sus sospechas.

—Ahora te lo cuento, pero prométeme que mantendrás la calma —le dijo, sirviéndose una copa de vino bien frío.

El problema no era que Michele apenas progresara en los estudios, sino que sus progresos eran imposibles de verificar. En el examen oral de historia, no había abierto la boca. Cuando la profesora de matemáticas lo sacó a la pizarra, su mayor acto de voluntad había consistido en desmenuzar la tiza entre los dedos. En el examen escrito de lengua, había sorteado la cuestión con un absurdo flujo de conciencia.

—Esto —dijo Annamaria— te dará una idea de cómo está la cosa.

Se había pedido a los alumnos que analizaran una frase de Marc Bloch que había sido objeto de debate en clase. «La incomprensión del presente nace fatalmente de la ignorancia del pasado». Al final de la segunda hora, Michele había entregado una hoja de papel con los márgenes decorados con dibujos de extraños animalitos, mientras que en el centro había escrito un largo párrafo sin pies ni cabeza («la ventana de la habitación da al jardín», el incomprensible inicio en medio de la hoja), cuya única relación con el tema propuesto podía encontrarse en una frase ingeniosa, copiada de quién sabe dónde: «aunque quizá no sea menos vano intentar comprender el pasado si se ignora por completo el presente».

Por si fuera poco, la profesora de inglés le había dicho que en su clase Michele pedía constantemente ir al lavabo.

—Verá, señora, no acabo de entender si su… quiero decir…

—Si mi hijo —dijo Annamaria con la intención de desviar y confirmar los pensamientos de la profesora.

—*El chico* —la profesora eludió su intento—. No sé si sufre algún trastorno nervioso o ha encontrado la manera de saltarse los exámenes orales.

No era el primero de los comportamientos extraños de Michele. Y, obviamente, Michele era cualquier cosa menos idiota, concluyó Annamaria, equilibrando su peso en el sofá. Pero el acto de protesta quizá había degenerado.

—Está neuróticamente alterado por el narcisismo. Les suele ocurrir a los adolescentes.

—¿Qué crees que deberíamos hacer?

Esa pregunta le dio a Annamaria la licencia que nunca se habría tomado por sí misma. Apoyándose en su dedicación al cuidado de Ruggero —y más tarde al de Clara y Gioia— estaba dispuesta a asumir un problema que en teoría no le concernía, un problema que cualquier otra mujer en su lugar habría blandido con todo el poder del chantaje. Impresionante, admirable. Estos eran, en cambio, los adjetivos que resonaban en la cabeza de Vittorio al final de todas las discusiones sobre Michele, porque Michele era la prueba, diariamente superada, de la solidez de su matrimonio.

Annamaria dijo que se trataba de un asunto delicado:

—No creas que puedes resolverlo con jarabe de palo.

Vittorio nunca les había puesto la mano encima a ninguno de sus hijos. Pero una vez obtenida la licencia que no cometió el error de reclamar, Annamaria echó mano de un truco retórico para obtener el resto. Era el primer ser humano con título universitario con quien Vittorio mantenía relaciones más íntimas que las que lo unían a los ingenieros que trabajaban en sus obras. Aunque en el fondo eso no le impresionaba, lo que sí lo exaltaba era la parte —más superficial y oculta— que todos buscamos a diario en nosotros mismos para confirmar el progreso en nuestra vida. Aquel título ponía a Annamaria en condiciones de zanjar cuestiones que él prefería sentirse incapaz de afrontar.

Vittorio no puso objeciones cuando ella le dijo que al chico le vendría bien un psiquiatra.

Era una tarde espléndida, inusual para la estación, de principios de los años noventa, una de esas sobras que el verano guarda en un espacio más allá del mundo para evitar que la temperatura suba demasiado, y que en ciudades como Bari ilumina ciertos días con una belleza inconcebible incluso en pleno agosto. Vittorio había llegado a casa pronto. Le apetecía una ducha y repantigarse en el sofá para reflexionar con tranquilidad sobre su trabajo hasta la cena. Había olvidado qué día era, pero los habitantes de la casa parecían haber nacido para sabotear hasta la última pizca de su amnesia.

Dejó el maletín en el recibidor. Se quitó la americana. Subió las escaleras. Descalza y somnolienta, con una camisa a cuadros y unos Wrangler negros, la vio salir por la puerta tras la que reaparecería dieciocho años después con la vieja gabardina en las manos. Su hija le cerró el paso. Le preguntó si era verdad que mamá había concertado una cita con el psiquiatra por la tarde.

A ella le bastó con oír el largo suspiro introductorio de Vittorio.

—No os lo aconsejo.

Lo dijo sonriendo, con la mirada baja, sin darle tiempo a responder. No estaba claro si era un reproche o una advertencia. «No os lo aconsejo». Luego Clara bajó la escalera descalza.

A las ocho Annamaria volvió a casa. Por el camino había recogido a Gioia en la piscina. Vittorio vio desfilar a una mujer contrariada, a un chico al que parecía habérsele caído el mundo encima y a una niña que flotaba a medio metro del suelo, excitada al pensar que no entendía lo que estaba pasando. Michele se dirigió al piso de arriba. Gioia lo adelantó corriendo. Annamaria fue directa a la cocina. Cuando Vittorio se reunió con ella, la encontró cortando patatas sobre la tabla.

—Oye, me duele mucho la cabeza. Hablaremos de ello por la mañana.

Le molestaba ser excluido de los asuntos familiares cuando las cosas se ponían interesantes. Se puso de malhumor, y su estado empeoró cuando, de vuelta al salón, fue deslumbrado por un destello de luz a través de la ventana. La fuente luminosa giró sobre sí misma al otro lado de la verja. Sin esperar a que sonara el interfono, Clara corrió hasta la entrada. Llevaba un casco en los brazos. A través de la ventana del salón, Vittorio vio la nube de insectos interceptada por el faro de una moto de gran cilindrada.

No es que Clara hubiera ido rápido, sino que se había saltado fotogramas; Vittorio ni siquiera había tenido tiempo de empezar a discutir sobre la hora de regreso cuando también la vio a través del cristal, desdoblada por el reflejo y montada en la parte posterior del sillín.

Durante la cena, Michele revolvía las verduras con la cabeza gacha. Annamaria comía mientras leía una revista y Gioia lograba imitarla sin leer nada de nada. Ruggero estaba encerrado en su cuarto estudiando. Por suerte sonó el teléfono. Vittorio habló durante media hora con uno de sus ingenieros.

Se fue a la cama llevándose un ejemplar del periódico. Se durmió sin darse cuenta. Cuando se despertó, su mujer yacía a su lado, dormida. La casa estaba en silencio. Vittorio se preguntó si Clara habría vuelto. El led del vídeo se encendía y se apagaba sin que él pudiera ver qué hora era. Cerró los ojos. Una calle de la periferia, larga y recta. Las luces de las farolas pasaban, reflejándose en el cuentakilómetros. El cielo resonó con sus ronquidos. Al final de la calle se alzaba un edificio de cien plantas. Vio la explanada donde estaba aparcada la moto. Se dio la vuelta entre las sábanas. El grifo del baño goteaba. Alguien se rio. Los círculos concéntricos se disolvieron, llenando el sonido con la potencia de la imagen. Su hija reía entre las almohadas del dormitorio. La sombra de la chica se inclinaba hacia delante, se deslizaba sobre la forma masculina y luego se levantaba.

—¡Vittorio!

Abrió los ojos de par en par. Algo se movió entre sus dedos y apretó con más fuerza. La pierna de Annamaria dio un segundo tirón hasta que se le escapó por completo. Vittorio se despertó. El vídeo parpadeaba. La luz tenía algo extraño. Tosió. También tosió su mujer. Desde el pasillo un resplandor púrpura se hinchaba y se encogía. Oyó una tos en la habitación contigua. Le llegó un estruendo desde abajo. Su mujer gritó. Vittorio se despertó del todo. Saltó de la cama.

Corrió al pasillo. Vio el baile de las sombras contra la pared. Se asomó por las escaleras y vio el bulbo que rugía rodeado de nubes de humo.

—¡Fuego! ¡Despertad a todo el mundo!

Corrió escaleras abajo. Cuando el aumento de temperatura fue evidente (el pelo moviéndose por las oleadas de calor) se dio cuenta de que se estaba equivocando. Subió las escaleras a toda velocidad. Una sombra le pasó por delante, corriendo en dirección contraria. Ruggero. Vittorio volvió a entrar en el dormitorio. Abrió el armario y sacó una manta de lana. Bajó de nuevo al salón. Le pareció ver a su esposa desaparecer más allá de las nubes de humo. Llevaba a Gioia de la mano. Entonces se abalanzó con la manta sobre el fuego. En cuanto estuvo encima se dio cuenta de que la viga de madera se había derrumbado. Oía estruendos por todas partes, sacudía la manta, levantando enjambres de chispas. Mientras luchaba, le pareció comprender la inteligencia de las llamas, la obstinada voluntad de devorar todo lo que le pertenecía.

Eso le hizo empujar con más fuerza, ignorando el dolor de sus antebrazos.

Salió al jardín tosiendo. Tenía la cara ennegrecida, la camisa del pijama llena de marcas de quemaduras, pero había ganado. Se pasó el dorso de la mano por la frente. Al pie de la escalera encontró a su mujer y a Gioia. La niña lloraba aterrorizada.

—Todo va bien, todo va bien —murmuró Vittorio.

Mientras tanto, miraba a su alrededor. Las copas de los pinos se mecían al viento. Cuando estás perdiendo la batalla, la lucidez falla. Luego los sentidos se le aguzaron. La sombra que había cruzado un rostro horas antes. Vittorio fue por el sendero de entrada, avanzando con seguridad hasta la fuente. Giró entre los setos, y siguió caminando mientras las luces de la casa retrocedían a sus espaldas.

Lo encontró sentado al pie de una palmera. Ni siquiera se había molestado en deshacerse del bidón de gasolina. Lo sostenía en sus brazos como un salvavidas.

Michele levantó los ojos. La expresión culpable apretó en Vittorio un nudo que ya se había reducido al tamaño de una cabeza de alfiler. Tendría que haberse liado a patadas con él para que cesara esa sensación.

—¿Qué has hecho? —dijo para tomarse un respiro.

Llevarlo al psiquiatra había sido un error, pensó, no dejaba de ser una solución superficial para el problema. La sangre y su lento reciclaje. Las sensaciones siguieron moviéndose en Vittorio como plantas en una misma maceta respondiendo al sol naciente; sintió el dolor de los dos planes superpuestos y solo entonces vio el sentido de la traición.

—¡Venga, vamos, levántate! —dijo con severidad.

Dejó que la rabia fluyera de una forma incompleta. Si hubiera tenido que reconducirla hasta su origen —la mujer que había engendrado a ese niño—, habría sentido cómo se debilitaban sus propias fuerzas.

Caminaron el uno junto al otro, exhaustos, a paso lento hacia la entrada de la casa. Michele aún llevaba el bidón, de forma absurda, temeraria, una prueba evidente de un impulso de autolesionarse desafiando la vehemencia de su padre.

Annamaria se puso rígida. Luego Ruggero. El longilíneo primogénito observaba furioso la escena desde lo alto de la escalera, vestido con una camiseta y unos calzoncillos verdes. Parecía dispuesto a atacarlos. No por la absurda bravata del hermanastro. Ni a Vittorio, que se abstenía de abofetearlo, ni tampoco a su madre, tan obstinada en pretender que podía medir el mismo peso en una balanza cuyos platos eran de aleaciones diferentes. Ni a la niña de ocho años, inmune a la idea de que pudieran existir niñas de su misma edad no afectadas por la angustia de haber perdido una gargantilla con un brillante, ni a la muchacha de dieciocho años a la que nadie lograba imponer ni por asomo una hora para volver a casa. Sino a la familia en su conjunto. Ese era el problema de Ruggero: la panda de locos con que el destino quería apartarlo de la única actividad que lo liberaría, la tecla en la que percutiría hasta que la partícula de locura que en línea recta también se alimentaba en él se hubiera convertido en un anillo desnudo que no transmite nada; el estudio, el fanático estudio de la medicina al que se dedicaba sin perder un instante.

Vittorio vio que Ruggero se inclinaba hacia delante. Estaba listo para enfrentarse también a su hijo mayor. Pero antes de enzarzarse en una discusión, oyó un ruido detrás de él. Vio las luces de freno de la moto que iluminaban cada vez menos los barrotes de la verja, como si fueran agua secándose.

Clara apareció al final del camino de entrada.

Vittorio bajó las escaleras. Al emerger de las sombras, Clara apareció con la camisa arrugada y las piernas enfundadas en los vaqueros no mostraron ninguna alteración del paso (más bien pareció ir más despacio), lo que enfureció aún más a su padre. El hecho de dar muestras de una calma imperturbable era una falta de respeto más, como si no hubiera nada extraño en encontrarlos a todos en la puerta de casa a las cuatro de la madrugada, con el humo aún saliendo por la entrada.

—¿Dónde has estado hasta ahora?

Intentó decirlo como si estuviera escupiendo.

–Hemos tenido un problema con la moto, ¿vale?

Levantó la cabeza y esbozó una sonrisa escandalizada.

A Vittorio le pareció que afirmaba lo contrario («No he tenido ningún problema con la moto, me he ido a que me follaran mientras la casa ardía») con una fuerza con la que él no contaba y que no podía igualar, porque habría tenido que admitir que el aspecto de Clara encarnaba a la perfección el del sueño de poco antes. Entonces Vittorio comprendió. Ella siguió observándolo con una especie de indignado estupor, mezclado con compostura, de modo que Vittorio vio –marrón oscuro en el verde pálido– los ojos de su hermanastro en los de ella. Michele lo había sabido. Sabía que Clara no estaba en casa. De lo contrario, nunca habría prendido fuego en el salón.

Vittorio se apartó de la ventana. Las cortinas apenas se mecían. La mariquita seguía allí, cerrada sobre sí misma, en la puerta de la librería. Se sentó detrás del escritorio. La negrura del cielo se resistía a la llegada del amanecer. Se llevó una mano a los ojos e imaginó lo peor.

Tendría que haber superado el desnivel entre la desesperación y la simulación de la desesperación al que ahora se enfrentaba. Debería haber subido para darles la noticia a su mujer y a Gioia. Llamar por teléfono a Ruggero. Por no hablar de Alberto. Seguro que el marido de Clara no sabía nada de nada.

Pero, en ese momento, suponiendo que no hubiera sufrido un infarto, seguirían sin estar a salvo.

Doscientas cincuenta casas adosadas en la costa del Gargano. Recién terminadas de construir, en algunos casos ya vendidas. El complejo residencial de Porto Allegro podría ser el agujero negro capaz de tragárselos a todos. La fiscalía de Foggia ya había presentado al juzgado una solicitud de embargo por haberse quebrantado determinadas restricciones que incluso el propio Vittorio se esforzaba por descifrar. Una terrible maraña en la que se habían visto envueltos peritos, técnicos, ecologistas, promotores rivales y abogados de todo tipo.

Debería haber luchado con todas sus fuerzas. De ese modo, aunque a Clara le hubiera pasado lo peor –pensó mientras miraba la pantalla de su teléfono móvil–, no habría tenido fuerzas suficientes. En un último suspiro tal vez habría conseguido llevarse a cenar a un alcalde o a un teniente de alcalde. Luego habría empezado a retroceder, abrumado por los acontecimientos.

Si se paraba a pensar, resultaba sorprendente. Durante toda su vida, la suerte y el peligro habían crecido en igual medida. No sabía si se trataba de algo relacionado con la naturaleza de las personas o con la de los negocios en general, cuya alma se asemejaría entonces al pequeño demonio que de vez en cuando puede verse en la fachada de los bancos en los días de sol cegador.

Por otra parte, todo lo que prometía volver a su sitio salía por la noche en busca de todo lo contrario. Por lo que Vittorio podría haber dicho hasta la noche anterior, Clara había vuelto al redil. Un día había ido a la mejor peluquería de Bari y había puesto fin a esa cabellera salvaje que le llegaba hasta el culo. Otro día (un día *magnífico*) había acabado con todos aquellos vaqueros y camisas de cuadros. Las mugrientas zapatillas de lona yacían en un rincón del cuarto de baño como prueba de un crimen cometido la noche anterior. En un momento dado también desaparecieron. Había salido disparada por la puerta giratoria de los cambios de época luciendo una indumentaria digna de Jacqueline Kennedy. Eso sucedió más o menos en la época en que Michele había vuelto a casa del servicio militar y el enésimo psiquiatra había dicho que la única forma de que volviera a la normalidad era que cambiara de entorno. Michele se trasladó a Roma. Clara empezó a asistir a fiestas de jóvenes abogados prometedores. Fiestas de ingenieros, de médicos. A veces Vittorio se topaba con ella en lugares donde él también estaba invitado. Vestido de noche. Un traje chaqueta y tacones altos. Naturalmente, algún tiempo después se casó. Un gilipollas, pensó Vittorio al ver a Alberto por primera vez. Un ingeniero de cuarenta y dos años, inteligente, responsable y bastante preparado. Esto, con el tiempo, tuvo que admitirlo. Nunca tuvo ningún problema con las obras que le confió después de la boda.

Por el rabillo del ojo captó un resplandor en el borde del escritorio.

Vittorio extendió la mano y cogió el móvil.

–Diga –dijo. Luego asintió.

Notó un nudo en la garganta. Instintivamente se llevó la mano derecha al pecho. Al otro lado de la línea, la voz parecía incapaz de ir al grano. Fue él quien lo dijo. *Suicidio.* Lo dijo antes de que la voz siguiera cortejando palabras sin sentido como «cadáver» y «hallazgo». La mano se apretó y se aflojó sobre la camisa.

Cinco minutos más tarde, Vittorio miraba a su alrededor con estupor. Sopesaba el silencio de la habitación sin encontrar diferencias sustanciales entre el antes y el después. El mundo seguía estando allí. Él seguía estando allí. Pronto el cielo se aclararía y él sentiría en sus carnes el aumento de la temperatura. Por mucho que fuera posible que la noticia estuviera cayéndole encima como una bola de cemento arrojada por el hueco de la escalera, aún seguía inequívocamente vivo. Si había habido un cambio, concernía a su percepción del tiempo. Una masa de escombros se había ido amontonando en un punto ciego de recogida. Ahora las compuertas estaban abiertas y había que actuar con rapidez.

Aún faltaba mucho para las nueve y media. A esa hora, de la habitación de Gioia (al teléfono con una amiga de la universidad, con su novio), saldría un gorjeo, lo que atestiguaría el estado de vigilia de la pequeña.

Al amanecer, sin embargo, su mujer aparecería en la cocina. Prepararía el agua para el té y se quedaría a la espera, de espaldas a la solitaria llama, erguida y pensativa en su bata semitransparente, observando cómo el jardín emergía lentamente de las sombras. No había tiempo que perder. Él estaba despierto mientras aquel pequeño rincón del mundo permanecía aún sumido en las tinieblas.

Vittorio desvió la mirada hacia la librería. La mariquita había desaparecido. Cogió el móvil y empezó a hacer llamadas.

Gioia se revolvió entre las sábanas, protegiéndose de la débil luz que se filtraba a través de los postigos. Se acurrucó en la cama. El oso de peluche sobre la silla permaneció como un negativo tras sus párpados y desapareció. Los músculos del cuello se relajaron. Filosofía del lenguaje. Había que imaginarse el examen dividido en categorías interconectadas. Si la primera pregunta era demasiado complicada, debería desviarla a terrenos más seguros. Pero ¿qué posibilidades había de que le preguntaran precisamente eso? Acarició de nuevo la idea de quedarse en la cama.

Convenciéndose de que la suerte estaba de su lado, ocultaba el deseo de que en el momento del examen la ayudara una feliz combinación de apariencia física y velado atractivo seductor. Gioia se persuadió de esta nueva estupidez, sintiendo que descansaba sobre la única premisa inconfesable realmente capaz de favorecerla: su apellido.

Se abrazó a la almohada, lanzando un vistazo por el borde de la cama.

Las grandes habitaciones de la casa. Los ángeles forjados a mano en la pantalla de la chimenea. Y luego el exterior: el jardín con la fuente de piedra, las palmeras y las adelfas. Eso era lo que le transmitía paz y, al mismo tiempo, le hacía olvidar cada mañana lo rara que era su buena suerte, y cómo no había tenido que mover un dedo para merecerla. Frotó la pantorrilla de la otra pierna con el talón.

Como tantas otras jóvenes educadas según la retórica del mérito, no cometía el error de utilizar su estatus para destacar. Su estrategia era más sutil. Gioia fingía que su condición era idéntica a la de los demás. Para sus amigos resultaba difícil refutar esa afirmación sin crear tensiones, como si pecaran de un racismo inverso. Así que las dificultades de su examen tenían que ser análogas a las de una alumna de fuera que debiera trabajar los fines de semana. Y dado que los lunes por la mañana Gioia solía mostrarse más fresca, comprensiva y complaciente que la mayoría de sus semejantes, esta actitud la enaltecía ante sus propios ojos.

La chica aplicaba el mismo concepto a su familia. ¿Qué habría sido de su padre, siempre tan tenso e irascible, si no hubiera estado ella allí para suavizar su mal humor? ¿Y su madre? La discreción de la señora Salvemini podría tomarse por aridez si con paciencia (¿y quién la poseía, sino la menor de sus hijos?) no hubiera sido posible destilar de vez en cuando gotas de verdadera dulzura.

En momentos de optimismo, Gioia se convencía de que era ella quien mantenía unida a la familia. Hacía unos meses que estaba saliendo con un chico. Se lo había presentado a su madre y a su padre. También se lo había presentado a Clara. Hermosa e inescrutable, con un vestido rojo de Diane von Fürstenberg, la hermana mayor había llegado a la villa acompañada de su marido para celebrar su trigésimo sexto cumpleaños. El novio de Gioia se había sentido intimidado por la magnificencia de los candelabros y los viejos muebles repintados, sin darse cuenta hasta el final de que los objetos revelaban su verdadera hermosura cuando servían como telón de fondo a Clara. Después de cenar, Gioia y él se marcharon a tomar algo al centro. Allí discutieron sobre una película antigua, ideal para buscar pretextos que dieran rienda suelta a sus rencores.

Cuando discutían por asuntos insignificantes, Gioia lo ponía en su sitio en un santiamén. ¿Había visto acaso la casa en la que vivían? El chico se encogía de hombros.

—Pero ¿en serio no te das cuenta de los peligros que corre una familia como la mía? —Cuanto más alto vuelas, más estrepitosa es la caída. Todos los años se oían casos semejantes. Familias muy acomodadas se encontraban de golpe con la vergüenza de tener que recoger los escombros. Una catástrofe. Su casa, por el contrario, reflejaba una cohesión inmutable–. Lo cual, si no te importa que te lo diga, es al menos en parte gracias a mí.

Aportar armonía: esa era su misión que tan bien llevaba a cabo. Si era capaz de lidiar con los malos humores de un gran hombre como su padre, ¿cómo se atrevía a llevarle la contraria un estudiante repetidor de Economía y Comercio? Ante estas palabras, el novio de Gioia agachaba la cabeza, intimidado más por la montaña alrededor de la cual revoloteaban que por los vapores del razonamiento. Ella lo tenía bien agarrado y la recorría un estremecimiento de placer.

Algo parecido a la sensación que, en ese mismo instante, la hizo desperezarse en la cama por tercera vez.

Gioia pensó en su padre y luego otra vez en su novio, ahora más cargado de encanto. Pensó en el examen que un poco más de sueño no pondría en peligro. Sintió que se le relajaban las piernas. Dio un bostezo. Se sumergió por debajo de la cálida línea que separa las ilusiones de la vigilia de las profundidades en las que fluye el resto.

En el sueño viajaba en tren con su novio. Era un viejo tren regional con asientos de piel sintética, y los dos pasaban de un vagón a otro cogidos de la mano. Buscaban el bar. Él debía de haber dicho algo gracioso, porque Gioia no paraba de reír. Los vagones iban llenos de pasajeros. En algún lugar debían de estar también sus padres. Pasaron junto a un revisor. El chico se detuvo para observar algo en uno de los compartimentos. Gioia se reunió con él. (Solo en ese momento se dio cuenta de que ya no iban cogidos de la mano). Ella también miró a través de la puerta acristalada. No le gustó lo que vio. Una mujer joven estaba sentada entre dos ancianos. Llevaba un seductor vestido rojo. Tenía una expresión intensa y, al mismo tiempo, distante. Gioia se sintió incómoda. Pero lo que vio al bajar los ojos la turbó aún más. En una de las rodillas descubiertas de la mujer había una pequeña semilla oscura que empezó a balancearse y luego se partió por la mitad.

Dos moscas empezaron a moverse una encima de la otra. Los ancianos parecían encantados. El novio de Gioia era incapaz de apartar la vista de las piernas de la mujer. Estaba hipnotizado. Ella tiró de él, le recordó lo del bar. El chico se giró nervioso. Respondió que en aquellos regionales nunca había bares. Pues entonces ¿adónde vamos?, preguntó Gioia alarmada. Al baño, respondió él.

Gioia inspiró profundamente y apretó el puño. Lo abrió. La tensión se liberó en la palma de la mano como una flor sin cuerpo. Abrió los ojos. El velo de la mañana dejaba que los altavoces del equipo de música se fundieran sobre el mueble dieciochesco. Se sacó una de las dos almohadas de debajo de la cabeza y la encajó entre las rodillas. Su respiración se volvió irregular. Se durmió otra vez. El lavabo del tren era tan pequeño que ahora no podía moverse sin acabar constantemente encima de su novio. El tren aceleró de golpe. Gioia perdió el equilibrio, cayó de rodillas al sucio suelo. Dos moscas dibujaban hélices invisibles en la boca abierta del retrete. Preguntó desconcertada: ¿Qué está pasando? Él se acuclilló delante de ella. Acababa de ver en Gioia algo de lo que ni ella misma se había dado cuenta. Algo hermoso, irresistible. Le puso la mano en la mejilla. Entonces Gioia se tendió sobre el costado y apoyó la mejilla en el suelo mugriento. Separó los labios, disfrutando de la expectación. Sintió cómo él le deslizaba la mano bajo su vestido de seda rojo coral. Apretó con más fuerza la almohada entre las piernas. Le ardían las sienes. Tenía los ojos cerrados, pero ya había salido casi del todo de su duermevela. Primero liso, luego suave, sintió sus dedos bajo la banda elástica de sus bragas. Gioia se puso de lado, intensificó el movimiento entre las piernas para que el perfil del chico permaneciera vivo en su memoria.

A través de la delgada persiana de los párpados, la pantalla se iluminó de repente. La escena se hizo añicos. Gioia se detuvo. Los nudillos en retirada bajo la tela de algodón, tres pequeños relieves que al retroceder desaparecen. Abrió los ojos. Los postigos seguían cerrados, pero ahora la ventana se percibía con todos sus detalles. Entonces se volvió del otro lado.

En la puerta abierta de la habitación, la luz de la mañana enmarcaba una figura negra. Todavía aturdida, a Gioia le costaba comprender. La silueta avanzó medio paso. El perfil devoraba la luz, de modo que tardaba en revelarse más tiempo de lo debido. Oh, papá. ¿Cuántas veces le había dicho que no entrara sin llamar antes?

Saltó de la cama con el ceño fruncido, rubia y esbelta con su metro setenta y ocho, ofreciendo por un momento, quizá no del todo casualmente, la parte más tierna de su pelvis.

—Escucha —le dijo Vittorio, acercándose.

Ella se subió con rabia los pantalones del pijama. La cara larga, blanca y desinflada de su padre. Olor a viejo. Gioia se encontró con los dedos de él inmovilizándole los brazos.

Gioia tuvo que recordar que había leído los labios para confirmar lo que sus oídos habían escuchado. Consiguió zafarse de las manos de su padre y salió de la habitación. Mi hermana, mi hermana. Gritaba y chillaba. En el pasillo se topó con un segundo cuerpo. Su madre casi se cayó al suelo por el impacto. Bajo la cegadora luz primaveral, Gioia se dirigió tambaleándose hasta la puerta del dormitorio de sus padres, absurdamente, pues los tenía detrás.

—¿Quién se encargará de avisarle?

Eso lo había dicho su madre. Comprendió que se refería a Michele.

La mujer llevaba una bata y zapatillas de seda de color melocotón. Destrozada pero rehecha; una pena sepultada en una zanja cavada mucho tiempo atrás. Su padre parecía que acabara de llegar de fuera. Gioia no podía dejar de llorar. Moqueaba, emitía chasquidos cortos con los labios, como las pedorretas que hacen los niños, porque la infancia es la dimensión en la que coexisten de un modo impune el dolor y la envidia, la culpa y el resentimiento. Gioia corrió hacia su madre. La abrazó con violencia. Annamaria opuso la resistencia necesaria para mantenerse en pie. Luego devolvió el abrazo. Sintió el cálido cuerpo de veintiséis años hundirse en el suyo, delgado y anguloso. En medio de los sollozos, su hija le plantó la mano en la cara. Annamaria se puso rígida. Volvió a resoplar. Se quitó la mano de encima y levantó la cabeza, enfadada.

Las parcelas se extendían oscuras y silenciosas hasta la carretera nacional. Divididas con estacas, niveladas o ya cubiertas de cemento. A las seis de la mañana, la luz aún no se había estabilizado entre el cielo y la tierra, por lo que la obra parecía arder sobre una llama subterránea.

No había ningún motivo práctico para que Alberto estuviera ya allí. Los obreros llegarían al cabo de dos horas. Pero el espacio vacío rodeado de andamios era el lugar ideal para reflexionar.

La noche anterior había cenado solo en casa, exprimiendo generosamente un limón sobre el carpaccio. No se había quitado la americana ni los mocasines, sentado a la mesa erguido y sereno para no darle satisfacción a la silla vacía del otro extremo. Había puesto los platos en el lavavajillas. En el reloj de pared había encontrado motivos para el optimismo. La aguja iba por detrás de sus previsiones. Luego pasó al salón. Tomó asiento en el sofá, recorriendo los canales de televisión hasta que dejó el pulgar levantado tras encontrar una película en blanco y negro.

«Si no fuera por los placeres, la vida sería soportable», le decía el protagonista a su esposa, mientras fumaba en un club nocturno.

Cuando, media hora más tarde, el mismo personaje preguntaba: «¿Pierde usted a menudo en este juego?», observando a una chica que deslizaba una polvera por el suelo de una habitación en penumbra, Alberto se reanimó en el sofá. Ahora advertía el paso del tiempo, como si aquella escena hiciera resonar un drama cuyas premisas estaban ahí desde el principio. Los quince minutos ganados al reloj contenían el retraso real, porque a esas alturas ninguna tienda de Bari estaría abierta, ningún gimnasio o centro comercial, y Clara, sencillamente, no volvería hasta la mañana siguiente.

Entonces Alberto apagó el televisor. Se acercó al equipo de música. En menos de un minuto, el jazz de Minton's Playhouse invadió el salón, disolviendo la rabia y la infamia que tenía en el corazón. La competencia contiene la amistad; la envidia, la admiración. Los acentos desplazados hacia las teclas del piano, los acordes y los silencios repentinos mezclaban los conceptos de antes y después para que el mundo resonara como un todo con cada fragmento ya redimido. ¿Acaso el adulterio no contenía en cierto sentido la abnegación? ¿El asesinato de la humanidad y la blasfemia de una fe sufrida? Apagó el equipo de música y se fue a la cama.

Pero dos horas más tarde aún no se había dormido. La ausencia de su mujer seguía inquietándole. Al igual que había hecho antes con la música, intentó invertir la perspectiva. No avisarlo, no llamarlo por teléfono, no esforzarse en inventar una excusa. Cuanto más le faltara al respeto Clara, más podría fortalecerse el lado que la unía a él. Una mina que produce el esplendor de un diamante: allí donde brilla el verdadero amor, el amor que no es la regla de oro del equilibrio presupuestario, que no se preocupa por el otro ni por uno mismo. Darle al ser amado lo que a uno le falta y encontrar en la nada que uno recibe el exceso que nunca se puede devolver. Eso es. Exactamente el tipo de experiencia a la que él —criado según las reglas de la pequeña burguesía provinciana— no habría tenido acceso de otro modo.

La idea de lo sublime (aunque ¿cómo demostrar que no se trataba de las divagaciones de un idiota?) iba de la mano de la obsesión por computarlo todo. Si Clara estaba en compañía de otro hombre, debía de haber habido un momento de la velada en que ambos se habían saludado, otro en que sus brazos se habían rozado sin querer. Los pasos de él apenas por delante de los de ella. Luego, todo lo demás. Podía haber ocurrido mientras Alberto veía la película. O bien estaba sucediendo ahora; el segmento inasible en el que no eran y, por tanto, *eran* una sola carne. No saberlo lo obligaba a pensar en ello constantemente, de modo que lo hacía suyo, un momento hecho eterno hasta que volviera a verla, aislando el punto exacto en la mente de Clara en que el nombre de él se pronunciaba mientras lo engañaba; o, mejor dicho, aislando el instante que permitiría a una mujer no pensar en ese nombre.

Pero quizá no era nada de todo esto, siguió dándole vueltas cuando ya eran más de las cuatro de la madrugada. Clara podría haber sufrido uno de sus ataques de melancolía. Quería que la dejaran en paz. Como aquel domingo de muchos años antes, al principio de su matrimonio. Nada más despertarse, entró en la cocina y ella no estaba. Había desaparecido, sin haber dicho nada ni dejar una nota. Si hubiera ocurrido seis meses después, le habría entrado el pánico. Se habría visto al volante con ella desplomada en el asiento del copiloto, colocada de Flunox y repitiendo con los ojos cerrados: «Déjalo ya, coño, vámonos a casa…». Pero esa vez él estuvo esperando hasta primera hora de la tarde. Luego se metió en el coche y empezó a buscarla. A ambos lados de la ventanilla veía pasar edificios bajos y pequeños patios rodeados de verjas. Bares de copas, teatros, restaurantes de moda: eso era lo que él procuraba evitar, como si de pronto hubiera comprendido que los lugares que frecuentaba su mujer eran precisamente aquellos que debía pasar de largo para encontrarla. Pasó por delante del antiguo Albergo delle Nazioni. Siguió por la carretera que bordeaba la costa y entre los enormes bulevares de las afueras de la ciudad.

Por fin, al caer la noche, la encontró. El inmenso aparcamiento del estadio San Nicola, desierto a esas horas. Estaba sentada en su Audi, sin la compañía siquiera de un cigarrillo. Con la cabeza gacha, se miraba la palma de la mano derecha, recorrida por una cicatriz de hacía un par de años. Cuando él se acercó, Clara no mostró sorpresa. Un pequeño sobresalto. Luego bajó la ventanilla. Su rostro iluminado con las primeras farolas.

—Si quieres ayudarme, por favor, no me preguntes nada y vete a casa.

En ese momento Alberto tomó una decisión de una vez por todas: se había dado cuenta de que la única manera (la única que se le permitía) de compartir el lado más recóndito de su mujer era que se lo entregaran como un cofre que nos comprometemos a no forzar. Aquella noche, en el aparcamiento del gran complejo deportivo, lo que había sido una irresistible fuente de atracción cuando la conoció (y un preocupante motivo de vergüenza el día de la boda) adquirió la apariencia de una historia de amor.

Esta noche podría haber ocurrido algo semejante. Se la imaginaba sola en la habitación de un desangelado hotel de la costa, sentada en la cama mirando por la ventana. O no... o no...

Tras los primeros sonidos lejanos de persianas alzándose, se levantó de la cama. El insomnio lo había agotado, estaba desgarrando la barrera que separaba el lado contemplativo de la inmundicia.

Cogió las llaves del coche. Cuando se dio cuenta, estaba conduciendo hacia la obra antes incluso de que amaneciera.

Así que ahora estaba ahí, al aire libre, en el silencio de la mañana. Hacía unos minutos que una pequeña golondrina revoloteaba entre los andamios. Eso significaba que el número de insectos vivos en su radio de acción ya había disminuido.

Introdujo la llave en el candado. La cadena cedió y él se encontró dentro de la caseta prefabricada. Cogió el bote de café del estante. Rellenó la cafetera y la puso sobre el hornillo. Recogió el periódico que habían dejado olvidado los trabajadores. Con el periódico bajo el brazo, apagó la llama, vertió el café en un vaso de plástico y se sentó. Mientras leía las noticias del día anterior, sintió vibrar un perno entre las juntas. Levantó la cabeza, doblando las hojas del periódico. Los petroleros en llamas se confundieron con los maridos que golpeaban a sus mujeres con una pala. El ruido cesó. Alberto bebió otro sorbo de café. Se puso en pie y volvió al exterior.

El amanecer iluminaba toda la zona. El sol teñía de rosa las grúas y las excavadoras, ponía al rojo vivo las fábricas de cristal y las imprentas que se veían a lo lejos. Algo se había separado del ruido de fondo de la nacional. La nube de polvo, blanca y desleída, se curvó hacia la derecha, estrechándose en torno a un sello de metal reluciente.

La silueta adoptó los rasgos de un coche de gran cilindrada.

El vehículo aminoró la marcha al llegar a las primeras excavadoras, se detuvo a pocos metros de los pilones unidos en la armadura de tablones y juntas tubulares. Alberto tenía el sol de cara y solo pudo ver la figura negra de un hombre que se alisaba el traje mientras avanzaba en su dirección.

No era raro que su suegro viniera a comprobar cómo avanzaban los trabajos, pero a esas horas de la mañana le pareció una intrusión. Alberto levantó una mano, sin saber si saludaba o hacía el gesto de rechazar una molestia. En cualquier caso, no era nada comparado con lo que hizo el anciano cuando estuvo frente a él.

—¡Así que es aquí donde las traes! —gruñó, golpeándolo con el hombro.

Su suegro pasó por su lado. Alberto se vio obligado a darse la vuelta. Con el sol a sus espaldas, lo pudo enfocar mejor. Llevaba una americana de tweed gris plomo y tenía el rostro de un blanco fosforescente. Desde su metro ochenta y cinco de estatura, parecía una torre a punto de descargar la tensión al suelo.

—Aquí, en mi obra. —Sonrió horriblemente. Señaló los pilares, las máquinas y la caseta que había a su espalda.

—Señor Salvemini, ¿qué está diciendo?

Alberto percibió de inmediato en aquel «señor» —que no había cambiado con los años— un segundo motivo de debilidad. El primero había sido oponer el sentido común a la locura. Porque era evidente que a su suegro le había pasado algo con la tensión arterial.

—A mis trabajadores les pago lo suficiente para que puedan permitirse un hotel para sus noches de juerga —siseó Vittorio—, ¿o crees que no les ponen los cuernos a sus mujeres?

Por muy absurda que fuera, pensó Alberto, la situación tenía algo de teatral; el aura de farsa que endulzaba el salvaje arrojo con que Vittorio cerraba un trato cuando cenaba con los señores del acero, viejos sátrapas de la aristocracia industrial a los que ponía contra las cuerdas contándoles un chiste y volviendo de inmediato a la exigencia de bajar los precios.

—Señor Salvemini, está desvariando. Yo no traigo a nadie aquí.

—*A ti* no te lo cuentan —Vittorio ni siquiera fingió que tenía que escucharlo—, huelen el hedor del papel timbrado y mantienen las distancias. De ti se limitan a recibir órdenes. Pero a mí me cuentan cosas. Soy el que más dinero ha ganado de todos. Me dicen adónde llevan a las chicas. ¿Cómo crees que se mantienen todos estos hotelitos de mierda entre Palese y Santo Spirito?

—Lo que dice no tiene sentido. ¿Querría explicarme de dónde...?

—Tú incluso podrías comprarte un hotelito —Vittorio empezó a caminar hacia la caseta prefabricada, el polvo levantado por el viento le acariciaba los zapatos—, pero eres tan idiota que le faltas al respeto a tu mujer en el último lugar en que deberías hacerlo. —Golpeó dos veces la pared de aluminio—. Voy a entrar a saludar a tu amiga.

Aferró la manija de la puerta y dos segundos después había desaparecido en el interior de la estructura prefabricada. Alberto se llevó una mano a la frente. Le parecía absurdo que Vittorio le reprochara a alguien que no gestionara sus aventuras con suficiente prudencia. Precisamente él, el padre de Michele. Alberto volvió a mirar al frente. Vittorio reapareció en el umbral. Llevaba un vasito de café en la mano. Lo miraba con una sonrisa de aliviada decepción, la mueca con que los viejos reprochan a los jóvenes no haber tenido tiempo de cometer suficientes errores.

—¿Está satisfecho ahora? ¿O quiere ir a indagar en los andamios? Señor Salvemini —Alberto apretó los puños—, yo nunca le falto al respeto a su hija. Es más —se rio entre dientes—, le sorprenderá saber que tampoco le pego los viernes y le permito salir con sus amigas.

—Pero ¿no te das cuenta de que esa es *exactamente* la cuestión, pedazo de imbécil? —Vittorio superó la montaña de sacos de cemento y se paró delante de su yerno, lo suficientemente cerca como para poder darle un puñetazo—. El problema es que no haces nada. Que *nunca has podido* hacer nada al respecto.

Alberto frunció el ceño.

—Serás muy bueno calculando la suma total de las cargas de un edificio —continuó con el rostro lúgubre y apesadumbrado—, pero con mi hija nunca has sabido...

—Señor Salvemini, perdone, pero ¿ha pasado algo?

—Aquella vez de los barbitúricos.

Alberto se puso rígido.

—Aquella vez que se tomó todos esos somníferos, ¡maldita sea!

—Eso fue hace mucho tiempo.

Alberto ahora se encontraba en un territorio en el que la carga de la prueba recaía incomprensiblemente sobre él.

—Mucho o poco, da lo mismo: no fuiste capaz de hacer nada —dijo Vittorio alterado—, y de hecho hoy te he encontrado aquí. ¿Dónde estabas cuando Clara se tomó todos esos somníferos?

—La llevé *yo* al hospital, joder.

—¿A qué hospital?

—¿Cómo que a qué hospital?

—Me has oído perfectamente. ¡Te estoy preguntando a qué puto hospital la llevaste cuando se tomó esos somníferos!

Tenía la cara roja y las pupilas dilatadas.

—Al de Santa Rita. —Las palabras salieron de su boca como abejas de una colmena en llamas.

—A la clínica Santa Rita —repitió el anciano.

Alberto no añadió nada más, le parecía que su suegro estaba ahora satisfecho por alguna razón que él no acababa de entender.

Vittorio soltó un profundo suspiro de dolor. Retrocedió dos pasos, se tambaleó, casi tropezó con sus propios zapatos. Volvió a señalarle, atribulado:

—¿Sabes o no sabes dónde está ahora?

Alberto sintió que le subía una oleada de calor desde el estómago. Evidentemente, nunca habían hablado del tema, pero el suegro intuía cómo estaban las cosas entre Clara y él. Había venido a humillarlo. Se le había obstruido una arteria y ahora podía desencadenarse su verdadera naturaleza. Una bestia feroz, deseosa de despedazarlo. Pero también esta vez Alberto se equivocaba. La ofensa era más grave. ¿Tenía idea de lo que le había pasado a Clara? Porque Vittorio, en cambio, sí lo sabía.

Después de contárselo, el anciano siguió mirándolo. Antes de que se le llenaran de lágrimas los ojos, Alberto tuvo fuerzas para preguntarle cómo lo había hecho Clara. Vittorio agitó la mano abierta de un lado a otro.

—Se tiró —dijo—, veinte metros.

Vittorio retrocedió tambaleándose. Se desplomó sobre los sacos de cemento. Alberto siguió el dedo índice de su suegro, que le apuntaba por enésima vez. Todo olía a alucinación. El movimiento se detuvo antes de tiempo. Vittorio sacó el móvil del bolsillo interior de la chaqueta y contestó a la llamada.

Ruggero cerró con violencia el frigorífico después de beber la leche directamente del cartón.

—¡Mierda! —gritó, lleno de rabia.

Lanzó el cartón contra el armario de la cocina, de modo que una nube de gotitas blancas quedó adherida a la lisa superficie.

Su padre lo miraba resignado.

Ruggero esbozó una mueca con los labios todavía húmedos. Parecía reprocharle a Vittorio, y un segundo después a sí mismo, el hecho de que estuvieran así, frente a frente, como si existiera una desproporción inexcusable entre los cuerpos físicos de padre e hijo y las siluetas donde se suponía que deberían encajar. Llevaba la sudadera empapada de sudor. Había salido a correr antes de ir a la clínica, adonde todas las mañanas el subdirector del Instituto Oncológico del Mediterráneo llegaba puntualmente a las nueve menos diez. El ritual de correr era importante. Siempre daba tres vueltas más a la pista de las que podía aguantar. El esfuerzo le ayudaba a aliviar la tensión, lo que a su vez le ayudaba a enfrentarse a pacientes ante los que planteaba complicados rompecabezas que les llevarían hasta la fecha de su muerte. El esfuerzo por resolverlos los confundía. Una hora de correr cada mañana para convertirse en un filósofo. A su regreso, encontró a su padre delante de casa; lo estaba esperando para darle la noticia.

Las gotas se habían deslizado por la puerta del armario. Vittorio le refirió la situación. Ya se lo había contado a su madre, pero Gioia aún estaba durmiendo.

–¿Cómo que *durmiendo*?

La despertarían más tarde, dijo Vittorio. También había llamado a Michele, pero no le había contestado. De todos modos, lo primero que había hecho era ir a ver a Alberto.

–Ese gilipollas.

–Por favor.

Vittorio negó con la cabeza. Le preguntó si podía ocuparse él de su hermano pequeño. Luego dijo algo sobre la clínica Santa Rita.

Pero Ruggero ya no lo escuchaba. Ahora abría y cerraba los cajones con violencia. Un golpetazo tras otro. ¡Pam! ¡Pam! Cuando la escena rayaba ya en la insensatez, hizo lo más extraño de todo. Cogió un abridor y lo sostuvo ante sus ojos como si fuera la primera vez que lo veía. Volvió a abrir la nevera de par en par. Cogió una Schweppes fría, la destapó y bebió. Hizo ademán de arrojar la botellita vacía contra la pared. El gesto era tan artificial que ni siquiera lo engañó a él.

—¡Qué cojones!

Dejó la botella sobre la mesa. Volvió a mirar a Vittorio.

Deberían haberla tratado con mano dura desde que era pequeña. Castigarla cara a la pared hasta que aprendiera a pedir perdón. Clara no tenía la culpa. Eso era lo que le ocurría a una chica problemática cuando nunca sentía la presión de la disciplina. ¿No se lo había advertido Ruggero durante años? La ausencia de reglas, la enfermiza falta de autoridad que se desprendía incluso de las fotos familiares... ¡*Libertad*! Nada podía ser más repugnante bajo el sol que esa palabra. La libertad era una proclamación vacía, un animal muerto en cuyos intestinos engrosaba sus filas un ejército de larvas.

—La razón de los tontos, ¡de los tontos! —despotricaba ahora, todavía delante de la nevera.

Él mismo telefoneó a la funeraria. Llamó al administrador diocesano para que la misa se celebrara fuera de Bari. Llamó a Michele, pero tenía la línea ocupada. Llamó al ayudante del fiscal Piscitelli. Se encargaría de enviarle el certificado del que habían hablado. Llamó a Michele y encontró la línea libre, lo que le causó una extraña incomodidad. Vittorio colgó antes de que su hijo contestara. Llamó al aparejador De Palo, el hombre al que consideraba su mano derecha. Le preguntó si había hablado con el Policlínico de Bari. El aparejador respondió que sí, dijo que el hombre del accidente de circulación seguía en coma. Vittorio fue al lavabo y se lavó la cara. Deseaba un cigarrillo. Con los dedos aún goteando, llamó al aparejador Ranieri. Él también habría sido una mano derecha digna, si su naturaleza demasiado servil no hubiera comprometido de vez en cuando su fiabilidad. Vittorio le dijo que se pusiera en contacto con el aparejador De Palo y siguiera sus instrucciones. A continuación, llamó al contable. Le preguntó si había novedades en el asunto de Porto Allegro. El hombre repitió lo que le había referido dos días antes. Habló de la orden de embargo de las cuentas como de una desagradable eventualidad legal. Vittorio lo interrumpió irritado. Le preguntó dónde había pasado las vacaciones de verano. Positano, con la familia, dijo el contable (el tono era ahora de perplejidad). Vittorio le preguntó si era capaz de imaginarse dónde pasaría el próximo verano en caso de que el juez de instrucción accediera a la petición de embargo cautelar. El hombre se atrevió a preguntarle si se encontraba bien: el tono de su voz era un poco extraño, aventuró. Vittorio dijo que no se encontraba bien. En absoluto. Colgó sin darle al otro tiempo a responder. Llamó al abogado fiscalista, un letrado de edad avanzada que tendía a hacer un drama por pequeños errores en las facturas. El abogado le confirmó que la situación en Porto Allegro era estacionaria. Lo dijo como si estuviera anunciando el fin del mundo. Vittorio intentó contener su pesimismo. Esto le dio el empujón para hacer lo que se había propuesto desde el principio. Llamó al presidente del Tribunal de Apelación de Bari. La telefonista lo puso en espera. Vittorio aprovechó la melodía de «Imagine» para destruir el pequeño nexo causal que temblaba entre él y la persona que iba a responder al teléfono. El presidente del Tribunal de Apelación contestó: «¿Diga?». La voz se esforzaba por permanecer neutral. Vittorio le comunicó que Clara había muerto. Lo dijo de golpe, sin preámbulos. Se hizo el silencio al otro lado. Luego el presidente del Tribunal de Apelación habló. Preguntó cómo había sucedido. A Vittorio le admiró la sangre fría de aquel hombre. Respondió a la pregunta. Solo entonces el juez dijo con un hilo de voz: «Lo siento». Ahora daba la impresión de tener que protegerse de algo, y que para ello debería retroceder su pésame unos minutos en el tiempo, para que la conversación pudiera retomar las formalidades ordinarias. Hablaron del funeral. Se despidieron. A Vittorio se le habían quitado las ganas de fumar. Llamó al director de la Banca di Credito Pugliese. Le dijo que Clara había muerto. Llamó al teniente de alcalde. Llamó al rector de la universidad, que estaba en el centro de un entramado de periódicos locales. Le dio la noticia a todo el mundo. No era él quien lo hacía. Sus dedos, sobre el teclado, buscaban el equivalente numérico de un holograma, la persistencia del nexo que había intentado destruir unos minutos antes. Entre una llamada y otra, sonó su móvil. Era otra vez el contable. Se disculpó. Dijo que acababa de enterarse. Se estaba corriendo la voz, pensó Vittorio. Dejó el móvil sobre el escritorio mientras el contable seguía disculpándose. Cerró los ojos. Soltó un profundo suspiro. Había llegado el momento de visitar a su hijo mayor.

Llamó a la clínica y le ordenó a la enfermera que cancelara todas sus visitas. La chica objetó que pronto llegarían los primeros pacientes. Había gente que venía de Campobasso, de Reggio Calabria. Lo dijo haciendo hincapié en lo mucho que lo lamentaba, lo justo para demostrar que era falso. Tener que enfrentarse a ellos en persona no era lo mismo que despacharlos por teléfono. Ruggero sintió desprecio por ella. La enfermera le preguntó si aún seguía al teléfono. Ruggero respondió que había habido una muerte en su familia y colgó. Llamó a su hermano. Después de que sonara dos veces, colgó. Llamó a Heidi. Le dijo que lo sentía, pero que la cita de la noche quedaba cancelada. La chica le dijo que tenía la tarde libre. Si quería, podían incluso verse durante la mañana. Cualquiera que fuera el problema, parecía decir la voz de la chica, ella no lo resolvería. Lo relativizaría. Lo suavizaría, lo acariciaría. Ruggero dijo que le pagaría de todos modos y colgó. Volvió a llamar a Michele. Ni siquiera terminó de marcar el número. Llamó a su madre. Le preguntó si podía hacerle el favor de llamar a su hermano a Roma.

—Llevo intentándolo desde esta mañana, pero la línea siempre está ocupada. —Eso dijo Ruggero.

Su madre le contestó fríamente que ella se encargaría. Estaban a punto de colgar, pero él respiró hondo y se lo preguntó. Imaginaba la respuesta. Su madre dijo que, en efecto,

Gioia seguía durmiendo. De acuerdo, pensó él. Clara llevaba horas muerta y aún no habían sacado a Gioia de la cama. Tuvo que controlarse para no montar un número. Llamó a Fátima. Le dijo que la cita de la tarde quedaba cancelada. Como desgraciadamente había previsto, la chica empezó a exasperarse. Ruggero le aseguró que le pagaría de todos modos. Entonces ocurrió algo muy extraño: Fátima se enfadó aún más. Empezó a mezclar el italiano con el portugués. Ruggero le dijo que se calmara. Si realmente la quería, gimoteó ella en respuesta, entonces tenía que pagar en el acto, a través de PayPal. Parecía convencida de que podía reclamar una deuda en virtud de un vínculo emocional que ni siquiera habían considerado como moneda de cambio.

Corrado Piscitelli, el ayudante del fiscal, le puso a Vittorio la mano sobre el hombro y le dijo:

–Lo siento.

Las luces de la mañana aún no habían penetrado en la trama del cielo, de modo que el espacio que rodeaba el aparcamiento no era más que una desnuda mancha de asfalto descolorida por las farolas. A ambos lados de un cruce, cuatro semáforos parpadeaban en soledad. El ayudante del fiscal era un hombre de unos cincuenta años, de Martina Franca. Vestía con un estilo informal que cortejaba con la moda negándola con excesiva timidez. Utilizaba un italiano depurado de dialectos con una habilidad de la que carecían la mayoría de los funcionarios públicos. Un oído atento la habría reconocido como una lengua inexistente.

Vittorio no respondió. Habían despejado el asfalto. Los carabinieri se habían marchado. A esta hora su hija ya se dirigía al depósito de cadáveres en compañía del médico forense. La barra de neón parpadeaba entre las plantas del aparcamiento de forma cilíndrica. Solo quedaban ellos dos.

–No quisiera atormentarlo más de lo necesario –continuó Piscitelli–, bueno, verá…

Intentó modular mejor su tono. En el pasado, ya había tenido problemas con esas personas. La envergadura de los negocios de los Salvemini era tal que de vez en cuando sobrepasaba los límites de la ley. Por desgracia, esto era algo normal. Si uno mete un elefante en una habitación llena de vasos, luego no puede regañarlo si rompe alguno. Algunas veces habían llevado sus respectivos documentos ante un juez. Escaramuzas.

—Adelante, lo escucho —dijo el viejo Salvemini sin dar ni un paso.

Ya el hecho de ponerle la mano en el hombro no le había salido de forma natural. Había toda una escuela de gestos como ese, y Piscitelli no la dominaba. Para encontrar el tono adecuado, intentó inspirarse en sus colegas de generaciones pasadas, aquellos que pronunciaban las vocales de forma tan inepta que socavaban la unidad de la nación con la misma herramienta que debería haberle apretado el cuello.

—Es algo que permitiría ahorrar tiempo —dijo torpemente el ayudante del fiscal—. Quería preguntarle... A ver. ¿Era la primera vez que su hija intentaba quitarse la vida?

Vittorio abrió ligeramente los ojos.

Siempre habían existido cotilleos sobre los Salvemini, algunos rumores circulaban desde hacía años.

—Me doy cuenta de que estoy añadiendo sufrimiento al sufrimiento.

Eran las palabras más falsas que habían salido de su boca jamás. Sin embargo, la falta de naturalidad le hizo sentirse en sintonía con el anciano. Dos ascensores que viajaban en sentidos opuestos dentro de dos tubos de cristal transparente, destinados a cruzarse unos instantes. Una tensión magnética abrió y cerró una puerta en el interior del ayudante del fiscal. Vio algo incomprensiblemente inquietante. La sensación pasó.

—Oh —dijo Vittorio—, eso fue hace mucho tiempo.

El ayudante del fiscal se sintió aliviado. Le dijo a Vittorio que si alguien le hacía llegar el certificado médico que atestiguaba ese intento, la investigación se archivaría en pocos días.

—¿Sabe en qué hospital la ingresaron entonces?

El viejo Salvemini enarcó involuntariamente una ceja. El ayudante del fiscal hizo lo mismo.

A lo lejos se levantaba el murmullo de la ciudad justo antes de despertar, un ruido de coches sin coches, la pequeña tormenta eléctrica de los muchos que, a punto de abrir los ojos nuevamente, revivían en fracciones de segundo la película del día que estaba a punto de empezar.

El neón del aparcamiento parpadeaba.

—No tengo ni idea de adónde la llevaron la otra vez —los labios de Vittorio se fruncieron—, pero me aseguraré de hacérselo saber.

Gioia telefoneó a su novio y él no fue capaz de decir ni una palabra. (Cada vez que lo intentaba, la chica lloraba más ruidosamente y volvía a contar toda la historia desde el principio). Llamó a su mejor amiga. Llamó a una amiga de la universidad con la que mantenía una relación tensa. Bastaron unas palabras para que su desconfianza se desvaneciera. Llamó al adjunto que le llevaba la tesis. Llamó a Rosa, la hija de la mujer que desde hacía años iba a la casa a planchar. Habían jugado juntas de niñas, y solo más tarde Rosa había desarrollado cierta tendencia a la sumisión con respecto a ella; era difícil saber hasta qué punto esa tendencia podría aumentar tras la noticia que Rosa estaba a punto de recibir. Llamó a un ex con el que había roto de un modo bastante desagradable. Él le dijo «Voy para allá» como si nunca le hubiera pedido que lo ignorara si se cruzaban por la calle. Con cada llamada se sentía más fuerte y más desesperada. Sentía crecer en su interior el poder, la gracia.

El espíritu de su hermana muerta llenaba todos los vacíos.

«Niña de pura y despejada frente». Escondió el librito en el cajón y cogió el misal.

El funeral de Clara se celebró a las seis de la tarde en una iglesia rural a cincuenta kilómetros de Bari, un pequeño edificio que se remontaba al año mil y que destacaba blanco y solitario en una colina de la Alta Murgia.

El día había sido tan hermoso que una cascada de luz iluminaba aún los robles y los asfódelos, hacía resplandecer nubes de polen y confería a los grandes peñascos lisos y pálidos la consistencia de una ilusión óptica. Más allá del tejado de una granja, descendía una pequeña carretera asfaltada. Allí, los árboles se volvían más densos, devolviendo al observador una repentina sensación de melancolía, quizá porque la oscuridad —de la que aquellas sombras eran un débil anuncio— pronto ascendería hasta allí arriba.

De pie ante el altar, el sacerdote abrió los brazos de par en par. Dijo que habiendo traído al mundo solo su propia alma, no había nada más que un ser humano pudiera llevarse consigo. Esperaba que esa fórmula expresara su pesar por la pobre muchacha. Pero las palabras salieron de su boca como una admonición lanzada a los asistentes, en su mayoría ancianos vestidos de negro, entre los cuales cualquiera que leyera la prensa local podría reconocer algunas caras.

Vejestorios despreciables, pensó.

El sacerdote tenía treinta y dos años, cuatro menos que la mujer que se había suicidado. Era delgado, bajo de estatura, tenía los ojos pequeños y la tez de alguien que sufre estrés.

Desde su posición, veía a la chica del revés. Yacía en el ataúd de madera oscura vestida con un traje de viscosa y lana virgen con el cuello de pico y una prenda de piel blanca a lo largo de las caderas. Sonará un clarín y su rostro, bien tratado con cosméticos, ocultará las lesiones provocadas por el estancamiento de la sangre. Tenía huesos rotos por todas partes, pensó. Pero, a pesar de la violencia del impacto, y del trabajo del personal de la funeraria, conservaba una personalidad. Había cuerpos a los que la muerte desposeía al instante y cuerpos tan hermosos que se reflejaban durante días en la supervivencia de una idea. Esta chica brillaba en la ofensa. Sus labios, bien apretados con hilo, parecían retorcerse en una mueca de satisfacción. Y luego estaba el residuo de la juventud, el lejano brote de la infancia que el sacerdote aún lograba vislumbrar.

Volvió a mirar a los asistentes.

La mañana había comenzado con una llamada telefónica del administrador diocesano. También había hablado con monseñor en los días anteriores. Había que concertar una reunión con los técnicos para conectar la página web de la parroquia al servidor de la Conferencia Episcopal. La levadura de los saduceos. Solo que ahora su superior quería hablar de otra cosa. El calendario de las reuniones con las familias. La renovación de la hoja parroquial. El sacerdote estaba andando de la cocinilla al salón con la cafetera y la taza, sujetando el aparato entre el cuello y el hombro, cuando la voz de monseñor se volvió más tenue. Una misa de difuntos. Se celebraría ese mismo día. Gente de Bari.

–Una mujer, muy joven.

Esto le había dicho su superior tras preguntárselo él. Luego se quedó callado, el tiempo suficiente para que el sacerdote encontrara ira en el silencio. Le preguntó la causa del fallecimiento.

La voz de monseñor resurgió del silencio como si hubiera caído en una grieta y ahora mostrara las señales de una profundidad que superaba la opinión personal. Le pidió que reflexionara sobre el estado en que se encuentran quienes consumen drogas: «Parece que encontraron restos de cocaína». Además, añadió monseñor, no había ninguna norma de derecho canónico que prohibiera celebrar el funeral de un suicida. Por la ventana abierta llegaban los trinos de los pájaros. Al sacerdote también le pareció oír el ruido de fondo del valle. Una música que ascendía por los barrancos, entraba en los pueblos y recogía el dolor de cada individuo, para dispersarlo de nuevo entre las rocas y los olivares, como las cenizas de las generaciones muertas, de modo que sobre todos gravitaba la misma paz. En esto residía la infelicidad del sur, su privilegio intacto. Pero ahora llegaba desde Bari el cuerpo de una chica muerta. Una que se había tirado desde veinte metros. La terquedad, la obstinada fuerza individual de la gente de ciudad.

Un ministro religioso tenía el deber de investigar las dimensiones interiores de la tragedia, había dicho monseñor por teléfono. «Escudriñar en las profundidades del corazón». Ver si en algún lugar podía haber un destello de duda que contrarrestara la decisión de arrojarse desde el aparcamiento, aunque al final se llevara a cabo. Y luego, ya puestos, había maliciado para sí el sacerdote, ver si la insistencia de su superior estaba cosida a la trama del mundo con el doble hilo de la oportunidad. Tal vez conoce a sus padres, pensó, o les debe algo.

—¿Qué libertad de elección, en tu opinión, crees que pudo tener una chica aturdida por los estupefacientes?

Estos no son los efectos de la coca, pensó mientras fumaba ávidamente su primer Marlboro del día.

Más tarde llegaron los familiares de la difunta. Eran las tres de la tarde y la sombra del castaño se alargaba por el lado derecho de la iglesia. Los vio al descorrer las cortinas de la rectoría. Padre, madre, marido y dos hermanos. El automóvil estaba parado en la media luna de hierba seca. Se encaminó hacia la entrada. Agarró el pomo y tiró hacia sí.

Se plantaron delante de él hablando todos a la vez, despeinados, nerviosos.

—Bastaba con mirar el mapa —protestó la más joven, bajando la voz.

La escrutó. Tenía poco más de veinte años, pero arrastraba una pesada estela infantil. Alguien pronunció su nombre. *Gioia*. Debía de haber sido una niña regordeta.

—A nuestro padre le gustaría leer parte del salmo 40 —intervino el hijo mayor.

Los hizo pasar. Los movimientos de todos se hicieron más lentos. El motivo por el que estaban allí volvió a caer sobre ellos. Ahora estaban en la pequeña sala de estar, aplastados por el aturdimiento. Él era el sacerdote: ¿a qué esperaba para leer del librito de instrucciones? La chica hurgaba en la funda de su iPhone. El marido de la fallecida miraba a todas partes tratando de evitar otro par de ojos.

—Disculpe.

La madre. Había pedido un vaso de agua. Dio las gracias y bebió, pasando de un distanciamiento inexpresivo a un distanciamiento digno. Tenía húmedos los ojos. El ruido de una silla al caer al suelo. La chica había tropezado y ahora se levantaba con torpeza, arrogante e irritada, agradecida por el percance. Eran gente rica. Y aunque no sabían cómo comportarse —a cada paso en falso, la asignación de la culpa a otro— por el camino más impensable, el sufrimiento los había alcanzado.

—Estamos de acuerdo —accedió—, lea si así lo desea ese salmo.

Fue entonces cuando empezaron a discutir. Gioia dijo que quería ser una de los que llevara el ataúd a hombros. Su madre se mostró contraria:

—Otra vez no… —Como si la hubieran despertado de una pesadilla solo para empujarla a las profundidades de la anterior.

El hermano mayor replicó que el ataúd lo llevarían los empleados de la funeraria.

—Como hemos acordado.

Gioia empezó a hablar con la voz levemente alterada. A partir de cierto momento, su hermano empezó a gritarle. Ella se echó a llorar. Como una niña de catorce años. El padre negó con la cabeza. El sacerdote pensó que el cadáver de la chica cada vez estaba más cerca. Encerrado en la parte trasera del coche fúnebre, debía de haber abandonado ya la capital de la región.

Salieron de la rectoría sin dejar de discutir. Ahora eran madre e hija las que tenían algo que echarse en cara. Cinco minutos después, desde la ventana, las vio abrazarse llorando. Otro cigarrillo. Se tumbó sobre la cama con el libro de la competencia entre las manos. De vez en cuando lo hacía. Era una forma de distraerse, de sacudirse la tensión. Ay de los defraudadores. Clemencia para los fumadores. Sura 83. Se quedó dormido.

Hacia las cinco de la tarde, vio coches de gran cilindrada que avanzaban por el último tramo de la subida. Las hojas de castaño se presentaban una y otra vez en un sinfín de nuevas formas sobre el esmalte de las carrocerías. Su malhumor se despertó como un terrón de tierra seca bajo la lluvia.

De los coches salían sobre todo ancianos. Encorvados, pálidos, algunos seguidos por el chófer. Avanzaban con sus trajes oscuros de telas a rayas. Todos tendrían más de sesenta años, y casi todos eran hombres, sin sus esposas. Creyó reconocer al presidente del Tribunal de Apelación. Al rector de la universidad. Y ese era el teniente de alcalde de Bari. En el pequeño patio de la iglesia, estrechaban la mano del padre de la difunta. Mantenían una distancia que parecía producto de la incomodidad, no de la delicadeza. De un Maserati negro noche se apeó el exsubsecretario Buffante; el sacerdote esperó que la atención de los presentes se centrara en aquel hombre, atraída por la estela de escándalo y popularidad que le seguía. Pero esto no ocurrió. El ritual de las palmadas en la espalda continuó. De vez en cuando, entre las arrugas que rodeaban los ojos de los presentes, latía un fastidio sin fricciones. Entonces llegó el coche fúnebre.

—He aquí, yo os envío como ovejas en medio de lobos —dijo el sacerdote, pensando exactamente lo contrario a mitad de la misa.

Vittorio lo escuchaba cerca del ataúd sin apartar los ojos del suelo, con el rostro no destrozado sino sombrío, concentrado en la voz del oficiante. El fruto de mi acto de voluntad, se ha ido sin que yo pudiera hacer nada para impedirlo. El cuerpo de su hija irradiaba la inexplicable verdad de las habitaciones de las casas que hace tiempo que no habitamos.

El sacerdote especuló:

—Si tu ojo derecho te hace pecar...

Alberto se llevó tres dedos a la frente. Estaba pálido y agotado, el cuerpo más sostenido por la chaqueta que al revés. ¿Cuándo había sido la última vez que había estado en una iglesia con ella? Era el día de su boda, y Clara, con un vestido de Vera Wang que añadía a su atractivo un toque insoportable y desbocado, se reunió con él al pie del altar con una sonrisa de borracha. Se arrodilló a su lado. Aprovechando que el obispo estaba de cara al resto de los fieles, apoyó lánguidamente su cabeza coronada de flores en el hombro de él.

—Este es el día más cómico de mi vida —dijo con sorna.

Aquello lo había sobresaltado, en parte también porque había percibido en su aliento un fuerte hedor a alcohol: Ballantine's o Southern Comfort, que desentonaba por completo con la gracia del cuerpo que lo producía. Alberto levantó los ojos hacia el Dios en el que no creía y rezó para que Clara no hubiera bebido para armarse de valor, aunque también encontró, en el fondo de aquel miedo, una peligrosa fuente de atracción.

Alberto miró el ataúd que tenía delante. La frente lisa y espaciosa de su mujer, sus manos blancas. Los alrededores del aparcamiento eran de lo más triste que se podía concebir. Tras haberlo atacado tan absurdamente el día anterior, el viejo le había contado cómo había sucedido todo. Las calles sucias en la lividez de la mañana. Se la imaginó pálida y agotada, caminando con el eco de sus tacones, ciñéndose las solapas de su vieja gabardina sobre el cuello mientras pasaba entre los coches dormidos. Luego se asomó a la barandilla. Alberto sintió que le tocaban el costado. Gioia había estado sollozando desde que el ataúd había entrado en la iglesia. Sofocaba su llanto con un esfuerzo siempre inferior al necesario para convencerse de que el dolor podía dominarse. Pareció detenerse. Luego echó un vistazo a su iPhone y recayó en un llanto atronador. Ruggero la miraba con desprecio. Observaba los movimientos del cura con exasperación. Miraba a los padres con muecas de indulgencia. Parecía hacer lo mismo con el ataúd.

Una familia de locos, pensó Alberto, y el más loco de todos ni siquiera se ha presentado.

El sacerdote siguió observando a los presentes. Estaba claro que los familiares habían subido hasta allí para evitar la vergüenza de una ceremonia cerca de casa. Pero no ver ni a una sola persona de la edad de la difunta confirmaba sus teorías. Si Clara se hubiera quitado la vida cuando estaba en el instituto, no habría habido escapatoria para la familia; guapos, llorosos, imparables, *a centenares*, sus amigos se habrían abierto paso incluso a través de los hielos perpetuos.

Cuando moría un chico de dieciséis años, a veces incluso uno de veinte, las iglesias se veían invadidas por ese ejército de chicos y chicas. Ninguno de ellos se había aventurado más allá de la pila de agua bendita desde el día de su confirmación, y no volverían en mucho tiempo. Una lánguida y rabiosa carga de cuerpos en flor. No había ninguna santa que igualara el aroma a fruta y a sudor de una niña de catorce años llorando por la desaparición de una amiga. «Niña de pura y despejada frente», volvió a recitar el cura. Cuando los que fallecían eran personas de sesenta años, quienes acudían eran sus compañeros de trabajo. Los nonagenarios eran especialistas en arrastrar tras de sí a pueblos enteros. Pero la verdadera tragedia eran los treintañeros. Los de treinta y cinco; muchas veces los de cuarenta. No había compañeros de trabajo, porque a menudo no había trabajo. Y cuando lo había, los compañeros estaban demasiado ocupados luchando por sobrevivir. Los amigos –los de verdad, los que lo habían sido desde hacía tiempo– estaban lejos, perdidos en las ciudades del norte, atascados en los pantanos de sus vidas. Tal vez la noticia les había llegado también a ellos, y las condolencias (desde cientos, tal vez miles de kilómetros) provocaban minúsculos parpadeos en las llamas de las velas eléctricas.

Así que, en esos casos, el cadáver quedaba a merced de la familia. Con el resultado (la ironía, en realidad, pensó el cura mientras se preparaba para la comunión) de que todo el asunto era gestionado por aquellos contra los que el muerto debía de haber luchado para emanciparse cuando estaba vivo: madres y padres y abuelos y tías cuyos mismos dientes, distorsionados por la curva del vaso en que bebían, no podía soportar ver.

Tener en tu propio funeral a las personas a cuyos funerales deberías haber asistido tú. Por no hablar de sus amigos, a los que quizá ni siquiera habías llegado a conocer.

Como el caso de esta chica, pensó mientras partía la hostia sobre la patena, adivinando solo en parte y no imaginando, por la mitad en la que se equivocaba, lo lejos que estaba de la verdad.

No tuvo tiempo de darle más vueltas al asunto, porque Vittorio se puso en pie de un brinco antes de que hubiera llamado a la comunión, antes incluso de que llegara el momento del salmo.

El desagrado del sacerdote se convirtió en incredulidad cuando Vittorio le dio la espalda, y luego en aprensión cuando lo vio agacharse. Ahora tenía que volverse hacia la cruz. Recitó la fórmula. Mientras tanto, sospechó un malestar que confirmaba la imposibilidad de enderezar un día que había empezado mal. Se volvió hacia los bancos y lo divisó caminando hacia la salida. Ya no sabía qué pensar. El primero de los comulgantes acudió a la llamada. Sus dedos recogieron otra hostia consagrada y una segunda boca se abrió ante su mano. Vio acercarse al viudo y a la chica. Escrutó entre las cabezas. La fila llegaba hasta la mitad de la nave. El sacerdote buscó un hueco lo bastante grande a través del cual pudiera ver la figura de Vittorio. Sin embargo, se percató de otra cosa. La mano se había retirado rápidamente, lo que significaba que la habían puesto poco antes. El sacerdote pensó que no había visto bien. Era absurdo pensar que podía haber sido eso. Le dio la comunión a la chica. Le dio la comunión a un anciano de tez olivácea. Entonces la escena se repitió. Los dedos blanquecinos, seguidos de la onda dorada de un reloj de pulsera, se extendían más allá del borde de madera oscura, cubierto por los otros que avanzaban. El sacerdote estiró el cuello para intentar comprender. El antiguo subsecretario. Demasiado lejos para ser él. Lo buscó en otra parte, y ahí estaba. Ayudó haberlo reconocido fuera de la iglesia. Lo había visto recientemente en un telediario local. Las mejillas redondas y caídas, la barba recortada en el mentón para dar sustancia a un aburrido discurso sobre el presupuesto de la universidad. El rector tenía los ojos húmedos. Parecía desesperado. Medio oculto por los otros hombres, en caso de que estuviera ocurriendo lo que el sacerdote creía seguro a esas alturas, parecía que la única forma de calmarse era entrar en contacto físico con la muerta. Tocarle un tobillo. La suave piel cosida a los lados del vestido. Los brazos y el cuello a medida que avanzaba la fila. El sacerdote se ruborizó. La habían desnudado y se habían apresurado a romper la rigidez de su cuello. Lo mismo con los dedos, las muñecas, la mandíbula. Luego, caritativamente, habían presionado sobre su zona urogenital. Una chica tan guapa. La habían puesto de lado para facilitar también la expulsión de las regurgitaciones por la nariz y la boca. La habían lavado, incluso el pelo con champú. Con la ayuda de unas pinzas anatómicas, habían introducido tiras de algodón absorbente en sus diversos orificios naturales. La habían desinfectado, maquillado, vestido de nuevo. Habían tenido que clavarle la aguja entre el labio superior y la encía, hasta que asomó por uno de los orificios nasales y el hilo pudo salir hacia arriba. Fue entonces cuando se le había formado esa mueca. Debía de haber sido una niña guapísima, pensó. Una chica despierta. El rector volvió a acariciarla. Aunque estaba claro que se había vuelto loco, era capaz de controlarse para no provocar un escándalo. Hurgaba en el ataúd, retiraba la mano e inmediatamente se agarraba al borde de madera, simulando que era una barandilla. El sacerdote buscó con la mirada el cuerpo de la difunta. Unos días atrás, tal vez había estado comiendo con una amiga. Aún comía, hablaba. Una chica tan hermosa, una niña espléndida muchos años antes. Luego, un acto de voluntad. La maldición de los impulsos individuales. Lo que solo había sido el principio del espectáculo, la llamada a romper filas que había llevado a desnudar y manipular su cuerpo, que había provocado que él recibiera aquella horrible llamada del administrador diocesano, y que todos aquellos ancianos se presentaran allí, jueces y banqueros y politicastros, y que luego este hombre, el rector de la Universidad de Bari, la acariciara en el ataúd, o la manoseara, o le apretara el cuello, *y todo ese absurdo*, intuyó el sacerdote; observó los ojos desconcertados del rector y el nudo en la garganta por fin se aflojó, vio, comprendió, se iluminó, una vez más comprendió, tonto más que tonto, y entonces le entraron ganas de reír, bailar, *este frenesí*, se dijo, esta locura desenfrenada solo la variante romana podía acogerla y atenderla, hacerla suya y comprenderla. El tejido de la versión inglesa era demasiado flojo. Para los protestantes habría sido inverosímil. Los pentecostales la habrían prohibido; los adventistas, detestado; bautistas y congregacionalistas la habrían dejado acercarse solo para amenazar con una soga; pero la variante romana, católica y apostólica, sabía compadecerse de los profesores que acariciaban a una muerta en su ataúd, su abrazo era amplio, su corazón no tenía límites, podía sentir los latidos de un hombre cuando le robaba del bol-

sillo a su hermano, cuando contaba los billetes, cuando engañaba a su mujer, cuando juraba en falso, cuando mataba y
violaba y prendía fuego; a los episcopalianos les habría dado
un cólico, los adoradores de la media luna habrían levantado un cadalso... Pero para la variante apostólica y romana,
nada podía ser escandaloso porque todo es humano, pensó el
sacerdote, se regocijó, comprendió, recordó, abierta y dulce,
agradecida y compasiva, hasta podía aceptar que un joven de
treinta años como lo había sido él se dejara acompañar por
una chiquilla de catorce, hasta llegaba a entender las razones
de la chiquilla, sus expectativas, el tonto error de contárselo
todo a sus padres, con tal de que el chico tuviera una buena
crisis mística, «¡de rodillas, hijo!», pensó, comprendió, sufrió,
recordó, al norte de Roma todo era cosa del poder judicial,
en Teherán del verdugo, aquí en el sur un misterio, al sur de
Londres y de La Meca, al sur de Atenas y de Jerusalén, su
manita suave y sudorosa mientras subía por la colina, sus mallas lilas y la camiseta de los Peanuts.

Vittorio hizo una mueca de asco. Metió la mano derecha en
la americana. Se puso de lado para abrirse paso. Empujó sin
contemplaciones a su mujer, a su yerno y a su primogénito
hasta que salió del banco. Dio la espalda al altar. Caminó hacia la salida sin quitarse la mano del pecho, desgranando en
los ojos de los hombres el tufillo de la preocupación por ellos
mismos. Recorrió la nave con la cara roja. Pasó por delante
del confesionario. Cruzó la puerta y se encontró de nuevo al
aire libre.

El viento de la tarde le alborotó el pelo. Vittorio dio unos
pasos sobre la hierba seca. Un chófer fumaba con la espalda
apoyada en la puerta de un BMW. El sol había arrastrado tras
de sí las últimas luminiscencias. Un azul caliginoso envolvía
las cañadas, y tan pronto ofrecía un perfil autónomo de la
meseta como la fundía con el cielo. La pancarta publicitaria
de una cadena de supermercados que arrastraba tras de sí un

avión serpenteó en lo alto y desapareció. Vittorio se desvió hacia la derecha y descendió unos metros por la ladera. Apoyó la mano en el tronco de un árbol. Sacó el móvil del bolsillo interior de la americana y se lo puso en la oreja.

—¡Diga!

El aparejador De Palo le informó de que el hombre de Tarento había salido del coma.

Empezó a respirar despacio. Escuchaba. La voz repitió la noticia. Luego añadió que le habían amputado una pierna.

Vittorio se pasó la mano libre por la cara, intentando desterrar la absurda esperanza de que un hombre con una pierna menos corriera más peligro de morir que un hombre en coma. La amputación de la pierna solo agravaba el problema. Lo complicaba terriblemente. Vittorio levantó la cabeza y observó cómo la tierra y el cielo se fundían más allá de los árboles. Un engranaje había empezado a girar hacía dos noches. El mecanismo había pasado de ser potencial a ser activo; de ser simple a ser complejo. Un universo cuya expansión —real e inconsciente en el tejido del mundo, artificial y bien codificada bajo la luz de su razón— era la manifestación más clara del concepto de ruina que jamás había visto.

El aparejador De Palo le informó de que lo primero que el hombre había exigido era que lo cambiaran de habitación.

—¿Qué?

Vittorio pensó que había entendido mal.

—El problema era el paciente de la cama de al lado. Se quejaba.

Preguntó qué habían hecho.

—Lo cambiamos. ¿Qué íbamos a hacer? Despejamos un trastero para que tuviera una habitación para él solo.

Vittorio dijo que él mismo se ocuparía personalmente al día siguiente. El aparejador se despidió de él. Cerró el móvil. Se ajustó la americana, sacudiéndose la solapa dos veces. Echó a andar en dirección a la iglesia.

No sabían dónde buscar.

Desaparecieron a toda prisa por los pasos subterráneos de la estación de tren. Se quedaron pensativos, con la frente apoyada en el volante de pequeños coches atascados en el tráfico tras el final de la jornada laboral. A las puertas de la Apple Store encendieron un cigarrillo, encontrando una forma de consuelo en las primeras caladas. Por correo electrónico. Por SMS. Rayas rojo carmesí en los cristales reflectantes de la Banca di Credito Pugliese. Bebieron en un bar de via Crisanzio en el que no tenían previsto entrar. Más allá de la cristalera, en la opacidad iridiscente de la contaminación lumínica, seguían el eje al fondo de la cual era posible divisarla. La nariz hacia arriba, escudriñando el cielo. Una S, una U, una P en la cinta plastificada. Tamborileaban con los dedos en la farola para matar el tiempo mientras esperaban al camello. Al quedarse solos en el despacho, comprobaban si los tuits de la hora anterior habían generado nuevos seguidores, intentando averiguar cuántos habían sido impulsados por tuits firmados con su nombre, cuántos por tuits en nombre del periódico, cuántos por los tuiteados bajo las nueve cuentas falsas diferentes que ellos mismos habían creado. Olor a descarga electrostática. La pancarta de SUPERMERCADOS RICCARDI acabó de cruzar el cielo, transportada por un avión en el último suspiro de la puesta de sol. Se quedaban pensando en ello a solas, o hablaban del tema con sus novias actuales.

Pocos de los viejos amigos de Clara habían visto la necrológica en el periódico. La noticia había empezado a difundirse, confiada a la soberanía de los algoritmos. Hubo pocas o ninguna llamada telefónica. Con los años, todos habían perdido el contacto. La red de contactos parpadeaba en las pantallas de los smartphones. Del mar blanco de los píxeles surgía la vieja foto de un equipo femenino de voleibol. *Esto no es un recuerdo.*

Recibieron la noticia. Se abrazaron el torso como si tuvieran frío. Intentaron averiguar adónde debían mirar para alinearse con Noci, el pequeño pueblo de las Murge en cuyas inmediaciones, incomprensiblemente, la familia de su vieja amiga había decidido celebrar el funeral.

Un funeral que a esas horas ya debía de haber terminado.

Giuliano Pascucci, de treinta y nueve años, jefe de almacén en una empresa textil, dio un sorbo a su Negroni y se quedó mirando cómo estallaban y se recomponían las luces en la cristalera del bar.

Los lunes y los jueves eran días de entrenamiento.

En aquella época trabajaba en un taller de coches, después de obtener el título en un instituto de formación profesional. Con su primer sueldo se compró un Panda de segunda mano. Los sábados recogía a sus amigos y los llevaba a comer una pizza a Torre a Mare. Sus compañeros de viaje, apretujados en los asientos —todos de edades comprendidas entre los quince y los dieciocho años—, se pasaban las cervezas entre bromas idiotas. A la vuelta siempre había alguno que gritaba a las putas.

El Panda daba fe de su autoestima, y era el trampolín para las futuras proezas de virilidad. Pero los lunes y los jueves, a última hora de la tarde, después de que el dueño se marchara dejándole las llaves, Giuliano apagaba las luces del taller y un velo adicional descendía sobre su mirada. Algo que no era virilidad, pero que competía con ella, por decirlo de algún modo, le hacía bajar la persiana y subirse a bordo del Panda.

Cruzaba la ciudad para ir a verla.

Se entrenaban en un pequeño gimnasio en las inmediaciones de Carbonara. Una instalación cubierta con una sala para la equipación, las duchas y poco más. Fuera reinaba el silencio de la periferia. Dentro, las chicas corrían y hacían flexiones, ensayaban jugadas y se exhibían haciendo volteretas. Los gritos resonaban, agudos y potentes. En el extremo de la gran sala había dos bancos de madera en los que se reunían amigos y pretendientes, muy rara vez algún padre.

A Clara la había conocido en una fiesta de cumpleaños y luego la vio en el Stravinsky: estaba bailando en el concierto de un grupo de hardcore. Sus miradas se rozaron cuando ella, empapada en sudor, pidió una Fanta en la barra. Algo que no estaba del todo claro sugirió la magnitud de la brecha social y, sin embargo, era otra cosa lo que le impedía sentirse a su altura.

Observarla en el gimnasio no hizo más que confirmar sus temores. Era la chica más interesante con la que se había topado en su vida. El suave aterrizaje de las zapatillas de gimnasia unas fracciones de segundo después del sonido de la pelota golpeando el linóleo ponía fin a la secuencia auditiva que él habría querido escuchar todas las noches en los auriculares de su walkman antes de dormirse. La colocadora elevaba la pelota en el aire y Clara coordinaba sus movimientos para golpearla justo cuando alcanzaba el punto más alto. Por lo que había podido averiguar, había distintas formas de elevar el balón hacia la red, dependiendo de si el jugador que iba a rematar se encontraba en un lateral o en el centro. Entre Clara y la que él llamaba «su colocadora favorita» había un entendimiento que iba más allá de lo humano en su perfección, y más allá de la máquina por todo lo de humano que pasaba entre ellas. La colocadora se aseguraba de que el vértice de la parábola se correspondiera con la parte superior de la red. Un centímetro más abajo y el remate rebotaba en la cinta. Esto le permitía a Clara —al principio lo había intuido, y ahora lo comprendía mejor— golpear la pelota revelando en cada ocasión su naturaleza.

Remataba con violencia, nunca con maldad. Ni siquiera parecía que entre sus objetivos estuviera el de acumular puntos. El pelo volaba libremente hacia arriba mientras ella se dejaba caer, con los pies tocando el suelo, y daba la sensación de que la gravedad se había enriquecido con algo que no era suyo. En el espacio circundante, el partido de voleibol se convertía en un universo en miniatura cuyo recoveco más profundo tenía algo en común con la botánica: el lento crecimiento de las briznas de hierba, el tropismo de determinadas flores.

Empezó a soñar con ella varias veces por semana. Cuando soñó también con el búho con gafas, el logotipo de la óptica Berruti que destacaba en la camiseta a rayas verdes del equipo, comprendió que había llegado el momento de dar el paso.

Un jueves de finales de noviembre, al acabar el entrenamiento, se armó de valor y se acercó a ella. Se ofreció a llevarla a casa en su coche. No se había perdido ningún entrenamiento en los últimos tres meses, así que para Clara era una cara conocida. La chica asintió. Pascucci se quedó mirándola estupefacto. Clara añadió que también tendrían que llevarse a Michele, el hermanito pequeño (sus palabras exactas fueron «mi hermano», evitando cualquier diminutivo cariñoso), y de este modo Pascucci encajó la respuesta más increíble que hubiera podido imaginar con el retraso necesario para extraerla de la noticia que atenuaba su impacto.

La chica extendió el brazo, señalando la otra punta del gimnasio. Él siguió su dedo índice y lo vio.

Inmóvil en el banco había un chiquillo regordete, de doce o trece años. Jersey grueso y pantalones de pana. Corte de pelo tazón descuidado. Gafas baratas. Se dio cuenta de que lo había visto antes. (Se llevó el vaso a los labios, identificó la hélice plateada de ginebra en el mar del Campari). Efectivamente, lo había visto todas las veces que había estado allí. Su hermana lo llevaba siempre con ella y Michele era capaz de desvanecerse en el color de fondo de los recuerdos ajenos. En el jersey llevaba impresa la cabeza de una cebra. El efecto era desgarrador. Clara desapareció en las duchas. Pascucci se quedó mirando al niño unos segundos de más. Michele se quedó quieto en el banco, aumentando su peso específico.

Veinte minutos después, Pascucci conducía hacia el sur de la ciudad. Michele iba detrás. A su lado estaba la bolsa de deporte de su hermana. Pascucci se esforzó por no imaginársela como un lánguido cofre del tesoro (llena de calcetines apelotonados y ropa interior femenina en fermentación) en la medida en que ella era un tesoro sin cofre y, sin embargo, más complicada de abordar que si hubiera estado encerrada en una caja fuerte. Pero, fantasías fáciles aparte, Pascucci se sentía tenso. Nadie había abierto la boca desde que habían subido al coche. Clara miraba hacia delante como si el único esfuerzo que tuviera que hacer fuera confirmar que la ruta era la correcta. Desde el asiento trasero, el niño miraba al vacío con tal intensidad que Pascucci temió que fuera *él* quien no estaba viendo algo evidente. Notó vibrar el móvil. Pidió su tercer negroni en el bar de via Crisanzio. Las luces seguían desvaneciéndose a través de la cristalera. La edad de la confusión. La edad de la separación. Ahora era capaz de aislar los componentes en su paladar. Así, ya medio achispado, alrededor de su cabeza giraban la hélice plateada de la ginebra, el rectángulo rosado del Campari, el cuadrado rojo sangre del vermut. Para encontrar una simplificación adaptada a los tiempos actuales, habría dicho que hermano y hermana —en su Panda, aquella noche— no paraban de intercambiar mensajes de texto mentales. Pregunta. Respuesta. Petición de explicaciones. Tranquilización. Insinuación. Respuesta escueta. Monosílabo. Explicación más extensa. Emoticono.

Tras pasar la estación de servicio de IP, la chica le pidió que tomara la carretera estrecha y arbolada de la derecha. Al cabo de unos minutos estaban inmersos en la oscuridad. El Panda se sacudía entre piedras y pequeños baches. La luz de los faros reveló una larga hilera de cipreses. Cuando apareció la villa, Pascucci pensó que, una vez más, no era eso lo que lo separaba de ella.

Ahora pensaba en lo extraño que era que dos chicos tan ricos tuvieran que volver a casa en autobús. Bebió el último sorbo. Miró a través del cristal en busca del eje en cuyo final era posible encontrar la iglesia de Noci. Durante los días siguientes volvió a recogerla al gimnasio. Clara siempre aceptaba su ofrecimiento. Y siempre los acompañaba Michele. Pasaron tres o cuatro semanas con la tortura de aquellos trayectos silenciosos. Él conducía, Clara y Michele permanecían inmóviles sin pronunciar ni una sílaba. Cuanto más se dejaba arrastrar el niño por una ola de tristeza, tanto más hermosa y concentrada se la veía a ella. Pascucci no creía estar en presencia de un misterio que hubiera podido desvelarse con observación atenta y dedicación. *Sentía* todo eso como se sienten las cosas cuando se es joven: grandiosas, terribles, indivisibles y carentes de explicación. La lente rompe el haz luminoso y a ti no te da. Concluyó, de forma muy estúpida, que la situación se estaba volviendo bastante engorrosa. Un mes, y no había hecho ningún progreso. Sus amigos se le reirían en la cara. Mientras en el taller desmontaba un cárter de aceite, durante los penosos cuartos de hora en los que bregaba con un carburador, de la grasa y de las válvulas surgía la sombra del resentimiento. Pensaba en los chicos de su edad matriculados en la universidad. Miraba con la ferocidad del ojo interno el falso estampado de cuadros escoceses de los asientos del Panda, donde aún no se había recostado nunca una espalda femenina.

Una tarde, al final del entrenamiento, arrinconó a Clara en una esquina del gimnasio. La zona muerta de las equipaciones. Ella colocó el balón medicinal junto a las colchonetas. Pascucci sonreía. (El cálido enjambre de las demás jugadoras se deshacía en los vapores de las duchas). Clara exhaló como al final de un tie-break y se colocó un mechón de pelo detrás de la oreja. Luego dio un paso adelante. Pascucci apoyó la mano en la pared, cerrándole toda vía de escape. Ella entornó los ojos de modo imperceptible.

—Estaba pensando —improvisó Pascucci— que hoy habéis ido más lento de lo normal, ¿no? Quiero decir… las tácticas.

—¿A qué te refieres? —preguntó Clara desconcertada.

—A tu hermano. Esta noche yo creo que sería más feliz si lo dejamos ir a su aire. Porque, escucha…

Y, antes de terminar la frase, se dio cuenta de que había cometido un error que no le sería perdonado. Clara palideció. Luego frunció el ceño. El hecho de haber forzado la situación permitió a Pascucci verla –la sombra de una herida– como ella habría empezado a mostrarse voluntariamente si él hubiera tenido más paciencia. La extorsión de un anticipo reducido a cuenta ya saldada.

–Iremos en autobús.

Había terminado antes de empezar.

Tal vez (concluía Pascucci las pocas veces en que le daba por recordar aquello) era una secreta vocación de fracaso lo que le hizo decir esas cosas. Ese pensamiento lo distrajo y dejó de pensar en Clara. Se dedicó a inventariar sus últimos años. Se apesadumbró más aún. Tamborileó sobre la mesa hasta que su dedo índice resbaló sobre algo húmedo. Se dijo a sí mismo que no debería pedir un cuarto Negroni, así que pidió un cuarto Negroni.

Pietro Giannelli, de treinta y siete años, antiguo dependiente de una zapatería, actualmente Hombre Rana del Toys Center del centro comercial Mongolfiera, dio la última calada a su cigarrillo y lo lanzó al aire con un capirotazo. Despegó la espalda de la farola. Esquivó las luces de la Apple Store de corso Vittorio Emanuele. Empezó a caminar por la acera, con las manos metidas en los bolsillos de la chaqueta. Apretó el celofán donde llevaba el DMT. Antiguo propietario de una Suzuki GSX 400. Matrícula universitaria n.º 16020134 en un cuadernillo en el que nunca se había introducido ni un solo resultado de examen. Se mezcló entre la multitud del viernes por la tarde. Notó de nuevo la vibración de su móvil; al llegar al último eslabón de la cadena, la información rebotaba por error a los eslabones anteriores. Cerró los ojos y avanzó así unos metros. Se detuvo antes de que un transeúnte pudiera chocar con él.

El hombre le había dicho que tomara asiento en el sofá y luego le preguntó a bocajarro si estaba acostumbrado a andar por su casa con los ojos maquillados. De que era una trampa se había dado cuenta mientras tenía el dedo en el interfono, cuando oyó que el ruido sordo del fondo aumentaba de intensidad. Levantó la cabeza. El padre de Clara. Sonriente, pelo negro a pesar de los años, jersey verde y pantalones blancos.

Llevaba una semana yendo a verla y nunca lo habían dejado entrar. Aparcaba la moto y se quedaban hablando durante horas fuera de la casa. El día anterior, Clara se había reunido con él bajo el sauce que, extendiendo sus ramas sobre la verja de hierro, formaba una mancha de sombra entre las tres y las cuatro de la tarde. Llevaba una camisa de algodón azul de manga larga, vaqueros y unas viejas All Star en los pies. En un momento dado ella le preguntó qué le parecía el Stravinsky.

–Desde que lo han vuelto a abrir, ha desaparecido la magia. Ya pueden poner la puta música que quieran, pero no funcionará. Los sofás negros. Ese era el secreto.

Clara se agachó y luego se levantó sosteniendo un folleto de la campaña electoral sucio de barro. Luego, con lentitud, lo hizo pedazos. Le preguntó qué pensaba de los psiquiatras. El viento sacudió el sauce, desplegando sobre su rostro manchas de luz. Un cabello se le había quedado pegado en la mejilla, creando el contorno de la isla de Malta.

Giannelli pensó en el personal del SERT, el centro de drogodependencia, donde tenía que firmar cada día 5 del mes.

–Una panda de idiotas.

Vio cómo las manchas se extendían sobre ella y giraban en el sentido de las agujas del reloj, pero solo era el bajón del ácido.

Parecía interesada en cada palabra que salía de su boca. En el voluble grupo de sus amistades, Clara había cambiado su actitud hacia él de un día para otro. Había ocurrido después de enterarse de su situación familiar.

El señor Salvemini hizo un gesto y Giannelli avanzó por el camino de entrada, cayendo en la cuenta de que el hombre estaba ahora a su espalda en una posición ventajosa. Lo oía murmurar. Cuando llegaron al salón —el hombre seguía detrás de él, diciendo «adelante»—, comprendió que las alfombras persas y los candelabros y todas aquellas cosas que colgaban de las paredes estaban pensadas para que la gente que entrara allí se sintiera cómoda o intimidada, según la cantidad de dinero que hubieran visto en su vida.

Lo invitó a que se sentara en el sofá y solo entonces fingió estudiarlo bien, mostrando su disgusto por sus pantalones desgastados y su lápiz de ojos.

¿Acostumbraba a pasearse con esa porquería alrededor de los ojos también en su casa?

—Sí, señor Salvemini —respondió, sosteniéndole la mirada al hombre.

Estaba acostumbrado a la mezquindad de los adultos. El hecho de que existieran personas como él era útil para los psiquiatras de la SERT, porque reforzaba su sensación de tener la sartén bien agarrada por el mango. Lo sometían a una retahíla de preguntas idiotas y lo enviaban a sellar papeles o a programar análisis de orina. Cada vez que sacaba el dinero para el copago en el ambulatorio local, percibía una maraña de filamentos negros al rojo vivo. El efecto desaparecía al instante. Entonces salía a la calle y se tomaba otro ácido. La telaraña incandescente volvía a estallar sobre él, los filamentos se elevaban hacia el cielo, iluminando el oscuro rostro del legislador, el estrado del juez, la cabalgata de las fuerzas del orden; el mecanismo accionado por su gesto resonaba como un relámpago que revela entre las nubes el barco fantasma que asegura que en el plato de la recaudación del policía designado resuene la paga extra anual, y también da sentido al trabajo de los psiquiatras de la SERT y a la vida misma de los funcionarios de las oficinas que suspenden los permisos de conducir y los visados para viajar.

—¿Y qué piensa tu padre de ese disfraz?

—Murió el año pasado.

El hombre estuvo a punto de replicar algo, pero oyó el taconeo de su hija bajando por las escaleras. El murmullo cesó. Clara entró en el salón. Frunció el ceño, sorprendida al encontrar a su amigo sentado en el sofá. Vittorio cogió una revista de la mesita de cristal y fingió leer. El ruido de fondo había desaparecido. Ella dijo:

—Llegamos tarde.

Giannelli se puso en pie.

Diez minutos más tarde recorrían a lomos de la Suzuki la arteria principal de via Fanelli en dirección al multicine de Casamassima.

Giannelli ya había hablado varias veces con el hermano pequeño. Un chaval de unos quince años en proceso de adelgazamiento, el pelo despeinado y un desaliñado abrigo verde que lo hacía parecer el desertor de un ejército que no tuviera especial interés en reclamarlo. Tenía el aspecto de alguien que se esfuerza por recuperarse de un golpe especialmente duro: un físico un poco borroso, el espíritu sacudido por el impacto, parecía prisionero de un futuro del que luchaba por escapar. La última vez que se habían cruzado fue delante de Correos. Habían ido a sentarse en los bancos de piazza Cesare Battisti, encorvados mientras fumaban un cigarrillo. Michele también tenía la pinta de pasarse las tardes vagando por la ciudad. Giannelli había esperado que los dos edificios del Ateneo acabaran de cruzarse. Los ajados setos de laurel habían dejado de vibrar. Antes de que desapareciera el efecto del ácido, experimentó una sensación nueva, indefinible. El pálpito de un párpado tirado hacia arriba. Michele movía la mano con el cigarrillo de un lado a otro. Había empezado una parrafada que sonaba como la continuación de una disputa iniciada tiempo después; daba una profunda calada y luego se obligaba a articular un concepto con la esperanza de devolverlo al presente. Estaba diciendo que, a pesar de las malas experiencias, la parte más profunda del ser humano siempre espera que se le haga el bien y no el mal.

—Sin embargo, esta no es la parte que se enfada. No es la parte que protesta. —Aparentemente, el mal infligido por debajo de cierto umbral no producía una voz audible para el mundo exterior–. En cada uno de nosotros hay algo sagrado, pero no es la propia personalidad.

Mientras Michele seguía con su razonamiento, Giannelli había cogido el sello con la cara del Sombrerero Loco. Se lo puso bajo la lengua. Esperó en vano a que el Ateneo se desdoblara de nuevo. Los setos de laurel se habían estremecido, pero el halo de luz había mantenido una intensidad tenue. El chaval. Fue debido a él. En su esfuerzo por concentrarse, similar a un agujero negro, Michele absorbía la energía del mundo circundante. De esto Giannelli nunca se habría dado cuenta sin el ácido. Las hojas de laurel expandían su fuerza, pero en cuanto la luz verde abandonaba su fuente de emisión, era succionada hacia el chico. Su hermana podía estar tranquila: aunque hubieran decidido llevar a rastras a Michele a ver a un psiquiatra, no iban a conseguir nada.

Siguió caminando por la acera. Malhumorado, desanimado, con el DMT aún en el bolsillo. Disfrazarse de Hombre Rana era mejor que disfrazarse de Hombre Pollo, y ahí se acababa el consuelo. Todas las mañanas, a las siete menos veinte, entraba en el aparcamiento del centro comercial con su Toyota Yaris. Se tomaba un café con los guardias de seguridad. Llegaba a la oficina de administración del Toys Center, entraba en el almacén, se quitaba los zapatos y los pantalones, se metía en el disfraz de gomaespuma y poco después empezaba el reparto de folletos. El lápiz de ojos le había servido en el pasado para ganar puntos por su extravagancia, al igual que las cazadoras de cuero y las muñequeras con tachuelas. Si no hubiera ofrecido ese aspecto, habría sido un muchacho asustado cuyo padre había muerto, alguien a quien uno podía creer que le privaba de algo al quitarle el carnet de moto, aunque en el cálido asiento de esa moto había seguido yendo a ver a Clara sin el menor problema.

Un violento golpe en el hombro lo hizo girarse de tres cuartos. Un transeúnte había chocado con él por error y ahora se alejaba.

En la pantalla del cine, medio vacío a las once de la noche, el hombre abofeteó a la chica en la habitación amueblada al estilo de los años cincuenta. La actriz esbozó una sonrisa extasiada con la nariz sangrando. Después, el hombre la estampó de espaldas contra la moqueta. Giannelli abrió los ojos de par en par. Clara le había cogido la mano y se la apretaba con fuerza. La mano era cálida y suave, transmitía sensaciones opuestas, de una casa en lo más profundo del bosque y de una caída sin fin. Se besaron. Ella le cogió la cabeza entre las manos. Giannelli le desabrochó la camisa de cuadros. Le tocó un pecho, delicadamente, giró la mano con más cuidado para sostenerlo en la palma. Alguien tosió al fondo de la sala. Giannelli se puso rígido. Clara se abalanzó sobre él, medio trepando sobre el reposabrazos que los separaba. Dos horas antes parecía angustiada por esa historia del psiquiatra, adonde al parecer su madre había llevado a su hermano aquella misma tarde. Ahora estaba furiosamente viva en el polvo plateado de la sala de cine. Metió una mano bajo la camiseta de Giannelli. El hombre de la pantalla apagó la lámpara, empezó a golpear de un modo salvaje a la chica. Clara lo besó apasionadamente. Giannelli pasó la mano entre sus cuerpos, apretados el uno contra el otro, acarició la tela vaquera de los pantalones de ella, luego subió la mano y desabrochó el botón de sus Wrangler negros. Clara suspiró. Él tuvo la clara sensación de muchos ojos amarillos abiertos como platos y asomando entre los arbustos. Intentó meter la mano en las bragas, ella apoyó el codo en el reposabrazos para facilitarle el acceso y cuando tiró con fuerza hacia arriba, oyó el gemido rabioso de Clara y vio cómo su mano blanca y afilada se cerraba en un puño y luego se extendía.

Tomaron un helado en un bar del centro y estuvieron charlando de cosas triviales. Vieron la luna reflejándose en el edificio de cristal de la Banca di Credito Pugliese. Montaron en la Suzuki y se marcharon a dar una vuelta. Atravesaron las afueras. Enfilaron la carretera de circunvalación, donde la luna era más grande y podían correr.

La llevó a casa sobre las dos de la madrugada. Al menos, a esa hora estaba seguro de que no iba a tener ningún encuentro desagradable. Pasó con ella por delante de la gasolinera en plena noche. Giró, dejando atrás las farolas. Empezó a subir por el estrecho camino lleno de baches. Las sombras de los cipreses fluían a los lados. Las nubes, en los bordes de la luna, parecían curvarse de un modo antinatural hacia el tejado de la villa.

—¡Joder!

Giannelli sintió que los brazos de ella se apretaban alrededor de sus caderas. Aminoró la velocidad.

—¿Qué pasa?

—¿Cómo que qué pasa? ¿No lo ves? Para y déjame bajar.

El jardín estaba iluminado como si fuera de día y había cuatro siluetas de pie en los escalones de la entrada. Del edificio salía una columna de humo negro que parecía una horca gigantesca apuntando hacia arriba.

—Un incendio… —dijo él con la boca abierta.

Clara se bajó de la moto. Se quitó el casco. Susurró apresuradamente:

—Corre, vete.

Bajo la mirada preocupada de Clara, sin embargo, empujaba una fuerza contraria. Los guijarros del camino crujieron. Giannelli vio un gran lagarto gris adentrarse entre el follaje. Luego a Clara. Mientras ella le daba la espalda, caminando hacia la villa, le pareció ver una mueca de satisfacción dibujarse en sus labios.

—Una puta. Un pedazo de furcia a la que me follé antes de que se casara.

Enzo Santangelo, de cincuenta y cinco años, instructor de body building, propietario del gimnasio Body Empire en via Postiglione, del gimnasio Extreme Fitness en viale Unità d'Italia, de la tienda de suplementos nutricionales y productos deportivos mejor surtida de Bari (Vitamin Center, en via

Calefati), dio un sorbo a su agua aromatizada y entregó el formulario firmado al representante farmacéutico.

—¿Una clienta?

—Así es. Entraba en el gimnasio como si viniera de un desfile de moda. Pero luego salía de los vestuarios con esas camisetas de tirantes, esas zapatillas de gimnasia Hogan, esos pantaloncitos cortos rojos que le daban un aire mucho más informal. Entiendes, ¿no? Supongo que ya estaba más que harta de su futuro marido. Deberías haberlo visto a él también. Un ingeniero. Se veía claramente que tenía pasta.

—Nunca tanta como ella.

—Nunca tanta como su padre, de acuerdo. Pero de vez en cuando el tipo este venía al gimnasio a recogerla y yo lo observaba mientras él miraba a su alrededor. Me ponía de los nervios. ¿Sabes lo que es la falsa modestia? Seguía los ejercicios como si pretendiera entender algo. Era evidente que creía que podía comprar todo el gimnasio de golpe si le daba la gana. Fingía pasearse por aquí con aires de inocente. Solo le faltaba ponerse a silbar, y yo pensaba: Aquí no hay ningún banco de pesas, colega, no hay ninguna máquina de remo, no hay ninguna colchoneta, no hay ninguna cinta de correr, quizá no hay ni un solo metro cuadrado en el que no me la haya follado.

—¿Te la follabas en el gimnasio?

—No podía evitar follármela en el gimnasio —dijo—. No fue la primera ni será la última. Pero escucha. Esta era una zorra. Bastaba con que me acercara, aunque solo fuera para entregarle la ficha de la semana... No era la forma en que me miraba. La mirada es cosa de principiantes. Las vibraciones, ¿entiendes? Yo pasaba junto a ella, y sin que ella tuviera que mover ni un solo músculo sabía que estaba por la labor. Sabía que *yo* lo estaba. Prácticamente me estaba tachando de marica por no haberlo intentado antes. ¿Te parezco marica?

—Déjame que lo piense... —El representante se rio.

—No soy marica y, además, tengo olfato para estas cosas. A veces llegaba una hora antes del cierre, se subía a una bicicleta estática y empezaba a trabajar, y cuando yo estaba lo bastante cerca, me susurraba: «Esta noche ceno con Alberto». Mi cerebro solo tenía que procesar la información. Tenía que controlarme para no echar a correr. Abría la taquilla, cogía un bote de Interflon y me lo metía en la riñonera.

—¿El Interflon para los aparatos?

—El Interflon *también* es un lubricante para aparatos. Lo cogía y me iba a esperarla al lavabo de abajo. A las nueve menos cuarto, puntual como un recaudador de impuestos, el ingeniero venía a recogerla. Encontrármelo cara a cara. Saludarlo, porque a esas alturas ya nos conocíamos un poco. Pero, sobre todo, estrecharle la mano, sabiendo que en ese mismo momento su futura esposa estaba bajo la ducha con el culo reventado. Bueno, ha sido una de las mayores satisfacciones que he tenido en este trabajo.

No le habló de la extraña sensación que lo atravesó un domingo por la tarde, cuando se quedaron encerrados solos en el gimnasio hasta tarde. A lo largo de los años no había hecho más que pensar en ello, pero su mente borraba el recuerdo en cada ocasión que afloraba. Así que acababa soñando con ello de manera recurrente. Y luego olvidaba los sueños.

Asustado por la moto, el lagarto se zambulló entre las briznas de hierba. Desapareció entre las ramas, rasgando en su huida la telaraña de la araña saltarina, que, ensamblando la imagen del reptil con sus ocho ojos, había logrado evitar el impacto. La araña saltó. El suelo seco y árido registró la información, superponiéndola al alfabeto de las hormigas que se cruzaban, rompiendo, bifurcando y luego recomponiendo una línea que nunca era la misma. La ley a la que obedecían se modificaba en ellas, confirmándose en la ley de los semejantes, recibía nuevos impulsos desde las profundidades del hormiguero, luego de más lejos, de la tremenda fuerza que cambia la faz de las estaciones. La saliva pasó de un par de labios a otro y el corazón se aceleró en la oscuridad de la sala de cine. La curvatura del abdomen se tensó sobre sí misma y se partió. Bajo la presión de la muda, una epidermis completamente nueva emergió de la carcasa muerta de color pardusco. Después de dejar que la cutícula se endureciera al aire libre, la cigarra emprendió su primer vuelo. Se posó en una hoja de romero. Las láminas bajo su abdomen empezaron a vibrar y un sonido seco, parecido a un chasquido con los dedos, señaló su presencia al mundo.

A la altura de via Bovio, la multitud de la ciudad se había reducido porque había menos tiendas. Siguió caminando con las manos en los bolsillos. Una valla publicitaria de desplazamiento vertical pasó del alegre anuncio de una pasta de dientes al anuncio nocturno de una tienda de lencería. Giannelli dobló la esquina. Giró de nuevo a la derecha y vio el aparcamiento. Recordó cuando paseaba con Clara, se cruzaban con alguien y ella bajaba la mirada. Habían dejado de verse después de que Michele se marchara de Bari, uno de esos cambios repentinos que solo más tarde se revelan como los grandes cataclismos que son. Su hermano se había alistado en el ejército contra todo consejo médico sensato. Algún tiempo después, Giannelli volvió a ver a Clara a la salida de un restaurante. Nuevo corte de pelo y vestido de lamé. Reía entre dos hombres de traje gris.

El asfalto se onduló a ambos lados de la carretera, se tensó curvándose hacia arriba hasta que un mar de tinta cayó sobre los dos errores, el yo de entonces y el actual que atravesaba en soledad la noche primaveral.

Aquel domingo habían decidido quedarse en el gimnasio hasta tarde. Por precaución, ella salió antes que los últimos clientes y él bajó las persianas. Una hora más tarde, lo esperaba fuera, frente a la puerta de servicio. Llevaba un vestido de punto muy ligero, sandalias abiertas y nada más. Inclinó la cabeza y dijo «Aquí estoy otra vez», y a él le pareció que hablaba con tanta falsedad que tuvo que contenerse para no abofetearla allí mismo. Follaron en la sala de cardiofitness. Luego Clara se incorporó, dejando en el parquet una marca de sudor.

Follar en el gimnasio después de la hora de cierre era maravilloso. Los gemidos resonando en todo ese silencio. Y luego la penumbra. Las únicas luces eran las de los televisores atornillados a las barras de acero frente a las bicicletas estáticas, cinco monitores Sharp que emitían música y canales de noticias.

A las nueve él le dijo:

—¿Te apetece que vaya a por un par de pizzas?

Volvió a ponerse el chándal y las zapatillas, mientras ella, todavía desnuda, fumaba un cigarrillo con la espalda apoyada en la pared de cristal que daba a la sala de haloterapia. Terapia de sal para la piel. Cada vez que pensaba en el dinero que había tirado en semejante gilipollez le entraban ganas de liarse a puñetazos consigo mismo.

Salió a la calle y se dirigió hacia la pizzería. Intentó pasar lo más desapercibido posible, a pesar de que no era él quien tenía que esconderse. Tres cuartos de hora más tarde regresó con los cartones humeantes en las manos. Dejó las pizzas sobre el escritorio. Cerró la puerta tras de sí. El gimnasio estaba envuelto en un silencio que enseguida le pareció extraño. La llamó. Los monitores estaban apagados. Un rayo de luna descendía en diagonal, cubriendo la máquina Smith con una tenue pátina plateada.

—¡Ya he vuelto!

Acarició el interruptor de la luz. Se detuvo. Sopesó la posibilidad de que se tratara de un nuevo juego erótico. Entonces se quitó las zapatillas. Atravesó de puntillas la sala de los aparatos, luego tomó el corto pasillo que bajaba a las saunas. Abrió la puerta de par en par y se encontró en la más completa oscuridad. Se oía un ruido en la planta de abajo.

Pensó: Pero qué puta. Empezó a bajar las escaleras con cautela, un peldaño tras otro. Miró hacia abajo. Un debilísimo resplandor iluminaba el suelo. Solo entonces se dio cuenta de que tenía miedo. El nudo de la cuerda apretado hacía apenas unos minutos: tenía que admitir que había estado ahí desde que había vuelto a entrar. Se rio entre dientes. Bajó unos escalones más. Su corazón se aceleró. Era una locura. Se tocó la nuca: tenía sudores fríos, lo que lo confundió aún más. Pisó el rellano sin saber muy bien dónde se encontraba. El ruido ahora era más fuerte. Giró la cabeza. Una franja verde fosforescente partía la oscuridad en dos. Fina al principio, se extendió hasta convertirse en una pared luminosa. Abrió los ojos de par en par. Una antigua deidad egipcia estaba a punto de salir del sarcófago. Vio cómo la silueta negra y carbonizada se erguía en posición vertical y sacaba una pierna, luego la otra, y aunque acababa de darse cuenta de que el ruido era el zumbido del ventilador y que ella, Clara, simplemente había decidido darse el gusto de una breve sesión de rayos UVA en la cama bronceadora Harpo Onyx, valorada en cinco mil euros, la visión de ella saliendo de la cápsula y caminando hacia él rodeada por aquella luz verde extraterrestre lo convenció por un momento de que la escena no se estaba desarrollando en el sótano del gimnasio, ni tampoco en su puta cabeza, que no era él quien la había atraído a ese lugar durante las últimas semanas, sino que en realidad era ella quien acababa de arrastrarlo al centro exacto de su propia pesadilla privada, fuera la que fuera.

El vientre de la chica pasó de un verde vivo a un color opaco. Clara encendió la luz. Le puso una mano en el pecho y le sonrió mientras se ponía de puntillas.

Aquel episodio estuvo a punto de resurgir intacto en su memoria una década después, cuando leyó en el periódico que ella había muerto. Por suerte, tenía delante a un representante farmacéutico con el que tenía confianza. Utilizó su voz para tapar la débil corriente eléctrica que emanaba de las profundidades:

—Una puta —dijo—, un pedazo de furcia a la que me follé antes de que se casara.

Silvio Reginato, cincuenta y cuatro años, cientos de operaciones como primer cirujano en el departamento de cirugía del Policlínico de Bari, rebuscaba entre los estantes de la librería donde guardaba los discos y los catálogos de arte. Reconoció el azul del lomo, luego tocó la tapa dura de la carpeta. Sacó el álbum de fotos. Fue a sentarse en el sofá. Dejó el álbum sobre la mesita. Vertió el vodka helado en el vaso. Bebió. Había leído la noticia en el periódico. Abrió la portada y la miró. Hacía meses que no lo hacía. Decenas de instantáneas obscenas. Un crescendo de perversiones cada vez más tristes, aunque no para él. Reginato había empezado a hacerle esas fotos nada más conocerla. Y había seguido haciéndolas hasta pocos meses antes de perderle la pista.

Giuseppe Greco, cuarenta y seis años, subdirector del *Corriere del Mezzogiorno*, autor de una monografía sobre Rodolfo Valentino, de cinco ensayos sobre la aventura del jazz en Apulia impresos por la editorial del gobierno regional, divorciado, dos hijos, releyó las alineaciones de los equipos en la pantalla del ordenador y suspiró. Los anuarios en la página web del Amatori Volley, el club de voleibol aficionado de Bari. Una larga lista de nombres y apellidos, entre ellos los de de Clara. La noticia, en cambio, la había leído poco antes en las necrológicas.

Encendió un cigarrillo. Observó cómo el humo se disipaba en la redacción desierta. Las mesas dispuestas en filas paralelas y luego la fotocopiadora. Volvió a mirar el monitor.

Pensó en las cuentas de Facebook que seguían activas tras la muerte del propietario. Cientos de comentarios inmediatamente después del fallecimiento y luego un goteo indigno. Por no hablar de los que colgaban viejas fotos antiguas atrapadas en la memoria de un móvil.

Todos los días, Giuseppe Greco producía unos cincuenta tuits utilizando once identidades diferentes. La intención consciente era dar a conocer su columna —*Spazio Lumière*, quinientas palabras de crítica cinematográfica diaria— más allá de la asfixiante zona de las fronteras regionales. Utilizaba @spaziolumiere para difundir entre sus seguidores el tema del día, que retuiteaba a través de la cuenta del periódico. Y a través de su cuenta personal (@giuseppegreco) recomendaba los artículos de sus colegas más famosos, los que escribían en la *Repubblica* o en el *Corriere della Sera*. Luego estaban sus identidades ficticias. @brancaleone era un fan implacable; @nocturama, el inconformista; @magellano informaba de las críticas negativas a los propios interesados, mientras que @vivresavie azuzaba a los directores —pero también a actores y guionistas— con preguntas (seguidas de enlaces) que surgían de la lectura de la columna. Esperaba que tarde o temprano alguien se dignara a contestar. Circunstancia que, por cierto, se había producido. «Read review. Seems good» fue la respuesta de @wimwenders a una solicitud de @vivresavie. Giuseppe Greco se la guardó en lo más profundo de su ser como una especie de reliquia después de retuitearla en sus once cuentas.

Había una niebla imaginaria al norte de la llanura del Tavoliere, más allá de la cual los reporteros estrella de los grandes periódicos tomaban el aperitivo en grandes plazas ovaladas donde las puestas de sol parecían eternas. Roma. Le resultaba doloroso aceptar su resentimiento. No siempre había sido así. (Separó los dedos del ratón agradeciéndole al destino que Clara Salvemini no tuviera cuenta en Facebook, ni en Twitter, y que, salvo las personas que tenían su mismo nombre, su presencia en la red se redujera a la base de datos de un antiguo torneo deportivo). Para Giuseppe Greco había habido una época, cada vez más lejana, en la que todo lo que merecía la pena ver, oír, leer y explicar sucedía a pocos pasos de él.

El verano en que conoció a Clara y a su hermano, Giuseppe trabajaba como redactor de cultura para *La Città*, un pequeño periódico que basaba sus esperanzas de supervivencia en un número de lectores prácticamente imaginario. Un editorial en primera página sobre el acto gratuito de Gide como parte de un comentario sobre una masacre familiar hizo que los directores de los periódicos de la competencia respiraran aliviados. *La Città* cerró algún tiempo después. Sin embargo, él era entonces un treintañero rebosante de optimismo y no le preocupaban los avisos de tormenta. Acudía a las obras de teatro experimentales, a los conciertos de grupos locales, y mientras estos tocaban el bis, él —sentado a una mesita del fondo— terminaba de pasar a máquina una reseña de la lectura a la que había asistido unas horas antes en el barrio de Poggiofranco, donde un poeta recitaba a Mayakovski encerrado en una jaula para perros.

Él creía en aquellos jóvenes. La ingenuidad era la coraza protectora bajo la que el talento podía desarrollarse sin ser perturbado. Estaba convencido de que entre ellos se escondía un Fassbinder, o incluso un Werner Herzog, y que algún día él abandonaría la sombra provinciana y conquistaría Roma, incluso París o Nueva York, para reivindicarlos a todos.

Cada noche, Giuseppe Greco se tomaba la enésima taza de café y salía en su búsqueda. Les brindaba su amistad. Los reseñaba generosamente en grandes artículos a cuatro columnas. Intentaba averiguar si merecía la pena reclutar a alguno de ellos para el periódico; quién sabía, tal vez un joven Hunter S. Thompson se escondía entre ellos, esperando su oportunidad.

Michele se presentó en su despacho una tarde de julio.

Llevaba una chaqueta impermeable que en su día debió de ser verde. Cómo se las apañaba para no sudar era un misterio. En las manos sostenía unas hojas de papel DIN A4, que parecían un kleenex de tanto doblarlas sobre sí mismas.

—No quisiera… Perdóneme. Secretario. Un artículo. Pero si está ocupado, vuelvo en otro momento.

—Vamos a calmarnos, por favor —respondió él desde el caos indescriptible de su escritorio.

Michele le presentó un extraño artículo de temática religiosa en el que quería demostrar cómo el paso de Jesucristo por la tierra había cambiado para siempre las características de su Padre. Así, si Abraham hubiera oído hoy una voz que le susurraba algo acerca de Isaac, habría tenido que ignorarla.

—¿Y dónde radicaría la actualidad del tema?

En su periódico, nadie estaba obligado a pasar bajo esa especie de horca caudina; era una pregunta capciosa que Giuseppe Greco utilizaba para poner a prueba el conformismo de los futuros redactores.

—Me parece un tema de rabiosa actualidad, señor Greco —respondió el chico con dignidad.

Le cayó bien de inmediato. Era la época en que la gente, para proponer un artículo, no lo bombardeaba a uno con una sarta de correos electrónicos insulsos. Tenían que ir al periódico en persona, subir tres o cuatro tramos de escaleras y armarse de valor para presentarse. Tenían que saber cómo eras, o al menos tenían que haber hecho el esfuerzo de intentar imaginárselo. Y tú, a tu vez, entendías con qué clase de persona te estabas relacionando. Y Michele, pensó de inmediato, tenía algo.

Pidió que le entregara las hojas. Echó un vistazo al comienzo, a la parte central y a las tres últimas líneas.

—De acuerdo —dijo—, saldrá pasado mañana.

Pensándolo ahora, resultaba increíble cómo —en su trato con él, y más tarde con su hermana— no se había dejado intimidar por el peso del apellido. No hacía falta ser un buen periodista para saber quiénes eran los Salvemini. En los pilones que flanqueaban la entrada a la piscina municipal había un bajorrelieve con el logotipo de la empresa. Ellos habían construido el distrito comercial de la ciudad. Habían rehabilitado el último tramo del paseo marítimo y ampliado la estación de ferrocarril. Incluso habían construido el serpenteante edificio de apartamentos del viale Europa, en cuya penúltima planta el propio Giuseppe Greco, en una habitación que olía vagamente a cigarrillos apagados, había mantenido relaciones sexuales con una compañera de universidad diez años atrás. Sabía que entre los amigos de los Salvemini se encontraba la flor y nata de la ciudad. La más mínima migaja de su patrimonio permitiría a un pequeño periódico sobrevivir con pérdidas durante años.

Y, sin embargo, nada de todo esto influyó en su decisión de publicar los artículos de Michele. Ni siquiera se le pasó por la cabeza la idea de que la extraña energía de aquel joven estuviera relacionada con un apellido.

Michele volvió cuatro o cinco veces más. Siempre aferraba sus hojas arrugadas. Giuseppe Greco se lo publicó todo sin problemas. Luego el chico desapareció. Giuseppe no tuvo tiempo de preguntarse el motivo. Ahora estaban en pleno verano y –tras haberlas ignorado durante meses– se vio obligado a poner nombre a las sombras que se cernían sobre su escritorio.

Una noche, el director lo invitó a cenar. Ante las primeras objeciones de Giuseppe, le entregó una hoja de papel con el gráfico de ventas del último trimestre, luego el fax que había recibido el día anterior de la agencia encargada de la publicidad.

En respuesta al consejo de que se buscara un nuevo empleo, Giuseppe Greco pasó de las diez a las catorce horas diarias de trabajo. Algunos días escribía tres artículos para el día siguiente, entrevistaba a un músico, se tragaba dos pastillas de metanfetamina e iba corriendo a ver una obra de teatro. Algo ilusorio lo estaba persuadiendo de que exprimir de aquella manera sus energías psicofísicas podría frenar el avance de los intereses pasivos. La metanfetamina se convirtió en un hábito. La acumulación de artículos, en una obsesión. En medio de su jornada laboral se encontraba buscando rastros de las horas anteriores, y se descubría en un abismo que le recordaba al Mar Muerto que aparecía en las fotografías obtenidas por satélite.

Una tarde, mientras corregía un artículo que probablemente solo vería la luz entre los documentos en poder de un juez de un tribunal de quiebras, un ruido lo distrajo del lío de notas y hojas dispersas.

Levantó la cabeza del escritorio, emitió un interrogativo «Hola» hacia la puerta.

La chica lo miraba seria y erguida en la penumbra. Un puñado de sílabas que estaba tecleando el dictafonista en la habitación contigua se le desprendieron del pelo en cuanto dio unos pasos hacia delante. Iba vestida con vaqueros, camiseta y cazadora ceñida a las caderas. Dijo que era la hermana de Michele.

—Siento molestarle. Mi hermano le habría enviado por correo cierto material hace ya unas semanas. Y como no lo ha visto publicado, pues... —Contuvo la respiración.

Desde las profundidades de su propia confusión, Giuseppe Greco buscó sin encontrar la información que necesitaba.

—Ah, claro.

Señaló con desgana una montaña de sobres grandes sin abrir aún en la estantería. Se volvió hacia ella y se la quedó mirando con ojo crítico. No había dormido ni diez horas en los últimos tres días.

—Perdona, pero ¿no podía venir tu hermano a quejarse en persona?

La chica se sobresaltó. De repente parecía afligida. Peor aún: parecía muy asustada.

—Le aseguro que la intención de Michele no era... quiero decir, él no *ha podido* venir.

Le contó que estaba haciendo el servicio militar en Avellino. Dijo que Michele lo apreciaba, que lo consideraba como un padre, un guía valioso, y que le había enviado ese artículo sobre Joseph Heller, un «buen artículo» sobre Heller, le aseguró la chica, aunque ella, añadió, no era en modo alguno una experta. Por si lo había perdido, ella se lo había vuelto a traer. Giuseppe Greco solo tenía que leerlo. Leer y juzgar. Y, solo si consideraba que estaba a la altura, publicarlo.

—Por favor, mi hermano valora *muchísimo* su opinión.

Giuseppe Greco dejó de saborear la sensación que le producían las palabras de la chica. Solo cuando se desvaneció se dio cuenta de lo que era. Complacencia. Esa también era una mala señal.

—Joseph Heller, claro, claro... —mintió antes de despedirse de la chica.

Pasó más tiempo; días, semanas, durante las cuales la crisis del periódico se hizo cada vez más evidente. De vez en cuando desaparecía una mesa, una fotocopiadora. Personas a las que nunca había visto antes empezaron a deambular por los pasillos.

Cuando Clara se presentó de nuevo en su despacho, el verano tocaba a su fin. Un viernes por la noche. El calor circulaba libre e impetuoso de una habitación a otra, y a esas horas Giuseppe Greco ya no debería haber estado allí. Incluso el director se encontraba en otra parte. Pero para entonces él vivía entre aquellas paredes, solo iba a casa para dormir. Una fuerza que podría parecer autodestructiva —cuando en realidad era una versión extrema de toda fuerza de conservación— lo llevaba a absorber de aquella vida todo cuanto aún era posible, antes de que la muerte del periódico pasara página para siempre. Las empleadas de la limpieza se quedaban atónitas al encontrarlo allí a las horas más inesperadas.

Ahora eran ya las diez de la noche, y Giuseppe Greco ni siquiera se preguntó cómo había entrado la chica. Vio cómo la sombra se alargaba y se encogía al rodar de una pared a otra.

—Ah —dijo al dejar el cúter con el que llevaba unos minutos jugando.

—Buenas noches —dijo Clara.

Llevaba un vestido de lamé plateado y unos botines. Su aspecto era diferente al de la otra vez, pero no tanto como para ser otra persona. Una nota de pesar ascendía por su cuerpo, iluminado por la lámpara de mesa.

—Lo sé —dijo Giuseppe Greco como si sonriera a la nada—, el artículo sobre Joseph Heller.

Clara dio un paso adelante, mostrando un sobre amarillo que sujetaba entre las manos. Sus labios se contrajeron hasta formar un pequeñísimo cero.

—Creo que ha habido un cambio de planes.

Dijo que para Michele el artículo sobre Joseph Heller ya no tenía ningún sentido. Él seguía en Avellino. Tener que continuar con la vida militar lo había hecho cambiar de parecer. Consideraba obsoleto el artículo anterior. «Últimamente voy tan rápido que ya lo he superado un par de veces», le había explicado por teléfono. Así que ahora ella había venido a pedirle que no lo publicara.

—En cambio, le agradecería que tomara este otro en consideración.

Le tendió el sobre. Por teléfono, Michele le había contado algunas cosas extrañas, diciendo que, aunque las había puesto negro sobre blanco, en realidad estaba elaborando esos pensamientos desde el futuro. Un largo artículo sobre la poesía de Georg Trakl. Esta vez la muchacha no habría podido jurar que se trataba de un artículo nítidamente periodístico. Ella misma, al leerlo, no estaba segura de haberlo entendido en su totalidad. Era necesario el ojo de un experto.

—No estoy seguro de estar a la altura —dijo él, sarcástico.

Clara cambió el tono de su voz:

—Por favor —dijo apretando los dientes—, mi hermano está pasando por un mal momento. *Malísimo*, le digo. No se encuentra bien. Para él sería impor...

—Déjalo ahí —la cortó, señalando la pila de papeles al pie de la estantería.

Era una época complicada. Pero era una época complicada para todo el mundo. Giuseppe Greco estaba llegando a la conclusión de que la ingenuidad era una cortina de humo para ocultar la ausencia de talento. Si, con toda su buena voluntad, no había aparecido ni un Fassbinder, ni un Julian Beck, ni siquiera una joven Oriana Fallaci capaz de hacer de su arribismo una virtud, eso significaba que la ebullición del compuesto químico que en las biografías de los grandes hombres nos permite afirmar con seguridad «Aquí», señalando en un mapa el punto del que partieron, se estaba produciendo en otro lugar. Una ciudad del sur sin grandes tradiciones, salvo su enfoque empresarial de la construcción y una particular tenacidad entre los bufetes de abogados. Eso era todo lo que quedaba de Bari.

Volvió a mirar al frente y solo entonces se dio cuenta de que el dique se había derrumbado. A Clara le sangraba una mano. La sangre se deslizaba por el brazo y goteaba sobre el suelo. Giuseppe Greco se abalanzó hacia ella. Le abrió el puño que apretaba la hoja del cúter. La chica lo dejó hacer, seria y dócil ahora. La cogió entre sus brazos, llegó a la conclusión de que sufría un malestar que él desconocía por completo. El malestar que aquejaba a Giuseppe Greco era una fría cumbre de los Apeninos; el de ella, un Everest, tal vez un Ararat perdido. El verano había terminado. El periódico había muerto. Toda una etapa cronológica se estaba desmoronando a sus pies mientras el calor vespertino seguía subiendo hasta allí arriba.

Así que esa misma chica, pensó muchos años después, se había tirado desde la última planta del aparcamiento de via Lioce. A esas horas, los miembros de su familia ya debían de haber regresado a sus elegantes moradas. Volvió a introducir los datos en Google y de nuevo se topó con la página web del Amatori Volley. Cuando le dijeron que se había casado con aquel tipo, le pareció la conclusión obvia. De vez en cuando se había topado con la firma de su hermano. Recordaba haber leído un artículo suyo en las últimas páginas de la *Repubblica*. Luego, otros en la *Stampa*, en *Ciak*, en *Panorama*. Abría casualmente un diario y allí estaba él. En todas esas ocasiones sentía el ardor de una bofetada. El hecho de que él, Giuseppe Greco, entretanto hubiera alcanzado su propia posición, no le resultaba suficiente. Fuera como fuese, sentía resentimiento. Michele había desaparecido desde hacía años en las atestadas calles de la corrupta capital, y pese a que su mente era frágil —bipolar, o esquizofrénico, o cualquiera que fuese el trastorno que le aquejaba—, para el hijo de Vittorio Salvemini no era obviamente un obstáculo lo bastante grande como para impedirle escribir en los periódicos nacionales.

Si Giuseppe Greco se hubiera tomado el tiempo de reflexionar, se habría dado cuenta de que no había publicado más de unos quince artículos en diez años, señal inequívoca de fracaso.

Releyó en la pantalla las alineaciones de los equipos. En una de las ventanas abiertas, comprobó la página de inicio del *New York Times*. Verificó si había nuevas interacciones en dos de sus cuentas. Volvió a teclear el nombre y el apellido de ella en Twitter. Se sentía triste. Reflexionaba sobre cómo la transmigración de las almas estaba cambiando las reglas del juego. Lo analógico y lo digital. La transición estaba transformando los sentimientos en algo para lo que aún no se habían acuñado los adjetivos más apropiados. Abierto. Emocionante. Útil. Amigable. Superficial. Pornográfico. Sangrante.

Giuseppe Greco se quedó helado ante la pantalla del ordenador.

No existía hasta hacía unos instantes. Ahora, en cambio, estaba allí, delante de sus ojos. Se la podría haber tocado, salvo que era imposible tocarla. La enésima tumba profanada por los maníacos de la red. Qué broma más atroz. La cuenta de @clarasalvemini se destacaba, flamante, a la derecha de la pantalla. La imagen junto al nombre mostraba a una chica de espaldas, desnuda. Contempló asombrado el icono recién nacido. Luego hizo clic en él. Contó cero seguidores, cero siguiendo, un solo tuit. Contuvo la respiración y leyó.

«No me he suicidado».

Todos los días, al ponerse el sol, un tigre adulto sube las escaleras que conducen al primer piso del palazzo del Grillo en Roma. La puerta del jardín siempre está abierta para él. El tigre se pasea en silencio entre las plantas de eucalipto y es en ese momento magnético, en equilibrio entre las pinturas al óleo, cuando todo el mundo puede verlo.

Ahora solo lo miraba él. El cuadro estaba colgado en un pequeño pasillo ciego. Los visitantes pasaban por delante de él sin percatarse de su presencia, atraídos por la mayor fama de Klimt y de De Chirico. El gris de los mármoles y el verde oscuro de la vegetación alrededor de aquella simetría amarilla de ensueño. Un tigre en un jardín europeo.

El cuadro se llamaba *La visita nocturna*, y Michele iba a contemplarlo cuando quería confrontarse con una imagen futura. Había leído en un catálogo que el animal representaba la codicia que anida en los palacios de los poderosos, pero él no estaba de acuerdo. El tigre era una recompensa; y el jardín, un espacio interior. Si ella se hubiera asomado ya al suyo, pensó, las cosas en la notaría habrían sido distintas.

Volvió al vestíbulo y salió. Bajó por la gran escalinata de la Galería Nacional de Arte Moderno. Contó el dinero que llevaba en la cartera y abandonó la idea de un taxi.

Un par de horas antes se encontraba en el despacho del notario. Una imponente mesa de caoba dominaba la estancia. En la pared había una reproducción de una ciudad ideal con la que Michele podría estar de acuerdo (la ausencia de otros seres humanos es un buen remedio contra la soledad, pensó, volviendo a sonreírle al notario). Un pisapapeles representaba un gran búho con ojos de color rubí.

El notario Valsecchi leyó en voz alta el texto del acuerdo privado. Era un hombre de unos sesenta años, pequeño y arrugado, vestido con un traje azul marino del que asomaba la vela blanca de un pañuelo de bolsillo. Era la segunda vez que Michele se reunía con él en pocos meses. Muchos años antes había ido a visitarlos a Bari. ¿En qué otra parte he visto ese rojo recientemente?, pensó, mirando el pisapapeles.

El notario le entregó los papeles. Michele los alineó al milímetro para dar dramatismo a la escena. Leyó la firma de su padre. Vaciló. Luego empezó a firmar él también. El notario observaba los movimientos de la pluma Parker. Cuando ya era demasiado tarde, una sonrisa apareció en los labios de Michele.

—¿Puedo hacerle una pregunta? —le preguntó al notario.

Lo que hasta hace poco habría preocupado al hombre, ahora lo llenó de benevolencia.

—Lo que quieras.

Michele miró la ciudad ideal en la pared. Imaginó los cimientos en el aire, los tejados de las casas clavados en el suelo.

—Se refiere a los derechos de sucesión.

—Te escucho.

—Pongamos que yo hago testamento…

El notario puso cara de estupefacción.

Michele volvió a verlo sentado en el cenador del jardín, entre una sopera de porcelana y las salseras sobre mantelitos bordados a mano. Habían pasado muchos años. Su padre decía: «Eso no debe importarle, un buen precio nunca es excesivo», y el notario como toda respuesta se hizo alegremente con la botella de Amarone. Llenó también los vasos de los demás comensales. Pero los comensales desaparecían. La vajilla palidecía con el tiempo. La luz de finales de agosto caía sobre la parra de Virginia. En ese momento, el cenador volvió a iluminarse con un rojo más cálido. Selam trajo el carrito con los quesos (a través de la goma elástica del tiempo, Michele recordó incluso el azul profundo del algodón, los ribetes blancos en el uniforme que su padre y Annamaria querían que la joven criada vistiera en los días de fiesta). El notario extendió las manos, simulando el tamaño del terreno que se subastaría para el plan de viviendas sociales. Vittorio reiteró:

—Si ese es el margen, ya verás cómo encuentro el dinero.

Valsecchi se rio.

—De acuerdo, pongamos que encuentras el dinero. Pero con todas esas obras en marcha, ¿cómo vas a conseguir que los trabajadores las terminen a tiempo?

Su padre gritó:

—¡Pasquale! —Como si acabara de dar con la solución de un problema matemático.

Al cabo de unos segundos, durante los cuales se oyó a Gioia preguntar a su madre si podía probarse el collar, se oyó una voz grave y profunda:

—Señor Salvemini.

Fue entonces cuando su memoria reavivó también aquella zona del jardín. Dos hileras de gencianas surgieron de entre las sombras y Michele se acordó de la otra mesa. Allí estaba la mesa con los amigos y los parientes; y a pocos metros de distancia, bajo un gran castaño de indias, la mesa de los obreros de la construcción y de sus esposas. (Selam cenaba sola en la cocina, incluso cuando no estaba en su jornada laboral. Un aparente privilegio; en realidad, un exilio al que la joven eritrea había sido condenada por razones que nunca estuvieron del todo claras).

Un hombre enorme se presentó ante ellos. Tenía más de sesenta años y sonreía mostrando sus dientes separados.

Vittorio giró la mano alrededor de la muñeca como si quisiera abarcar toda la villa.

—Pasquale —dijo sonriendo con ferocidad—, explícale a este pobre notario cuánto tiempo tardamos en reformarla.

El capataz indicó un número con las manos, levantando unos dedos y otros no. El notario preguntó con curiosidad:

—¿Meses?

El aparejador De Palo soltó una risita. Vittorio gritó triunfante, mientras golpeaba la mesa con la mano:

—¡Semanas!

El capataz se rio. El aparejador De Palo se volvió hacia el aparejador Ranieri.

—Por favor, que alguien le diga a Cita que traiga los profiteroles.

—¡Dejad de llamarla así! —dijo Annamaria contrariada, pero en voz alta, de manera que todos la oyeron.

Gioia apretaba el collar entre los dedos. El notario se encogió de hombros. Dijo que veinte años antes el capataz podría haber terminado las reformas en un tiempo récord, pero ahora parecía un boxeador retirado.

Una bandada de cuervos surgió de los setos al oeste del jardín. Pareció que atravesaban el muro verde, procedentes de donde antes había estado el club de tenis.

Vittorio se echó a reír, afectando desesperación.

—¡Oh, Pasquale! Este pobre notario de Roma me entristece. ¡Me da una lástima, una pena!

El capataz empezó a desabrocharse la camisa. Los cuervos graznaban en el cielo. Selam trajo la bandeja con los postres. Mientras tanto, el capataz se había quitado también la camiseta y mostraba el pecho desnudo. En la mesa donde cenaban los obreros se oyeron silbidos de aprobación. El capataz hinchó los bíceps. El notario intentó objetar algo, pero luego renunció a hacerlo. Pasquale estaba en el suelo haciendo flexiones. Varias sillas se echaron hacia atrás. Alguien de la otra mesa empezó a contar en voz alta. El aparejador De Palo dijo:

—Este ahora revienta.

La mujer del capataz se reía, asqueada, escondida entre las esposas de los otros obreros. Una jarra llena de agua cayó al suelo. Selam se cubrió la cara con sus manos abiertas. Luego, la explosión de voces. El capataz había superado el centenar de flexiones. Tenía a Gioia montada en su espalda. No estaba claro cómo había sucedido, pero la chiquilla se reía feliz. La escena estaba adquiriendo los rasgos de ciertos cuadros campestres italianos decimonónicos (esas bagatelas que se encuentran en los museos municipales en las que se exalta el mal porque el pintor finge ignorarlo), y él, Michele −el recuerdo volvió a inclinar su haz luminoso−, no conseguía pronunciar ni media frase. El servicio militar lo había reducido a un estado desastroso. Por consejo de los psiquiatras, lo enviaron a Roma. Estaba sentado junto al aparejador Ranieri. Delante de él estaba la esposa de su padre. (Ruggero estaba en una escuela de posgrado en Ámsterdam, recordó). La esposa del aparejador Ranieri dijo:

−¿Qué le pasa ahora, está llorando?

−¿Quién? −preguntó Annamaria.

−La chica. ¿Cómo se llama? −Señaló a la empleada doméstica eritrea.

Alguien dijo:

−¡Cita!

Michele estaba aturdido. Era la primera vez que volvía a Bari después de su estancia en el hospital. Se sentía aplastado por la impotencia, por un confuso sentimiento de vergüenza. Entonces la vio.

Tras devolver a Gioia a sus padres, Pasquale regresó a la mesa bajo una tempestad de aplausos. El olor a café comenzó a flotar en el aire. Fue entonces, a las cuatro de la tarde, cuando ella apareció al final del camino de entrada. Llevaba una camisa vaquera y unos pantalones de terciopelo metidos por dentro de unas botas de montar. Se encaminó hacia la entrada de la villa, con cuidado −pero con un cuidado natural, nada forzado− de no acercarse a ninguno de ellos. Su silueta se recortaba en la curvatura del césped. Michele intentó llamarla. En realidad, solo movió los labios. Las cosas habían cambiado. Al cabo de unos minutos, Clara reapareció en la puerta. Ahora llevaba una camiseta y zapatillas de deporte. Recorrió de nuevo el trayecto en sentido inverso. Llevaba una bolsa de deporte en la que se leía EXTREME FITNESS. Michele sintió como si le hubieran clavado una barra de hierro candente en los pulmones. Ser los únicos que se dan cuenta de que otra persona se está ahogando, y los únicos que no saben nadar. Los cuervos eran graznidos sin cuerpo, así que aquella era realmente la voz del cielo.

El notario dijo:

—Vittorio, no sabes cuánto te envidio.

Y ahora, años después, tras firmar los documentos que su padre había mandado preparar, Michele le habló al notario sobre un hipotético testamento.

—Si tuviera la amabilidad de autenticar mis últimas voluntades —dijo—, me gustaría dejárselo todo a mi padre. ¿Cree usted que es posible?

El hombre lo miró, aún más perplejo que antes. Vaciló.

—Para los ascendientes está prevista la legítima —dijo, tratando de adivinar las intenciones del muchacho—. En el caso de los padres, la parte correspondiente equivale a un tercio. Pero suponiendo que uno quisiera ampliarla…

Seis meses antes, ese mismo notario había registrado la escritura por la que Michele se convertía en propietario de un chalet en la costa del Gargano. Algo extraño, teniendo en cuenta que ningún inmueble estaba registrado a nombre de Michele, y que este vivía a cuatrocientos kilómetros de distancia. La compra se había llevado a cabo amortizando las acciones que Vittorio había puesto a nombre de Michele el día que este cumplió dieciocho años, acciones cuya naturaleza, entidad emisora y forma de acceso el beneficiario siempre había ignorado. Ahora acababa de elevarse a escritura pública un acuerdo que obligaba a Michele a devolver ese mismo chalet a Construcciones Salvemini en el plazo de un año. El Banco da, el Banco quita.

—En tu caso concreto —continuó el notario—, teniendo en cuenta que no estás casado y no tienes hijos, eres libre de dejar a tu padre todo lo que desees.

El hombre hizo una pausa. Frunció el ceño, como si lo que acababa de decir no hiciera menos absurda la conversación, y le tocara a él hacer el trabajo sucio y extraer el elemento implícito:

—Los hermanos tienen derecho a la legítima solo en caso de que no haya testamento. —Suspiró—. Si, por el contrario, existe testamento, entonces uno puede hacer lo que quiera. Más aún en el caso de los hermanos que solo tienen un progenitor en común, si es este el sentido de tu pregunta.

La idea de que el notario lo creyera capaz de excluir a Clara de sus posesiones tan espléndidamente redimensionadas —la ropa que ella ya no podría usar, los cigarrillos que Michele ya se había fumado, los muebles baratos que él tenía en su apartamento en un sótano alquilado en Roma— lo hizo sentirse libre para coger el pisapapeles con forma de búho y estampárselo en la cara. Pero no lo hizo. Michele sonrió con expresión inofensiva.

—¡Oh, no, señor Valsecchi, lo que yo quiero de verdad es proteger los intereses de mi padre!

Debe de pensarse que soy un completo idiota. ¿No acabamos de autentificar el documento que lo atestigua?

El notario titubeó. Por un momento, se asustó por algo que no entendía. Para no sentirse ridículo, se dejó llevar por la expresión de felicidad del muchacho.

—Michele, pero ¿qué estás diciendo? —Extendió los brazos, y por fin desplegó la mirada de viejo amigo de la familia—. Aparte de la *enorme* improbabilidad de que un padre sobreviva a sus propios hijos, no me parece en absoluto que Vittorio necesite tu ayuda económica.

—¿Y si se pone enfermo?

—¿Quieres contratar un seguro médico?

Llegados a este punto, el notario empezaba a pensar que algo no cuadraba, porque al fin y al cabo era un viejo amigo de la familia y por tanto difícilmente podía ignorar el hecho de que la frecuencia con que Michele trabajaba a duras penas le permitía invitar a las chicas a una pizzería. Sabía, o al menos intuía, que su padre no le pasaba un céntimo, porque el dinero siempre iba a parar a los hijos que ya ganaban mucho, o a los que seguían la estela de ese dinero, a los que, por ejemplo tienen una verdadera vocación de gastar (pensó en la hija pequeña: la última vez la había visto con un collar tachonado de pequeños diamantes rosados alrededor del cuello). Sabía que aquel chico había tenido problemas serios. Problemas mentales. Pero, sobre todo, estaba seguro, puesto que esa era su profesión, de que hacía solo unos minutos el patrimonio de Michele se había reducido a cero. ¿Cómo podía ocurrírsele suscribir una póliza de seguro de enfermedad para un hombre mayor de setenta años al que le salía el dinero por las orejas?

Como no era su responsabilidad investigar todos estos absurdos (era notario, no psiquiatra), se resignó a dar por finalizada la conversación.

—Es muy noble por tu parte pensar en contratar un seguro para Vittorio —dijo—, pero créeme si te digo que un hombre como él puede ocuparse muy bien de sus propias necesidades en materia de seguros. Por cierto, tu padre goza de una salud excelente.

—Ofrecer garantías sobre la salud ajena puede llamar a la mala suerte. Y en cualquier caso, no me refería a un seguro médico.

—Pues entonces ¿a qué?

El notario Valsecchi notó el cambio de voz de Michele. De repente aquel chico tan flaco parecía irreal; tenía un exceso de definición, como ocurre con ciertos delincuentes.

Fue en ese momento cuando las manos de Michele salieron disparadas hacia arriba. El notario dio un respingo en su silla.

—Estaba pensando en otro acuerdo que me gustaría que usted autenticara —dijo Michele con una sonrisa llena de ferocidad, que se disolvió en una luz vespertina que de pronto le hizo desear ir a la Galería Nacional de Arte Moderno—, un contrato vinculante —continuó—, un acuerdo por el que me comprometo a donar mi hígado en el momento en que mi padre lo necesite, los pulmones y la próstata en caso de cáncer. Siempre ha sido un gran fumador, no lo olvide. Podríamos llegar hasta la extirpación completa de mis órganos con carácter estrictamente preventivo. Supongo que la ley lo permite.

Ahora Michele no se reía. Miraba fijamente el búho. Y el notario, cuyas sensaciones viajaban con cierto retraso, se sintió sobrecogido de terror al pensar que Michele pretendía estampárselo en la cara.

Así que Michele se fue a ver a su tigre. Y ahora, una vez llegado al centro de la ciudad, estaba a punto de cruzar el puente de Sant'Angelo. Para pasar debajo del ángel con los clavos. El ángel con la lanza. El ángel con la corona de espinas. Hay gente que no puede esperar a que le roben para gritar «al ladrón». Negarse a firmar los papeles y evitar la payasada delante de ese imbécil: eso es lo que debería haber hecho. Eso sí habría sido una sorpresa para su padre.

Enfiló corso Vittorio. Grandes edificios y estancos. En la segunda planta del 141 se encontraba la habitación donde san Felipe Neri resucitó a un niño. En el suelo, un folleto se deshacía en un riachuelo de agua. Volvió a mirarlo. Pensó de nuevo en los ojos del búho. La imagen estuvo a punto de resurgir en su memoria. Pasó un coche con la sirena a todo volumen. Tenía que entregar el artículo antes de las siete. Tengo tiempo de sobra, pensó. Giró en via della Cuccagna. La fachada del edificio estaba en sombra. Subió a la segunda planta. Llamó al timbre. La puerta se abrió. Antes de que pudiera dar un paso, le cerraron la puerta en las narices. Al cabo de dos minutos, la puerta volvió a abrirse.

—Quizá no sea el mejor momento.

La mujer se rio.

—Si él estuviera, ¿crees que habría vuelto a abrir la puerta?

Llevaba una bata azul, sandalias negras al final de sus largas y delgadas piernas. Qué estupidez pensar en su marido. Aquellos segundos le habían permitido a la mujer ponerse presentable. Obviamente, no lo estaba. Aparte del pelo —el desaliño de alguien que se lo ha peinado en el último momento y ya no tiene veinte años–, lo que realmente le quitaba atractivo era que se mantenía en forma esperando que todo el esfuerzo pasaría desapercibido. Pero también era esto lo que la volvía tan voraz. Sus dedos se enroscaron alrededor de su espalda y tiraron de él hacia dentro.

Una hora más tarde, Michele estaba de nuevo en la calle. Llegó a piazza Venezia. Allí tomó el autobús para regresar a casa. El sol se ponía sobre la iglesia de Gesú. Sonó el claxon. El vehículo resopló. El monumento se desvaneció tras una curva en el resplandor rojo de la tarde agonizante, y solo entonces la imagen resurgió con toda su fuerza. Soñé con una cierva que se ahogaba en su propia sangre. Michele sintió escalofríos. Vio los semáforos parpadeando, las luces de los escaparates. Zapaterías, charcuterías. Joyeros que compraban oro. Anillos viejos: pactos rotos. El sueño era de la noche anterior. Sintió que la angustia crecía en su interior. Intentó distraerse. Contó treinta y cuatro letreros luminosos, y yo tengo treinta y tres años. Una manzana tras otra las tiendas iban espaciándose. Ahora ya solo había veintiocho. Cuando tenía dieciséis años, pasábamos horas y horas encerrados en mi habitación. Le daba una última calada a mi cigarrillo y aplastaba la colilla en el globo celeste, justo encima de la Osa Mayor, donde habíamos jurado que volveríamos a encontrarnos cuando ambos estuviéramos muertos. La vez que le di los artículos para que se los entregara al tipo del periódico. Cuando le dejé claro que realmente pensaba incendiar la casa, y ella sonrió. Michele vio el antiguo acueducto romano más allá de la línea de pinos. Los arcos de toba se hundían en la hierba. Mierda. Ahora con gusto habría golpeado con los puños el asiento de delante.

De vez en cuando volvía a pasarle. Los pensamientos divagaban por su cuenta y se apagaba un interruptor. Se convertía en un sonámbulo. El autobús había recorrido kilómetros sin que él se percatara. De los pasajeros de antes, no reconoció ni uno solo. Aquello era la Appia a la altura de Ciampino, lo que significaba, lógicamente, que debía de estar viajando en otro autobús. Aunque sabía que ya estaba curado, seguían aflorando ciertos síntomas. Las réplicas de un terremoto que se había producido tiempo atrás. Por eso las recaídas le enfurecían. El autobús se abrió paso a través de la cálida oscuridad primaveral. Ya era demasiado tarde para entregar el artículo. El vehículo corría por via Appia. Si, irónicamente, no hubiera final de trayecto, en unas horas se habría encontrado en Apulia. Se bajó en la parada siguiente.

Llegó a casa poco después de medianoche. Entró en el patio. Bajó las escaleras hasta el pequeño apartamento del sótano y poco después estaba en la cama. Una suave caricia en la mejilla. En lo más profundo de la oscuridad, perfectamente dueña de sus movimientos, la gata había venido a saludarlo. «Burning bright, in the forests of the night», recitó de memoria, helado, agotado, convencido de que, como todos los felinos, ella también era capaz de leer los pensamientos. Una madre. Una hermana. Y ahora una gata. Michele hundió los dedos en el suave pelaje del animal. Le puso la mano bajo la garganta, presionó hasta sentir la vibración. Vio el LED del móvil. Llevaba abandonado en la mesita de noche desde la mañana. Michele tendió una mano y lo revisó. Dos llamadas de su padre, una de Ruggero, e incluso una de Annamaria. Nunca había tenido cuatro llamadas en un mismo día. Se habrá muerto la abuela, pensó. La gata empezó a mordisquearlo. Había visto una cierva en su sueño, pero en realidad tendría que haber sido una cerda. Una prueba más de que he perdido mis poderes. Rezó para que no fuera realmente la abuela. Un funeral lo obligaría a quedarse en Bari unos días. Y, cuando dormía allí, lo atormentaban de nuevo terroríficas pesadillas.

La gata se le escapó de las manos y desapareció lentamente en la oscuridad.

Al día siguiente del funeral de su hija, con las calles inundadas por un calor repentino, Vittorio Salvemini conducía hacia la clínica de Ruggero.

Aún faltaban bastantes semanas para el comienzo del verano, y el bochorno traía a la memoria viejas imágenes de una ciudad abocada a la parálisis. Grandes palmeras movidas por el viento. Voces entremezcladas con el zumbido de los ventiladores. El asunto de Porto Allegro clamaba venganza, pensó Vittorio mientras doblaba por via Isonzo, herido por el pensamiento de Clara. El dolor por la muerte de su hija había abierto en él una costura soldada y había removido el terreno sobre el que la solución al embrollo y la propia chica podían equivaler a la misma cosa.

Lo que lo había ofendido especialmente no era tanto la solicitud de embargo, sino todo lo que se había desencadenado antes de que la solicitud se presentara en el juzgado. La histeria de los grupos ecologistas. La recogida de firmas en internet. Los periodistas chismorreando sobre recursos públicos sin saber nada de restricciones hidrogeológicas y forestales.

«El Genserico del Gargano». Así lo había definido el *Corriere del Sud*. El artículo exhalaba el rencor de los que sospechan cuánto talento hay en quien ha triunfado surgiendo de la nada. Vittorio conocía ese tipo de odio. Lo habían insultado, provocado, habían levantado los rumores más fantasiosos hasta que la fiscalía de Foggia se le había echado encima.

Solo entonces, en contra del consejo de dos de los tres abogados que había consultado, Vittorio convocó una rueda de prensa.

Desobedeciendo también al último abogado, no había enviado al aparejador De Palo a Foggia. Y mucho menos había confiado la tarea a la lealtad carente de viveza del aparejador Ranieri. Había ido él mismo, presentándose en persona en la sala Tridente del hotel Jolly. Allí (se percató de ello caminando por la alfombra que conducía a la mesa con el micrófono) la furia de los periodistas —lista para arremeter contra un delegado de Construcciones Salvemini— empezó a flaquear. De ciega, la ira de todos se había vuelto más razonable. *¡Admiración!* Eso es lo que habían sentido los periodistas cuando el propietario en carne y hueso se había ofrecido ante sus ojos. Se morían de ganas de demostrarle lo buenos que eran poniéndolo en una situación incómoda, y para ello emplearon el más falso de los disfraces: el de las causas justas. Así fue como empezó el partido.

En respuesta a la responsable de la liga ecologista Legambiente, una señora que se lanzó a hablar ardientemente sobre la destrucción de la vegetación mediterránea, Vittorio había contraatacado con las actas de la Comisión Provincial para la Protección del Paisaje.

Con el director adjunto de la *Gazzetta del Mezzogiorno* se mostró más prudente. El periodista había insinuado que el procedimiento judicial podría poner en peligro a todo el grupo de promoción inmobiliaria (un conmovedor error fruto del optimismo: teniendo en cuenta su exposición a los bancos, la orden de embargo los pondría de rodillas). Vittorio respondió que el número de sus empleados atestiguaba por sí solo la fuerza y la solidez de la empresa. Se mostró convencido de que el juez de instrucción rechazaría la petición.

Pero entonces el portavoz de una asociación de defensa de los consumidores lo acusó de estafar a los desventurados que habían comprado sus casas antes de que estuvieran terminadas. La cara de Vittorio se llenó de desconcierto. «Perdone, ¿usted tiene hijos?». El hombre dijo «No» con resentimiento culpable. Vittorio cerró de golpe la carpeta donde llevaba los planos y las distintas comisiones de obras. Sacó unos papeles del bolsillo de su americana y se puso a agitarlos adelante y atrás. ¡Escrituras de propiedad! ¡Escrituras de propiedad!, repitió. ¿Alguien en la sala quiere saber quién más ha caído en esta trampa? ¡Mi primer hijo varón, un conocido oncólogo, se ha comprado una casa en Porto Allegro! ¡Incluso mi segundo hijo ha hecho lo mismo! ¿Les he estafado? ¿Les he estafado *a ellos también*?

Solo quien no fuera padre podía ignorar hasta qué punto ofendía a las leyes de la naturaleza la hipótesis de que un padre traicionara a sus propios hijos, prosiguió, poniendo definitivamente a su adversario contra las cuerdas. Solo alguien que no los hubiera tenido en sus brazos cuando eran bebés, pensó Vittorio, no sentiría compasión por lo que podría depararles el mundo. Solo alguien que no los hubiera visto corretear por un campo de fútbol (o brincar entre el Rey de los Ratones y el Hada de Azúcar durante un ensayo de danza), no se habría hecho la ilusión de que esos niños podrían llegar a ser futbolistas o bailarinas. Solo alguien que no hubiera tenido a su hijo recién nacido en brazos, no habría susurrado la conocida súplica: «Detente, instante, ¡eres tan bello!».

Giró por via Innocenzo. Aceleró en viale de Laurentiis. Tiovivos oxidados. Su hijo Ruggero conocía al jefe de ortopedia del Policlínico. Todos los buenos médicos son miembros del mismo gran club. Cada paciente es una tragedia a su manera. El tipo de Tarento se había partido los cuernos para que lo cambiaran de habitación. Incluso le habían comprado un televisor. Eso no era más que un aperitivo.

—¿No cree usted que la apuesta por el desarrollo urbanístico no es más que un despreciable truco para cubrir definitivamente Apulia de cemento?

¿Y a mí me lo preguntáis, imbéciles? Vuestros amigos progresistas llevan años revolcándose en compromisos con el desarrollo urbanístico. ¡Han montado convenciones para hablar de este asunto! ¡Campañas electorales! Enarbolaron la bandera de las guarderías, de los parques públicos que los ayuntamientos construirían gracias a los impuestos que pagan los constructores por cada licencia de obra. ¡Una décima parte de los costes de construcción! Pero ¿acaso era culpa suya si, en vez de construir guarderías, los ayuntamientos utilizaban ese dinero (*su* dinero) para pagar los salarios atrasados a sus *propios* empleados?, ¿o para arreglar oficinas que se caían a pedazos?, ¿o para equilibrar presupuestos que *ellos* habían convertido en simas infernales?

El asunto de Porto Allegro era de manual. Cuando el alcalde de Sapri Garganico y su asesor de urbanismo lo recibieron entre los bajorrelieves de estuco del salón municipal, Vittorio ignoraba si a sus ojos él representaba el renacimiento del turismo o un último intento de evitar la quiebra. Y, de todos modos, cenó varias veces con esos dos. Los invitó a Bari. Volvió a verlos durante la fiesta de Nuestra Señora, contemplando a su lado cómo los fuegos artificiales se reflejaban en la superficie del mar Adriático. Se aprendió de memoria las tallas de zapato, los vinos favoritos y los gustos musicales de ambos. (*Rossini Early Operas*, precioso estuche con treinta cedés con el que obsequió al asesor). Cuando le concedieron el permiso de obras, no cabía esperar que Vittorio también supiera leerles la mente. No sabía si aquellas ciento setenta hectáreas de pinar costero estaban sujetas a restricciones urbanísticas. El alcalde apoyaba el proyecto y con eso tenía suficiente. Desde luego, no era cosa suya desconfiar del guardián del paisaje, no era su misión dragar el pozo sin fondo de leyes, decretos y exenciones administrativas necesarias para entender en cada caso concreto el destino de una sola hilera de pinos marítimos.

Había que resolver el problema con el de Tarento, pensó mientras esperaba que el semáforo se pusiera en verde. El accidente había sido un desastre. Vittorio no quería ni imaginar de qué humor estaría un hombre al que acababan de amputar una pierna. En la armonía celestial que origina las desgracias para que los prodigios tengan nombre, el tarentino no había sido necesario. Se llevó una mano a la frente, apretó los dientes. *Clara llevaba tres días muerta.* El semáforo se puso en verde y pisó el acelerador.

Por la mañana había recibido la llamada de Piscitelli. El ayudante del fiscal quería darle las gracias por hacerle llegar los antiguos informes del hospital. Le informó de que el caso estaba cerrado. Suicidio tras un grave episodio depresivo. A Vittorio le parecía vislumbrar la escena a través de una cortina de lluvia. Pasó por delante de la facultad de Economía y Comercio.

Después del tipo de Tarento, tendría que arreglar las cosas con el rector de la universidad. El exsubsecretario Buffante y el primer teniente de alcalde. El presidente del Tribunal de Apelación. Todos ellos emisarios del caos.

Pasada la zona residencial, tras las pistas del velódromo, empezó a vislumbrarse el Instituto Oncológico del Mediterráneo. Era allí donde trabajaba su hijo, el monstruo de la concentración encarnado con el que, en su época universitaria, Vittorio tenía que luchar incluso para que le dijera hola. Encorvado sobre los libros de texto como un lobo sobre su presa. El subdirector cuyos arrebatos de ira asustaban ahora incluso al director.

Tenía que convencerlo de que hablara con el jefe de ortopedia. Convencer a un hombre que no escatimaría sonrisas ante un diagnóstico de cáncer de útero por la satisfacción de poder destruirlo.

Vittorio aparcó por fin. Se desabrochó el cinturón, salió del coche y se dirigió hacia la recepción. Al guardar el móvil en el bolsillo de la americana, encontró una llamada del aparejador De Palo. Una llamada de su mujer. Una llamada de Michele. Decidió, con una pizca de resentimiento, que no le devolvería la llamada. A esas alturas, su hijo ya se habría enterado, probablemente estaría de camino a Bari. Él era la razón por la que su hijo no había asistido al funeral. Básicamente había evitado llamarlo. Pero a Vittorio le habría sido imposible admitirlo. Si los hombres de negocios no mantuvieran alto sus umbrales de inconsciencia, si dejaran aflorar pensamientos que en la superficie estallarían en su total contradicción, nunca podrían gobernar el mundo como lo hacen.

En consecuencia, no fue pensando en estas cosas, sino dejándolas hervir en una olla a presión, como Vittorio fue a ver a su primogénito.

Así que la chica era real, seguía repitiéndose Orazio Basile mientras los otros se cambiaban de sitio sin otro propósito que mantener viva la comedia.

El médico jefe se había retirado a un segundo plano. El hombre, de unos cincuenta años y pelo engominado, leía unas hojas del portapapeles.

—Via d'Aquino es el salón social de Tarento —dijo.

El tercer hombre, que parecía el más nervioso del grupo, se acercó entonces a la ventana. El blanco de una bata se escapaba de su chaqueta. Mientras el aparejador terminaba de describir el apartamento, Orazio vio que el otro bajaba las persianas, casi como si bloquear la luz significara dejar al resto del mundo al margen. Tumbado en la cama, sentía el analgésico. Movió los dedos de su pie fantasma. Volvió a ver en la penumbra el muñeco hinchable que se agitaba como un espectro sobre la estación de servicio. Se dio cuenta de que el médico jefe había desaparecido. El aparejador hablaba de gastos de registro pagados por adelantado. El otro entraba y salía de la oscuridad, como en un columpio. Todo para asegurarse de que él no había visto a la chica, aunque nadie estuviera dispuesto a asumir la responsabilidad de decirlo con claridad.

De acuerdo, mantendría la boca cerrada. Pero ¿y ellos? ¿Eran capaces de guardar debidamente el silencio que él les estaba confiando?

Levantaron la cabeza, oyeron el ruido de los coches sin coches que llegaban desde las afueras de la ciudad.

El ayudante del fiscal le puso una mano en el hombro al anciano y el anciano se consoló con la falsedad de ese gesto. Un caimán que da media vuelta en el suelo encontrando en el movimiento del otro la parte que le falta de la danza. Las luces del aparcamiento brillaban en el vacío.

—Lo siento mucho, señor Salvemini.

Media hora antes lo había visto bajarse del automóvil. Vittorio había pasado junto a las luces intermitentes de los coches. Los policías se habían puesto rígidos. El forense se había abierto camino. Vittorio había identificado el cuerpo de su hija tendido en el asfalto. El médico tenía la cara alargada y huesuda. Parecía que lo hubieran sacado de una cama de dudosa reputación. Luego los policías empezaron a irse. Los coches patrulla se pusieron en marcha. Doblaron la esquina y ellos volvieron a caer en aquella plomiza gravedad. Al cabo de diez minutos, el forense dijo:

—Ya están llegando.

Desde el final de la calle, un gran vehículo negro se dirigía hacia ellos. Parecía flotar en el silencio. La carrocería devoraba el sonido antes de que saliera del motor.

Del vehículo salieron los tres empleados de la funeraria. Sacaron la estructura tubular de detrás y empezaron a montarla sobre el asfalto. También sacaron la camilla. La sujetaron al carro. Abrieron la tapa calandrada, similar a la de un calientaplatos. Empujaron el carro hasta alinearlo con la chica. El conductor tiró de la palanca del bastidor de doble tijera, la camilla bajó. Cargaron el cadáver en ella. Cerraron la tapa y el cuerpo desapareció. Metieron la camilla dentro del coche fúnebre de modo que las ranuras encajaran en los raíles. Uno cerró la puerta trasera. El otro se puso al volante. El tercero le hizo un gesto al forense. Este estrechó la mano del ayudante del fiscal. Estrechó la mano al padre de la chica. Vittorio se dio cuenta de que masticaba con la boca vacía. El médico también se subió al coche fúnebre, juntos se encaminaron hacia el depósito de cadáveres. Los insectos seguían chocando contra las luces de neón.

El ayudante del fiscal pensó que pondría una mano en el hombro del señor Salvemini, y así lo hizo.

—Todos estaban llorando y entonces esa chica que se pone a gritar. La pitillera. Ha desaparecido la pitillera de oro. La pitillera estaba ahí antes, dice.

—Mi suegro perdió sus zapatos.

—Siéntate un día fuera de la sección de geriatría y mira hacia el suelo. Los enfermeros…

—Todos con zapatos que no son suyos. Cuando se jubilan tienen cientos.

—Sí, pero esto era el depósito de cadáveres. Yo ya estaba allí con el soldador en la mano.

—Y esa va y se vuelve loca.

El coche fúnebre surcaba la noche a toda velocidad. Después de las viviendas sociales, la carretera se estrechaba. Todo eran curvas y árboles. Los neumáticos chirriaban. Se zambulleron bajo un viaducto. Salieron derrapando. Dos altos muros rojos flanqueaban la calzada. Apareció la luna, pálida y lejana. Otra curva lanzó al forense contra la ventanilla. Ahora se oía el motor, el estruendo de un taladro en el fondo de una gruta.

—Entonces se pone a acusar a los familiares. Ladrones, grita. La pitillera de oro. Los señala con el dedo como si fuera a contarlos uno a uno. El hijo dice: Pero dónde va a estar, está en su bolsillo, donde la metiste cuando lo vestimos. Entonces la viuda coge a su nieta. La agarra por la muñeca y tira de ella con violencia, así que la pobre chica se encuentra delante del ataúd abierto de par en par. La anciana grita: ¡Vamos! Mete las manos en los bolsillos de tu abuelo. ¡A ver si aparece!

–El mes pasado, la mujer del dueño de la ferretería… –empezó el que conducía.

–Lo bueno es que la chica *lo hace*. Está tan conmocionada que empieza a palpar el cadáver.

Una funda de gafas voló de un lado a otro del salpicadero. Las ruedas volvieron a chirriar. Árboles negros y edificios bajos. El médico se sujetó al asidero. Se fijó en el brillo de la alfombrilla. Más allá de los edificios se vislumbraba el campo, semejante a una blanca radiación. Pasar de una noche agitada a un letargo sin sueños. El forense apretó la mandíbula. Vio una grúa a la luz de la luna. Luego se reanudó la ciudad.

Cuando dos horas antes había sonado el teléfono, el médico había abierto mucho los ojos, con el cuerpo luminoso de una mujer moviéndose en la pantalla. Mientras el quinto hombre se corría en su cara, se acordó de las secuencias numéricas. Apagó el televisor. La habitación se sumió en la oscuridad, a excepción de la luz del aparato de DVD. La escena continuaba en los circuitos del reproductor, pensó. El sonido del móvil lo sacó definitivamente del estado de inconsciencia. Números. Había soñado con números. Combinaciones que abrían puertas con mando a distancia. Había números detrás de los anuncios animados de los carteles luminosos. Un mensaje de texto: mil ciento veinte dígitos. Una foto: ciento diecisiete mil. Un DVD porno: tres veces diez elevado a la novena. Pero entonces saltaba el cierre de candados de acero. Se abrían puertas cuyas bisagras estaban sujetas a paredes, escaleras que conducían a estrechos pasillos subterráneos. Una secuencia de cien dígitos no habría sido suficiente. Un código numérico de dieciséis a la sexta reproducía un pulmón en un TAC. Nueve a la duodécima eran dos minutos de conversación telefónica. Doce a la vigésimo cuarta era toda la información contenida en el planeta Tierra. Pero para una araña que tejía su tela, el concepto de número ya no era bastante. La mujer de la película porno, acariciada por un velo de luz estival, ahora freía una tortilla en su casa de Van Nuys, California. Ahora era una niña detrás de un pupitre en Wilmington, Carolina del Norte. Ahora estaba muerta. Giró a la derecha en el pasillo subterráneo, luego a la izquierda. Otra puerta abierta de par en par. La luz de la habitación era tan intensa que se le erizaba el vello de la nuca. Una chica desnuda sobre una mesa de acero. Las pecas formaban un dibujo parecido a una constelación. Se acercó el móvil a la oreja. *Diga.* Luego preguntó:

—¿Quieren que vaya ahora?

El gerente de la Agencia Sanitaria Local le dio la dirección. Era necesario verificar que estaba muerta. Pensó: Esta noche no estoy de guardia. Una chica se había suicidado, prosiguió la voz. Si se conoce la causa del fallecimiento, de qué sirve un examen externo en el depósito de cadáveres, pensó.

—Esta noche está de guardia Palmieri —se limitó a decir.

La voz permaneció en silencio. Solo en ese momento el forense lo entendió.

—De acuerdo —dijo.

Se levantó de la cama. Se puso las zapatillas. Su debilidad, agarrar la sartén por el mango. Caminó hacia la cocina. Encendió la luz. Preparó el café. Se sentó a la mesa. Masticaba con la boca vacía. Antes de que la cafetera empezara a hervir, se levantó. Si tengo que hacerlo por ellos, primero lo haré por mí. Cogió el recipiente de la estantería. Sacó el plato de cerámica. Encendió el segundo fogón y lo puso a fuego lento. Sacó la bolsita del recipiente. La puso en el plato. Luego puso el plato sobre el fogón. Apagó el fuego de la cafetera. Sacó el plato del fogón. Lo dejó sobre la tapa de la agenda. Tarjeta de crédito. Desmenuzó los cristales con el borde de la tarjeta. Primera raya.

—Así que una mañana la mujer del dueño de la ferretería viene a verme en persona a la funeraria —dijo el conductor del coche fúnebre.

Los árboles se espesaban a ambos lados de la carretera. Más allá de la curva, surgió una hilera de almacenes. El forense se preguntó por qué el conductor tenía que correr tanto. Más allá de las naves industriales vio las luces brillando en hileras verticales. El conductor dio un volantazo y el cementerio desapareció.

—Se me pone a rajar sobre la crisis económica que habría arruinado la tienda tras la muerte de su marido. Se vio obligada a cerrar, dice. Yo digo: Señora, lo siento. Ella dice: Están a punto de cortarme la luz.

—De los maridos no se tira nada. —El hombre que estaba sentado junto al conductor se rio. Conocía el resto de la historia.

—Solo que esta vez no era una pitillera —dijo el conductor pisando el acelerador—, era el Rolex con el que su marido había querido que lo enterraran. Una reliquia de los años setenta. La mujer rompe a llorar. Le digo: Señora, ha pasado más de un año, no podemos desenterrar el cadáver. Se aparta las manos de la cara, la miro y me digo que no me ha entendido, la miro mejor y me doy cuenta de que va a haber un problema. Está claro que llora, pero, en fin, también se ríe. Sonríe entre lágrimas, se mete un dedo bajo el cuello de su traje chaqueta. Oh, sí que se puede, dice.

El hombre sentado junto al conductor se echó a reír. El conductor se rio. El hombre al lado del médico se rio. El conductor se rio. El hombre al lado del conductor gruñó. El conductor se rio. La noche se abría negra y diagonal a través del parabrisas. Esquivaron por poco un cubo de basura. El forense dio un respingo. Luego los árboles empezaron a ralear. El cielo se abrió, la carretera se hizo ancha y recta. El cementerio de Bari, con sus ojos luminosos y sus cipreses y sus nichos y sus capillas monumentales, apareció delante de ellos.

Esperaron a que se abriera el portón eléctrico. Entraron. Pasaron por delante de los columbarios y las criptas. Entre los cipreses, la silueta de una estatua, bolsas de plástico llenas de flores muertas. El vehículo se detuvo ante el tanatorio. El conserje los saludó saliendo de las sombras:

—Traedlos, traedlos, que no sabéis quién os traerá.

Nadie se rio. El conserje fue a abrir el tanatorio y volvió. Le dio las llaves al forense. Dijo:

—Cierren bien cuando terminen.

Se encaminó hacia su garita, sepultada en el olor a tierra y hormigón.

El forense preguntó:

—¿Quién tiene un cigarrillo?

Los tres hombres sacaron por los raíles la camilla con la chica dentro, la fijaron al carro, con cuidado de que la tapa no se abriera. Empujaron el carro hacia el depósito de cadáveres.

Al forense le pareció oír ruidos entre los setos. Lamió su cigarrillo. Se llevó la mano derecha al interior de la americana. Abrió la bolsita con el pulgar y el dedo corazón. Metió el índice, luego lo apretó contra los bordes del cigarrillo. Lo encendió. Sabía a amoniaco. Un gato joven se movió circunspecto entre las hojas. Un salto sobre la lápida. El ratón huyó. El médico dio otra calada. La puerta del tanatorio se había abierto. Los tres hombres de la agencia salieron uno tras otro. El último empujaba el carro, ahora vacío.

—Está lista —dijo el conductor—. Cuando termines, estamos donde el conserje.

Se encaminaron hacia la garita del conserje.

El forense dio otra calada más. A lo lejos, el canto de los pájaros nocturnos. Tiró el cigarrillo. Recogió su bolsa y se puso en marcha.

Ajustó la puerta, los ruidos cesaron. Cerró los ojos y volvió a abrirlos. La luz era tan intensa que tuvo que esperar a que los contornos tomaran forma. Era un sórdido tanatorio con azulejos en las paredes. El lavabo empotrado en la pared debía de considerarse un lujo. Fue a lavarse las manos. Luego cerró el grifo, arrancó un trozo de papel del rollo, se secó y tiró el papel al cubo. Se puso los guantes. Por el rabillo del ojo entrevió la gabardina. La falda, la camiseta, la ropa interior. Todo apilado en una silla. Se dio la vuelta hacia el otro lado. Tuvo la impresión de que la luz aún no se había estabilizado. La chica estaba sobre la mesa de acero junto a la ventana. Se acercó al cuerpo. Colocó la bolsa sobre la mesa auxiliar. La abrió. Sacó un bolígrafo y un bloc de notas, los dejó en el estante de enfrente. Se inclinó sobre la chica. Sintió que se le erizaba el vello de la nuca. Se irguió. Ajustó la luz del foco. Volvió a colocarse sobre Clara. Antes incluso de tocarla, se sintió como si retrocediera un poco, como si algo de aquel cuerpo lo hubiera traspasado, depositándose en un lugar al que apenas podía llegar. Apretó y desencajó la mandíbula. Tomó la cabeza entre las manos. Giró el cuello hacia un lado y hacia el otro. El crujido de los huesos sugería un traumatismo craneofacial. Para determinar si se debía a la caída, iba a ser necesaria una autopsia. El examen externo no era suficiente. Sintió un pinchazo en el índice izquierdo. Lo separó del lóbulo y vio un pendiente en forma de estrella, chapado en oro, bastante vulgar. En el otro lóbulo no había pendiente. Arrancado. Se fijó en la disposición de las pecas. Por un momento estuvo cerca del recuerdo de la Osa Mayor con la que había soñado poco antes. Desechó la información. Palpó los pómulos y la frente. Luego llegó el turno de los brazos. Presionando el tórax con los dedos sintió la burbuja de aire. Las costillas, al fracturarse, habían perforado los sacos pleurales. También las causas de aquello podían ser muchas. Él no estaba allí para averiguarlo. Masticó con la boca vacía. Enfisema subcutáneo. Lo anotó en el bloc. Volvió a mirarla. Los pechos estaban llenos y firmes. La parte blanca de los muslos estaba cubierta de grandes hematomas amarronados. Un profano los habría asociado con manchas de Rorschach. Pero solo eran derrames de sangre. Se puso a su lado. Intentó girarla. Palpó con la mano los riñones. Encontró algo. Sintió una sensación crepitante en la nuca. Se preguntó cómo era posible todavía.

Ajustó la luz del foco. Se volvió hacia Clara. Algo se agitó en su memoria. ¿Quién no conocía en Bari a los Salvemini? Incluso el Instituto de Fisioterapia de via Camillo Rosalba era obra de ellos. A veces se había cruzado con la muchacha en vida, hermosa y pálida con un vestido de noche en la entrada de algún local. Engañaba a su marido. Eso era lo que se decía por ahí. Un conocido le contó algo sobre una aventura con el rector de la universidad. Aun así, hay algo más, pensó el médico. La sala del tanatorio estaba sumida en el silencio. Volvió a palpar el cadáver. Apretó y desencajó la mandíbula. Deslizó los dedos con más firmeza bajo los riñones. Presionó, hasta que reconoció la compresión de las vértebras. Fractura lumbar. Sintió la gota fría de la coca en la garganta. Volvió a enderezar el cadáver. Volvió a inclinarse sobre ella. Si hubiera estado viva, ahora habría sentido su aliento contra la frente. Palpó el esternón. Le presionó la pelvis. Aferró el tobillo derecho con una mano, deslizó la otra por debajo del pliegue de la rodilla. No había fracturas. Agarró la pierna izquierda. La blancura de la piel era una frecuencia interceptada por la antena que se le había activado en cuanto la vio. Intentó doblar la otra pierna. «Oh, Dios». El impacto le llegó con fuerza, directo, y ahora no hacía más que propagarse por su cabeza. Dejó caer de golpe la pierna del cadáver. Miró por encima del hombro. Instintivamente, se dirigió a la puerta. La cerró con llave. Respiró con lentitud. Volvió a la mesa anatómica. Ahora la luz del foco ardía sobre él como el reflejo de un casquete polar ártico. Era la chica de las fotos. Por supuesto. No se había dado cuenta entonces porque el sujeto no miraba directamente al objetivo. Ahora sí se daba cuenta. Puso las manos sobre las rodillas del cadáver, tocó los muslos. Separó las piernas. El episodio se remontaba a menos de un año atrás. Decenas de fotos obscenas en la carpeta de tapa dura. Cosas que exigían un estómago fuerte. Le abrió las piernas con renovado vigor. Se quedó aturdido unos instantes. La hija de Vittorio Salvemini. La puso de lado. Retrocedió ante el cadáver como si fuera una bolsa de basura. Volvió a la puerta.

Pulsó el interruptor con un dedo. La habitación se sumió en la oscuridad. Ahora podía sentir los latidos de su corazón. Poco a poco, la luz de la luna se adueñó de la habitación, se extendió por el suelo y luego por la mesa anatómica. El cuerpo del cadáver volvió a ser visible, pero esta vez emergía de un lugar más lejano. El forense rechinó los dientes. Sentía la necesidad imperiosa de un chute de coca directamente disparado a sus fosas nasales.

—La operación de la última vez.

—Una cuadra...

—La cuadrantectomía —completó ella, adelantándose a él, y luego se sonrojó.

Ella conocía la terminología correcta. Consultaba la enciclopedia médica Garzanti, leía los artículos que aparecían en revistas divulgativas. Una mujer de cincuenta y poco. La presencia del oncólogo amenazaba con confundir sus pensamientos.

—Una cuadrantectomía de la mama izquierda con biopsia de ganglio linfático —continuó el profesor sin apartar los ojos del informe—, realizada el 15 de febrero de 1997 en el hospital San Carlo de Potenza.

—Hace quince años —se dijo la mujer.

El profesor contuvo su impulso de suspirar. Confió el gesto a una ceja arqueada. La ayudante, sentada a su lado, dejó de teclear los datos en el ordenador.

—Mamá, 1997 significa hace *catorce* años —interrumpió el chico, nervioso.

La mujer y su hijo se miraron con todo el amor, con todo el odio del destino que lleva a determinados cuerpos a chocar entre sí en el momento en que los atrae.

Volvieron a centrar su atención en el médico. Ahora lo observaban como si su sumisión pudiera propiciar la transformación que todos esperan presenciar en casos como este, para que de los ojos del hombre de ciencia surja un Cristo caminando sobre la superficie acuosa de la córnea. Radiante. Sonriente. Y pueda pronunciar la palabra.

—No podemos descartar del todo la infiltración metastásica de los ganglios linfáticos regionales, señora.

Sabían que el médico había ganado el premio Robert Wenner de la Liga Suiza contra el Cáncer a una edad en que otros médicos intentan conseguir su primera beca. Su fama les había llenado de esperanza en las semanas anteriores. El chico había buscado en los foros de internet donde los pacientes intercambian consejos sobre médicos y terapias. Incluso habían llegado a calcular su signo zodiacal. 20 de abril de 1963. Esto estaba escrito en la página web del Instituto. Ignoraban que habían enterrado a su hermana el día anterior.

Ruggero comprobó los datos del informe médico. Con el otro ojo revisaba la agenda. La mujer era la tercera de los dieciséis pacientes a los que debía visitar antes de regresar a casa. Nadie habría puesto objeciones si hubiera cancelado todas sus citas hasta el final de la semana.

—¿En qué sentido corren peligro los ganglios linfáticos? —preguntó la mujer.

El Instituto Oncológico del Mediterráneo se había creado con el objetivo de ofrecer una alternativa a los grandes centros médicos del norte. Venían de toda Campania, de Molise, para ser examinados allí. Se subían a un autobús que dejaba atrás las montañas de Basilicata con las primeras luces del día.

—Significa que nuestro examen de las cavidades axilares revela la presencia de ganglios linfáticos con un diámetro superior a tres centímetros. Lo que debería alertarnos.

—En Potenza nos dijeron que es una consecuencia normal de la operación —dijo el chico endureciendo el tono.

Así era como empezaban a perder la fe. Ruggero conocía el mecanismo. Para disipar una duda, llevaban el informe a otro oncólogo, quien decía algo que no coincidía perfectamente con las palabras del primero. Esto hacía aconsejable la opinión de un tercer oncólogo. Pero el tercer oncólogo hacía una valoración *completamente* distinta a la de los dos primeros. Tamoxifeno en vez de Arimidex. Es absolutamente necesario hacer una gammagrafía ósea. ¡Cómo! ¿Nadie se lo había aconsejado?

—Escuche —Ruggero reprimió un instinto en estado embrionario—, la situación se aclarará en un par de meses, cuando su madre... cuando usted, señora —desvió la mirada hacia la mujer—, esté lo bastante fuerte como para someterse a un nuevo...

El teléfono empezó a sonar. La joven ayudante dio un respingo. En el Instituto todo el mundo sabía que no se podía molestar al profesor Salvemini durante las visitas. Salvo en caso de una emergencia muy grave. Ruggero se preguntó cómo era posible que un hombre que podía contar con más de mil excavadoras siempre pareciera necesitar que le echaran una mano. Descolgó el auricular.

La recepcionista le informó de que su padre lo esperaba en la recepción. El día anterior, terminado el funeral, Vittorio le había anunciado que pasaría a verlo. «Dentro de una semana o así», le había dicho.

—De acuerdo. —Ruggero colgó el auricular—. ¿Qué estábamos diciendo?

Intentó sonreír, pero debió de poner una expresión extraña a juzgar por cómo empezaron a mirarlo madre e hijo.

En la recepción encontró a Vittorio.

Estaba sentado entre los pacientes. Las manos sobre las rodillas, llevaba un jersey de algodón. Ruggero lo estudió desde el mostrador de las telefonistas, como quien tiene la ilusión de que observar a la gente mientras duerme equivale a conocer sus secretos.

Entonces el viejo lo vio. Levantó una comisura de los labios. Se levantó, acentuando el esfuerzo que le costaba, y avanzó hacia él. Dos enfermeros pasaron por delante. Vittorio mostraba una expresión sombría. Esgrimía el negro poder del luto como si Clara hubiera tenido un padre y nunca una madre, ni un hermano mayor.

Hablaron junto a la máquina expendedora de bebidas, rozándose las mejillas, extendiendo el cuello el uno hacia el otro. En la recepción, dos pacientes se dieron un codazo. El médico parecía enfadado. En un momento dado tenía la expresión descompuesta, la cara roja. Señaló a su padre con el índice.

Media hora más tarde, Ruggero atravesaba a toda velocidad las calles de Bari en su BMW descapotable. Despotricaba. Dio un puñetazo al volante. A la izquierda se alzaba el Sheraton. En la acera de enfrente se sucedían los bloques de apartamentos, ordenadas construcciones de color arena bañadas por la luz primaveral. Enfiló viale De Laurentiis. Tiovivos oxidados, niños en el parque público. En el momento de pedirle al profesor Spagnulo que lo sustituyera, percibió confusión a su alrededor. Ahora se había recuperado, golpeando el volante de aquella forma.

A Vittorio no le había costado mucho convencerlo. Ruggero notó que la sangre le latía con fuerza en la cabeza cuando le quedó claro que iba a perder todo el día. Había agredido verbalmente a su padre, y solo cuando el viejo aguantó la bronca sin rechistar se dio cuenta de que lo que sentía era placer, no ira. Había dejado que su hijo se desahogara, aceptó los reproches. Si el viejo se hubiera plantado, subrayando el peso de los intereses en juego (la circunstancia de que ni siquiera un premio nobel de Medicina habría podido subvertir la prioridad de Construcciones Salvemini en esta situación), la furia de su hijo habría sido auténtica. Al derribar una puerta que no estaba cerrada, Ruggero había sentido en cambio el eco de sus pasos en un enorme espacio vacío. Hojas muertas bajo la luz mortecina de la tarde. Un peso no muy distinto del arrepentimiento, del sentimiento de culpa. La remota y siempre pospuesta oportunidad de abrazar a su padre, de acurrucarse con él en una tumba helada. De acuerdo, musitó. Entonces sintió un golpe en la cabeza aún más fuerte, la sensación de tres mañanas atrás, cuando Vittorio había ido hasta allí para decirle lo de Clara. Le pidió al profesor Spagnulo que lo sustituyera. Sin saber muy bien qué estaba pasando, se encontró hablando por teléfono con el jefe de la sección de ortopedia del Policlínico. Atravesó la puerta automática, la cálida luz del sol tras las luces artificiales, haciéndose ilusiones de que obrando rápido corregiría el error, igual que un pecado del que reniegas manchándote con él.

Así que ahora iba a recoger al aparejador Ranieri. Juntos irían al Policlínico. Allí, al parecer, el aparejador tenía que reunirse con un paciente al que le habían amputado una pierna. Ruggero miró a su alrededor. La ciudad pasaba a su lado como si estuviera en otra dimensión. Una casa grande y silenciosa rodeada de vegetación. Una mesa de madera entre la maleza. Por debajo se movía un mundo oscuro e informe, raíces retorcidas, pequeños insectos ciegos, la presencia fosforescente de su hermana Clara. Michele volvía a casa. Inmóvil en el compartimento del tren, la cabeza apoyada en la ventanilla del Eurostar.

Ruggero giró en viale Gandhi. Un caos de pequeñas tiendas, ciclomotores y furgonetas en doble fila. Su padre pedía ayuda y todo el mundo corría. Vittorio sabía cómo conseguirlo. Podía dar la impresión de ser un desgraciado que necesitaba que le echaran una mano incluso cuando la empresa rebosaba salud. Así que de qué no sería capaz ahora, con los problemas que estaba teniendo en Porto Allegro.

Treinta años antes, cuando cruzabas Bari, la sensación de abundancia era tangible. Los escaparates de las boutiques se limpiaban tres veces al día. Las terrazas se perfilaban contra los opulentos cielos de verano, donde el verde de los helechos parecía arder con vida propia. Muchas de aquellas persianas ahora estaban cerradas, u oxidadas. Las calles bastante hechas polvo. Así que, pensó Ruggero, esta vez la amenaza es real.

Pasó por via Petroni. Volvió a girar a la derecha. Recordó cuando era un estudiante de medicina. A la cama antes de medianoche. Se dormía pensando en el próximo examen. Degustaba el momento en que el profesor admitiera su asombro por lo bien que se había preparado. Los mecanismos de la fibrilación ventricular. Pericarditis agudas y crónicas. Con los ojos cerrados, tapado con las sábanas. El libro de texto perfectamente memorizado en su cabeza. Un ruido procedente del lavabo del dormitorio de sus padres. La perfección de aquellas páginas se desmoronaba bajo los golpes de su aceleración cardíaca *real*. Hacía días que su padre se quejaba de un retraso en un pago importante. El rostro sombrío, la boca una macabra hendidura. Tal vez nadie había volcado realmente el botiquín en el lavabo. Ruggero sentía la ansiedad de Vittorio en su interior, la violencia del insomnio paterno. Estaba poniendo en peligro su carrera universitaria.

Ruggero se despertaba en plena noche, tirando de la cama su manual de histología. (Respiraba lentamente, observando las frías luces invernales a través de las contraventanas medio entornadas). A principios de junio se le caía el manual de biología molecular. Estaba en calzoncillos en el cuarto de baño pequeño, empapado en sudor a las tres de la madrugada, el volumen de medicina forense arrojado contra la pared, mirándose al espejo en el calor sofocante de la noche de verano. Sus padres se encontraban de vacaciones en Túnez. Michele y Clara, de acampada. La ciudad semidesierta, la casa vacía. Por eso, nadie podía haber encendido la televisión del piso de abajo. Nadie había roto un plato en la cocina y, sin embargo, ese plato se había hecho añicos. El fantasma de su padre se había vuelto muy listo, ahora actuaba incluso en su ausencia, saboteando el examen al que Ruggero debía presentarse a principios de septiembre. El asesoramiento técnico en procesos penales, la autopsia y el examen externo, la noción de imputabilidad, la putrefacción, la maceración, la momificación del cadáver, la instigación al suicidio, la agresión sexual en grupo, la dactiloscopia, el enfriamiento del cadáver; el profesor no tendría tiempo de formular la pregunta y él ya estaría a mitad de la respuesta, pero eso a condición de asimilar las setecientas setenta y siete páginas de medicina forense siguiendo el horario que se había impuesto, doce horas diarias, dos páginas y media por hora más dos horas de repaso general, lo que era difícil si uno dormía mal. Ruggero abría la ventana de par en par, sintiendo el viento cálido en la piel, observaba los setos del jardín, la fuente rodeada de eucaliptos. Hay algo más, se decía, algo que ni siquiera soy capaz de imaginar.

Nadie movía los muebles del salón. Nadie se dedicaba a poner clavos en la pared pasada la medianoche. Ruggero abría los ojos como platos en noviembre. Mordía la almohada en las noches de febrero. Se despertaba tosiendo a las dos menos cuarto de la madrugada. Por debajo de la rendija de la puerta, se movían resplandores placentarios. Un ruido atronador le despertó del todo. Ruggero saltó de la cama, salió al pasillo y se encontró en medio de una nube de humo. Fue hacia las escaleras, dos sombras salieron corriendo entre las centellas en dirección contraria y a todo su alrededor sintió el deseo de que murieran, sus padres quemados vivos. Pero poco después, sano y salvo frente a la entrada de la villa, cuando vio a Michele saliendo de entre los arbustos con un bidón de gasolina en la mano, y a Clara pisándole los talones, en el momento en que vio a su hermana y a su hermanastro caminando hacia la casa, solo entonces se dio cuenta de que aquel deseo era de ellos, no suyo, le había pertenecido a Ruggero solo de la manera en que lo hace la música ajena tocada a todo volumen, él estaba lleno de amor filial, eran ellos los que odiaban.

Aceleró en via Fanelli. Los edificios fueron raleando. Surgieron pistas de tenis, breves extensiones sin cultivar. Pasó por delante de un surtidor de gasolina. Dos jóvenes africanas inundadas de luz en la zona de aparcamiento. Continuó hacia Mungivacca.

El aparejador Ranieri lo esperaba delante de un estanco. Traje azul, pelo engominado. Ruggero paró el BMW. El hombre caminó hacia él, luego le dio un abrazo.

—Ánimo.

Ya se lo había dicho en el funeral.

Ahora se dirigían de nuevo hacia el centro de la ciudad. El aparejador señaló al cielo.

—Ha vuelto la primavera.

Aunque solo era dos años mayor que él, el aparejador Ranieri llevaba trabajando para su padre desde que Ruggero iba al instituto. Esto trazaba una frontera que Ruggero sentía que no podía cruzar. El aparejador De Palo y el aparejador Ranieri. La sutileza del mayor. La apasionada adulación del más joven. Ruggero recordaba su sonrisa cuando lo felicitó tras graduarse en el instituto, antes de desaparecer en el despacho de su padre. Electrizado por la nota máxima que acababa de obtener, Ruggero sintió que podía hablar del futuro como si fuera el representante de una importante fábrica de cemento.

—Escucha a este idiota —dijo Vittorio, sonriéndole desde detrás del escritorio.

La universidad era importante. Pero era importante para los hijos de los quiosqueros.

—Desde hoy hasta el día en que te dieran el título de tu especialización en la facultad de Medicina, ganarías más dinero que un buen médico en sus primeros diez años de ejercicio.

Ponerse a trabajar para él ya. Pasar el verano aprendiendo, yendo y viniendo a las oficinas de urbanismo provinciales. Eso fue lo que le propuso su padre, mientras apagaba el Marlboro en el cenicero de cristal. Intuía que la llamada al sacrificio —celebrar el examen de bachillerato poniéndose a trabajar— significaba para el primogénito un desafío caballeresco y, al mismo tiempo, una retorcida prueba de amor. Para Vittorio, el asunto era mucho más sencillo. El momento era oportuno. El tamaño de la empresa exigía tal vez no tanto eficacia real como la idea de un heredero que estuviera a la altura.

—Escucha a este idiota.

Aunque Ruggero acababa de alcanzar la mayoría de edad, los peligros ocultos del juego de palabras no le pasaron desapercibidos.

Un día, su padre desenrolló sobre el escritorio el plano de un pequeño centro comercial que la empresa había terminado recientemente. Aquellos planos eran el terreno de juego en el que Ruggero podría medir su valía.

—Eres un buen chico, inteligente, voluntarioso. ¿Cuánto estás dispuesto a apostar? —dijo Vittorio encendiendo el cigarrillo, y se levantó con la cara moteada por la sombra de la palmera kentia en cuya maceta yacían decenas de colillas apagadas—. ¿Apostamos algo a que, si yo pongo en tus manos los locales, tú consigues alquilarlos todos en el plazo de un mes? Si no los alquilas en treinta días, te regalo un coche. Te has sacado el carnet de conducir, necesitas un coche. Un bonito Porsche. ¿Qué te parece? ¡Pero además te digo que, si entras a trabajar en la empresa, no necesitarás que yo te compre ese coche!

Se echó a reír, ahogándose en el optimismo, en la sinceridad, un hombre en la cumbre de sus facultades.

El semáforo se puso en verde. Ruggero pisó hasta el fondo el acelerador. Rápidamente adelantó zigzagueando a los vehículos que lo precedían. El aparejador Ranieri sujetó de forma instintiva el asidero de techo.

Ruggero se había pasado el verano yendo de una oficina a otra, con el maletín lleno de certificados catastrales y permisos para variaciones de obras en curso. No pisaba la playa, salvo los domingos, cuando iba a Monopoli a ver a una antigua compañera de instituto, no muy guapa, con la que folló hasta que cayeron las primeras lluvias. Luego, en septiembre, sin decir una palabra a nadie, se matriculó en Medicina.

Se presentó en el despacho de Vittorio lleno de la energía que le había invadido al entregar el formulario en la secretaría de la facultad. Estaba listo para enfrentarse a su padre. El rostro del viejo se endureció unos instantes. Luego sus mejillas se relajaron.

—Hay que estudiar duro. Pero un médico en la familia siempre viene bien. Estoy seguro de que cumplirás con creces.

Lo invitó a tomar algo en el bar de abajo.

Había ganado sin luchar. Sin embargo, mientras bajaba con él en el ascensor, tuvo una extraña sensación. No podía demostrarlo, pero habría jurado que, para Vittorio, en el espacio entre una planta y la siguiente, algo se estaba recolocando en su sitio. Notó el rictus de los labios que tan bien conocía, como si su matriculación en la universidad hubiera hecho saltar por los aires los planes de su padre, pero, de todos modos, Vittorio estuviera recogiendo los fragmentos rotos de tal manera que ya estaba visualizando un proyecto aún más temerario.

En via Scipione l'Africano vieron las cuatro palmeras que rodeaban la fuente de la plaza. Entonces apareció el Policlínico. El aparejador Ranieri puso cara de preocupación. Tosió. Recuperó su jovialidad, pero sobreponiéndose a su estado de ánimo anterior.

Cuando terminó de estudiar su especialización, Ruggero obtuvo un *clinical fellow* en el Instituto Holandés del Cáncer de Ámsterdam. Tres años maravillosos, alejado de todo, bajo la tutela de un gigante como el profesor Aron Helmerhorst. Días enteros observando el funcionamiento de la molécula TIC-10. Lo que lo protegía no era tanto la distancia de Bari como aquella atmósfera completamente nueva. Los fantasmas nocturnos no vinieron a molestarlo, hasta el punto de que casi se olvidó de ellos. La obsesión por su padre no fue lo único que se desvaneció. Cada vez que hablaba con Clara por teléfono, la voz tranquila y radiante de su hermana era reabsorbida por la banalidad de las palabras que decía y no por lo que comunicaba su presencia física. Michele era un chico cargado de problemas y Gioia era una chica con demasiado pocos, pero los límites por fin quedaban claros. Por las tardes paseaba por delante de la Nieuwe Kerk, sintiendo algo parecido a la felicidad.

Un residuo de su antigua furia afloraba en sus largas horas de trabajo. Bajo la supervisión de Helmerhorst, estaban estudiando los efectos de la dacarbazina en el carcinoma mamario. Ver cómo actuaba el compuesto sobre el ADN, impidiendo que se duplicara, le proporcionaba a Ruggero un placer animal. Una sensación de revancha. Pasaban los sábados por la tarde en los laboratorios medio vacíos. Comprobaban los progresos de los fármacos apoptóticos. El suicidio programado de la célula. Había leído sobre ello en los manuales. Pero cuando *observó* las secciones histológicas de los ratones a los que habían inoculado células tumorales, se quedó sin aliento. Las células menos resistentes empezaban a vibrar, la cromatina entraba en crisis y, en un momento dado, como si fueran globos, las células estallaban, dejando tras de sí una frágil luminiscencia.

Se dieron cuenta de que el fármaco funcionaba en los tumores pulmonares. Era eficaz contra el cáncer de colon. Avanzando en la investigación, descubrieron (para sorpresa del propio Helmerhorst) que la molécula era capaz de atravesar la barrera hematoencefálica, llegando casi intacta al otro lado.

Pasaron las semanas. La curva de supervivencia de las cobayas se alargó. Ruggero estaba agotado, orgulloso, insomne y no tenía miedo cuando firmó el artículo para *The Lancet* junto con los demás. Pasó el verano. De Zúrich llegó la noticia de que habían ganado el premio Robert Wenner de la Liga Suiza contra el Cáncer.

Detuvo el BMW en una zona prohibida para aparcar que estaba delante del Policlínico.

El aparejador Ranieri rebuscó en sus bolsillos, sacó la calderilla para el aparcacoches. Ruggero se bajó del vehículo.

Cinco jóvenes y un anciano en el escenario del pequeño Stadtspital de Zúrich. Recibieron los diplomas al mérito de manos del alcalde. El profesor agitó el cheque de ochenta mil dólares ante un pálido auditorio compuesto por otros médicos, investigadores y unos pocos periodistas, que aplaudían con sinceridad, libres de la ferocidad con la que en el sur la gente siente la necesidad de afirmarse a sí misma incluso a través del reconocimiento de los logros de los demás. Este premio es mi salvoconducto, pensó Ruggero. Dentro de cinco, diez años a más tardar, estaré donde quiero estar, pensó mientras una chica grandullona con blusa y falda negra hasta la rodilla (una joven de la que, en su tierra, se habrían reído incluso en una reunión de jueces) le entregaba al profesor Helmerhorst un ramo de orquídeas envueltas en celofán rosa. Dentro de cinco, diez años. Dos semanas después recibió una llamada telefónica. El director general de la Agencia Sanitaria Local de Bari le ofrecía el puesto de subdirector del Instituto Oncológico del Mediterráneo.

Atravesaron la puerta. Un ir y venir de batas blancas y verdes. Ruggero hizo una seña.

—Por aquí.

Entraron en el pabellón número seis.

Entre las sucias y húmedas paredes del departamento de ortopedia del Policlínico, sobre el mugriento suelo, percibiendo antes de verlo el polvo incrustado en los radiadores, sufriendo sin leerlas las reivindicaciones de los auxiliares en el tablón de anuncios, en la tétrica oscuridad del pasillo, el médico jefe avanzó hacia ellos agitando sobriamente la mano derecha. Un anciano alto y palidísimo.

Dio una palmada en el hombro a Ruggero. Se presentó al aparejador Ranieri. Los invitó a seguirlo. Al final del pasillo, antes de la salida, pasada la máquina expendedora averiada. En el ascensor, mientras subían a la tercera planta, si uno de los tres hubiera levantado un poco la cabeza, habría visto a los otros dos mirándose los zapatos. En la fuerza que nos libera, los restos de la que nos coloca de nuevo los grilletes. El director general de la Agencia Sanitaria Local de Bari le había hablado del puesto como la primera alternativa a los grandes centros de tratamiento del cáncer del norte. Lo nunca visto. Contarían con un acelerador lineal TrueBeam, la máquina de quemar tumores de la que solo había nueve en toda Europa. Significaba regresar a Bari. Pero significaba volver como ganador. Cruzar la línea de meta antes de cumplir los treinta y cinco años. La puerta del ascensor se abrió.

La habitación, amplia y ventilada, daba la sensación de haber sido despejada unos días antes. Los eucaliptos se mecían a través de la ventana abierta. El médico jefe estaba apoyado contra la puerta. Ahí se encontraba el paciente. La manta color nata dibujaba relieves y depresiones donde unos u otros no deberían estar. El hombre cabeceaba en la cama. Parecía cansado, disgustado. El aparejador describió el apartamento de via D'Aquino. «El salón social de Tarento». Ruggero se acercó a la ventana. Entornó las contraventanas. Lo hizo con demasiada fuerza. La habitación se sumió en la oscuridad. Volvió a abrir un poco y el médico jefe ya no estaba allí. En la penumbra se encontró con los ojos entornados del paciente. El paciente cerró los ojos, volvió a abrirlos, enrojecido por los analgésicos, demostrando que todo (decía la astucia, es decir, la paciencia de aquellos ojos) descansaba sobre un supuesto análogo a la fuerza de gravedad. Demasiado obvio para hablar de ello explícitamente ante la evidencia de un cuerpo destrozado en el suelo.

En via Fanelli, de nuevo en el coche con el aparejador, Ruggero intentó recomponer sus impresiones. Tenía que responder con rapidez para evitar que las preguntas llegaran hasta donde las palabras aún no habían organizado una defensa adecuada. ¿Por qué has interrumpido las visitas? Él me ha convencido. ¿Has comprendido lo que has ido a hacer allí con ese hombre?

Cada vez que volvía de Ámsterdam —breves estancias de tres o cuatro días—, su padre le hablaba de la situación. La empresa era muchas empresas unidas. Una maraña de participaciones, inversiones, filiales corporativas. Por tanto, la empresa gozaba de buena salud. Pero la empresa estaba pasando por un momento de terrible dificultad. La empresa estaba estancada. Y, pese a todo, se vislumbraba en el horizonte la oportunidad de un gran negocio. Esto era lo que le contaba su padre. Luego, como hacía con Clara y Michele —como habría hecho también con Gioia, si en aquella época no hubiera sido menor de edad—, le ponía delante de las narices unos documentos para que los firmara.

Volvieron a pasar por delante de las pistas de tenis. El aparejador Ranieri sacó el codo por la ventanilla. Se llevó el cigarrillo a los labios. El pelo alborotado por el viento.

Los documentos que había que firmar eran una tradición de los Salvemini. A lo largo de los años, sus hermanos y él habían sido convocados a decenas de reuniones familiares. Antes de que Michele se fuera a Roma. Antes de que él volviera de Ámsterdam. Después de que Clara se casara con Alberto. Antes de casarse él. Se reunían en el gran salón de la villa. Allí el cabeza de familia, sentado en una butaca, con las piernas envueltas en una inofensiva manta escocesa, les exponía la situación. Largas disertaciones de las que ni él ni sus hermanos entendían un carajo. Vittorio hablaba de resoluciones de accionistas, de socios ejecutivos. Ruggero se preguntaba cómo era posible que la patogénesis del linfoma de Hodgkin encerrara menos escollos que una escritura de compraventa ordinaria. Buscaba apoyo en sus hermanos. Michele contemplaba los árboles por la ventana. Clara cruzaba sus largas piernas apenas cubiertas por un vestido de Mila Schön, daba una calada a su cigarrillo, enfrentándose a la comedia con una sonrisa sarcástica. Vittorio hablaba de leasings que vencían, de lagunas fiscales.

También pasaron por delante del concesionario de coches, el surtidor de gasolina. Las dos putas seguían allí. Ruggero aferró el volante. Resistió la tentación de dar un volantazo y atropellarlas.

Una Nochebuena, su padre lo arrastró hasta la chimenea. Los bancos pedían garantías adicionales para una empresa de reciente constitución.

—Una pequeña sociedad limitada, pero estratégicamente importante. La he llamado Cla.ru.mi.

—Cla… ¿qué?

—Son vuestras iniciales.

Mientras Vittorio seguía hablando, Ruggero visualizó el auditorio del Stadtspital de Zúrich. Pensó en el congreso sobre la eficacia del pamidronato en la Universidad de Cornell, al que iba a asistir al cabo de dos semanas. Esa era su vida. Hablar con él de la enésima urgencia empresarial era hacerle perder el tiempo. Vittorio dijo:

—Piden que los tres firméis un aval.

Ruggero estaba dispuesto a empuñar una estilográfica antes incluso de que su padre terminara de hablar. Cualquier cosa con tal de acabar de una vez.

—¡Cuidado con ese gilipollas! —El aparejador Ranieri trasladó la imprudencia de Ruggero al pequeño utilitario que circulaba en sentido contrario.

¿De eso se trataba, entonces? ¿Avales? ¿Documentos de garantía? ¿Eran los papeles los que lo hacían sentirse atrapado de nuevo? A lo largo de los años, se habían dejado arrastrar a un buen número de líos. El último fue fingir la compra de una casa en Porto Allegro y luego hacerle firmar un contrato garantizando que la devolvería. Su padre había hecho lo mismo con Michele. Las situaciones no eran comparables. ¿Qué tenía su hermano que perder? ¿Tenía casas en propiedad? ¿En la vida de Michele había algún bien que un acreedor pudiera embargar? Michele no lo sabía, no le importaba, nunca se le había pasado por la cabeza hacer números. De lo contrario, habría llegado a la conclusión de que la suma total de las garantías que todos habían suscrito era superior al patrimonio que no ya un periodista de perfil bajo, sino un médico respetado, alguien que ganaba dinero de verdad, podía aspirar a acumular en toda una vida de trabajo. ¿Tres millones de euros? ¿Cuatro? ¿A qué cantidad se habían comprometido? A Michele, por otra parte, nunca se le había ocurrido que de todo aquel papeleo pudieran derivarse responsabilidades penales. Un día se encontrarían con una pareja de secretarios judiciales en la puerta. Oh, a Michele le habría importado un bledo. ¡Su hermana incluso se habría sentido halagada! Clara habría esbozado una sonrisa deslumbrante mientras ofrecía sus muñecas cruzadas a la policía financiera. (Se sorprendió a sí mismo denostándola como si aún estuviera viva. De nuevo la sensación de malestar).

¿Así que fue para esto? ¿Para esto volviste? ¿O fue por el puesto de subdirector? Conocía esa voz.

Llegaron a Mungivacca. Casas bajas, pequeñas ferreterías. Más de una vez, en los últimos tiempos, durante las reuniones familiares, había notado un rastro tenue, blanco y polvoriento en la punta del cigarrillo de Clara. No era difícil adivinar a qué había ido al cuarto de baño. De vez en cuando, las piernas de su hermana aparecían surcadas de extrañas equimosis. Profundas manchas oscuras en aquella piel antinaturalmente blanca. Incluso grupos de hematomas que aparecían y desaparecían mientras ella descruzaba las piernas y las cruzaba hacia el otro lado. Su hermana reducía al mínimo su movimiento de las mandíbulas *y sonreía*. Una felicidad triunfante, que le producía escalofríos. Luego miraba a su padre y le guiñaba un ojo a Ruggero. Vittorio hablaba de las casas que iba a poner a nombre de todos ellos. Decía que Michele estaba de acuerdo, que se reuniría con el notario Valsecchi en Roma. Todo en orden, se apresuraba a concluir. (Cada vez que se mencionaba al hermanastro en su ausencia, los miembros de la familia se reacomodaban en los sofás y los sillones para asegurarse de que el sutil deslizamiento eléctrico pasara sin dejar rastro). Su hermana enarcaba las cejas. Annamaria, con la espalda erguida contra el respaldo, se limitaba a sacudir las pulseras, miraba a su cónyuge y a sus hijos biológicos como si fueran los Windsor en un paréntesis doméstico. Clara se bajaba de forma imperceptible los bordes de la falda, una provocación más que un disimulo. Vittorio seguía tejiendo la trama de su complicadísima exposición. Luego, un ruido de pasos galopantes. Gioia irrumpía en el salón, mostrando un collar tachonado de pequeños diamantes rosas que Annamaria le había regalado sin informar al padre. Gritaba: ¡Sorpresa!

El BMW estaba ahora parado delante del estanco.

—Entonces todo ha quedado claro, ¿verdad? —repitió el aparejador Ranieri.

Ruggero se despidió. Oyó el portazo. Se vio a sí mismo dando marcha atrás. Las pequeñas tiendas pasaron del parabrisas a la ventanilla trasera y desaparecieron. Ruggero giró a la derecha. Enfiló de nuevo via Fanelli. ¿Para eso había ido al Policlínico? Dile que no, y al día siguiente vendrán los bancos a pedirte las sumas que avalaste. Desobedécele, y la ilegalidad de la que eres responsable sin saberlo te caerá del cielo de las culpas inactivas y vendrá a perjudicarte. ¿Es esto? ¿Realmente lo crees? ¿Recuerdas lo que pasó con el Archivo?

Él conocía esa voz. La voz lo conocía a él. La voz *sabía* lo que le ocurría cuando Vittorio camuflaba peticiones muy precisas dentro de una explicación incomprensible. El mundo a su alrededor se desvanecía gradualmente, se le hacía un nudo en la garganta. Vittorio se mostraba indefenso, aplastado por las dificultades, fingía hasta convencerse a sí mismo de que era un niño (un niño tristísimo). Pero esta era la técnica que empleaba para que ocurriera justo lo contrario. Era Ruggero quien retrocedía, y la única forma de detener el proceso era hacer lo que Vittorio quería que hiciese.

—Papá, eso no puedo hacerlo.

En Bari, pocos meses después de aceptar el cargo de subdirector del Instituto Oncológico del Mediterráneo, Vittorio fue a visitarlo a la clínica. Lo había invitado a cenar la semana anterior. No se daba por vencido. Incluso había aparecido en la velada benéfica para la lucha contra la leucemia infantil organizada por el AIL. Tras charlar con el alcalde, Vittorio se acercó a la mesa de donativos. Rellenó un cheque, lo dejó caer en el gran cuenco transparente. Luego se dirigió hacia Ruggero. Media hora después, paseaban por los jardines del hotel. Bañadas en la luz artificial, las azaleas rebosaban vida.

—Papá, no puedo —dijo Ruggero por segunda vez.

Volvió a cruzar via Amendola. A ambos lados se extendían campos de color amarillo y verde. Parecida a un sol, oculta en algún lugar del horizonte, más allá de los olivos, más allá de los pueblos y las ciudades limítrofes. La voz. Ruggero aceleró como para evitar que lo alcanzara. Vio el surtidor de gasolina. Redujo la marcha de quinta a cuarta. Pasó por delante del surtidor y del túnel de autolavado. De repente giró a la derecha. Las chicas lo vieron llegar a una velocidad que podría haberlas matado. Retrocedieron de un salto, tropezando con los tacones, dando media vuelta sobre sí mismas.

El BMW se detuvo a unos centímetros de donde habrían estado ellas si no se hubieran movido. La primera llevaba una minifalda que dejaba al descubierto sus largas y musculosas piernas. La otra llevaba una camiseta de tirantes y unos pantalones cortos blancos. A lo largo de toda la semana, su padre no había dejado de darle la lata con los documentos del Archivo Sanitario Regional. Las chicas, tras su desconcierto inicial, miraban ahora en su dirección. No tenía cristales tintados. Una dejó de rascarse la cabeza. Sonrió. Empezaron a acercarse. La alta se puso a su lado. La otra se colocó en el lado opuesto (de modo que, si arrancaba de golpe, no atropellaría a ninguna de las dos). Estúpida zorra africana, pensó. Apagó el motor para tranquilizarlas. Abrió la puerta. La chica alta se inclinó hacia delante.

—Hola, hola.

Tenía los ojos negros, los labios carnosos pintados con carmín transparente. El viento movía los árboles más allá de la plazoleta. Ruggero dijo:

—Vamos.

Como única respuesta, la chica arqueó la espalda, abrió completamente la mano derecha. Por setenta euros, su amiga también subiría al coche. Ruggero rebuscó en sus bolsillos. Por debajo de la americana asomaba la bata blanca. La chica adoptó una expresión complaciente.

—El dinero que sobra es para que no venga.

La chica no captó el matiz, pero el concepto quedaba claro. Le hizo un gesto a su amiga. Esta permaneció con los dedos agarrados a la puerta. Luego aflojó la presión. La chica rodeó el BMW mientras la otra volvía al borde de la plazoleta. Abrió la puerta, se sentó a su lado. Ruggero arrancó el motor.

Cinco minutos más tarde se encontraban en una carreterita lateral rodeada de campos. Un grupo de cerezos florecía más allá de la alambrada. Seguían en el coche y aún era el día después del funeral de su hermana. La chica hizo ademán de reclinar el asiento. Ruggero la amonestó levantando el dedo índice. Bajó los ojos. Tenía ganas de partirle la cara. La chica se pasó una mano por el pelo. Metió la otra en el bolsillo de la falda. Lo miró. Ruggero permaneció inmóvil. Entonces la chica se inclinó hacia delante. Le desabrochó los pantalones. Se llevó la mano a la boca, rasgó el envoltorio con los dientes. Con las manos libres le bajó los calzoncillos. Las moscas flotaban en el aire. La chica inclinó la cabeza, apoyó una mejilla en el muslo de Ruggero y, cuando sintió que era el momento, con la ayuda de la lengua, le puso el preservativo. Ruggero se contuvo para no escupirle encima. La chica debió de advertir algo porque le apretó las piernas un momento. La escena se desplazó bruscamente hacia el otro extremo, como si una cámara de cine siguiera proyectando el haz de luz fuera de la pantalla, de modo que los recuerdos fluyeran sin que Ruggero los viera. Tras oír que no podía darle acceso al Archivo, su padre, en el jardín del Sheraton, había aminorado el paso.

—Eres el subdirector —protestó.

—El Archivo de informes médicos no está bajo mi jurisdicción.

Ruggero comprendió que su padre se había dado cuenta de que mentía. Unos puntos blancos se arremolinaban alrededor de las azaleas. Vittorio se encogió de hombros, cargado de pesar. Ruggero sintió que la garganta se le cerraba.

Le puso la mano en la cabeza. Susurró:

—Puta.

Tras pasear por el jardín del Sheraton, su padre lo invitó a cenar en el restaurante. Estuvieron hablando sin motivo de la rehabilitación de una casa. Un chaletito junto al mar. Luego Vittorio volvió a la carga. Explicó que necesitaba la documentación para un estudio estadístico de la Asociación Nacional de Constructores.

—¿Para qué quiere la Asociación Nacional de Constructores nuestros archivos?

—¿Y yo qué sé? —Vittorio desenfundó una sonrisa de camaradería—. Me lo pidió el presidente. Es un buen amigo. Nos ha hecho un montón de favores.

—Hay que presentar una solicitud formal al director sanitario. Tendría que pedirlo un organismo público.

—Tú también puedes hacerlo.

Sus dedos tocaron los de la chica. Ella cerró instintivamente el hueco entre el índice y el corazón, el pulgar enganchado en el botón de los pantalones de él. Se encontró con otro billete de cincuenta euros en la mano.

Así que su padre fue a verlo personalmente al Instituto. Ruggero lo hizo sentarse en el despacho. Pidió que les trajeran café.

—Papá, ¿te encuentras bien?

Vittorio se paseaba arriba y abajo por la habitación, estaba alterado. Hablaba de sumas de dinero sobre las que el Ministerio de Obras Públicas acumulaba retrasos demenciales, de obras que tardaban en ponerse en marcha, y de impuestos, impuestos sobre los beneficios de la empresa, de cómo a la hora de cobrar esos impuestos atrasados los más altos cargos de esos mismos organismos públicos insolventes se transformaban de repente en feroces acreedores. Pasaba de un tema a otro, y cuando ya no vio en su hijo al irascible oncólogo de experiencia internacional, ni tampoco tal vez al putero, sino a la criatura aterrorizada por la fragilidad ajena, al tembloroso hijo adulto enfrentado a la representación de la impotencia paterna, entonces asestó el golpe de gracia. Volvió a pedírselo. Los papeles del Archivo. Los informes médicos de todos los enfermos de cáncer de Apulia y Basilicata. La chica sintió algo en la cabeza. Como si, absurdamente, le estuviera dando palmaditas, golpecitos, pequeñas bofetadas, humillantes toques con los nudillos. Ella levantó los ojos, más asombrada que indignada, dispuesta a protestar. Y, pese a todo, Ruggero lo sabía. Se había dado cuenta de que, a su vez, Vittorio mentía. No existía ningún presidente de la Asociación Nacional de Constructores. Recordó los archivadores de las oficinas administrativas de Construcciones Salvemini. Las carpetas alineadas en las estanterías que contenían los títulos de propiedad, actualizados una semana tras otra. El campo resplandecía en la gloria de las primeras horas de la tarde. Esta vez la chica sintió claramente el palmetazo en la cabeza. Sus ojos se llenaron de odio. Apartó los labios de su trabajo y lo miró. Entonces, como si la vista hubiera sustituido al tacto, se dio cuenta de que le había escupido. Se tocó el pelo. Estaba dispuesta a insultarlo, quizá a pegarle. Pero él dejó caer más dinero. Y cuando, como si fueran piedras, le llovieron más billetes encima, la circunstancia de que el orgullo pueda tener un precio más allá del cual se requeriría más orgullo, y no siempre sea fácil sentirse a la altura, seguros de no confundir el orgullo con la arrogancia, cuando él le echó aquel dinero encima, la chica volvió a inclinarse sobre algo que por fin se había convertido en un hombre. Estaba claro lo que ocurriría si se cruzaban los dos archivos. Los informes sobre los enfermos de cáncer y la lista de títulos de propiedad. Ruggero satisfizo a su padre. Un médico en la familia siempre viene bien.

Una vez que había hecho algo así, en los años siguientes todo resultaba posible.

¿Por eso has ido al Policlínico esta mañana?

Los parientes consanguíneos nunca se cansan de preguntarnos. Depositan en nosotros su voz. Es esta la que habla mientras ellos están ausentes. Pero el propietario de esa voz se está acercando, pensó Ruggero en el BMW. Más allá de la curva, más allá de los almendros en flor, pasados los edificios grises y las tiendas medio vacías. La fachada roja de la estación de Bari, donde una hilera de vías partía brillando hacia el norte. Michele.

—Doscientos gramos de queso caciocavallo curado —dijo examinando el mostrador de la charcutería con la pericia de un médico delante de una radiografía.

El aparejador De Palo hizo que le envasaran las aceitunas; luego pidió que le enseñaran el jamón de Parma a través del cristal —como si fuera un recién nacido o una obra de arte— y, antes de que la cuchilla de la cortadora hubiera tocado siquiera el jamón, añadió:

—Más fino.

Compró salmón ahumado, dos botellas de Amarone. Le chascó los dedos al dependiente para que le trajera el dulce de membrillo. Sentado detrás de la caja, blanco y pesado como un cónsul romano, el propietario repitió en voz alta:

—¡Trae la mermelada para el aparejador De Palo!

Pidió que añadieran burrata y mozzarellas de leche de vaca. Era la mejor charcutería de la ciudad. Comprar algo extra, incluso productos que se acabarían tirando a la basura, significaba ayudarla a mantener ese estatus. Fuera, los parados gritaban, los estudiantes sin futuro daban tumbos. No era descartable que, en cualquier momento, apareciera el cartel de SE ALQUILA donde hasta el día anterior había una bonita tienda de ropa. La pobreza daba asco, pero más asco le daban los necesitados. Y aunque el local parecía capear el temporal —como demostraban los festones en torno a las tabletas de chocolate, el beluga expuesto sin que pareciera un chantaje o una amenaza—, nada garantizaba que a la primera señal de dificultades el propietario no cediera a la tentación de colar entre los alimentos de gama alta otros de gama media, lo que atraería a su interior a los profesionales de poca monta, a la clase funcionarial con sus horribles quejas. Pagó. El viejo propietario se asomó por encima de la caja. Acercó sus labios a la oreja del aparejador. Susurró que transmitiera su pésame a la familia Salvemini.

El aparejador De Palo colocó las bolsas en el asiento de atrás. Subió al Ford Focus. Arrancó el coche, se alejó del centro de la ciudad. Redujo la velocidad a pocos metros de una tienda de ropa masculina. Aparcó en doble fila. Entró en la tienda. Examinó los abrigos expuestos. Compró el más barato. Salió de la tienda. Volvió a subirse al coche. Condujo hasta las afueras de la ciudad. Después de la gasolinera IP, enfiló la carretera estrecha y arbolada de la derecha. Era un golpe terrible, pero se suponía que la columna vertebral de los Salvemini lo resistiría. Atravesó la verja de entrada de la villa. Observó las adelfas y los setos que le importaban más que sus propias posesiones. El aparejador recordó cuando lo enviaron a buscarla en mitad de la noche, una Navidad de muchos años atrás. Ella tenía entonces dieciséis años. Se había peleado con su madre por una tontería que ocultaba la razón de siempre: su hermanastro, otra vez. El aparejador la encontró pasada ya la medianoche: vagaba sola por el arcén de una carretera que salía de la ciudad. El aparejador se detuvo. Clara levantó la cabeza, se subió al coche sin decir ni una palabra. Se sentó a su lado con una mansedumbre que no consiguió engañarle. Pequeña víbora. Con aquel aire beatífico de santita podía engañar a su padre, a quien se le añadía tal vez el sentimiento de culpa por Michele, pero a él la muchacha no le tomaba el pelo. Silenciosa en el asiento de al lado, su estudiada placidez no hacía sino revelar la arrogancia subyacente. Claro que está buena, pensó mientras la llevaba de vuelta a casa. Aunque apenas era una adolescente, a pesar de que ningún chico había roto todavía (aunque en lo referente a este detalle el aparejador habría apostado no más de tres billetes de cien euros) un himen cuyo valor a los dieciséis años Clara debía de ser lo bastante lista como para saber que se multiplicaría desde el día mismo en que desapareciera, él podía sentirlo ardiendo en el espacio entre ella y el asiento del coche. A saber quién se creía que era. Se sentía, por ejemplo, superior a su madre. ¡Qué ridículo! Una mujer cuyo nivel nunca alcanzaría. Absurdo también el amor que sentía por el bastardo. Toda una farsa. Habían sido demasiado buenos con esa putita. Deberían haberla educado a base de bofetadas. De hecho ahora, con su muerte (que el aparejador interpretaba como el último insulto a una familia sobre la que él tenía el deber de velar como si fuera un guardián al que se le hubiera confiado el tesoro de una iglesia), por fin había encontrado la manera de meter a sus padres en un lío.

Pero ciertas dificultades son propicias, surgen para que puedan resolverse otro tipo de problemas, pensó por fin, mientras aparcaba en el tramo de grava.

Apagó el motor del Focus. Se bajó del coche, lo rodeó. Sacó las bolsas de la compra. Por enésima vez, no reparó en el pequeño pendiente en forma de estrella que se había quedado encajado entre el cojín y el respaldo del asiento trasero. Se oía el piar de los pájaros. Subió las escaleras. Colocó las bolsas cerca del felpudo, llamó al timbre. Esperaba que acudiera a abrirle la puerta la criada, por no esperar algo mejor. Pero la puerta se abrió y apareció Annamaria. La señora Salvemini salió de la sombra del salón, en su rostro una expresión de tristeza, de heroico decoro. Llevaba una bata de color melocotón y zapatillas doradas, los desnudos tobillos angulosos como arquitrabes capaces de repeler los ataques. Aunque el maquillaje se le corriera con el cálido viento del mediodía, aunque sus sesenta y seis años hubieran sido agredidos por el egoísmo y la locura de aquella hija degenerada, a él le seguía pareciendo una mujer hermosísima.

—Ah, Pasquale, gracias. Déjalo ahí —dijo con voz ronca.

—Señora, me he tomado la libertad de comprar también burrata.

—Has hecho bien.

Annamaria esbozó una sonrisa que atravesó al aparejador, mientras lo miraba como a un juego de luces o un objeto inerte; él la vio como una garantía de que todo se arreglaría.

Volvió al coche. Sacó el teléfono móvil y leyó la dirección en el mensaje que el señor Salvemini le había enviado unas horas antes. Antes de girar la llave de contacto, oyó gritos. Levantó la cabeza. La señora había desaparecido. La criada, en la puerta, agitaba amenazadoramente el puño en el aire. El gato se zambulló entre los arbustos. Las bolsas de la compra seguían junto al felpudo. Qué mujer más idiota, pensó el aparejador De Palo.

—No existe el trabajo fijo. Pero tampoco existe la profesión estable. China. Brasil. Todo sucede muy rápido. Así que no se escandalicen cuando digo que el conocimiento académico no es per se una cualificación profesional.

—...

—Yo no he dicho eso.

—...

—Yo intentaría darle la vuelta a esa pregunta. Veamos de qué financiación disfrutan las primeras cien universidades de la clasificación que usted cita.

Diferentes en su similitud, las preguntas soplaban al viento de la agenda de esa temporada. Brevemente, se le había permitido perseguir la excelencia. Ese era el largo proceso de decadencia con el que tendría que aprender a vivir. Por otra parte, el joven entrevistador tenía el aspecto de alguien que estaría en la calle dentro de tres meses. Estrechó la mano del chico. Luego, Renato Costantini, sesenta y cuatro años, máster en Economía por Chicago, una figura importante en la edición de publicaciones locales y rector de la Universidad de Bari, se dispuso a marcharse.

Ruido en los pasillos de la facultad, estudiantes yendo de un aula a otra, la lengua se vuelve siempre hacia el diente que falta, encaminándose al bar, a la biblioteca, al centro de reprografía, y ningún sitio donde pudiera encontrarse un sentido. Estudiantes, cuando podrían haber sido solo niños. Una locura que siguieran matriculándose. El premio por no encontrar trabajo era aprender a ser serviles. De acuerdo, profesor. Por favor, profesor. Lo poco que aprendían lo perdían durante los años que pasaban mendigando trabajos de camarero.

El rector cruzó las puertas y volvió a salir a la calle. La chica más guapa de los carteles publicitarios no era lo bastante buena para él, pensó con inmensa tristeza al recordar el funeral. Un transeúnte chocó con él. Un autobús frenó en seco antes del paso de peatones. Una pareja de mariposas pareció brotar de la negrura del asfalto. La primavera estaba en todas partes. Pero todo ello se debía a que algo en él había reconocido la pequeña y lejana silueta que se aproximaba haciéndole señas. El hombre caminaba en silencio, ahora lo tenía delante, no había forma de esquivarlo.

—Buenos días, señor rector.

Un caballero triste y gris, vestido como un oficinista de hacía treinta años. Hombros pequeños y caídos. Doblado bajo el brazo, llevaba un horrendo abrigo de pelo de camello.

—Buenos días —respondió el rector, estrechándole la mano, tratando de entender, adivinando sin percatarse. Entonces, en el espacio de tiempo necesario para asociar un nombre a aquel rostro, sintió un nudo en el estómago. Sin saber cómo, la vio salir de la ducha, enrollarse la toalla en la cabeza, luego tumbarse boca abajo en la cama de la habitación del hotel. «Anda, coge la crema», decía Clara. Tengo sesenta y un años. Una esposa. Dos hijos. Acciones en varios periódicos locales. Ya nada me importa un carajo.

—Nos vimos ayer, en el funeral —dijo el aparejador De Palo.

—Oh… —soltó el rector sintiendo que sus piernas cedían, con los ojos entornados por el sol—, oh…

—Olvidó esto en la iglesia. He venido a devolvérselo.

Le mostró el abrigo.

—No es mío —dijo el rector.

—¿Qué no es suyo?

—El abrigo. No es mío. No olvidé nada.

Tocarla ayer, dentro del ataúd. A veces ella solo quería que le diera un buen masaje, pensó. Si, después de pasarle la crema por las piernas, intentaba meterle dos dedos, se enfadaba. Muy raro. Difícil de entender, siempre. Ella había surgido de la nada en la fiesta de la Asociación de Periodistas de la región de Apulia. Navidad de 2008. Paul Newman, muerto. Charlton Heston, muerto. Venía del brazo de su marido. Un tipo muy triste. Luego el ingeniero se marchó. ¿Quién, viéndola allí sola, no había sentido en ese momento como si una luz irradiara de una caja que acabara de abrirse? Pero fue ella quien se le acercó.

—No debería permitir que ese Sangirardi insulte a mi padre en su periódico —dijo Clara aproximándose a él con un vaso en la mano.

—Lamento insistir, pero me temo que se equivoca —dijo el aparejador De Palo.

Seguían parados en la calle. A un lado las tiendas; al otro, el edificio de la universidad. Cuando el sueño termina, lo que estabas dispuesto a perder de repente vuelve a ser lo único que importa.

—Podemos hablar de ello en mi despacho —dijo el rector.

Llevarla al hotel Covo dei Saraceni en Positano. Al Hassler en Roma. La vez que lo obligó a conducir hasta Avellino. O cuando reservó una suite en el Sheraton, allí mismo, en Bari. Estuvieron encerrados en la suite casi dos días, a tiro de piedra de sus vidas habituales —el marido de Clara, la esposa del rector, las clases de la facultad, las reuniones de los accionistas de la editorial EdiPuglia—, todo fatalmente al alcance de la mano y todo encerrado en la habitación del hotel. Había algo intolerablemente hermoso en un cuerpo cercano a la vejez al que le tocaba en suerte ser gratificado por una chica en la flor de la vida. Algo tan injusto que al rector le parecía percibir en la respiración de ella un aliento divino. La forma en que Clara se molestaba cuando él intentaba darle un beso en la boca. Y la forma en cambio totalmente inesperada, e increíblemente excitante, inexplicable, con que cinco minutos después él estaba en contacto con su piel (tuvo que convencerse de que no había soñado con sus propios antebrazos abriéndole firmemente las piernas) y ella, con voz ronca, estremeciéndose de placer y enseñando los dientes, sonriendo.

—El Genserico del Gargano —dijo el aparejador De Palo en el despacho, con el rostro sombrío—, así es como llamaron al señor Salvemini nuevamente en el *Corriere del Sud* la semana pasada. Es el cuarto artículo en seis meses. Cuesta creer que se trate del ensañamiento de un único periodista. La firma era diferente. No me parece bien.

—No soy el director del *Corriere del Sud* —dijo.

—Es propiedad del grupo EdiPuglia.

—Junto con otros.

—Puede considerársele el editor.

—Escucha —había dicho ella tuteándole al cabo de cinco minutos y pasando el vaso de la mano derecha a la izquierda—, el artículo era vergonzoso. Estuve enferma todo el día. Mi padre aparecía descrito como un criminal. —Clara sonrió.

En aquel momento, se trataba del puerto deportivo de Manfredonia. Se le acusaba de haber inflado los costes.

—Seguramente pienses que sentirte mal por tu padre es peor que el hecho de que los contribuyentes paguen por un puertecito deportivo lo mismo que por el Empire State Building.

¿Quería una disculpa del periodista que escribió el artículo? ¿Quería que lo despidiera en el acto? Cualquier cosa con tal de verla reír así. ¿O prefería que, además de engañar a su mujer, estuviera dispuesto a traicionar a un amigo? ¿A uno de sus hijos?

—Escuche —dijo el aparejador De Palo—, el complejo de Porto Allegro es uno de los proyectos más grandes que se han construido recientemente en esta parte del mundo dejada de la mano de Dios. Está creando puestos de trabajo. Llegarán miles de turistas. ¿Quién, hoy en día, invertiría la mitad de lo que está invirtiendo el señor Salvemini? Deberían ustedes erigirle un monumento. En vez de eso, lo atacan. De manera que me pregunto qué hay realmente detrás de esto. Tal vez solo haya la envidia de algún competidor.

¿Qué podía haber mejor que tirártela a las diez de la mañana y que ella te mirara en un momento dado, insinuando la eventualidad de que aquello aún no era nada? Renato, ven aquí. ¿Qué es lo que realmente queremos, aparte de la posibilidad de acostarnos con alguien que podría ser nuestra hija? ¿Qué más podría obligarnos a hacer esa chica? ¿Qué imagen primaria sería capaz de mostrarnos? Más allá de su cuerpo jadeando milagrosamente bajo el nuestro, ¿no hay acaso un placer más profundo y primitivo? Está claro que hay algo más. Renato… Derriba el muro. Abre esa trampilla de par en par.

—Esa pobre chica tuvo un final terrible —dijo el aparejador De Palo.

Ahora todo está claro, pensó el rector, apartando la mirada.

—No le prometo nada —dijo el rector un cuarto de hora después, despidiéndose de su invitado en la puerta del despacho—, y gracias de nuevo por traerme el abrigo.

No podía dejar de hablar de ello. Se lo contó a sus colegas del trabajo. En una cena con amigos. La noche anterior, en la mesa de un restaurante no muy lejos del periódico. Mirad. Hizo circular el smartphone de mano en mano. Esta chica debe de haberse metido en algún lío, dijo. ¿Qué clase de lío?, preguntó uno de los comensales. De la cocina salían los camareros con las pizzas. Giuseppe Greco se dispuso a responder. Dos mensajes de un número falso no son nada, dijo el otro. Tendrías que ver lo que les pasa a los personajes públicos. La gente está para que la encierren. Giuseppe Greco cogió el vaso de vino. Bebió. «No me he suicidado». «Aún sigo viva». Habían pasado menos de veinticuatro horas entre el primer y el segundo mensaje. Las páginas web de los periódicos bullían con mensajes delirantes. Amenazas de muerte entre los usuarios de YouTube. Una lista de precios de masajes prostáticos organizada por ciudades. Invitaciones al suicidio, insultos repentinos que surgían de estrechas grietas de interés. Llamarlo inconsciente, un siglo antes, ya había sido un error, una forma de forzar en un mismo canon lingüístico fuerzas diametralmente opuestas. Del asfalto. De las cloacas. Una fuerza brotó desde el lugar donde había estado confinada. Uno de los comensales se llevó a la boca un trozo de salchicha. Giuseppe Greco se dio la vuelta. Un coche pasó volando con la música a todo volumen.

Sus amigas intentaban consolarla. Gioia, sentada entre ellas en el sofá del salón, seguía entonando alabanzas a su hermana muerta. Qué guapa había sido. Les recordó a todas la forma inconfundible que tenía de entrar en una habitación. Una línea sustraída a la indiferenciada jaula acústica que nos rodea: así sabías que Clara estaba a unos pasos. Gioia levantó la cabeza hacia el aparador.

—La boda —dijo—, las fotos de la boda.

Las cuatro amigas se agitaron en el sofá, como si tuvieran el deber de saber dónde estaba el álbum de fotografías. Pero no podían saberlo. Entonces Gioia se levantó de un brinco. Si hubiera dicho que su hermana tenía la costumbre de levitar en cada solsticio de invierno, habrían tenido que creerla.

Sacó el álbum de uno de los cajones. Volvió a sentarse.

—Mira qué felices eran —dijo señalando a Alberto alcanzado por una nube de arroz.

A mediodía envió un SMS a su novio.

Lo vio llegar una hora más tarde, cuando el aparejador De Palo se marchaba. Lo cogió de las manos. Lo abrazó. Lloró unos minutos sobre su pecho, de pie, en el porche, a la cálida luz que incidía sobre los cristales transparentes. Un llanto alterado, furioso. Luego dijo:

—Ven.

Fueron al jardín. Pasearon entre los arbustos, al fresco de los eucaliptos, cerca de la fuente de piedra con sus verdes estrías recorridas por los regatos de agua. Se aventuraron más allá del cenador y el balancín, hacia los setos que transformaban el jardín en una vasta extensión de sombra. La parra emanaba su fuerza rojiza. Bajaron los escalones de piedra viva. Una pequeña cucaracha escapó antes de que ella pudiera pisarla. A él le pareció que el poder de Gioia era ahora ilimitado. Los juegos de luces entre las hojas formaban un gran pez transparente. Entonces oyeron un ruido. Miraron hacia el otro lado. El taxi se alejó. La silueta atravesó la verja, parecía un carro con cabeza de hombre. En una mano la maleta con ruedas; en la otra, una especie de jaula.

—Tu hermano —dijo él.

Era Michele, y Gioia se quedó inmóvil. Michele había vuelto. Ella se obligó a disimular el rubor que notaba bajo la piel, como si su fama de chica concienzuda le impidiera sentir decepción ante la injusticia de un problema que seguía la estela del anterior.

Un resquicio de luna persistía en el cielo de la madrugada. El Hombre Pollo anunciaba las zapatillas de deporte. El Hombre Cerdo repartía vales de descuento para comprar una pata de jamón. Las farolas del centro comercial Mongolfiera iluminaban las zonas alfabetizadas del aparcamiento de pago. En el lado opuesto, dos nubes de plexiglás describían la paradoja de un universo provisional gobernado por una mano firme. Pietro Giannelli, enfundado en su disfraz de rana, sacaba de la pila algunos folletos del Toys Center. Los ofrecía a los primeros clientes de la jornada. Baby Control con sensores para colocar debajo de la cama del niño. Sano-Pappa para cocinar al vapor. Besa a la rana. Los clientes desaparecían engullidos por las escaleras del centro comercial.

A las diez y cuarto pensó que era hora de hacer una pausa. Volvió a meter los folletos en la riñonera. Sacó el brazo de la manga. Se llevó la mano a la nuca. Se bajó la cremallera. La cabeza de la rana se abrió en dos y el rostro recalentado de Giannelli emergió de la semiesfera de gomaespuma. Cogió aire. Fue dando saltitos hasta la máquina expendedora. Metió dos monedas en la ranura. Se agachó con dificultades para coger el Gatorade. A las diez de la mañana ya estaba empapado en sudor. Bebió a grandes tragos. Fue dando saltitos hasta la cabina de pago del aparcamiento. Pasó por delante del sector H. Sin dejar de dar saltitos, bajó por la rampa que conducía a una fila aislada de garajes con las persianas bajadas. Aquí había sombra. Paz y silencio. Mirando hacia arriba, podía verse a lo lejos la vía del tren.

Apoyó la espalda en la columna de hormigón. Metió la mano en la bolsa. Sacó la pipa. Cogió el papel de aluminio. Arrancó un trozo. Lo dobló sobre sí mismo hasta formar una capuchita, que metió en la pipa. Buscó la bolsita en la riñonera. Extrajo los cristales de DMT. Los metió en la capuchita de aluminio y encendió. Aspiró. Las persianas metálicas del garaje se convirtieron en una pared de obsidiana. Sonó un pitido de alta frecuencia. Se expandió. La luz retrocedió hacia los colores que pudo tener la luz solar en el largo sueño precámbrico, antes de que la vida apareciera en la Tierra. El movimiento de los pájaros creaba en sus ojos polígonos perfectos. Cuadrados. Maravillosos rectángulos azul marino. Entonces el concepto geométrico sufrió una evolución. Pietro Giannelli sintió en la piel algo parecido a un viento divino que empezó a acariciarlo. Una marea incorpórea. Entre él y una cumbre nevada no había más distancia que la que lo separaba de su nariz.

El pitido aumentó de intensidad, luego desapareció.

Pietro Giannelli volvió a abrir los ojos, estupefacto. La obsidiana del garaje había vuelto a convertirse en acero. La pátina que recorría los árboles y la calle —y el tren, que ahora pasaba a gran velocidad por delante de él— empezó a retroceder rápidamente. Era como si *otra* fuente de energía, similar al desagüe de una bañera, estuviera succionando el efecto de la dimetiltriptamina. Si hubiera mirado el reloj, habría constatado que desde la primera calada no habían pasado ni cinco minutos. Pero no necesitaba el reloj. Recordaba aquella sensación.

Allí arriba podían construir las naves industriales de las grandes empresas agroalimentarias, vallas de protección para los invernaderos, pensó Michele con la cabeza apoyada en la ventanilla del vagón del Eurostar. Observaba el paisaje que discurría hacia el sur. Sobre las rodillas sostenía el transportín en el que la gata permanecía tranquila desde el inicio del viaje. Allí podían hacer cementeras. Las turbinas eólicas que había visto antes. El ingenio humano era libre para idear las arquitecturas más estrafalarias, las que más creaban la ilusión de alejarse de la sombra del suelo que las había generado. Pero el fondo de las cosas (la tierra húmeda bajo las turbinas eólicas, el gusano del invernadero, el polvo blanco que se levantaba por todas partes) permanecía encerrado en su misterio. Eran los bosques de siempre. El ratón que sigue al flautista. La carroza que se convierte en calabaza. El lobo que se come al cerdito. La niña en el fondo del pozo. Espejito, espejito…

Metió un dedo por la malla de la jaula. Sintió la humedad del hocico.

Acarició a la gata. Cierto tipo de pena no te hace derramar lágrimas. Podría vivir encerrado en una cáscara de nuez, recitó de memoria. Volvió a enseñar el billete al revisor. Se tomó una Coca-Cola a la altura de Molfetta.

El joven gato callejero se acurrucó, oculto entre los helechos. Se lanzó hacia delante, hundió el hocico en la bolsa de la compra. Escapó con una loncha de jamón entre los dientes.

Cuando la criada agitó el puño en el aire, ya se había zambullido entre los arbustos.

Pero los gritos, el ímpetu del animal, el Ford Focus del aparejador De Palo en el camino de entrada, eran punto, línea y superficie en una perspectiva abstracta con respecto a quien, de espaldas, ya estaba ante el mueble del recibidor. Annamaria subió las escaleras. Contempló las escenas de guerra que la costumbre había convertido en manchas de colores. El dolor de los últimos días había hecho que volvieran a ser esos cuadros horribles que habían comprado años atrás, cuando estaban de moda las subastas en los lugares de vacaciones. Cortina, 1976. El subastador había dejado caer el martillo sobre el taco de nogal. Clara acababa de nacer, movía sus manitas entre los encajes blancos de la cuna mientras Vittorio y ella untaban con mantequilla rebanadas de pan tostado entre las molduras de la suite que daba al Tofane. Aquellos no eran los buenos tiempos, pensó mientras se encaminaba por el pasillo de la segunda planta.

Annamaria pasó por delante de la puerta cerrada de lo que había sido la habitación de Michele (ahora reducida a un trastero nunca lo bastante muerto), pasó junto a la habitación de Clara, la de Ruggero. Aquellos habían sido días terribles. Entró en la habitación de matrimonio. Se desplomó sobre la cama. Agachó la cabeza y se pasó la palma de la mano por el cuello. A través de las rendijas de la persiana, el calor entraba como los cristales de un caleidoscopio sumergiéndose en el agua. Los días llenos de esperanza fueron cuando esperaba al primogénito. Poco después, Vittorio compró la casa en la que vivían, y la energía que puso en renovarla ya estaba dentro de su vientre, como un sol que va tomando forma semana tras semana.

Quedarse embarazada de Ruggero fue maravilloso. Annamaria sentía que se le tensaba la barriga, el abdomen se le llenaba de pequeñas manchas marrones mientras las venas de las piernas se volvían visibles. Por la mañana, abría de par en par las ventanas del apartamento que Vittorio había alquilado y recibía el calor en la cara.

Los hombres hacen felices a las mujeres. Y ella, cada vez que el bebé daba una patadita (incluso entre las oleadas de náuseas de las primeras semanas), recibía la confirmación del acierto que había supuesto casarse con Vittorio. Un asunto de intuición. Cuando iba al instituto, robando tiempo a los libros en la mesa de un bar con sus amigas, había visto a bastantes jóvenes capaces de rescatarla de un futuro como profesora. El hijo del abogado que defendía a un antiguo ministro. El hijo de algún asesor. Cada vez que uno de estos apuestos vástagos de familia importante se detenía cerca, Annamaria notaba el hedor a grandes propiedades y a cadáver. Aquellos jóvenes podían tener un gran patrimonio, pero les faltaba empuje, y para hacerse con el primero tendrían que pedir permiso. Annamaria levantó los ojos del Martini y enseguida volvió a bajarlos, pero en el espacio entre una cosa y otra ya había tomado una decisión. El loco que después de dar varias vueltas sin encontrar sitio había aparcado su Citroën en la acera y había corrido hasta la Cámara de Comercio podría haber sido uno de esos perdedores que probaban suerte para un año después acabar cayendo en un puesto de funcionario, pero no lo era.

La primera vez que se sentó a la mesa con ellas, a Annamaria le pareció que razonaba en varios niveles al mismo tiempo. Chaqueta color humo londinense y hermosas manos de ladrón de cajas fuertes.

—Es el tercer día que os veo aquí sentadas en el bar. Como está claro que no tenéis muchas ganas de empollar, he decidido venir a estudiaros de cerca. Pero si he interrumpido algo impor...

—Querido, aquí no hay nada más importante que estos tres vasos vacíos —lo interrumpió riendo una de ellas.

Vittorio las invitó a tomar algo. Les sonrió a todas, a ella en particular. Devolvía la mirada con que Annamaria le había atravesado sin que él se diera cuenta. Al mismo tiempo, movía las pupilas de un lado a otro, buscando el valioso tiempo que aquellos agradables minutos le hacían perder. Un joven empresario que aspire a acumular una gran fortuna partiendo de muy abajo deberá embutir cincuenta horas en las veinticuatro del día. Pero él no era aburrido.

Acabaron en la cama y ella no sintió nada. Entre las sábanas estudió el apartamento para intentar comprender. Un piso de tres habitaciones, apenas amueblado. Cajas vacías y documentos de facturación.

La segunda vez se divirtieron. El sudor brillante de sus cuerpos desnudos dejaría su huella en muchos de sus sueños en los años siguientes. Esa noche fueron a una fiesta. El cumpleaños de un pez gordo de la distribución alimentaria. Annamaria vio cómo Vittorio reía y charlaba con los invitados, la sacó a bailar, le presentó a hombres y a otras chicas y a damas mayores a las que le costaba recordar la siguiente vez. En cada movimiento de Vittorio había afabilidad y cortesía, pero, observó ella, no malgastaba ni un solo músculo facial que no le resultara de utilidad.

La cuarta o quizá la quinta vez que hicieron el amor, Annamaria sintió descender sobre ella una emoción y una profundidad que nunca había imaginado. En cuanto terminaron, se fumó un cigarrillo. Vittorio, sentado al borde de la cama, se bebió media botella de agua mineral Sangemini de un trago. Luego se levantó y en calzoncillos, en medio de la habitación, empezó a desahogar sus tribulaciones, dejándola atónita. Estaba preocupado. Peor aún, lo aterraba la idea de la ruina. Tenía muchas obras en marcha simultáneamente, dijo. Pero también había contraído deudas, una compleja red de financiación que un simple contratiempo haría saltar por los aires.

—Un aumento del coste del acero. Basta con que Estados Unidos tenga éxito en sus intercambios comerciales. A los proveedores extranjeros se les paga en dólares.

Negaba con la cabeza. Repetía la muletilla «No lo entiendes». En su precoz imitación de un matrimonio, solo le faltaba que se mesara el cabello.

—Venga, tráeme otro cigarrillo —le dijo Annamaria con voz firme para que volviera a la cama.

Los hombres eran tan estúpidos, incluso cuando también eran inteligentes. Estaba claro que no se iba a arruinar. ¡Era tan clamorosamente obvio que ganaría un montón de pasta! Solo que él aún no lo sabía. Annamaria lo había visto trabajar. Si dos o tres negocios fracasaban, había otras mesas en las que podía hacer valer su talento. ¿Qué podía detener a un hombre así? La única plegaria que Annamaria se sorprendió a sí misma susurrando era que el Altísimo lo librara de alguna terrible enfermedad.

Cuando, ni siquiera un año después, descubrió que estaba embarazada, la fortuna de Vittorio se había duplicado. El espacioso apartamento cerca del paseo marítimo que alquiló él después de la boda estaba por debajo de sus posibilidades. La piel del abdomen de Annamaria se tensaba. La situación era tan prometedora (Vittorio volaba a España, estaba negociando un balneario en el último rincón de la Costa Azul) que ella se sentía obligada a gastar tanto dinero como el que tendrían meses después si la suerte seguía de su lado.

Cuando se fueron a vivir a la villa, ya podrían haberse permitido una aun más grande.

¡Y cómo se reían cuando Vittorio la llevaba a cenar!, recordó sin moverse de la cama, en la penumbra, con los dedos hundidos en la sábana, sintiendo el calor húmedo y el aire estancado de la habitación. ¿Y aquella locura de vestidos que le regaló cuando, a los pocos meses de dar a luz, ya volvía a estar en forma? Las joyas, pensó sumida en su melancolía. La pulsera de Tiffany, el collar en cascada que la llenaba de luz. Las vacaciones en Nueva York. El frasco de esmalte de uñas barato que, a modo de broma macabra, podía salir de la maleta de Vittorio después de un viaje de trabajo. Números de teléfono en un papel arrugado en el bolsillo de los pantalones. Todo mezclado.

A Annamaria no le dolían demasiado las aventuras de Vittorio, que además no eran muy frecuentes. Los grandes hombres, para no convertirse en monstruos, han de conservar un lado infantil. Vittorio podía engañarla, por así decirlo, de vez en cuando: lo importante era que *él* no sospechara nada al regresar a casa. Annamaria se encontraba eliminando el asterisco de un fino cabello rubio enroscado en el cuello de la americana que le pasaba a su marido. Sentía lástima por la joven putilla anónima, y por Vittorio sentía la culpa que reservaba a Ruggero cuando alguna vez aún se hacía pis en la cama.

Luego Annamaria se iba a la sauna, o se pasaba horas en el perfumado caparazón de un salón de belleza.

Siempre existe la posibilidad de que dentro del capullo más hermoso se esconda un gusano asqueroso. Pero que un hermoso gusano pudiera prosperar dentro de la química del perfume Chanel ella nunca se lo habría imaginado. Cuando se quedó embarazada de Clara, la gestación resultó poco agradable ya desde el principio. Los mareos la pillaban desprevenida. Las náuseas eran más intensas que con Ruggero. Sentía como si hubiera saltado un tapón, enviando un tufo a podredumbre de cloaca directamente al centro de su cerebro. Por las tardes, sola en la cocina, se echaba a llorar sin motivo.

Por la noche, Vittorio le cogía tiernamente la barbilla entre los dedos.

—¿Qué te pasa?

Ella se sentía desposeída, como si fuera el escenario de los sueños de los demás.

¿Era posible que un feto de veinte semanas estuviera haciendo esto? Annamaria sabía que al final del primer trimestre desarrollan el sentido del olfato, en el segundo nadan con confianza en el líquido amniótico, empiezan a dar patadas en respuesta a estímulos sin precisar. Esta niña, sin embargo, la estaba destrozando. Parecía que habitara sus carnes con una hostilidad natural. Su presencia era maligna, se sorprendía pensando Annamaria. Tenía la impresión de que para la inteligencia del feto (una arcaica caja de sorpresas que se convierten en pesadillas en contacto con el mundo exterior) ella era un caparazón desnudo al que explotar sin piedad. Por absurdo que fuera, era como si Clara no fuera hija de otro padre, sino de otra madre, un remoto principio femenino que —sabiendo, es más, aprobando la ferocidad de la niña— la hubiera colocado en un vientre con el que no era necesario tener piedad.

Mostrarse débil está bien. Pero cuidado con llegar a serlo. Sobre todo, si una está casada con un hombre de éxito capaz de ver en los problemas de los demás el principio de los suyos. No era la variedad cromática de los cabellos muertos encontrados en un abrigo. Al contrario, el tono castaño de una cabellera bien concreta (que ella aprendió a conocer como ondulada, resplandeciente, vagamente encrespada) empezó a ser siempre el mismo.

Annamaria se dio cuenta antes de que las pruebas acabaran confirmándolo. En casa, Vittorio se mostraba extrañamente amable con ella. Luego, hacia la semana treinta y cuatro, la acompañó al ginecólogo para que le hicieran un frotis vaginal.

Ambos estaban en la sala de espera. En un momento dado, Vittorio se levantó de un brinco. Caminó enérgicamente hacia el mostrador de la recepción. Viéndolo de espaldas, a Annamaria le pareció que decía algo con la intención de decir otra cosa. Volvió a su lado con aire estudiadamente (¡oh, asquerosamente!) contrariado, calificó de «absurdo» que en una consulta donde una ecografía costaba un ojo de la cara no tuvieran un teléfono a disposición de los clientes. Tenía que hacer una llamada de trabajo.

–Perdóname, es bastante urgente. Volveré dentro de un cuarto de hora.

Annamaria se quedó esperándolo, golpeteando el índice de una mano sobre la otra, llena de anillos. Pasaron los minutos. Tres cuartos de hora más tarde, llamaron también a la última paciente que la precedía (una chica de color, acompañada de su novio) para la revisión. Annamaria se inclinó hacia delante en la silla, rodeándose el abdomen con los brazos. Sintió que se rompía el cable de acero con el que Vittorio siempre le había dado seguridad. Así que, cuando llegó su turno y Vittorio aún no había reaparecido, Annamaria se levantó y entró en la consulta en un ligero estado de confusión.

La puerta se cerró tras ella. La ginecóloga parecía envuelta en un disco de luz. Dijo algo en tono confidencial sobre los estreptococos en las mujeres embarazadas, pero para entonces Annamaria observaba la escena desde fuera. Se vio a sí misma despojarse de los zapatos, la falda, las bragas, luego colocarse con las piernas abiertas en la camilla ginecológica. La doctora se puso los guantes. Le introdujo un dedo exploratorio en la vulva. Cogió el espéculo. Lo lubricó con gel. Introdujo el espéculo en la vagina. Comenzó a ensancharlo lentamente hasta que el cuerpo rosado del cuello del útero se hizo visible. Annamaria sintió ardor entre las piernas y volvió en sí. Sintió cómo le introducían el primer y el segundo bastoncillo hasta el cuello del útero (la doctora introdujo la muestra en la probeta sin prisas, metió la probeta en la nevera y solo entonces rompió el celofán del segundo paquete y extrajo otro bastoncillo para introducirlo en ella), se preguntó dónde se habría visto Vittorio con aquella zorra mientras el fino hilo de una lágrima surcaba el espacio entre su pómulo y su oreja. Quizá se habían encontrado a los pies del edificio. Habían charlado en un bar, o tal vez se habían ido corriendo a un hotel. Predijo (como de hecho sucedió) que se encontraría a Vittorio en la sala de espera al final de la visita, y que esa misma noche, cuando ella le montara la primera escena de celos de su relación, él lo negaría con la fuerza de una confesión, atacándola como un niño torturando a un perro pillado in fraganti.

Treinta y seis años después, se puso de pie respirando despacio. Ahora, después del funeral de su hija, una vez cerrado el círculo (aunque no del todo, pensó con rabia, compungida), se encaminó lentamente hacia la ventana. Echó un vistazo por las estrechas rendijas de la persiana entrecerrada. El jardín con sus flores. Más a la izquierda, después del pequeño huerto, el espacio frente a la cocina donde habían construido el porche.

Unas semanas antes del parto se sentía tan pesada como un astronauta, tan machacada como un saco de boxeo. No dormía, salvo breves intervalos que la hacían abrir los ojos más agitada que antes. Le dolía la espalda, le salía un líquido amarillento de los pezones, sobre cuya normalidad la habían tranquilizado incluso los insulsos manuales ilustrados que consultaba. Eran las seis de una tarde de principios de primavera. Clara iba a nacer pronto. Color: blanco. Planeta dominante: luna. También había leído eso. Ruggero estaba en casa de un amigo del colegio. Ella, sola en la cocina, preparaba una infusión de manzanilla. Vittorio se encontraba en España. Construcciones Salvemini había ganado el concurso para ampliar el tramo de autopista entre Cádiz y Sevilla. Volvería antes del fin de semana. Annamaria sacó la bolsita de manzanilla de la taza. La enroscó en el cordel y la tiró al cubo de la basura. Últimamente había llegado a avergonzarse de los pensamientos que había tenido sobre la niña. Sobre todo, teniendo en cuenta que en las últimas semanas Clara había permanecido tranquila en su barriga. Pataleaba un poco y nada más. En la última ecografía había estado tan quieta que, por un momento, el ginecólogo frunció el ceño extrañado.

Tomó la taza humeante entre sus manos. Salió al porche y la dejó en la mesa. Entró de nuevo en la cocina, cogió el pan de molde y un tarro de mermelada. Regresó al porche y casi se desplomó en la tumbona de madera. Se sentía exhausta. Mordisqueó dos rebanadas de pan. Estiró las piernas hacia delante. Por la puertaventana entraba el viento del futuro verano. A este lado de la casa, el jardín se estaba volviendo silvestre. La luz de la puesta de sol hacía temblar el mirto y la hierba alta, transformaba las ramas del laurel en un vórtice de luces y sombras que llegaba hasta ella mientras notaba que le pesaban los párpados. Annamaria abrió los ojos. Ya era de noche. Vio la oscuridad entre las ramas. ¿Cuánto tiempo he dormido? Notó que le picaba la mano. El cuerpo ingrávido y parduzco levantó el vuelo. Annamaria miró asustada a su alrededor. Hizo ademán de levantarse, sintió el peso de su gran barriga. Polillas. El porche estaba lleno de ellas. Un torbellino de grandes insectos de alas peludas, con antenas en forma de pincel, como nubes de polvo que revoloteaban de pared a pared, se posaban sobre la mesita o bien sobre la mermelada, mientras otros bichos, parecidos a hormigas con largas alas, seguían entrando por la puertaventana. Annamaria volvió a sentir las náuseas de las primeras semanas. Pensó que su cuerpo estaba traduciendo así algo que sería innombrable de otra forma. Antes de salir de su somnolencia y darse cuenta de que no pasaba nada, volvió a temer que todo aquello fuera obra de la niña.

Qué horror, se dijo estupefacta, mientras seguía observando las polillas a su alrededor.

Luego se recobró. Se levantó de la tumbona y entró en el lavabo en busca de un insecticida.

Desde la ventana observó cómo Gioia paseaba por el jardín con su novio, hasta que desaparecieron detrás de la parra de Virginia. Ella permaneció inmóvil detrás de la persiana entrecerrada. Era terrible que Clara se hubiera suicidado. Terrible.

A sus sesenta y seis años, Annamaria tenía una visión más elemental y dura de las cosas. No hacía más que pensar en ello. Y, sin embargo, sabía que era inútil. A duras penas comprendía las razones que podían haber impulsado a su hija a hacer algo semejante. Un muro imposible de escalar, hasta ese punto se había deteriorado con los años la comunicación entre Clara y ella. Voces que no llamaban, puertas que no se abrían. Pero era el suelo bajo sus pies lo que se ablandaba. El asunto de Porto Allegro. Esta vez, Vittorio quizá no encontrara una salida. No era tanto por la edad. Su marido seguía siendo un hombre fuerte. Como si fueran los efectos de una perturbación gigantesca, a Annamaria le parecía más bien que su pedazo de mundo había entrado en un cono de sombra dentro del cual las viejas leyes ya no valían.

De recién nacida, ¿Clara había ejercido realmente una influencia maligna?

¡Qué absurdo! Podía creerlo la estúpida treintañera que había sido, aterrada ante la idea de que su marido la abandonara, no la mujer de ahora.

¿Había sido doloroso, entonces?

Había sido desgarrador, humillante, espantoso. El nacimiento de la niña la obligó a guardar cama durante dos meses. Un estado de dependencia del que Vittorio y Micaela habían disfrutado de lo lindo. Porque ahora también sabía el nombre de esa zorra, pensó con odio inalterable mientras miraba hacia el jardín. Gioia y su novio se dirigían hacia el camino de entrada. Annamaria vio cómo se alejaba el taxi. Tenía que ocurrir, pensó. El fruto no culpable de la estupidez y del error humano venía de nuevo a restregar las suelas de los zapatos en la alfombrilla de su casa. Conocía el nombre, recordó, y también la edad del objeto de su odio; sabía que trabajaba en una boutique de via Calefati. No le costó imaginar que Vittorio la había conocido con motivo de la renovación del contrato de alquiler (podría haberse remontado hasta el día exacto en que su marido, debido a la indisposición del aparejador Ranieri, había tenido que ocuparse del asunto en persona), porque el edificio en cuya planta baja se encontraba la boutique —SATÚ, decía el letrero, significara lo que significara un nombre tan idiota— le pertenecía a él, a Vittorio. Es decir, a ellos, lo que no hacía más que echar sal a la herida.

Annamaria se vio obligada a recabar información de sus amigas. Las llamadas telefónicas desde cuyas alturas antes ejercía la benevolencia de una reina se convirtieron de pronto en mortificantes exhibiciones.

—¿Estás segura de que quieres saberlo?

Llamadas de indagación, de súplica.

—Muy bien, entonces te lo digo.

Annamaria se daba cuenta de que, con cada dato sonsacado, la informadora de turno consideraría público lo que hasta aquel momento apestaba a cotilleo. De este modo se perjudicaba socialmente justo en el momento en que extraía de la voz telefónica lo que al principio le producía alivio y, justo después, redoblaba su sufrimiento.

Pero cuando colgaba le parecía sentirse entre las cálidas exhalaciones de su enemiga, y eso estaba bien. Saber que Micaela era más joven que ella (veinticuatro años, frente a sus treinta como madre de dos hijos), saber que era guapa (a petición suya, le habían dicho la verdad), saber que era lista y que vestía bien, ver no solo la forma con que se estaba trabajando a Vittorio, sino el hecho de que él reconociera en aquella chica determinación, tal vez incluso un valor que su mujer no tenía, la convertían en la enemiga perfecta. No el tipo de enemigo que tienen los hombres, uno contra el que podrían luchar hasta derramar la última gota de sangre, reconfortados por una idea de contingencia. Annamaria sabía que Micaela le había sido prometida mucho antes de que hubiera puesto los ojos en Vittorio, mucho antes incluso de que Annamaria, y por tanto la propia Micaela, hubiera nacido.

Algunos días el odio alcanzaba tal intensidad que el propio Vittorio se convertía en un detalle. Eran esos los únicos momentos en que, extrañamente, a Annamaria le parecía entrar en contacto con la niña. Como si Clara viviera en una dimensión que Annamaria solo pudiera alcanzar al precio de sufrimientos atroces.

La niña, recordó entristecida, conmovida, alejándose de la ventana y volviendo a la penumbra del dormitorio. Ahora es el momento, pensó calculando el recorrido de Michele desde el camino de entrada hasta la puerta principal. Ahora me daré la vuelta y él llamará al timbre. Fruto del azar. Legado sin culpa de la estupidez.

La niña, recién nacida, lloraba. Con lo bien que se había portado hasta el parto, ahora no concedía ni un momento de paz. Diez días después de volver del hospital, Annamaria se encontró en una situación totalmente imprevista. Se sentía cansada, torpe. Le dolían los huesos. Debido al relajamiento de los tejidos, sufría incontinencia urinaria. Y estaba sola, abandonada en el enorme dormitorio de la villa en compañía de la criada y, a veces, de su madre, cuando acudía a ayudarla. Vittorio la llamaba por teléfono y le decía que se retrasaría por culpa de unas reuniones de negocios que describía vagamente. Los domingos desaparecía durante todo el día.

En otras circunstancias, Annamaria la habría puesto en su sitio. Habría ido a ver a Micaela a aquella tienda de mierda. Se habría enfrentado a ella, pateando fantasmas que, al contacto con la punta de un zapato Pollini, solían transformarse en pobres chicas asustadas. Pero no podía. Era ella la asustada. Atrapada en la cama, incontinente, rehén de una niña de pocas semanas. El cuerpo tonificado de Micaela −temía al mirarse en el espejo− la habría incinerado con solo pasar por su lado.

Y luego llegó la noche en que tuvo miedo de volverse loca.

Estaba sola, teniendo que vérselas con Clara. La semana anterior había encontrado un billete de avión en los pantalones de Vittorio.

−Es para la inauguración de la Tour Areva, el rascacielos más alto de Francia. En presencia de Valéry Giscard d'Estaing y de todos los que en Europa pintan algo en el sector de la construcción −le explicó.

Ruggero dormía en el piso de abajo. Había empezado la escuela primaria articulando con austera lógica el sistema gracias al cual podía huir de los gritos de su hermanita. Clara también lloraba esa noche. Annamaria intentó consolarla meciéndola. Cogiéndola en brazos. Poniéndola en la cuna sobre la que colgaba el móvil de las abejas. La niña se callaba durante dos minutos. Luego volvía a gritar. Annamaria la sacó de la cuna, fue a sentarse con ella delante del televisor que tenía frente a la cama. Lo encendió. Clara gritaba. Lloraba como si la hubieran separado de alguien fundamental, o más bien como si esperara un acontecimiento gigantesco ambientado en un futuro que solo ella podía percibir. Entonces Annamaria lo vio. En la pantalla, de refilón, mientras daban las noticias. La coronación de Juan Carlos en la iglesia de San Jerónimo de Madrid. En el extremo de la nave central, el nuevo rey estrechaba la mano a los jefes de Estado extranjeros. Giovanni Leone. El canciller Helmut Schmidt. Luego apareció el rostro de pera de Valéry Giscard d'Estaing, el presidente de Francia. Annamaria sintió que el pis le corría entre las piernas, vio cómo manchaba la sábana y goteaba sobre el parquet. En el fondo, lo sabía. Pero hasta ese momento había conseguido congelar la mentira de Vittorio en una cámara frigorífica. No era el hecho en sí de imaginárselo con Micaela, sino de que estuvieran juntos en París, cualquiera que fuera el poder evocador que el nombre de esa ciudad sigue ejerciendo sobre determinadas mujeres. Los dos paseaban ahora por los jardines de Luxembourg. De la mano frente a la Fontaine Médicis, dirigiéndose en taxi a las boutiques de los Champs-Élysées. Imaginárselos de esa manera era peor que pillarlos entre las sábanas de su propia cama. Las lágrimas le inundaban la cara. Ellos en París y ella atrapada ahí, por culpa de la niña.

Annamaria musitó:

—Cállate.

Clara no obedeció. Lloraba de una manera desafiante, irresponsable. No había nada en ella que pudiera identificarse con el cariño por una madre que acababa de mearse encima de desesperación. En ese momento Annamaria se levantó de un brinco. La niña se sorprendió. Annamaria sonrió.

—¿Quieres callarte de una vez, cojones?

La niña la miró, irritada, y Annamaria la arrojó sobre la cama. Clara rompió a llorar. Annamaria la cogió entre sus manos. La levantó en el aire, delante de ella. Luego, con toda la fuerza que tenía en los brazos, volvió a lanzarla de nuevo. La niña rebotó en el colchón, cayendo de espaldas. Abrió los ojos como platos, como si le faltara el aire. Se puso roja como un tomate, casi negra. Luego, gracias a Dios, rompió a llorar. Annamaria, ella también llorosa, volvió a cogerla en brazos, empezó a pedirle perdón, perdón, perdón, preguntándose por qué, en aquella gran casa donde no faltaba de nada, no había una caja de somníferos para acabar de una vez por todas como en las películas.

Y luego aún fue peor, pensó mientras esperaba a que sonara el timbre, y el timbre efectivamente sonó. Annamaria cruzó el dormitorio, salió de la habitación y se dirigió a las escaleras. *Fue peor*, se vio obligada a recordar.

Terminó el periodo de puerperio. Se puso de nuevo en forma. La niña seguía llorando, pero Annamaria recuperaba poco a poco el control de la situación. Ahora sabía lo que estaba pasando. Vittorio iba a dejarla por Micaela. Estaba a punto de hacerlo. No lo hacía, pero lo haría. Lo frenaban sus hijos, el falso sentimiento de culpa típico de los italianos del sur, que es una conveniencia disfrazada de desventaja. El resultado fue que Vittorio pasaba cada vez menos tiempo en casa. Ausencias de dos días, de una semana. Las peleas estallaban continuamente. En una de estas, un sábado a la hora del almuerzo, en presencia de Ruggero, Vittorio se echó a llorar inesperadamente.

De pie, en la cabecera de la mesa, con el pelo despeinado. Un adinerado hombre de negocios que se comporta como un chiquillo.

—Pero es que tú no lo entiendes —berreó—. ¡Yo la quiero!

Ruggero se quedó petrificado (a partir de la semana siguiente su rendimiento escolar empezó a subir de manera vertiginosa). Annamaria estaba indignada. Aquella chica había arrojado a Vittorio a la ridiculez de una declaración que la legítima señora Salvemini habría rechazado ella misma, pues significaría que su marido se había vuelto senil. Significaba que se había vuelto débil, un ser mediocre, como todos los demás.

Pasaron otros meses. Y otros más y, de pronto, Micaela se quedó embarazada. Golpe de gracia, golpe esperado. Clara tenía dos años. Annamaria lo dedujo por el nerviosismo de Vittorio. Se lo confirmaron los rumores habituales que le llegaban a través de sus amigas, que ya no se divertían disparando a alturas en las que para entonces ya era imposible imaginarla. Es el fin, se decía fríamente Annamaria en aquellos días. Vittorio iba a pedir el divorcio. Annamaria se enfrentaría a una batalla legal de la que no sabía nada. Por las noches, tras dejar a Clara con la niñera, salía con nuevas amigas que un par de años antes la habrían avergonzado. Pizzerías baratas. Reuniones absurdas de Tupperware. Pocas esperanzas. Una posibilidad entre mil. Eso es lo que vio en los posos de café que pidió que le leyeran cuando el embarazo de Micaela estaba en su octavo mes.

Y entonces, como una baqueta que golpea en la tensa piel de un tambor, sucedió, recordó mientras iba a la planta de abajo, rejuvenecida al pensar en el milagro; ese tiempo se acabó, pensó, sucede una vez en la vida, se dijo mientras se dirigía a abrir la puerta, dispuesta a saludar a Michele, tal vez incluso a abrazarlo, al idiota sin culpa al que le había tocado querer como a un hijo, debía quererlo, y lo quería, lo quiero, pensó.

Aquella tarde Vittorio estaba en casa. A esas alturas ya solo iba para cambiarse de ropa. El teléfono sonó antes de cenar. Contestó él. Se puso rígido. Volvió a hablar al cabo de un par de minutos. Annamaria sintió el temblor en su voz. Se acercó para mirarlo. Blanco como un cadáver. Vittorio colgó el teléfono. Recogió su abrigo. Se encaminó rápidamente hacia la entrada. Desapareció por la puerta. Annamaria sintió que un escalofrío de placer la recorría de pies a cabeza. No se atrevía ni a pensarlo, tan remota era la posibilidad. Solo por un temor supersticioso no se puso a rezar arrodillada en el dormitorio, cuando tres horas más tarde, y después de pasada la medianoche, seguía sin saberse nada de él. ¿Qué le hacía pensar que podía ser eso? ¿Contra qué deseo feroz tendría que luchar para no dañar el telar del destino si esto, ridículamente, se estaba desarrollando según las pautas de un folletín? En 1978, en Italia, moría en el parto una de cada diez mil mujeres. ¡Absurdo! ¡Fantástico! Necesitaba calmarse. Se fumó un cigarrillo. Encendió la radio del salón. La apagó. Intentó hojear una revista. En un momento dado —ya eran las tres de la madrugada— oyó llorar en el dormitorio. Fue a buscar a Clara. La cogió sin notar el peso. Se la subió a los hombros y la llevó por toda la casa bailando. Si la niña siguió llorando, Annamaria no se dio cuenta.

A las seis menos cuarto, oyó el chasquido de la cerradura de la entrada. Las luces del amanecer iluminaban el jardín, extendiéndose por la casa de modo que desde el fondo del salón se podía vislumbrar el lado opuesto. Annamaria recostó a Clara en el sofá. Se quedó quieta, a la espera. Vio a Vittorio. Su marido estaba medio de espaldas a ella cuando entró en el salón, encorvado como si protegiera algo. Se dio la vuelta y ella supo que la mujer había muerto. Pero lo que le dio la confirmación fue algo en lo que, estúpidamente, Annamaria no había pensado. En los brazos de Vittorio, envuelto en una toalla, había un recién nacido. Entonces entró también el médico. Annamaria se percató de que algo en el aire había cambiado, como si el universo hubiera decidido enfatizar la escena modificando el ruido de fondo. Pero el universo no tenía nada que ver. Era Clara. Por fin se había callado. Quieta en el sofá, miraba al recién nacido con los ojos completamente abiertos.

Así que ahora tendré que darle un abrazo, pensó treinta y tres años después, acercando la mano al pomo, sin evitar la absurda consideración de lo injusto que era que el hermanastro sobreviviera a su hermana. Abrió la puerta y lo vio. Hacía un par de años de la última vez que Michele había regresado a casa. Un poco abatido, barba desaliñada, pantalones negros y camisa azul, en la que sobresalía la punta del esternón. Sujetaba algo en la mano derecha, un transportín en cuyo interior Annamaria vislumbró la gata. Antes de que Annamaria pudiera hacer nada, Michele le tendió la mano izquierda. Le estrechó la mano vigorosamente, como si fueran compañeros de trabajo en un congreso en algún lugar exótico.

–Hola, Annamaria.

Sus dientes se abrieron en una sonrisa que la asustó.

Michele entró, sin que su mano soltara el transportín. Se adentró en la casa como si fuera su hogar, aunque hacía ya veinte años que no lo era. Annamaria le oyó subir las escaleras. La idea de que se dirigiera a su antigua habitación le produjo escalofríos.

–¡Por fin en casa! –oyó que gritaba desde el fondo del hueco de las escaleras.

SEGUNDA PARTE

ME VOLVÍ LOCO, CON LARGOS INTERVALOS DE HORRIBLE CORDURA

Subió las escaleras con el equipaje. Entró en el gran trastero que había sido su habitación. Sintió que el peso del transportín se desequilibraba. La oreja de la gata vibró entre las rendijas. Michele soltó la maleta con ruedas, depositó con delicadeza el transportín en el suelo de terrazo. Fue a cerrar la puerta. Al hacerlo, se preguntó si la gata se sentiría abandonada. La gata, de hecho, maulló. Se inclinó de nuevo sobre la caja de plástico, soltó los cierres.

La habitación olía a cerrado. Durante sus regresos a Bari siempre había evitado subir a la segunda planta. Precaución confundida con arrogancia. La gata se deslizó fuera del transportín. Olisqueó el aire de un mundo desconocido. La última vez que dormí aquí, no podía cerrar los ojos sin que me atacaran las pesadillas. La gata avanzó sigilosamente hasta llegar a la cómoda. Tensó las orejas. A Michele le pareció que estaba midiendo las fuerzas que podían desestabilizarla. Miró el sofá donde se amontonaban todo tipo de cosas. Pantalones descoloridos, vestidos de noche que nadie volvería a ponerse. Sobre un montón de jerséis viejos reconoció el búho con gafas. Óptica Berruti. Impreso en la chaqueta del equipo de voleibol. La gata, temerosa, se metió debajo del armario, desapareciendo en la oscuridad.

Fue entonces cuando Michele sintió el golpe. De vuelta en la casa donde había crecido, el chalet de diseño racionalista que había tenido tiempo de odiar antes de que lo que había en su interior fuera capaz de destruirlo, se sintió desgarrado por la idea de la muerte de su hermana Clara, horrible, imposible de aceptar porque, una vez desaparecido el arquitrabe, el resto del edificio ya debería haberse derrumbado y convertido en polvo, en cambio él seguía allí, y así fue como registró la conmoción que socavaba la falsa idea de sucesión cronológica sobre la que organizamos nuestras vidas y nuestros días. La ilusión de aquel puente se disolvió como cuando era niño, y le pareció que su campo de visión se abría de par en par. Semejante a un presentimiento, sintió el rostro de su padre sobre él (de hecho, unas horas más tarde, Vittorio apareció lentamente por la entrada, avanzando como si retrocediera para que Michele tuviera que ir a su encuentro, el hijo inclinado hacia delante y el padre ofendido, como si su ausencia en el funeral pudiera achacársele realmente a Michele; lo oyó llegar de ese modo y eso fue lo que ocurrió), sintió el torpe recelo de su hermana Gioia (nada más salir del trastero se topó con ella. Lo abrazó con abandono, una escena dramática que debía de haber estudiado. Indecisa sobre si debía llamar a la puerta mientras él deshacía las maletas, nerviosa en el umbral, retirándose al pasillo. Él, en mi casa. Le acarició la mejilla. «Vamos abajo», dijo ella. Se adelantó, mostrándole el camino como si se tratara de un invitado. En el salón le presentó a su novio. El chico le tendió la mano, parecía incómodo. Aquello también estaba en la sensación anterior, cuando había imaginado a Gioia ideando un sistema para lograr que él se sintiera como en casa. En la mano que me acaricia, la grada de arar que traza un límite), y Michele sintió entonces una incomodidad más compleja, la descompuso mientras abría la cremallera de la maleta, saboreó la sensación y la encontró idéntica durante la cena (el asado frío en la bandeja, la vieja lámpara de araña y el mantel bordado a mano; había la misma impaciencia en la forma en que Ruggero se levantó de la mesa, hizo una llamada telefónica, volvió mirando a todo el mundo como si comer sin ocuparse de nada más fuera un privilegio del que podían disfrutar gracias a él; la familia reunida, pensó Michele en el trastero, y de hecho esa noche la familia se reunió).

Mientras comían, Ruggero mencionó al aparejador Ranieri. Le dijo a Vittorio que habían ido juntos al Policlínico, a visitar al jefe de ortopedia. Michele tragó saliva. No veía al aparejador desde hacía años. Ruggero continuó hablando. A Michele le pareció que todo lo que decía lo calcaba sobre una hoja de papel carbón para asegurarse de que las palabras fueran idénticas a las que habría dicho si él no hubiera estado allí. Como si hubiera venido a interrumpir algo. La sensación había sido tan intensa en el trastero —y tan fiel a sí misma, cuando Michele se sentó a la mesa— que ahora apenas podía decir si seguía imaginándosela.

—¿Me pasas el agua? —dijo Gioia.

Ruggero levantó la jarra. Vittorio anunció que la carne estaba dura. La Agencia Sanitaria Local de Bari había llegado a tener las listas de espera más largas del sur de Italia o, lo que es lo mismo, de Europa. Hablaba Ruggero. Por debajo del mantel, Gioia tecleó algo en su iPhone. Annamaria se levantó de la mesa. Volvió sosteniendo la sartén con los espárragos. Gioia le habló a su madre sobre una suscripción que había que renovar. Clases de natación. La expresión de Annamaria se endureció. Se llevó los espárragos a la boca. Masticaba con rapidez, firme y silenciosa. Gioia bajó los ojos. Ruggero también dejó de hablar. La mirada de Annamaria se volvió cada vez más dura, sugiriendo a todos los presentes cómo cada mueca debía corresponder al esfuerzo físico exacto que la había generado. La muerte de Clara había derribado las primeras vallas y ahora se estaban reconstruyendo unas nuevas. Michele apretó el cuchillo en el puño. Con gusto se lo habría clavado entre las costillas a cualquiera de ellos. Ruggero hizo un gesto. Annamaria le pasó la aceitera. Aliñó los espárragos. Sin decir ni una palabra, Vittorio cortó otra loncha de cerdo. Gioia hizo además de comprobar otra cosa en su iPhone. Vittorio tosió. Ruggero carraspeó. Michele soltó el cuchillo. La gata seguía en el piso de arriba. La imaginó saliendo de su escondite, familiarizándose con el entorno. Saltando al sofá. Del sofá al espejo y luego al suelo, para que las viejas formas volvieran a la vida. Aquí, rematerializándose al cabo de los años, estaba la mesita de noche. La cama donde Clara solía sentarse los domingos por la tarde. Estos son Alioth y Mizar, le había dicho aplastando el cigarrillo a medio fumar sobre el globo celeste. Annamaria se levantó de la mesa. Volvió con la macedonia y sirvió una ración a cada uno. Ruggero comía con la cabeza gacha. Vittorio dijo:

–Mañana será un día complicado.

Michele abrió los ojos de par en par. La palma de la mano blanda y húmeda. Gioia acababa de cogerle la mano por debajo de la mesa y ahora se la estrechaba. El ladrón implora a su víctima que sea partícipe del robo. Pero no hay nada en la naturaleza que realmente merezca ser destruido, pensó, ni siquiera este pequeño gesto infame. El tiempo pasará, y otras palabras, otras acciones se superpondrán a estas, haciendo que se desvanezcan no más de lo que una capa de pintura puede eliminar un dibujo obsceno antes de que las lluvias intensas lo devuelvan todo a la luz. Todas las ofensas, vengadas. Michele se armó de valor. Se dio cuenta de que dentro de una hora le pediría a Annamaria si podía dormir en el trastero, en vez de en la habitación de invitados. Le diré que haga poner una cama en mi antigua habitación.

Así que devolvió el apretón por debajo de la mesa. Gioia sonrió, engañada por su fingimiento. Él tragó saliva. Vio de antemano la inquietud en los rostros de su familia, y entonces hizo lo que sabía que iba a provocar incomodidad. Tosió. Apretó más fuerte la mano de Gioia, levantó la cabeza y dijo:

–¿Qué es esto, un velatorio?

Tumbado en la cama. Un brazo bajo la nuca, el otro tendido en dirección al armario.

Salta, vamos, no tengas miedo.

En la ventana abierta se balanceaban dos álamos donde antaño habría visto una nave industrial detrás de una hilera de casas blancas. Veinte años antes, cuando los árboles acababan de ser plantados. La gata se asomó desde lo alto del armario. Se lanzó al vacío y aterrizó sobre el colchón. Michele sonrió. Del aroma del jazmín había extraído un toque de plomo envuelto en un tufillo a laca para el pelo y espuma de poliestireno. Peluquería, tienda de electrodomésticos. El olor de la ciudad llegaba hasta aquí.

Hacía tres días de su regreso a casa. Al principio la tristeza actuó en él como el río sobre la roca. Luego fue él quien se convirtió en agua. Abajo, la mujer de su padre charlaba por teléfono. La gata hundió las garras en la alfombra tras escapar a un intento de placaje. Annamaria hablaba, el timbre de su voz se convirtió en el de una mujer aún joven. La góndola de plástico rojo. El viejo Grundig con las teclas luminosas. Camisa vaquera y pantalones cortos que dejaban al descubierto sus piernas bronceadas.

—Una perdida. Por suerte nunca tuvimos que vernos las caras. Aunque hubiera pagado por tener una foto suya.

Deja que el hilo del aparato se le enrosque alrededor de la muñeca. Un cuerpo al que dos embarazos no le han restado atractivo. Michele baja las escaleras. Tiene cuatro años. Un lobo de peluche aferrado en la mano.

—Él estaba pasando una mala racha, yo tuve la sangre fría de esperar a que pasara todo. No sería capaz de aguantarlo otra vez.

Annamaria da media vuelta sobre sí misma. Libera la muñeca del hilo. Pone hielo en el zumo de pomelo y agita el vaso. Michele la observa mientras camina desde el salón hasta el sofá. Arroja el lobo entre los cojines y se lanza sobre él. Sigue escuchando a escondidas. Ella dice que algunas mujeres son peores que los tiburones. Atraídas por el aroma del dinero. Dice que los hijos no deberían heredar los pecados de su madre. Hace una pausa.

—La verdad es que hago todo lo que puedo.

Michele siente que una película de sudor helado se posa sobre su espalda. Comprende que Annamaria no está hablando de Clara ni de Ruggero. Aguza los oídos, convencido de haberla pillado con las manos en la masa. No se le pasa por la cabeza que la mujer está alzando la voz para que él también la oiga. ¿Qué tengo yo que sea tan malo?

—Una desgracia.

Así que al final Annamaria también dice eso. Habla con alguien que evidentemente no está al corriente de los acontecimientos de los últimos años. Pronuncia la palabra fallecida. Dice que la mujer llevaba una vida disoluta. Por eso murió al parir a ese niño. Una inconsciente. Tal vez era medio drogadicta. Annamaria agradece su buena suerte. Y al hacerlo emite una nota falsa, idéntica y contraria a la que Michele está convencido de haber captado en las vocales de «desgracia».

—Por suerte, el niño sobrevivió —dice.

Michele permanece con la cabeza entre los cojines. Está aturdido. Piensa en Ruggero y en Clara. Intuye que debería jugar con ellos, que de vez en cuando deberían pelearse como hacen los hermanos en todo el mundo. Pero esos dos solo se pelean entre ellos.

—¡Tonta del culo! —gritó Ruggero el otro día, dando un puñetazo en la mesa.

Michele daría cualquier cosa por participar en esas peleas, pero ese deseo es solo una coraza protectora para no tener que tocar ahora el otro extremo del problema. Annamaria. Michele la llama Annamaria, mientras que Ruggero y Clara desde siempre la han llamado mamá. Nunca lo había pensado. Si la llamaba Annamaria significa que lo sabía. En algún momento deben de habérmelo dicho. ¿Cómo es posible que no me haya dado cuenta hasta ahora?

(Nadie me había explicado nada, se dará cuenta años después. Si lo hubieran hecho, lo recordaría. Mientras el niño sea incapaz de comprender, el problema no se plantea, deben de haber pensado, y cuando por fin las cosas se le aclaren será como si siempre hubiera sido así. A su vez, Ruggero y Clara sentirán la presencia de una frontera más allá de la cual hay territorios peligrosos, un dolor y una vergüenza desconocidos. No la cruzarán).

Annamaria cuelga el teléfono. No es mi madre, piensa de nuevo el niño, estupefacto. Al querer imaginarla ahora, a la mujer que lo trajo a este mundo, no es capaz de asociarla con nada humano. Ni una boca, un par de manos. Annamaria sale de la cocina. Sus pasos se alejan. Es imposible que no me haya visto. Una maligna forma negra permanece unos segundos esculpida en el aire, luego se desvanece. Reaparece dentro de él. Michele siente que su cabeza se llena de voces, de ruidos. Dicen cosas raras, frases tan atroces que él nunca se atrevería a repetirlas. Michele está desconcertado. Lo que debería brillar bajo una luz firme y constante comienza a deslizarse hacia abajo. Algo se está torciendo.

Un día soleado, unos años más tarde, desaparecí de la circulación, pensó mientras miraba a la gata al otro lado de la cama.

Segundo curso de primaria. Cuando suena el timbre, lo único que tiene que hacer es esperar al aparejador Ranieri delante de la sala de profesores. Cuando el aparejador no llega, lo único que tiene que hacer Michele es cruzar el patio y subir al autobús escolar. En cambio, ese día Michele desaparece. Cuando Vittorio llama por teléfono a la escuela, le dicen que su hijo no se ha subido al autobús. El aparejador De Palo y el aparejador Ranieri se lanzan a recorrer palmo a palmo la ciudad en sus monovolúmenes.

Michele reaparece a las cuatro de la tarde. Su padre está trabajando. Annamaria va de una habitación a otra de la casa. Lleva dos pesas en la mano. Tras su último embarazo, está volviendo a ponerse en forma. Gioia está arriba con la niñera. Annamaria resopla, levantando las pesas una tras otra hacia sí. En un determinado momento, se queda quieta. Hay algo al otro lado de la mosquitera. De pie entre las calas, emergiendo de la todavía cálida luz otoñal. Y está mojado. Completamente empapado en medio del jardín, como si le hubieran lanzado cubos de agua encima. Annamaria deja las pesas. Llega hasta la puertaventana. Abre la mosquitera. Se sorprende a sí misma llamándolo como si fuera un animal salvaje.

–Michele. –Se frota el pulgar entre las yemas de los dedos índice y corazón.

El niño se da la vuelta. Se acerca.

–¿Qué te ha pasado?

–No lo sé.

La verdad es que no lo sabe. No recuerda exactamente qué lo empujó a no subirse al autobús ni por qué se encuentra en ese estado. Lo sabía hasta hace poco, pero una repentina oleada de pensamientos ha debido de empujar la información hacia donde resulta imposible alcanzarla.

Por la noche, su padre lo regaña.

–Nos has dado un buen susto –dice–. Annamaria ha perdido toda la tarde intentando averiguar dónde estabas.

No es verdad, piensa el niño evitando su mirada.

Una noche, Michele se olvida de transmitir el mensaje de que el padre de su padre ha sido ingresado de urgencias en el hospital con apendicitis. (Contestó el teléfono antes de cenar, cuando aún no había nadie en casa). En otra ocasión se encuentra en las manos con la agenda llena de números que Vittorio ha estado buscando durante horas por todos los rincones de la casa. Es probable que se escapara de su propia fiesta de cumpleaños si alguna vez le organizaban una. Está claro que el niño mantiene con la realidad una relación complicada, por no decir otra cosa.

Algunas tareas escolares están ahí para demostrarlo. Los dictados. Cuando entrega la hoja a la maestra, resulta imposible entender lo que ha hecho. Ha empezado a escribir cuando la voz ya llevaba un rato dictando las palabras. O, por el contrario, empieza bien, pero se interrumpe a la mitad. A veces de sus papeles emerge una única frase transcrita sin errores, algo que en otra situación tendría tal vez un extraño valor oracular, pero que resulta incomprensible si de lo que se trata es de evaluar a un alumno de segundo de primaria.

El caso es que la voz de la maestra le llega desde otro mundo. Un fantasma al que es posible oír antes de que regrese a su propia dimensión. Luego vuelve la calma, Michele grita «¡Ya voy!» a la otra voz que lo llama desde abajo. Algunas tardes el cielo empieza a volverse líquido. En lo alto, se abren agujeros cada vez más grandes, por los que puede mirar y encontrar las filas de pupitres y más abajo la mesa de la profesora. Allí siempre es por la mañana, mientras que aquí el sol está a punto de ponerse. El cielo se cierra, la maestra desaparece. Michele se encuentra junto a la ventana abierta. Su madre lo ha llamado para merendar (una voz tan dulce y llena de vida que le parece nueva cada vez que la oye). Mientras cierra los postigos, Michele repasa las historias por entregas que ha inventado en los últimos días. Aquella vez que su personaje no subió al autobús escolar y se fue andando al parque. Tras tumbarse en la hierba, los aspersores lo cogieron por sorpresa. En otra ocasión, arriesgó su vida por haber hecho desaparecer la agenda de un poderoso *boss* de la mafia. Historias fantásticas. Aventuras.

Todo iría bien si no fuera porque Michele a veces recuerda que también se ha inventado un aula gris cuando el cielo se abre y esa aula reaparece de verdad. Además de los escalofríos por el cortocircuito, al niño lo asalta una sospecha. Una tarde tras otra, no ha bajado nunca a merendar. Su madre lo llamaba, él siempre estaba a punto de salir de la habitación, pero no lo hacía. No se reunía con ella, no hundía su cara entre el suave pelo de ella. Si le pidieran que la describiera físicamente, se hallaría en un aprieto. ¿Tiene la nariz aguileña o respingona? ¿Sus cejas son gruesas o alargadas como las de las muñecas? Y, aparte de eso, la voz. Esta ola de calor que cada día lo llama por su nombre, si ya no queda claro a qué cuerpo físico pertenece, ¿no se parece más bien a un silencio que se expande como vino en un estanque? Un cuerpo esbelto corre por el jardín. Una silueta negra contra el sol de octubre se inclina sobre él cuando Michele vuelve la mirada hacia otra parte.

Clara.

Y luego está el episodio de la mierda.

Una tarde su madre lo llama para merendar. Él grita «¡Ya voy!» y mira al cielo a través de la ventana abierta. Las golondrinas desaparecen en el vientre azul. Michele se da la vuelta, ve la mesa de la maestra. La habitación es alargada, como el fuelle de determinadas cámaras fotográficas antiguas. Los pupitres están desordenados. Salvemini. La maestra lo ha llamado por segunda vez. Michele levanta la mano, dice «Presente», y se arrepiente de inmediato, porque cada acción realizada en este lado implica el riesgo de alejarlo del otro. Siente algo bajo los zapatos. La maestra pronuncia otros apellidos. La niña del pupitre de delante levanta la mano. Antes de bajarla, se vuelve hacia él. Michele saca los bolígrafos del estuche. De nuevo nota algo raro en el reposapiés. Otro niño se vuelve nervioso en su dirección. Michele mira hacia abajo y se queda petrificado. Divide el siguiente instante en diez partes, cada una de ellas en otras diez para gestionar mejor la catástrofe. Ha pisado una mierda enorme y la ha llevado a clase. Todo el mundo está a punto de darse cuenta y él, observando a cámara lenta el desarrollo de los acontecimientos, reconstruye la bofetada emocional que está a punto de alcanzarle un poco antes de que ocurra, un dolor secreto que se anticipe al daño real y lo derrote, dejando indemne una parte de sí mismo.

Cuando se reproduce el primer tipo de dolor, Michele se suelta. El tiempo vuelve a fluir con normalidad. Un compañero de clase se tapa la nariz con la punta de los dedos. La chica del pupitre de delante abre los ojos como platos. Otras cabezas se giran. Michele mira con insistencia el reposapiés. Ahora es como si el tiempo se acelerara, porque es él quien hace que todo el alumnado descubra, con unos instantes de antelación, la fuente del hedor. Una fetidez potente, nauseabunda.

La niña del pupitre de delante empieza a gritar:

—¡Aaah!

—¡Qué asco! —dice un niño.

Lo hace de la forma que Michele había previsto y ya desactivado unos segundos antes.

Los cuerpos de los demás colegiales se levantan y se sientan. El gordito del cuarto pupitre sufre un ataque de risa histérica.

—¡Salvemini! —grita alguien.

—¡Salvemini! —grita también la maestra. Y luego—: ¡Cristina! —dirigiéndose a una niña que huye sin motivo hacia la salida.

Las sillas chirrían contra el suelo. Vuela una libreta. Luego vuela una carpeta.

—¡Qué peste!

Un niño pelirrojo se agarra la garganta con las manos, imita un estrangulamiento. El conserje entra en clase. La maestra levanta la voz para que se la oiga por encima del bullicio general. Le pide al conserje que traiga serrín.

—¡Salvemini! ¡Salvemini! ¡Salvemini!

Saldrá vivo de esta. El dolor del que nadie sabe nada está dotado de unos surcos donde resulta posible ocultarse. Y, sin embargo, algo más está sucediendo. Los colores de la clase se condensan. Michele mira al cielo a través de los ventanales. Mira hacia delante y se topa de nuevo con la mesa de la maestra. No es posible. Siguen estando ahí los niños y la maestra. Así que mira hacia fuera, luego mira hacia delante. La escena no ha cambiado. Siente que la angustia le oprime la garganta. Cierra los ojos, vuelve a abrirlos. Está desesperado. Si esto es la realidad, entonces él solo ha imaginado (¿durante semanas?, ¿meses?, ¿o ha durado un año?) a su madre llamándolo para merendar en una tarde calurosa sin fin. Con el problema añadido de que el cielo, a través de las ventanas de la clase, no tiene ninguna intención de abrirse, como lo hacía aquel otro. Un azul cerrado, metálico. Todo un mecanismo ha invertido el sentido de la marcha. Mi madre no existe. Nunca la he visto, ni la veré en el futuro. Aquí está la realidad. El mundo sin matices.

La gata saltó del armario. Michele le dio otra calada al cigarrillo. Las pequeñas orejas asomaron por el borde de la sábana. Si hubiera intentado cogerla, se habría escapado. Así que se giró del otro lado. En cuanto dejó de mirarla, la gata dibujó una media luna en el colchón. Se acercó en silencio. Al cabo de unos segundos la sintió sobre su espalda. Sin acariciarla aún, solo pensando en hacerlo, y por tanto haciéndolo, llevando el brazo hacia atrás, hacia el pelaje negro y brillante del animal, sintió a su padre y a Annamaria en un territorio que más que obsceno era brutal, más que ruidoso era mudo, y frío, y desnudo. *Lo que sucedió después*, recordó.

Lo que sucedió en los meses siguientes está envuelto en las brumas de la incertidumbre. Se diría que Vittorio ha empezado a detestarlo. Cada vez soporta menos la torpeza de su hijo. Su timidez lo llena de ira. Parece que Michele estuviera siempre a punto de decir algo, pero luego la forma en que no lo dice está ingeniosamente urdida para infligir un tipo de daño cuya culpa recae sobre ellos. Por no hablar de su apatía, de la ausencia de algo en él que remita siquiera vagamente a la ambición, o al amor propio. Es como si elaborara versiones a escala de un remoto acto de acusación para que no puedan apartar la mirada.

Vittorio se ve obligado a regañarlo cada noche por la tardanza con la que Michele se presenta a la mesa, cuando Ruggero y Clara llevan ya un buen rato sentados detrás de un plato humeante.

—No te he oído.

Este niño miente. Su padre lo ha llamado en voz alta un par de veces y luego se ha visto obligado a gritarle por el hueco de la escalera. Cuando por fin ocupa su sitio en la mesa con los demás, Michele come con la mirada gacha, incomoda a todo el mundo con una actitud absurdamente sumisa, difícil de censurar. Gioia, en su trona, aplaude y se ríe.

Las notas escolares, sin embargo, son más que cuestionables. De eso sí que se puede hablar. Michele pasa de notable a suficiente. Luego insuficiente, deficiente, muy deficiente.

Así que un día Vittorio se lo sube al coche y lo lleva al campo cercano. Apaga el motor y le pregunta qué va mal.

—Vamos, escúpelo.

—¿Qué tengo que escupir?

Quizá cree haber encontrado una forma original de desafiarlos, dice Vittorio. Tal vez tenga problemas con Annamaria, o con su hermano, algo en general que no puede digerir de la familia, que pese a todo es muy considerada con él y cuya paciencia es inagotable.

—No —objeta Michele.

—Siéntete libre de hablar.

—De verdad, papá. No hay... nada —dice mientras observa la alfombrilla del coche.

Es en esos momentos cuando Vittorio lo abofetearía con ganas. Su hijo evoca el fantasma de la mujer que lo trajo al mundo, la encrucijada más allá de la cual la propia vida de Vittorio habría tomado otra dirección. Nadie habla nunca de estas cosas. Líneas que se han borrado. Ni siquiera Vittorio se atreve a pensar en ello cuando está solo. Pero visto que alguien parece existir con el único propósito de refrescarle la memoria, debería llegar hasta el fondo del asunto. Por eso a Vittorio le gustaría que su hijo le dijera que algo va mal. Que lo pusiera entre la espada y la pared, que le aclarara —de un modo despiadado, incontrovertible— la larga secuencia de errores que sostiene sus vidas en pie, si es que de verdad es así. En cambio, Michele permanece callado.

—De acuerdo. —Vittorio se siente abrumado por un cansancio invencible, pone de nuevo el motor en marcha—. Está bien —dice—, volvamos a casa.

Vida cotidiana. Por la mañana, cuando mira a sus hermanos, Michele siente admiración. Observa cómo lidian con el hilo dental en el cuarto de baño. La desenvoltura con que ocupan el espacio, el absoluto dominio que poseen al moverse de una planta a otra de la casa, lo llevan a reflexionar sobre el hecho de que él no puede hacer todo lo que hacen ellos. No con la misma naturalidad.

Los domingos soleados, Clara ni siquiera tiene que pensárselo si quiere subirse a la vieja bicicleta de su padre para ir a dar una vuelta. Michele siente que ha de pedir permiso en todas las ocasiones. Sabe que si lo hace solo se expondrá a una humillación aún mayor («Pero ¿qué clase de pregunta es esa? Cógela, ¿vale?», respondería Vittorio), así que la mayoría de las veces se abstiene.

Circunspección, prudencia. Entonces, una tarde, podría ser a finales de primavera, Annamaria está tomando el té en el salón con unas amigas nuevas. Una es la esposa de un juez. Otra pertenece a una familia que posee el monopolio de la distribución del café en Apulia. Se trata de mujeres fuertes, educadas, lo bastante ingeniosas como para inspirar confianza o levantar puentes levadizos sin remordimientos. A veces Annamaria se siente perdida. Cuando hablan de arte, o de los libros que leen. Es consciente de que el dinero de ellas vale más que el suyo, aunque tengan menos. No obstante, estas relaciones son el umbral más allá del cual puede verse a sí misma tal y como siempre se ha imaginado. Y, además, no es que la flor y nata de la ciudad solo hable de exposiciones o de obras clásicas. Ahora, por ejemplo, hablan de cine, un tema sobre el que Annamaria está bastante bien preparada.

–Las sandalias de cuero y todas esas prendas de lino blanco que llevaba. Milena Canonero hizo un trabajo increíble con ella –dice refiriéndose a Meryl Streep en *Memorias de África*.

–Los chalecos multibolsillos que se ven en la película.

–Parece que Karen Blixen tenía toda una colección. –La que habla ahora es la mujer del juez.

En ese momento se oye el ruido de un automóvil en el camino de entrada. A través de las cortinas, Annamaria vislumbra el monovolumen del aparejador Ranieri. Frunce el ceño. No puede saber que la catequesis de Michele se ha cancelado inesperadamente. El vehículo se aleja y, unos instantes después, el niño aparece en el salón.

—Hola...

Todas las mujeres se vuelven para mirarlo. Annamaria palidece. Las demás se esfuerzan por simular naturalidad. Una de ellas es incapaz de apartar los ojos de él. A este niño le pasa algo. En primer lugar, no debería ir vestido de una forma tan desaliñada. Por no hablar de las gafas. ¿Dónde se las habrán comprado? Y luego esos michelines. No hay ni sombra de una banal gimnasia correctiva, ni rastro del toque de un dentista, que deberían haber pagado para corregir la superposición de los incisivos. Su sonrisa. Incluso eso es diferente de lo que debería ser. En esta casa pasan cosas muy raras.

Michele ve cómo el velo de la desaprobación se posa sobre la mujer de su padre. Es evidente que Annamaria ha cometido un grave error. Michele incluso sospecha que ha ocultado su existencia. ¿Es posible que haya sido tan imprudente, tan tonta e inepta como para no hablar de un hijo nacido fuera del matrimonio?

—Me voy arriba —farfulla Michele.

Las otras sonríen, petrificadas. Annamaria agita la mano.

—Hasta luego, Michele.

Sale disparado escaleras arriba. Solo de pensar en lo que ha ocurrido le entran ganas de llorar a moco tendido. De reírse como un loco. Siente que el corazón se le acelera. Para liberar la tensión, está dispuesto a golpear la pared con el puño, podría darse cabezazos. Aprieta el paso. Entonces, una sombra gris. Ocurre antes de que llegue al final del pasillo. Siente que el malestar remite, que la ansiedad se desvanece absorbida por el vibrante rectángulo negro que es la puerta abierta de la habitación de su hermana. Clara lo está observando.

El periodo comprendido entre los nueve y los diez años es un misterio que ni siquiera el adulto de treinta será capaz de desentrañar. Pocas son las sensaciones que se conservan intactas a través del tiempo. Como los geólogos con el centro de la Tierra, reconstruirá ese año por un proceso de inducción. Creerá haber estado en las profundidades de las cosas de una forma a la que no volverá a acercarse durante el resto de su vida. Aplastado por una oscuridad absoluta, de forma parecida a los ciempiés, a las termitas, criaturas inmutables a lo largo de millones de años, capaces de captar la información sin necesidad de traducirla.

El adulto puede ser el resultado laborioso del niño de siete o doce años. Pero es el de nueve el que tiene un billete solo de ida.

Un domingo por la mañana, sin motivo alguno, hace caer por las escaleras a la hija de un proveedor de acero que ha venido en visita de cortesía. Una zancadilla. La niña se hace un corte en la ceja. Vittorio no sabe cómo disculparse con los invitados. Castigan a Michele todo el día.

En otra ocasión, una pared se derrumba a pocos centímetros de él sin que se dé cuenta.

—En fin, que esa excavadora se estrella contra nuestra clase y yo ni pestañeo —contará años más tarde, en Roma, en la cama con una mujer mucho mayor que él—. Iban a demoler un viejo edificio allí cerca y debieron de leer mal los planos. Eso te dará una idea del estado en que se encontraba la escuela en la que me matricularon. —Las nueve de la mañana. La maestra aún no ha acabado de pasar lista. Se oye un terrible estruendo. Son los demás los que lo oyen. La maestra grita. Los niños corren instintivamente hacia la salida—. Y yo... ¿sabes lo que pienso en un momento así? —le confiará a su amante—. Me pregunto: ¿No es un poco pronto para el recreo? Todo esto mientras la pared se derrumba a mi espalda. ¿Comprendes a qué niveles de alienación podía llegar? En cualquier caso, en un momento dado me giro y en el lugar de la pared hay un remolino de polvo. A estas alturas ya estoy solo en la clase, también puedo ver la excavadora. Una bestia amarilla con la pala bien a la vista entre dos grandes haces luminosos.

—¿Y después? —preguntará ella—. ¿Qué pasó después?

Como si no hubiera pasado nada, el niño da la espalda a la excavadora. Sale del aula y se encamina por el pasillo. A su alrededor reina el silencio. Las puertas de las otras clases están abiertas y todas las aulas vacías. Michele pasa por delante de la sala de profesores. Cruza otro pasillo. Ahora se oye bullicio. Sale al patio. Es allí donde se han ido todos. Un montón de batas azules y blancas. Hay algún niño que llora aterrado. Las maestras los cuentan con las listas en la mano. Un poco más allá, la directora discute con un señor en vaqueros y camiseta amarilla. El hombre gesticula, intenta justificarse. En cuanto baja la mirada, la directora da un respingo. Abandona al encargado de las obras. Corre hacia Michele y se inclina sobre él. Le pone las manos en la cabeza. Le pregunta: «¿Estás bien?». Él no responde. De repente, la directora está preocupada. Si él se ha quedado atrás, puede que alguien se haya quedado aún más atrás. «¿Había otros niños?», pregunta. «Sí, otro niño. –La directora palidece–. Me di la vuelta y lo vi. Una manita se abría y se cerraba bajo los escombros».

–No tenía la más mínima conciencia de estar mintiendo.

–Porque no era una mentira –le dirá la mujer pasándose una mano por el pelo–, está claro que aquel niño bajo los escombros eras tú.

Se girará en la cama, mostrando la desnudez de sus pechos, la piel demasiado tersa de un cuerpo de cuarenta y siete años sometido a nueve horas de gimnasio semanal. La luz de la tarde bañará la habitación de un rosa salmón que es el rojo que tiene el segundo piso de las casas del siglo XVIII en el aire contaminado de Roma. Michele pensará: Es verdad, ese niño era yo. El rastro de su semen en el cuello de la mujer se unirá a la tristeza de su marido si la viera en ese momento.

–También me castigaron esa vez –dirá acariciándole la barbilla, girará la muñeca hacia abajo para tocarse la boca con la punta de los dedos.

Por la noche, lo ponen a cenar solo. Vittorio le pide a Selam que traiga una mesita, que la prepare de modo que Michele pueda verlos a todos juntos en el otro extremo del salón. Su padre, Annamaria, Clara, Ruggero y Gioia. La cena transcurre en un silencio general. Alguien esboza el inicio de un diálogo. Hay algo cómico, a la vez que penoso e incómodo. Mientras come en silencio, el niño advierte algo en la otra mesa. Sentada entre Gioia y Annamaria, ella parece triste. Con la uña del pulgar se atormenta la cutícula del otro dedo. Se ha abierto una herida. En la herida hay una luz. Alguien sufre por mí.

Aferró a la gata por las patas traseras, la gata intentó zafarse, pero luego se rindió. La abrazó. Luego se levantó de la cama.

A las tres de la madrugada, todo el mundo dormía. Michele abrió la ventana de par en par, sintió el viento en la cara. El frescor de la primavera mezclado con el bochorno del verano inminente.

Se puso una camisa, salió de la habitación, con cuidado de cerrar la puerta para que la gata no escapara. Luego bajó las escaleras. Se sentía como un ladrón. Cuando llegó al salón, pasó un dedo por encima de la bandeja de plata que había encima de la mesa como centro decorativo. Tocar eso que no es mío. Al descubrir una parte de su rostro en la superficie opaca, tuvo la confirmación de lo contrario. Un derecho de usucapión sobre aquello a lo que uno haya sobrevivido. Si fuera a despertar a mi padre y empezara a hablarle, me miraría desconcertado. Annamaria retrocedería asustada. No lo entenderían. Aunque algo entenderían. De normalmente incrédulas, sus caras pasarían a ser trágicamente incrédulas. Este extraño tan íntimo está de nuevo entre nosotros. Si les hablara, si reflexionaran sobre el hecho de que desde el día del funeral ha aparecido una mancha verdosa en el pecho de Clara, ha empezado a extenderse, su vientre se ha hinchado, sus globos oculares han empezado a desmoronarse, su carne corroída por gérmenes intestinales emite ahora un hedor devastador, si imaginaran cómo es la oscuridad de la tumba, la soledad de la toba en la que se está descomponiendo. Comprenderían que hablo desde allí abajo.

Regresó a su habitación. Se tumbó en la cama y se volvió a dormir.

Al día siguiente Alberto vino a visitarlos.

Tenía una cita con Vittorio para ocuparse de ciertos asuntos burocráticos. Las cargas que recaían sobre el cónyuge superviviente. Devolver su carnet de conducir a Tráfico, su pasaporte a la comisaría de policía. Cerrar varias cuentas, encontrar los originales de antiguos contratos. Más de diez años de matrimonio. Pero los documentos seguían todos ahí. Como si Clara, al mudarse con su marido, solo se hubiera dado en préstamo.

Michele lo vio entrar. Observó la escena desde la planta superior. Al llegar frente a Vittorio, Alberto casi inclinó la cabeza. Annamaria saludó con condescendencia a ese yerno que, a pesar de ser uno de los ingenieros más respetados de la ciudad, todos los de la casa trataban igual que a un recadero. Se encerraron en el estudio de Vittorio. Una hora más tarde, Michele oyó el sonido de voces. Entonces salió de su habitación. Alberto y su padre estaban abajo. Hablando de pie. Y, sin embargo, parecía que uno estaba ansioso por acompañar al otro a la salida. Michele agitó los brazos desde la barandilla.

—¡Alberto!

Alberto levantó los ojos, se le iluminó la cara. Sonreía henchido de tristeza. Sus rasgos no habían cambiado con el paso de los años. Ahora parecía un chico avejentado. Alguien que, en lugar de afrontar sus penas de frente, se las hubiera metido por debajo de la piel, como si fueran bótox.

Michele bajó las escaleras y fue a su encuentro. Le pareció percibir el malestar de Vittorio, por lo que pensó que estaba haciendo lo correcto.

Alberto le tendió una mano y le puso la otra sobre el hombro.

—¿Cómo estás? —Luego lo atrajo hacia sí.

Reconocer los abrazos. Michele llevaba toda su vida practicándolo. Era un experto en el tema. En el de Alberto reconoció un entusiasmo sincero. Inmediatamente después, sin embargo, sintió un exceso de énfasis, la sombra de una maniobra de distracción. El ruido de fondo intentaba apartarlo de la voz de su hermana. Soñé con una cierva. Alberto lo miraba. La última vez que se habían visto, Clara tenía veinticuatro años. Alberto y su hermana se habían casado hacía poco tiempo.

Ella ya le engañaba con cualquiera en aquella época, pensó Michele.

Alberto separó los brazos del cuerpo de Michele.

—Qué alegría volver a verte. —Su voz subió medio tono, recuperó una cordialidad fluida—. ¿Cuánto tiempo te vas a quedar en Bari?

En ese momento se les unió Annamaria. Michele sintió que se redoblaban las expectativas de que Alberto se largara. Entonces movió ficha.

—¿Por qué no te quedas a tomar un té?

Clavó su mirada en la de Annamaria, de modo que la mujer, obligada a devolverle la sonrisa, no tuviera tiempo de articular una excusa. Su padre pareció demasiado sorprendido como para reaccionar a tiempo. Michele lo vio bajar la mirada, irritado.

Tomaron el té en el porche. El ambiente era extraño. Aunque nadie hablaba de Clara, la presencia de Alberto hacía que la muerte de su hermana ocupara un plano diferente al de los días anteriores. Dos falsedades opuestas ofrecen una lectura verdadera. Las cosas adquieren forma. En el bosque intrincado del duelo, surge un camino.

—¿A qué te dedicas en Roma? —preguntó Alberto. El efecto era ridículo.

Michele vio la oportunidad y la aprovechó. Ganaría con ello al menos una media hora.

—Trabajo para algunos periódicos —dijo.

Empezó a hablar de sí mismo como Annamaria lo habría hecho de Gioia si su hermana acabara de empezar a trabajar. Mientras mencionaba la *Repubblica* y el *Messaggero* —atribuyéndose una importancia que no tenía en absoluto, pero sin las exageraciones que habrían justificado la petición de que enseñara sus cartas—, sintió que el truco funcionaba. Durante unos minutos los mantuvo en su poder a base de tópicos.

Luego llegó Gioia.

—Ah, hola.

Iba vestida con falda corta y camiseta ajustada. Sorprendida de encontrarlos a todos juntos, dio medio paso atrás.

Michele fue rápido:

—Ven, siéntate con nosotros.

Gioia se acercó circunspecta. Al final cedió, vencida por la fuerza de la gravedad. Dejó el bolso y el móvil sobre la mesa. Michele siguió hablando con Alberto. Annamaria parecía incómoda. Vittorio golpeaba nerviosamente el suelo con el pie. Su hija dio un respingo. Estiró la mano, la llevó hacia sí. Se puso a teclear una frase en el iPhone. O a borrarla. Michele se dio cuenta de algo. Entonces estiró la mano. Cogió por debajo de la mesa la mano libre de Gioia, empezó a apretarla. Su hermana sonrió nerviosa. Él intensificó la presión. Gioia respondió empujando torpemente su palma sudorosa contra la de él. Al cabo de unos diez minutos, oyeron el motor de un coche que cada vez estaba más cerca.

Fue entonces cuando su padre se levantó de un salto y se dirigió hacia el interior de la vivienda. Liberado de los lazos invisibles con que Michele los estaba atando, fue a recibir a los invitados a la entrada. Ellos, sin embargo, se dirigieron a la parte trasera de la casa. Antes de que Vittorio tuviera tiempo de regresar, los recién llegados aparecieron en el porche. Su hermano Ruggero. Detrás de él, un anciano. La cara larga y gris. Americana negra, camisa azul claro. Levantó una mano con lentitud. Michele vio que el abismo se abría y luego se cerraba sobre el rostro de Alberto. Estaba claro que esos dos hombres no deberían haberse encontrado nunca.

El anciano dijo:

—Buenas noches.

Michele y Annamaria respondieron con una inclinación de la cabeza. Ruggero les acompañó al interior. Cuando el invitado pasó junto a la mesa en la que estaban todos sentados, Michele vio por segunda vez el sufrimiento evidente, y luego disimulado, en el rostro de Alberto. No podía saber que los dos hombres se habían visto en el funeral. Pero sí estaba al tanto, en cambio, de la verdad de aquella expresión. La misma que —tantos años antes— había deformado la cara de Alberto cuando veía a Clara volver del gimnasio con la bolsa en la mano.

Más tarde Michele se enteró de que el invitado era Valentino Buffante. Exsubsecretario de Justicia. Acabó metido en problemas por un asunto de concursos amañados. Absuelto. Ahora presidente de una fundación para el desarrollo económico del sur de Italia. El asunto del embargo cautelar del complejo turístico de su padre. Esa especie de desastre anunciado al que Vittorio estaba dedicando todas sus energías. En los días anteriores, Michele había oído puertas que se abrían y voces que hablaban, voces masculinas, voces desconocidas. Este Buffante no había sido el único en acudir en persona.

Después de la cena, Michele salió a fumar al jardín. Pasó por delante de la fuente. Ahora podía relajarse. Pensó en Gioia. No podía creer que hubiera visto precisamente *aquello* en su pantalla del móvil. Caminó entre la hierba alta y notó un leve descenso de la temperatura. Le pareció sentir entonces la ciudad. Los semáforos. Los edificios del centro. La curvatura eléctrica de las luces a lo largo del paseo marítimo. Los lugares donde aún no había estado desde su regreso. Allí lo esperaba otra imagen de Clara. Una forma más fluida, pensaba, diferente de los recuerdos adulterados de aquí dentro. Las luces brillantes de un letrero que cambia constantemente.

Tras el episodio del niño sepultado bajo los escombros, Michele empieza a dar largos paseos por los terrenos baldíos que hay no lejos de la villa. Al volver del colegio, come rápidamente y sale corriendo. Camina por la carretera sin asfaltar. Salta el muro de piedra seca y se adentra en los campos.

Camina entre las margaritas. Luego el rojo de las amapolas. Se agacha entre las hojas, avanza por el suelo apoyándose en los codos. Línea punto, línea punto, línea punto línea. Al principio eran las hormigas.

Sigue la fila discontinua. Las pequeñas criaturas avanzan sobre las piedras, las hojas muertas. Cada hormiga bate rítmicamente sus antenas contra las de sus congéneres, se pasan la información, luego salen corriendo en direcciones opuestas. Más adelante, la línea se convierte en un gran puño negruzco. Se arremolinan alrededor del cadáver de una golondrina. Lo que en el cielo ahora aquí en la tierra. Michele se levanta de un salto. Echa a correr, tropieza. Otro día. Levanta la cabeza entre las malvas, ve la luna veteada de plata. Cambio de enfoque. La luna pierde nitidez, el hilo de plata está aquí, bajo su nariz. Una telaraña. El velo transparente se mece al viento. En la periferia de la estructura orbicular vislumbra los capullos de seda. Mira a su alrededor. Apoya con cuidado un dedo en el suelo. Espera hasta que una hormiga le sube por la uña. Levanta el dedo, lo lleva hasta la altura de la telaraña. Con el índice, por debajo, da un golpecito en la base del anular. Tras describir una pequeña parábola en el vacío, la hormiga aterriza en la telaraña. Los hilos se balancean. Es entonces cuando sale la araña. Desciende y sube muy deprisa de un extremo a otro. Se abalanza sobre la presa. Todo es una convulsa agitación de cuerpos. El depredador intenta inmovilizar a la hormiga antes de que esta tenga la oportunidad de herirlo con un golpe de mandíbula. Sin embargo, no hay pasión en esta lucha. Como si el aliento de un único dios se introdujera en dos caparazones diferentes, transformándose en estocadas contrapuestas. Antes de que Michele se haya recuperado del sobresalto, la hormiga ya está envuelta.

Al anochecer, Michele vuelve a casa. Cruza el camino de entrada, los rosales. No tiene tiempo de dar ningún paso más. Siente una huella rojo oscuro en la cabeza. Ella lo está observando. Quizá sus ojos lo siguen desde la ventana del primer piso. O tal vez esté escondida entre los árboles. Silencio y unas nubes en el cielo. Pronto terminará este verano.

En otra ocasión. Michele se adentra entre las espigas de gramínea. Aparte del olor a gasolina y a espirales antimosquitos, el impalpable aroma a polos de fruta que flotaba en el aire hasta hace unos días ya ha empezado a desvanecerse. Hace más frío que ayer. Más allá de los últimos árboles está la línea del tráfico. Lucecitas encendidas. Michele se sacude el polvo de los pantalones. Continúa en dirección opuesta. Al cabo de unos metros, la vegetación vuelve a crecer. Una libélula. La luna es más grande que otros días. A la derecha, una zona de cañaverales. Michele se detiene. Nunca ha estado aquí. Mira a su alrededor. Se agacha en esta especie de ciénaga. Protegido por los mechones de los juncos, se sumerge en el estanque de finales de verano. Una sensación de bienestar, de calma. Siente la presión en la mano. Puede que se haya dormido. Enfoca y la ve.

Una ranita de San Antonio se ha posado sobre su muñeca. Verde esmeralda, con una raya negra que va desde los ojos y llega hasta las extremidades posteriores.

Michele respira con cuidado. El pequeño animal parece estar a punto de saltar. En cambio, sin que él note nada, de tan ligera que es, la ranita se acomoda en su plataforma. Da media vuelta, avanza unos centímetros.

Sentado en la hierba, como si consultara la hora en un reloj de pulsera, Michele dobla lentamente el ángulo del codo. Acerca la rana a sus ojos. La observa. La rana lo observa a él. Nunca había visto un verde tan encendido. Dentro de la garganta del diminuto anfibio, algo late sin cesar. La rana sigue mirándolo imperturbable. Bellísima. Una tarde, en mi presencia, se convertirá en un tigre.

Algo estalla en la mano.

Michele siente la sensación de quemazón. Ve a la rana alejarse de un salto. Una violenta salpicadura gris verdosa vuela en la dirección contraria.

—¡Le di!

Michele se pone en pie de un salto. Durante unos instantes no entiende nada. Luego se fija en los dos chavales que están entre los helechos. Deben de tener su edad. Baja los ojos. Ve a la rana que avanza dificultosamente en el suelo, con una sola pata. No. No, maldita sea.

—Ni lo intentes —dice uno de ellos.

El otro le apunta con una gran goma elástica.

Sin pensarlo, Michele avanza con la cabeza gacha. Con un movimiento de absoluta precisión, recoge a la rana del suelo y se lanza hacia delante.

—¡Ay!

Golpea a los dos chavales. Se abre paso y empieza a correr.

¡Venga! ¡Venga!

Lo persiguen, pero sus cuerpos conservan el recuerdo del impacto. Este niño es raro. Michele corre como un loco. Ramas. Latigazos en los tobillos. Todo es verde. Los oye hablar entre ellos. Señal de que disminuyen la velocidad. No debo detenerme. Los dedos suavemente apretados en un puño. Por favor. Te lo ruego. Si corro rápido, si me arriesgo a que me estalle el corazón, entonces la rana no morirá.

La fachada de la casa aparece entre las copas de los pinos. Michele no tiene ni idea de cómo ha encontrado el camino. Atraviesa la verja. Enfila el camino de entrada. Un terrible ardor en el bazo. Solo entonces empieza a aminorar la velocidad. La rana demasiado quieta en su puño. Pasa por delante de las adelfas. Ruido de hojas pisoteadas. Cerca de las macetas con helechos, una figura femenina. Michele siente crecer su angustia. Annamaria. Una parte de él ya lo ha comprendido, busca la manera de convencer a la otra mitad. Tropieza con sus propios pasos. La rana se le escapa de la mano. La ve caer en la hierba. Una pata se estira y se pliega sobre sí misma. Reflejo involuntario. Pero yo he corrido. Realmente he intentado que me estallara el corazón. Caerá la noche. Otra vez será de día. Vendrán las hormigas. El jardinero recogerá una cosa entre las otras. Michele pasa junto a Annamaria. Cruza la puerta de entrada. Del claroscuro del salón ve surgir la escalera interior; más allá, el sofá. Dentro del espejo del armario, su propia figura muerta.

Así es como ocurre. Siente el cambio. La presión alrededor del cuello. Como si una fiera, largo tiempo agazapada en la oscuridad, le hubiera saltado encima. Por un momento piensa que los chavales de las gomas lo han seguido hasta el interior de la casa. Luego el olor a fruta mezclado con algo más denso, áspero. Su hermana. Le ha echado los brazos al cuello. Y aprieta, aprieta con fuerza. El calor moreno de su cuerpo. Michele quisiera llorar. Primer rayo de luz. Las cosas en el fondo del pozo empiezan a tomar forma.

En la cama, la gata echada sobre su vientre. Michele volvió a despertarse en mitad de la noche. Bajó al salón. Se quedó unos minutos en el lugar exacto donde había ocurrido. Pero no como si rezara. Sintió su presencia. Ella seguía allí. Michele volvió a su habitación. Como si solo a partir de ese momento tuviera las herramientas para comprender, recordó. Buscó a tientas los cigarrillos en la mesita de noche. Hay que recibir algo bueno antes de poder separarlo de lo que no lo es. Si nadie te quiere, nunca sabrás por dónde empezar. Todo empieza ahí, incluso el odio. Se llevó el cigarrillo a la boca, pero no lo encendió. Acarició a la gata en la cabeza.

A partir de esa noche, Clara y él empiezan, por así decirlo, a verse. Absurdo, teniendo en cuenta que viven en la misma casa desde que ella tiene tres años. Sin embargo, eso es lo que ocurre. A las cinco de la tarde, antes de que el aparejador Ranieri venga a recogerla, Clara se cuela en la habitación de su hermano. Siempre lleva consigo un pequeño regalo. Michele está inclinado sobre sus juguetes. Oye que la puerta se abre de par en par. La luz artificial se desvanece y luego es destruida por el resplandor del mundo exterior. Clara deja su bolsa en el suelo. Amatori Volley. No contenta, cruza la habitación y abre la ventana de par en par.

—¿Qué estabas haciendo a oscuras?

Le imprime a la pregunta un timbre levemente paródico, como si entendiera para qué sirve la oscuridad, lo aprobara y quisiera hacérselo saber.

—Acabas de matarlos —dice él, dejando caer al suelo teatralmente a los dos robots, ahora más falsos que nunca.

—Mira lo que te he traído.

Clara trepa a la cama, dibujando un semicírculo. Cruza rápidamente las piernas sobre el colchón. Se pasa los volúmenes encuadernados de la derecha a la izquierda, los esconde tras la espalda.

Michele se acerca. Va a sentarse en la cama, justo delante de ella. Clara sonríe divertida.

—¿Qué tienes en la espalda?

—El valle escon… Oh, a ti qué te importa.

—Déjame ver.

Para los cómics, es una verdadera negada. *El valle escondido*. Cuando Clara vio la portada con el vaquero a caballo, le pareció una buena idea. Ahora se da cuenta de que es un producto mediocre. Le da la historieta del «Pequeño Ranger». Qué tonta he sido. Su hermano tiene una mente poco común. Y rápida como mil manos buscando de modo simultáneo un alfiler en una habitación a oscuras. Solo un idiota no se daría cuenta de que tiene delante algo muy valioso. ¿Cómo he podido traerle esta tontería?

—Oh, gracias —dice él, serio.

Una sombra lo cruza, cambia el dibujo de sus labios. No está claro si se está burlando de ella. Clara quisiera que se la tragara la tierra. Por suerte, la diferencia de edad acude en su ayuda. Hay secretos de los muchachos de catorce años que la experiencia de los de once ignora.

Clara sonríe de nuevo, el rostro ligeramente afilado.

—Y esto no es todo…

Sigue delante de él, inmóvil, con las piernas cruzadas, la ve rebuscar en su espalda. Le entrega el delgado volumen.

Canciones de experiencia.

—Lo leeré todo —dice.

—Hay una muy hermosa sobre un tigre.

—Una caza de tigres.

—Tigre, tigre… —recita ella—. Más que nada, el poeta se pregunta si quien creó el tigre también creó el cordero.

Michele la mira en silencio, mira los dedos gordos de los pies de ella que sobresalen de sus calcetines de rizo.

—No —dice luego.

—No, ¿qué?

—Uno crea al otro.

Una pequeña arruga vertical entre los ojos de Clara.

—¿En qué sentido?

—El cordero crea al tigre al dejar que se lo coma.

La marca de su frente ha desaparecido. Clara abre mucho la boca y enseña los dientes.

—¿Así? ¿Así? —Salta sobre él.

—¡Aaah! —grita Michele entre risas.

Clara le hunde una rodilla en el estómago, la otra apoyada en la base del cuello. Levanta los brazos y extiende los dedos como si fueran garras. Simulación por simulación, Michele ralentiza el movimiento con que podría haber evitado el ataque. Clara está encima de él. Sus dedos en las costillas. Le hace cosquillas. Michele le da una colleja que se acerca peligrosamente a ser un bofetón de verdad. Clara abre mucho los ojos, asombrada. Ahora, piensa él. La agarra del pelo, tirando lo justo para que sienta dolor. Clara se lanza hacia delante, se estira. Por un momento, están barriga contra barriga. Michele deja que una pierna se deslice entre las suyas, empuja, la agarra por los brazos. Le da una patada con la fuerza suficiente como para lanzarla hacia atrás.

Se ríen. Están a punto de lanzarse el uno sobre el otro de nuevo. Entonces él mira la bolsa en el suelo. Pronto vendrá el aparejador Ranieri a recogerla. Clara jadea. Michele también recupera el aliento. Se ríen nerviosos. Durante unos instantes permanecen así, como si de repente tomaran conciencia de lo que les rodea. Un aura maligna. Clara se recoge el pelo sobre la oreja. Michele permanece inmóvil en su sitio. Ella se baja de la cama con cuidado, primero un pie, luego el otro.

Michele la mira levantar la bolsa del Amatori Volley. Su hermana alza la otra mano, su torso rígido, recortado contra la luz de septiembre.

Le da la espalda y sale de la habitación.

Lo que realmente cuenta, en aquel otoño de 1989, son las obras de arte reproducidas industrialmente en las portadas de determinados discos, cómics, libros y catálogos de arte al asequible precio de cinco mil liras cada uno. El bello paisaje al óleo del fascículo de De Agostini, que Clara ha comprado persuadida por la autoridad institucional del título (*Los maestros de la modernidad*) y que Michele hojea apasionadamente las tardes siguientes, cuando ella no está.

Le impresiona lo que ve en esas pésimas reproducciones en papel barato. Los cuadros de ese Pierre Bonnard son magníficos. Se siente como si llegara a una fiesta a la que fue invitado años atrás. Todo se mueve vertiginosamente. Basta con abrir una ventana para que las sombras de un interior del Midi francés se diluyan, revelando un peine, una taza de té, hasta llegar a la bañera donde una muchacha comienza a desintegrarse bajo esa luz demasiado fuerte. Si Michele no hubiera pasado el verano perdiéndose por los campos, quizá no disfrutaría de estas sensaciones con tanta intensidad. Pero si al contemplar esas imágenes no hubiera tenido la increíble experiencia de pasar de la realidad sensible a su replanteamiento, la naturaleza habría seguido siendo para él mera fuerza bruta sin finalidad.

Michele cierra el catálogo. Baja a la cocina a beber un vaso de agua. Gioia está en la alfombra con las piezas del Lego. Lo ve pasar, le saca la lengua. Vuelve a la escalera. Annamaria. Se rozan. Luego cada uno en un peldaño diferente. Una densidad distinta en el aire.

Desde hace unas semanas, la mujer ha empezado a mirarlo de una forma extraña. Como si él, por primera vez desde la muerte de su madre, fuera el peligro potencial que aguarda tras la curva.

Terraza en Vernon. Paisaje primaveral. Desnudo en la bañera con perrito.

El placer aguza los sentidos y exige más placer. Así, a medida que Clara pasa el tiempo con él, charla con él, lo colma de atenciones, Michele reflexiona más claramente sobre el estado de las cosas. Solo quien nunca ha tenido nada está dispuesto a conformarse.

Algunas tardes, tras volver de las clases de alemán, Clara se quita el abrigo y las zapatillas de deporte y hace un esfuerzo por reprimir su alegría. Camina con cautela por el salón. Pero, una vez en la planta de arriba, empieza a correr. Último tramo del pasillo. Se cuela en la habitación de su hermano como si fuera la casa del árbol.

Las pupilas de Michele se mueven de derecha a izquierda para atrapar la siguiente línea. La puerta se abre, una densa sombra otoñal interrumpe la lectura.

—Hola.

La encuentra acuclillada al otro lado de la cama, los puños cerrados, las piernas recogidas hasta el cuello, oliendo a lluvia.

—Una chica no sabía pronunciar la palabra *Karfreitagskind*. Escupía por todas partes —se ríe ella.

Michele no responde. La mira con dureza, luego disimula esa misma mirada para que el mensaje no sea explícito. Clara está desorientada. Fue ella quien lo devolvió a la vida, pero de esta forma se ha expuesto a lo que ocurre cuando se rompe un sello. Así que intenta cambiar de tema.

—¿Has visto qué tía más ridícula se trajo Ruggero a casa la otra noche?

Le tiende la mano. Michele retrocede. Clara se siente herida. Ahora el golpe ha sido asestado limpiamente. Pero ¿qué espera su hermana? ¿Se cree acaso que seguirá visitándolo como si él solo empezara a existir cuando se abre esa puerta? ¿Es posible que no mire a su alrededor? Abre bien los ojos. Cuenta las diferencias.

Porque hay diferencias, piensa Michele sentado en la cama después de que Clara se haya marchado, la mirada velada por la pena. Sabe que a ella ahora le duele la mordedura. Veneno de liberación lenta. Se la imagina en los próximos días, agobiada por un dolor que antes no existía. Le parece verla mientras regresa de la escuela bajo la fina lluvia, los ojos de Clara dentro de unas semanas como si fueran los suyos que, ahora mismo, arden de rabia.

Porque mi hermana mayor va a uno de los colegios privados más famosos de la ciudad. Como Ruggero, a quien, en su momento, matricularon en una escuela primaria donde las cuotas eran más altas que las cuantías por indemnización laboral que recibían los trabajadores por sus lesiones mientras estaban empleados por nuestro padre. Porque Clara llevaba un aparato de ortodoncia. Porque colmaban a Gioia de regalos. Aparte de jugar al voleibol, Clara va a clases de natación, estudia alemán. Mi hermano también iba a natación. Campeonatos nacionales juveniles. Gioia conoce el significado de la palabra *tournesol*, de la palabra *Sonnenblume*. Escuela experimental. *Sunflower*. En la estantería del salón están los trofeos ganados por Ruggero. Tercer premio, espalda. Primer premio, mariposa. Tengo los hombros encorvados. Incluso podría definirme como gordo. Levi's, Calvin Klein, Emporio Armani. Nunca he llevado ropa de marca. Y, pese a todo, en esta casa solo veo por todas partes Levi's, Calvin Klein, Emporio Armani.

Noche cerrada. Once días desde la muerte de su hermana. De pie, quieto delante de la ventana. Los que lloran no escuchan, él ahora escuchaba. La gata saltó al alféizar, se frotó contra su brazo. Estornudó. Molesta por el humo. Sacudió de nuevo la cabeza, hizo ademán de marcharse. Michele la acarició. Un maullido. Volvió a acariciarla, las manos cada vez más pesadas. No la dejaba marcharse.

El día de la Inmaculada, tumbados en la cama uno junto al otro, leen juntos los cuentos de Oscar Wilde. «El ruiseñor y la rosa». «El príncipe feliz». En los momentos dramáticos, Michele se echa a reír para evitar que una lágrima aparezca en la mejilla de ella. Acercarse. Aumentar el crédito.

Luego, de repente, dar marcha atrás.

El miércoles siguiente están leyendo una biografía de Maradona cuando suena el interfono. El aparejador Ranieri. El coche en marcha en el patio. A ella no le da tiempo de bajarse de la cama.

—Hoy no vayas a voleibol —le dice Michele de sopetón.

—¿Qué dices? —Clara se queda atónita.

—Pasa del entrenamiento —insiste él—, vamos a dar una vuelta por el centro.

—¡Pero me está esperando! —responde Clara, flexionando las rodillas.

—Dile que se vaya.

Su hermana se pone rígida. Michele no se inmuta. A pesar de que el aparejador Ranieri no es más que el adjunto del aparejador De Palo, Clara reconoce su importancia. Michele la observa luchar contra un principio de autoridad que evidentemente aún significa algo para ella.

—Baja y dile que se largue de una vez.

—Escucha...

La ve vacilar, advierte su sufrimiento antes de que recupere el aliento.

—Escucha —repite su hermana—, nos veremos más tarde.

Michele la mira con desprecio. Clara desaparece tímidamente por la puerta, evita cerrarla del todo, con la esperanza de que él diga algo en el último segundo. Michele no habla. Cuando oye alejarse el monovolumen, se deja caer sobre la cama. Sonríe satisfecho. La parte de él que Clara tiene ahora en su interior es demasiado grande para que algo que rueda cuesta abajo pueda detenerse.

Veinticinco de diciembre, después de la comida de Navidad. Michele está desenvolviendo su regalo. Annamaria está sentada en el sofá junto a Clara. Vittorio habla por teléfono en la cocina. El verde oscuro de la caja contiene los soldados de infantería, los de caballería y los cañones colocados uno tras otro en secuencias horizontales. La caja de Risk que había pedido. Michele levanta los ojos hacia Annamaria.

—Fantástico... —Sonríe, sinceramente agradecido.

Ruggero está de pie con una copa de vino en la mano. En su muñeca reluce el Rolex Daytona con esfera de acero. Clara ha sentido un escalofrío cuando su hermano mayor sacaba el reloj de la caja con la diminuta corona de oro. Pero Ruggero tiene casi quince años más que Michele. Clara busca pistas en el agujero negro de las navidades anteriores. La regla de las proporciones. Es entonces cuando Gioia la llama. Sentada bajo el árbol lleno de bolas de colores, repite el nombre escrito en la tarjeta. Clara sonríe. Se adelanta, coge el paquete de manos de su hermana. Annamaria descruza las piernas en el sofá. Pero es a Michele a quien Clara observa mientras quita la cinta de raso. Él está leyendo las instrucciones del Risk. De pronto, le parece indefenso de nuevo, como si la presencia de todos los demás lo intimidara, lo hiciera precipitarse de nuevo al año anterior.

Clara termina de desenvolver el regalo. Abre la caja con una lentitud que —se dará cuenta más tarde— sirve para retrasar la constatación. Saca el primer pendiente, se queda con la boca abierta. No es de una tienda de bisutería. Un candelabro en miniatura tachonado de diamantes y cinco tanzanitas como contraste. La belleza de la joya la desconcierta. Clara se muerde el labio. Se siente muy avergonzada por ser feliz al tenerlo en sus manos. Desear ese objeto justo mientras la expresión de manso estupor con la que Michele la mira hace que se encienda dentro de ella la otra parte de él.

—¡Clara!

Annamaria se echa hacia delante en el sofá. Sus piernas están dobladas en forma de X, mientras que sus brazos forman la media esvástica que en los cómics indica que un personaje corre de forma vertiginosa. Esto ocurre inmediatamente después de que la caja con los pendientes le roce la cabeza y choque contra la pared.

La mujer se deja caer sobre el cojín y recupera de inmediato el control de sí misma, pero ni siquiera le ha dado tiempo de mover un dedo cuando Clara le grita.

—Asquerosos —dice.

La cara roja, las manos temblorosas. No la verán nunca más así. Gioia, sentada bajo el árbol, entrechoca una y otra vez dos grandes dados de madera. Michele despierta de su letargo. Le parece que el cuerpo erguido y esbelto de su hermana, inundado de rabia, proyecta una aterradora sombra rojiza más allá de la superficie visible de la pared.

—Sois un hatajo de asquerosos.

Vittorio se asoma desde la cocina con el auricular del teléfono apoyado en la oreja.

—¿Quién está gritando?

Clara está ahora en la entrada. Abre la puerta. La cruza. La cierra con tal violencia que su madre, por un momento, aprieta los puños y cierra los ojos como hacen los niños asustados.

(Es más de medianoche cuando, tras cinco horas de búsqueda, el aparejador De Palo la localiza en la nacional 16. Sola.

Camina de espaldas al sentido de la marcha. No se rodea el cuerpo con los brazos. No va con la cabeza gacha. Es admirable cómo soporta el frío, teniendo en cuenta que en su prisa por marcharse ni siquiera ha pensado en ponerse unas mallas. Cuando se le acerca el monovolumen, Clara levanta la cabeza. Se sube al vehículo sin decir ni una palabra. Tendrías que haber visto cómo me miraba, le cuenta a Michele al día siguiente. Esperaba que hablara, pero yo miraba el parabrisas. No aparté los ojos de la carretera para no darle el gusto. Tal vez pensaba que me pondría a protestar, o que iba a llorar. Pero luego ocurrió algo. Se le notaba por cómo le sobresalía el hueso de la mandíbula sobre la mejilla mientras conducía. Descargó sobre ella su repugnancia, un mar de inmundicia que, si Clara se hubiera creído por un momento, habría cometido el error de atribuírsela a sí misma. El aparejador De Palo no es el aparejador Ranieri —risas—, el aparejador De Palo es una especie de pervertido).

Cuando a las dos menos cuarto de la madrugada entra en casa, escoltada por el aparejador De Palo, la que pasa ante la mirada de Vittorio y Annamaria es una muchacha diferente.

—Hola —saluda a sus padres con una sonrisa a punto de desmoronarse.

Su cara abofeteada por el frío. Las piernas amoratadas bajo la falda de lana. Parece la ficha policial de ciertas estrellas inmortalizadas en una comisaría, triunfantes justo tras ser detenidas. Vergüenza. Eso es lo que siente Vittorio cuando su hija pasa por su lado.

—Me voy a dormir.

Deberían regañarla. Podrían soltarle unas buenas bofetadas. El problema (como sugiere la débil interacción eléctrica que la recorre) es que Clara ahora podría hacer o decir algo que les resultara insoportable. Como si se hubiera enterado de un terrible secreto que les concierne, pero del que Vittorio y Annamaria —aparte de la conciencia de que el secreto existe— ya no recuerdan nada. Pasa por delante también de su madre. Sube las escaleras, se lleva las palmas de las manos a la boca. Sopla en ellas para darse calor.

—Vístete. Y date prisa.

—Con tanta mente excelsa que por el mundo se mueve...

—... y ninguna que nos explique los misterios del diecinueve.

Después de terminar ese tonto pareado que se han inventado, Clara se carga la bolsa al hombro para que el mensaje quede más claro.

Desde hace unas semanas, ha empezado a llevarlo consigo al gimnasio. Con la seguridad de una adulta, le comunicó al aparejador Ranieri que ya no necesitaba sus servicios.

—Has sido muy amable. Me has llevado tantas veces en coche que te estaré eternamente agradecida.

(El aparejador buscó en la cara de la chica una nota de sarcasmo en la que apoyarse para replicarle: no encontró nada).

Van al entrenamiento en autobús. Cuando salen por la puerta (ella en sudadera y mallas, Michele abrigado como si fuera a atravesar un bosque nevado), incluso cuando no hay nadie en casa, sienten que se abre un pequeño mar de rutinas, un espacio liberado de las intromisiones de Vittorio y Annamaria, como si se hubieran anotado ese punto para siempre.

Cerca del cuartel, bajo la luz de las farolas, apuestan sobre los retrasos del 19. En la niebla invernal, la calle parece aún más desierta por culpa de un puesto de bocadillos donde nunca hay más de dos clientes sentados. El aliento forma nubes que se desvanecen deprisa. La caja del autobús aparece tambaleándose en la negrura del atardecer.

En el gimnasio, Michele observa cómo se entrenan. Los tiros en salto son hermosos. Resulta fascinante la sincronía con que las jugadoras intercambian sus posiciones después de que la defensa responda al mate. Pero si es su hermana quien ejecuta el mate, Michele busca entonces un tiempo alternativo en el que dilatar esos instantes. El salto. Luego el golpe. Resuena un grito agudo tras el ruido sordo del balón impactando contra el suelo.

—¡Puuunto!

Hay una violencia en esos golpes certeros que resulta tanto más sorprendente cuanto Clara parece ajena a cualquier impulso vengativo. Allí con ella, Michele está en paz. No es una de esas chicas estúpidas que anotan el punto decisivo para poder dedicárselo al hermanito que ha venido a verlas. En las fracciones de segundo que transcurren desde la elevación hasta el mate, Clara y él son como esos templetes que llevan milenios frente a frente en ciertos valles del Mediterráneo, mirándose erguidos sin haber sentido nunca la menor necesidad de juntarse.

Luego Michele se encuentra en el coche de un tipo, un chico grande que trabaja en un taller de reparaciones y que le ha preguntado a su hermana si podía acompañarla a casa.

Michele está en el asiento trasero y a ellos dos solo los separa la palanca del freno de mano. Se da cuenta de ello la segunda vez que sube, señal de que no está curado del todo. El coche es un viejo Panda verde militar, con la pegatina ¿CANAL CUATRO? ¡SÍ, GRACIAS! a la altura de la matrícula. Se percata de ello mientras observa las nucas de los dos; por tanto, significa que está recordando la otra vez que estuvo allí. Se pone nervioso. Pero este nerviosismo también lo superó la vez anterior, cuando su hermana le sonrió en la oscuridad, advirtiéndolo de la inutilidad de un sentimiento tan estúpido como los celos.

Entonces ¿por qué confunde la cronología? ¿Por qué siente ahora el pesar que ya archivó hace días? La cabeza no funciona como debería. Los progresos realizados no son suficientes para evitar las recaídas. Las chicas desaparecen en las duchas después del entrenamiento. Puede que lo recuerde mientras está en el Panda. O realmente está en el gimnasio. Michele se siente aturdido. El eje del tiempo da bandazos en su cabeza. En algunos momentos se encuentra en sitios donde Clara y él no están en paz. Son infelices. Tienen terribles problemas. Ella llora. Él sube las escaleras de la Galería Nacional de Arte Moderno. Está en una notaría y firma papeles.

Entra en el cuerpo de una mujer y esta mujer más tarde se pasa las manos por el pelo y dice:

—Está claro que el niño enterrado bajo los escombros eras tú.

Michele se va al servicio militar y a los cinco días piensa en suicidarse. Mira el cuadro de un tigre. Él, en Avellino, sentado sobre una pila de viejas guías telefónicas, encorvado sobre la máquina de escribir, una pequeña habitación donde la luz pega como el sol sobre las baldosas de ciertos váteres públicos, tac-tac-tac-tac, si el poeta, al hablar de cuervos y ramas de árboles, ilustra el sentimiento de la gran guerra sin siquiera mencionarla ni una vez, y nosotros, mirando cuervos y árboles reales, extraemos de sus versos no el alivio del peligro evitado, sino el dolor de una ocasión perdida, tac-tac-tac-tac, si comprendiéramos, antes de olvidarlo, si captáramos en los versos dedicados a Grete algo que es árboles y cuervos y guerra, todo a la vez, más grande que la guerra, más luminoso y negro que el paso de los años, tac-tac-tac-tac. Michele ve el futuro en el pasado, enviará esas páginas a su hermana, quien le ha prometido llevarlas al periódico. Se vuelve completamente loco. Hospitalizado. Se recupera en Roma. Se asoma al Scalo San Lorenzo, se fuma el cigarrillo hasta el filtro, observa el tráfico y siente en su interior la huella de un movimiento opuesto. Sin venir a cuento. Un espacio abarrotado ahora está completamente vacío. El estruendo ha cesado. La orquesta ha dejado de tocar. Se ha curado. De pronto, es consciente de ello. Al retirarse, la marea se lleva consigo algo valioso. Luego sujeta un transportín con un gato sin nombre en el interior.

Así, cada vez que una de estas cosas ocurra de verdad, Michele sentirá la punzada. Un objeto cuya forma y finalidad ha identificado años antes (un ciego que diga «cuchillo» pasando el dedo por la hoja) saldrá a la luz en su significado último en el momento en que encuentre el lugar donde clavarse.

¿Y a su hermana? ¿Es capaz de ver también a Clara? Borracha el día de su boda. Pasada de rosca mientras se liga a un editor en una fiesta de la asociación de periodistas. Atiborrada de somníferos. Colocada de coca y vestida con su vieja gabardina mientras contempla la ciudad desde el aparcamiento. Abofeteada en un hotel. Observada en una foto obscena por el médico forense que un año después certificará su fallecimiento.

Aunque solo una de las imágenes es falsa, Michele, a sus doce años, no ve nada de todo esto. *Siente* el significado de todo esto. Tanto si está en el Panda, como en el gimnasio, o en Roma antes de curarse del todo, él intuye, sabe, que en el momento en que ella emerja por fin de su dimensión ideal (el impacto del balón en el suelo, las zapatillas deportivas suspendidas aún en el aire) sobrevendrán los problemas. Los habrá. Algo desagradable. Algo terrible, piensa mientras el aprendiz de mecánico se aleja con la cabeza gacha.

Unos minutos después, su hermana sale de la ducha.

—Venga, vámonos a casa.

El invierno afloja su presa, el sol resplandece en los parabrisas de los coches aparcados.

Michele empieza a vagar solo por la ciudad. Los meses anteriores le han infundido un valor del que no acaba de darse cuenta. Pequeños jardines. Salones recreativos. Habla con gente a la que no conoce. Entabla amistades improvisadas con gente a la que no vuelve a ver durante días. Se cruza con ellos al salir de una tienda de discos. Cuando regresa, encuentra a Clara en casa. La acompaña a los entrenamientos. Luego deja de hacerlo. Se la cruza por la calle un sábado por la tarde, mientras ella hace cola delante del Stravinsky.

En casa, Gioia ha empezado a mirarlos de un modo extraño. Annamaria lleva un tiempo tratando a Clara con desconfianza. Vittorio vuela a Berlín. Vuela a Sevilla. Al parecer, es otra época dorada para Construcciones Salvemini. Después de cada viaje, su padre vuelve a casa electrizado. Michele no apostaría al hecho de que los negocios tengan voluntad autónoma. Pero, en el caso de que la tengan, no están particularmente a favor de Clara y de él. Algunas tardes ella irrumpe en la habitación y se lo encuentra fumando uno de sus primeros cigarrillos. Michele aspira voluptuosamente el Lucky Strike. Sin dar la última calada, aplasta el cigarrillo sobre el globo celeste apoyado sobre la mesita de noche.

—¡Alioth! —le dice—. Cuando muramos, nos encontraremos aquí.

—Lo antes posible —dice su hermana sonriendo.

No me he suicidado.

Sigo viva.

Michele había pescado las demenciales y delirantes secuencias de palabras por la noche a través de Inagist. No en Twitter, donde los mensajes habían sido borrados. La cuenta seguía estando activa. La foto, sin embargo, la habían cambiado. La espalda desnuda de Clara. Cuando el otro día le pareció verla en la pantalla —antes de que Gioia recuperara el iPhone— se había permitido un margen de error. Lo he soñado. No puede ser. Recordaba aquella foto en su versión original, tomada por Giannelli en la playa de Monopoli —ella se estaba cambiando la parte de arriba— y que luego acabó con otras en una lata de galletas. Pero ahora tenía que rendirse a la evidencia. La gata lo miraba desde la silla.

@ClaraSalvemini.

La nueva imagen representaba dos mariposas cuyas alas se superponían para formar un corazoncito. Ese diseño lo enfureció. Le pareció que la superficialidad había marcado definitivamente la indecencia de crear la cuenta de una chica muerta. Presionó la pantalla con los dedos. La cuenta falsa no seguía a nadie. Abrió la lista de seguidores. @guillaman. @ellamisma. @max1084. Anotó todos los nombres en un trozo de papel. Entonces reconoció a uno de ellos. @giuseppegreco. Clicó en la foto. Era él, con diez años más encima. Se preguntó por qué motivo el periodista estaba entre los seguidores de aquella broma despreciable. Volvió a pensar en Gioia. La presencia de la gata, quieta, mirándolo desde el círculo de la lamparita, lo ayudó a calmarse. Quieto, reflexionando en la oscuridad. Si saliera de la habitación y la sacara de la cama a patadas, se acabaría la broma. Ella gritaría, pediría perdón. Desde luego, ya no volvería a tener ganas de hazañas de esa clase. La cuenta se cerraría. Las huellas se borrarían.

Aunque estaría bien llevar la broma hasta el final.

Michele apagó la lamparita. Se revolvió en la cama. Y pese a todo, pensó, por absurdo que fuera, había que admitir la presencia de algo real en aquella falsificación. Como si los mensajes escritos y borrados, las imágenes de los seguidores (un búho, un desnudo de Beardsley, unos zapatitos rojos) y el incesante, anárquico, indecente tráfico de mensajes que seguía fluyendo en la plataforma telemática, fueran, tomados en su conjunto y desplazados a un plano diferente, la imitación más fiel de Clara que él pudiera imaginar.

A la mañana siguiente, mientras se afeitaba, escuchó a su padre hablando por teléfono en la planta baja.

—¿Ha dicho que quería un ascensor?

Caminaba de un lado a otro por el salón.

—¡Deberíamos volver a meterlo en ese agujero del viejo Tarento donde vivía!

Michele salió del lavabo, se apoyó contra la pared. Ahora estaba escuchando a escondidas, como mucho tiempo atrás.

—Por favor, intentad hacerle entrar en raz... —Vittorio bajó la voz—. Buscadle un acompañante, una enfermera...

Cinco minutos después, colgó.

Después del almuerzo, llegó el novio de Gioia. Michele se topó con él en el porche. Un apretón de manos. La sensación idéntica a la de la otra vez. Observándolo, tuvo la certeza de que en cuanto desplazara la mirada hacia otra parte, la cara del chico se relajaría.

—Buenos días, señor Salvemini.

Vittorio entró en el porche con el teléfono inalámbrico en la mano. Saludó con un gesto apresurado al novio de su hija. Echó en la taza unas gotas de café. Sin dejar de hablar, se alejó por el pasillo. El novio de Gioia desapareció escaleras arriba.

Veinte minutos más tarde, Michele aún no se había movido del porche. Escuchaba. Su padre seguía a unos metros, hablando por teléfono. Hacía una llamada tras otra. Por el tono de voz, Michele intentaba adivinar la identidad de la persona al otro lado de la línea. Colérico (aparejador Ranieri). Impaciente, luego conciliador y resuelto (Ruggero). Hablaba del exsubsecretario Buffante. Otra vez del tipo ese de Tarento («De acuerdo, con una pier... de acuerdo, de acuerdo, pero ¿sabes que hay que remover cielo y tierra para construir un ascensor en un edificio así?»). Oyó que su padre se alejaba. Luego Vittorio volvió a acercarse. Pronunció de nuevo el nombre de Buffante. Las palabras Porto Allegro. Voz arrastrada. Grave. Opaca y nauseabunda. Parecía estar hablando con el aparejador De Palo.

—El presidente del Tribunal de Apelación de Bari —dijo.

El presidente, al parecer, era crucial para la instrucción preliminar. El rector de la universidad podía ser clave para el presidente del Tribunal de Apelación. El tono parecía espesarse cada vez que no acertaba a distanciarse lo suficiente. El equivalente a un trozo de barro que había que tragar, pensó Michele mientras oía los pasos de su padre alejándose hacia la puerta de entrada.

Michele se preparó un café. Luego subió las escaleras. Asió la manija de la puerta de su habitación. La soltó. Un chirrido. Volvió atrás con curiosidad. La habitación de Gioia. Era absurdo que hubieran dejado la puerta entornada. Más que una provocación, le pareció despreocupación, como si estuvieran acostumbrados a hacerlo así, una casa dentro de esa casa que hacía tiempo que se había derrumbado, con esos dos prosperando en el desorden, en la ausencia de autoridad. Gioia susurraba algo en voz baja. Gemía. Se reía. No pudo evitar mirarla.

Michele regresó a su habitación. Iba a tumbarse en la cama cuando se detuvo. De derecha a izquierda. La mesita de noche. El armario. Miró preocupado a su alrededor. La ventana entreabierta. Los latidos del corazón se le aceleraron. Mantén la calma. No puede haber saltado por la ventana. Se sentó en el borde de la cama. Se quitó los zapatos sin hacer ruido. Recogió uno del suelo. Tiró de la punta de un cordón. Lo sacó. Se inclinó hacia delante, empezó a mover la muñeca para que el cordón ondulara en el suelo como una serpiente. Dos segundos después la gata salió dando un salto desde detrás de una de las puertas del armario, se lanzó sobre el cordón y empezó a jugar.

Cuatro manchas de luz. Corrieron por el borde de la fuente, subieron hasta las hojas. Desaparecieron. Las cinco de la tarde.

Michele bajó de nuevo. Se encaminó al porche. Vio las mejillas sonrosadas mientras, como si aún fuera una niña, bebía leche sosteniendo la taza con las dos manos. Estaba sola. Se dio cuenta de que había notado su presencia. Su hermana dejó la taza sobre la mesa. Por su mirada fija (y también por la irrealidad, por la evanescencia que cualquiera que finge que no ha pasado nada puede conferir a sus rasgos) comprendió que ella esperaba que no se le acercase.

Michele se acercó. Se sentó frente a ella.

—Hola, Gioia.

Llevaba una blusa de algodón y los pantalones del pijama azules con nubes blancas. No quedaba claro si iba vestida para salir o para meterse en la cama. La luz de la tarde suavizaba el astro de sus veinticinco años. Sobre la mesa, un grueso libro cerrado. *Introducción a la filosofía del lenguaje*. Michele sonrió, señaló el volumen.

—He vuelto a estudiar —suspiró Gioia. Él no dejó de mirarla. Añadió—: Tarde o temprano iba a tener que hacerlo. Volver a la normalidad. Por la mañana lo abro y es como si leyera un libro en chino. No entiendo nada. Mierda... —Negó con la cabeza.

Siempre era extraño hablar con alguien que acababa de follar. Significaba advertir en la persona que uno tenía delante la señal de una puerta abierta de par en par y, al mismo tiempo, un letrero que prohibía la entrada, todo ello mientras ese cuerpo, hasta poco antes acalorado y abandonado, se apresuraba a recomponerse, a recuperar, por así decirlo, el equilibrio normal entre puertas cerradas y abiertas de par en par. Pero tener delante a tu hermana menor sabiendo que acaba de follar y, por si fuera poco, sabiendo que ella sabe que tú estás al corriente (habiendo hecho todo lo posible para que pudieras verlo), convertía una vaga seducción intelectual en un placer que olía a putrefacción, un placer tomado por la asfixia, porque el mismo cuerpo que se abandonaba entre las sábanas y luego hablaba en tu presencia sobre exámenes universitarios y el duelo que había que procesar era como si todavía se estuviera retorciendo, como si te estuviera molestando (es decir, te obligaba a imaginar su sexo mientras fingía no dejarte imaginar nada, ya que eras tú, ahora, quien se veía obligado a sumar el momento en que te había dejado entender lo que ocurría y el momento actual), de modo que podías incluso llegar a olerlo (aunque ese cuerpo no producía ningún olor lo bastante fuerte como para ser perceptible), a encontrar sus movimientos, sus contracciones, plegado a sus deseos.

Deseos que, en este caso, se sustanciaban en la pretensión de que Michele se abstuviera de hacerle preguntas inoportunas.

Pero Michele no tenía intención de ceder. Hizo un esfuerzo para distanciarse. Sonrió sin bajar los ojos.

—No han parado ni un instante —dijo intentando lanzar el señuelo. Aludía a Vittorio y Annamaria.

Gioia lo captó al vuelo.

—Siempre van con prisas —dijo—, siempre andan atareados desde que... —Hizo una pausa—. Lo de Porto Allegro... No digo que no sea importante...

—Cada uno reacciona como puede.

–Lo dices porque no has tenido que aguantarlos los últimos años. No te los has encontrado delante todo el santo día. En cambio, reaccionan como *no deberían* hacerlo un padre y una madre que aún tienen hijos.

Realmente en este mar de estupidez palpita algo satánico, pensó Michele mientras la miraba, pues en ese momento ella se las estaba arreglando para quejarse mientras permanecía firmemente alojada en un surco: fingía estar de parte de Michele simulando plantear una pequeña objeción contra él, mientras que en realidad estaba en un lado completamente distinto.

–Cada vez que uno de nosotros tenía un problema, ellos siempre tenían algo que hacer –continuó Gioia–, tenían otra cosa que hacer incluso cuando eran *ellos* los que tenían problemas, incluso grandes problemas. Me refiero a problemas privados, quizá sentimentales. No son capaces de mostrarse vulnerables. Ni siquiera consiguen ser afectuosos. Es más fuerte que ellos. Habría bastado con que hubie...

–¿La echas de menos?

–¡Joder, Michele! –Su hermana palideció, sus ojos centellearon–. Desde cuando bebo un vaso de agua hasta cuando me miro simplemente en el espejo por la mañana. No hay nada que yo haga sin que tenga su imagen delante.

–Era muy guapa –dijo, reprimiendo la tentación de abofetearla.

–Era impresionante. Tenía algo de lo que carece el noventa y nueve por ciento de la gente. Entraba en una habitación y todo el mundo se fijaba en ella, sin que ella hiciera nada para llamar la atención. Era, además, la persona más servicial del mun...

–¿Por qué crees que se suicidó?

–Por qué se sui... ¡Oh, gracias! –Una lágrima corrió por su mejilla–. Gracias por preguntarme estas cosas. Gracias por volver.

Michele le tendió la mano. Ella la cogió.

–¿A ti te parece normal? –dijo Gioia mientras seguía llorando–. ¿Te parece...? ¡Coño, Michele! –Se interrumpió, sollozó, se sonó la nariz–. ¿Te parece posible que lleve veinte días muerta y nadie en esta casa hable de ello? Clara ya no está aquí, y todo el mundo finge que se ha ido de excursión a Roma. –A Michele lo recorrió un escalofrío, la presión de la mano de Gioia era la luz artificial que atenúa el brillo de la luna–. Algunos días me parece que voy a enloquecer –continuó ella–, comprendo que nadie reacciona ante estas cosas como debería. Nadie actúa como en las películas, de acuerdo. Pero aquí estamos en el extremo opuesto. Mira a mamá –a *Annamaria*, corrigió él para sí–, ¿la has oído pronunciar el nombre de Clara desde que volviste? Papá bastantes líos tiene con esos chalets de mierda en Foggia. Ruggero. Sabes lo que dicen de algunos médicos, ¿verdad? Salvan a otras personas en el hospital para así tener una excusa para pasar de todo y de todos el resto del tiempo. Incluso tú y yo –ahora era como si las lágrimas se le solidificaran en las mejillas–, ¿por qué no hemos hablado del tema hasta ahora?

Muy bien, pensó Michele. Te pone delante una parte del problema y así lo neutraliza, lo oculta pasándotelo por la cara.

–¿Por qué crees que se suicidó? –preguntó otra vez.

–Ah, Michele, ¿por qué se suicida la gente? –Mientras hablaba, Gioia enseñó los dientes–. Soledad. Sensación de vacío. ¿Te das cuenta de la vida que llevamos?

–Su matrimonio –dijo él.

–Alberto la quería. Aún está enamorado. Me da una pe…

–No era un matrimonio feliz.

–Ni siquiera los matrimonios felices lo son –dijo–. Y menos los que se basan en el amor. Para Clara, el amor era importante. Lo buscaba de la forma absurda en que intentamos encontrar cosas que no existen. Sabemos que no existen. Sin embargo, no dejamos de darnos cabezazos contra la pared. ¿Sabes cuando estás esperando conocer a la persona de tu vida, la que en un momento cambiará tu forma de ver las cosas, la que hará que dejes el trabajo a un lado, que quieras casarte y quizá tener hijos? ¿Qué pasa cuando la esperas y no llega? Y a lo mejor el motivo por el que no llega es que no existe, ese tipo de amor lo inventó un publicista para vender perfumes.

Ahora estaba hablando como si estuviera en una serie de televisión. Afloja la presión, se dijo él. Apartó la mano de la de Gioia.

Después de cenar, Michele salió a pasear por el jardín.

La luna casi llena en el cielo de mayo. Se quedó mirándola, como si al hacerlo limpiara la voz de Clara en su interior. El viento entre las hojas. Luego se encaminó de vuelta hacia la casa. Más allá de los escalones de la entrada, una sombra. Alta, pálida. Annamaria. Me está observando, pensó, estaba aquí esperando a que volviera. La miró circunspecto.

—Perdona —dijo la mujer—, quería preguntarte algo.

Así era ella siempre. Cuando hay algo importante, se lanza hacia delante sin pensárselo dos veces, pensó Michele admirado.

—Quería saber si tenías planes para el sábado. Si estás pensando en quedarte en casa. O bien…

Veinte días. Veinte días sin haber puesto un pie fuera de la villa. ¿Por qué iba a salir precisamente el sábado?

—¿O bien? —preguntó Michele, imprimiendo a la pregunta el énfasis que obliga al interlocutor a expresar el siguiente pensamiento sin que tenga tiempo de disimularlo.

—No, nada —dijo Annamaria con un atisbo de incomodidad—, solo me preguntaba si aún estarías… si te quedarías, y quería decirte…

Se le había escapado. Había estado muy rápida dándole la vuelta a un posible desaire, pero por un momento Michele pudo ver por debajo. Sus expectativas. El deseo de que él volviera a Roma.

—Quería decirte que habrá una cena importante y que tendría sentido que tú estuvieras presente, es eso —continuó tras leer en el rostro de Michele la voluntad de quedarse.

—¿Qué cena?

—Oh, la ha organizado él. —La conversación había vuelto a encarrilarse por las vías de su habitual código de comunicación—. Ha invitado a cenar al presidente del Tribunal de Apelación. Quiere aclarar de una vez por todas ese asunto del complejo turístico. Ya sabes cómo es tu padre. Está convencido de que hay una conspiración y, de hecho, si no lo he entendido mal, podríamos tener graves problemas. Obviamente, él ya ha hablado con el presidente del tema. Invitarlo a cenar es algo más. Calor humano. Tu padre está convencido de que esto también ayudará. Me gustaría que estuviéramos todos —concluyó.

SEP - Student Exchange Program.

Aquel verano, su padre y Annamaria deciden enviar a Clara a Inglaterra para que participe en un programa de estudios en el extranjero. Tres meses en Eastbourne, alojada en la casa de una familia de la localidad. De las camisetas a los jerséis grises de lana virgen. *Light lunch*, *cream tea*. Perfeccionar el idioma. Mezclarse con jóvenes procedentes de todos los rincones del mundo.

Clara se prueba un abrigo en una tienda del centro. Pregunta con voz preocupada:

—¿Cómo me queda?

Fotos de carnet y maletas nuevas. Todo sucede tan rápido que Michele al principio no lo entiende. Confunde el peligro con el entusiasmo, se deja contagiar por él. Cuando hay que renovar el visado de salida al extranjero en el carnet de identidad de Clara, él se ofrece a encargarse de sellar los documentos. En las semanas siguientes se las arregla para olvidarse del asunto. Clara no lo menciona cuando están juntos. Fingen que no pasa nada. El tiempo transcurre.

La víspera de la partida cae en domingo. Michele se levanta temprano. Desayuna. Después sale de casa, coge el autobús. Se queda unas horas en el centro, con sus amigos. Entran en un bar. Charlan, fuman cigarrillos. En un momento dado, él deja de hablar. Deposita la taza de café sobre la mesa. Una desgracia. Una horrible catástrofe premeditada. De repente, todo se aclara. Se levanta. Se marcha sin decir ni una palabra.

Una hora más tarde, cruza corriendo la verja de la villa. Está sin aliento. Ha saltado de un autobús a otro. Entra en casa. Encuentra a Gioia sola en el vestíbulo, lloriqueando. Su padre grita irritado:

—¡No lo encuentro! —Dirige las palabras al piso de arriba.

—¿Puedes ayudarme con el puzle? —Ahora es Gioia.

Michele la ignora. En cambio, se fija en una larga hilera de prendas en el sofá, metidas en bolsas de plástico, colocadas una al lado de otra. Entonces sube furioso las escaleras. Cruza el pasillo. Agarra con resolución la manija de la puerta mientras se le hace un nudo en el estómago.

—¡Eh! ¡Espera!

Cierra la puerta de inmediato. El largo perfil enfundado en el blanco de las bragas. Queda impreso en la retina un instante más. El pecho de punta rosada lanzado hacia el techo como en un cuadro cubista. Teme que lo haya hecho a propósito. Se ha quedado esperando medio desnuda para poder echarlo de esa forma. Michele recupera el aliento, vuelve a abrir la puerta. Entra en la habitación de su hermana.

Ahora Clara va en pantalón corto, y está de espaldas a la ventana. La misma camiseta a rayas que llevaba en la foto de carnet. Inclina la cabeza. Michele mira a su alrededor. Sobre la cama, la maleta abierta. El mango de un secador de pelo sobresale de la misma. Aprieta los dientes para no llorar.

—Te vas.

—Michele... —Clara se le aproxima, no parece ella.

Cuando está a punto de abrazarlo se detiene, como si más allá de cierto límite la representación amenazara con venirse abajo.

—Michele —lo intenta de nuevo—, ni siquiera nos daremos cuenta. Volveré antes de Navidad.

Su hermana se sienta en la cama. Le parece que ella también está a punto de llorar. Michele no entiende cómo ha sido posible. Cómo no se han dado cuenta. La emboscada no solo estaba prevista, sino que ha requerido de su participación. El formulario guardado en el archivo de la St. Giles International School of Eastbourne. Las libras esterlinas cambiadas. El tutor de aquí ya está en contacto con el tutor de allí. Todo está preparado.

—Vamos, ayúdame a hacer las maletas.

Clara se levanta. La luz la hiere al entrar en diagonal en la habitación y a Michele le parece que su hermana está a punto de disolverse o morir, atravesada por una pena menos dolorosa que el esfuerzo que debe realizar para no mostrársela, mostrándola.

—¿Te va a caber toda la ropa que he visto abajo? —pregunta Michele infligiéndose el mismo trato.

—Eso es lo que vamos a averiguar. Venga, corre a buscarla.

Al cabo de unos minutos, Michele vuelve a entrar en la habitación con las bolsas apiladas una encima de otra.

—¡Que se me caen!

Clara le echa una mano. Faldas. Jerséis. Gabardinas. Uno coge una prenda. La otra la mete en su maleta, con cuidado de no arrugarla. Buckingham Palace. Conducir por la izquierda. Hablan de estas tonterías toda la tarde como si fueran otros. También de los Beatles. Siguen hablando durante la cena. Se dan las buenas noches sin mirarse a la cara.

Pero cuando, a la mañana siguiente, Michele se despierta —el charco de luz en el suelo testimonia un sueño de diez horas—, no es la misma persona de la noche anterior la que se encuentra en la cama con las sienes ardiendo. Lo que emerge de las sábanas es un cuerpo cegado. Ella no está. Deben de haberla llevado al aeropuerto.

Michele se levanta de la cama. Baja a la cocina. Tres tazas vacías. El brillo de los fogones a la luz de finales de agosto.

Los meses sin Clara son una especie de falsa pesadilla. Como si la pesadilla la soñara una fotocopiadora. Lo que es aún peor. Michele va al colegio. Vuelve a casa. Hace los deberes. Juega a pelota. Pero todo sucede en el silencio de una vibración sin la cual no queda más que el desnudo mundo material. Si de niño caía en pozos que le ponían en contacto con algo tan poderoso que luego no podía ser recordado, ahora le ocurre lo contrario. Sería capaz de catalogar las inscripciones en las paredes, las matrículas de los coches que ve por la calle. Salvo que todo es falso. Carreteras sin carretera. Árboles sin árbol. Echa de menos a su hermana. La echa de menos de un modo insoportable, alucinado. La sensación de aniquilamiento es tan intensa que algunas tardes se olvida de qué cara tiene ella. Cómo cambian sus facciones cuando ríe. Los labios que se redondean cuando dice que no. Entonces corre al salón y mira una foto.

Por las noches duerme mal. Se despierta de golpe, recubierto por una capa de alquitrán igual a la del sueño.

En clase ella recitó los versos de Ben Jonson. Luego vino el coro. Enfundada en su chaqueta con leones bordados en el bolsillo, entonaba junto con las demás «Jesu, As Thou Art Our Saviour».

Por la mañana, Michele se despierta como de costumbre en su habitación. Eso suponiendo que los días pasen. Suponiendo que esa siga siendo su habitación y no el árido espacio entre paredes que a cualquiera le parecería igual si el tiempo se derrumbara sobre sí mismo. Quizá sigue yendo al colegio. Quizá escucha a su profesora de matemáticas, comprendiendo todas sus explicaciones. Quizá, al volver a casa, se cruza con ese extraño chico con los ojos delineados al que conoció hace tiempo. Le dice:

—Soy Pietro, ¿te acuerdas de mí?

Tal vez grita:

—Eh, te estoy hablando a ti. ¿No me oyes? ¡Eh, párate!

Ese mismo día, por la tarde, está tumbado en su habitación con la almohada sobre la cabeza. Piensa. Algo que podría ocurrir cuando él se encuentra en casa sucede precisamente cuando no está. Clara llama por teléfono. O son ellos los que la llaman. ¿Por qué no ha hablado ni una palabra con ella desde que se marchó? Quizá Michele va al colegio. Quizá hace los deberes después de comer. Termina de estudiar, vuelve a coger los libros que ella le regaló. Hace mucho que no lo hacía. Tigre, tigre. *Die Raben.* Por donde tú pasas, es otoño y de noche. Entre una línea y la siguiente tiene la impresión de que el tiempo vuelve a fluir.

Salió por la puerta posterior del Jaguar, abotonándose la blusa hasta el cuello. Azotada por la lluvia del East Sussex, se colocó bien la falda en la cintura. Se puso a caminar por Longstone Road tocada por la luz del amanecer.

Michele abre los ojos como platos. Mira el reloj. Las cuatro de la madrugada. Se gira hacia el otro lado de la cama.

Al día siguiente es domingo. Se despierta temprano. Vittorio y Annamaria han salido. Salta de la cama, se lava deprisa y va a la cocina. Pone la cafetera al fuego. Coge la guía telefónica. Abre y cierra cajones. El formulario. Saca de la estantería el diccionario grande con las tapas rojas. Vierte el café en la taza. Luego coge el formulario, la guía y el diccionario, se lo lleva todo cerca del teléfono. Busca el prefijo. Cómo se dice «urgencia». Llama al St. Giles hojeando el diccionario. Un extraño sonido prolongado. Número equivocado. La emoción. Vuelve a llamar. Mantén la calma. Tienen que creer todo lo que dices.

Cuando la voz contesta, él lo explica todo con frialdad. La telefonista no dice ni pío.

−*Please, hold on.*

Mientras espera, de fondo le parece oír el aleteo de unas alas que resuena en una torre. Luego otra voz. Todo el dolor imaginario barrido por un mar de realidad.

−¡Clara!

−¡Michele! Pero ¿qué co...?

La voz de su hermana suena emocionada, asustada, incómoda, maravillosamente al borde de un ataque de histeria.

−Pero ¿qué ha pasado? Me han dicho algo de una emergencia.

—Olvídalo. Lo he dicho solo para estar seguro de…

—Me has dado un buen susto. Michele, ¿por qué no he sabido nada de ti en todas estas semanas?

—¡Esa es la cuestión! Es exactamente…

—Cada vez que mamá y papá me llamaban, tú no estabas. Y cuando el otro día llamé yo, me dijeron…

—Clara. Escúchame. Ahora vas a subirte a un avión y vas a volver a Bari inmediatamente.

—Pero qué estás dicien…

—Haz las maletas y márchate.

—No puedo… ¿Te has vuelto loco?

—Nunca he estado más lúcido en mi vida —dice levantando la voz—, déjalo todo y hazlo ahora. Sal de esa isla de mierda. ¿No te das cuenta de que nos están jodiendo? ¿Que lo han hecho a propósito?

—Pero ¿quién, por el amor de Dios? ¿Quién nos habría jodido?

—Les interesa mantenernos separados. Son… ¡Espera! ¡Cállate un segundo!

—…

—¿Qué es ese ruido?

—¿Qué ruido?

—Voces. Voces que cantan.

—Ah. Es el coro de St. Giles.

—¿Y qué cantan?

—¿Qué…? Cantan «In Freezing Winter Night».

—¡Lo sabía! ¿Lo ves?

—¿Ver qué?

—Clara, vuelve a Bari, ahora mismo.

—Michele, aunque quisiera… —dice su hermana, y en esa vacilación él parece encontrar la confirmación de todas sus sospechas—. Aunque quisiera, no puedo irme de la noche a la mañana. Si no completara el trimestre, no me lo convalidarían cuando volviera. Perdería el año. Además, menudo papelón. Mi familia de acogida…

—¡Los Wilson!

—Se llaman Thompson. En fin, que son buena gente y tal. ¿Qué pensarían si me fuera de repente?

—¿Buena gente y tal? ¡Pero qué demonios estás diciendo! ¡Clara!

—Escucha. A mediados de diciembre estaré en Bari. Tienes que… tenemos que resistir solo un mes y yo… ¿Hola? ¡Michele, Michele!

(En cierto modo yo tenía razón, pensará diecisiete años después, mientras da una última calada a un cigarrillo en el Scalo San Lorenzo, un año antes de que ella muera, y segundos después de darse cuenta de que se ha curado. Observará los coches en la carretera de circunvalación como si fuera la primera vez que los ve. Es evidente que su padre y Annamaria no la habían enviado a Inglaterra con la intención precisa de separarlos. Está claro, en cambio, que lo hicieron —como si presintieran un peligro, un día en que habría una rendición de cuentas—, porque nosotros no somos nosotros, pensará tosiendo, nos guían fuerzas de las que no somos conscientes, actuamos sin saber por qué, decimos cosas cuyo motivo nos es desconocido, crímenes sin culpa y muertes sin causa aparente).

Cuando, el 12 de diciembre, en el aeropuerto de Bari Palese, bajando por la escalerilla del 767 con su abriguito azul —las mejillas sonrojadas, aunque nada comparado con el frío de Inglaterra—, ve a su madre y a Gioia que gesticulan tras la cristalera, Clara no se sorprende. Sus cuerpos se amoldan a la figura que ella había recortado mirando las nubes a través de la ventanilla del avión.

Nada más entrar en casa, suelta la maleta y va a reunirse con su propia imagen mental, que lleva ya un rato inmóvil delante de la puerta de Michele. Pero cuando abre la puerta y busca la forma del chico, presumiblemente tumbado en la cama con un cómic en la mano, Clara no la encuentra.

—Mamá, ¿dónde está Michele? —pregunta más tarde despreocupadamente, durante la comida, con su padre también presente.

Vittorio murmura algo. Gioia tiene la cabeza inclinada sobre la Game Boy.

—A tu hermano últimamente no hay forma de retenerlo —dice Annamaria—, siempre está por ahí.

—Por ahí, ¿dónde?

—Vete tú a saber. Escucha —Annamaria cambia de tema—, más tarde tu hermana y yo iremos al centro a hacer unos recados.

—No, gracias, mamá.

—Vaaaaa —masculla Gioia, levantando la cabeza de la pantalla.

—De verdad, estoy cansada.

Así que Clara se queda en casa. Se inventa excusas para aplazar una salida con las amigas, que la telefonean cada media hora. Tienen muchas ganas de volver a verla. Pero no quiere perderse la llegada de Michele. Mira el reloj. En un momento dado, oye pasos en la entrada. Clara contiene la respiración. Solo son su madre y Gioia, que vuelven tras ir de compras.

Después de cenar, sobre las once y media, por fin aparece Michele. Ella oye abrirse la puerta de entrada, se levanta de un salto. Pero cuando lo ve aparecer por el pasillo, se queda desconcertada.

—Hola, Clara.

—Hola, Michele.

Deberían abrazarse, pero se quedan a distancia. Su hermano la saluda con la mano. Sube las escaleras. Clara lo sigue en silencio hasta su habitación. Ha adelgazado. Lleva una extraña chaqueta verde deshilachada. Le ha crecido el pelo. Tiene la cara pálida.

—¿Tienes fuego?

La habitación también ha cambiado. Muy ordenada. Una pila de libros nuevos. En la pared, un póster donde aparece un bosque vitrificado.

—¿Qué es eso?

—*Europa después de la lluvia* —dice—. ¿No lo conoces?

No es que tenga la cara pálida, sino que es blanca, se dice Clara mirándole con más atención. Un fantasma. O un insomne.

—Ah. ¿Me das fuego?

No ha dejado de quererme. Pero ahora es otro, piensa ella. Al de antes lo he perdido para siempre.

Durante los días siguientes, Clara analiza la situación. Vuelve a clase. Supera brillantemente la entrevista con el tutor. Celebra su regreso con sus amigas. Mientras tanto, su mirada está en otra parte. Atraviesa los muros de la escuela, se abre paso por las calles, entra en los bares y en los locales.

En menos de una semana todo está bastante claro. Su hermano tiene vida social. Sale con el grupo capitaneado por un chico mayor que él. Un chico que viste absurdamente. Se maquilla, tal vez se droga. Pietro Giannelli. No es difícil verlo pasar a toda velocidad por via Amendola montado en una Sukuzi GSX 400. A su lado, Michele se siente bien. La escuela. Ese es el verdadero problema. Durante un par de meses el rendimiento de su hermano mejoró. Luego (más o menos a partir de su llamada telefónica en noviembre) sus notas empezaron a caer en picado, como años atrás. Vittorio y Annamaria dicen estar preocupados. Su madre insinúa que Michele sufre algún tipo de trastorno de déficit de atención. En pocos días, este trastorno se transforma. Sin que ocurra nada significativo, como si el estado de salud mental de un muchacho pudiera cambiar en función de la cháchara de sus padres (de su padre y de la esposa de su padre, se corrige Clara), el problema de Michele se convierte en un trastorno bipolar. Quizá una forma leve de esquizofrenia.

Clara escucha lo que dicen los dos adultos. Ve a Michele volver a casa por la noche. Lo observa con atención. A veces, en efecto, tiene la mirada un poco alucinada. Pero, en conjunto, es el rostro de alguien en plena posesión de sus facultades. Una tarde se topa con él en el centro. Ha ido allí a comprar un elepé que le pusieron en Inglaterra. Lo ve delante de la tienda de discos con sus nuevos amigos. Michele levanta la cabeza, va a su encuentro. Le presenta a sus amigos. Este es Nicola. Este es Domenico. Valentina. Pietro Giannelli, piensa Clara antes de que su mano estreche la del tipo del lápiz de ojos. Mientras tanto, observa a Michele. Está riendo. Incluso parece estar tonteando con la tal Valentina. Mi hermano está bien.

—Ellos —dice Michele un sábado por la noche.

Clara y él han ido juntos al cine. A la salida van a tomar algo a un local. Toman un batido.

—Hay que pararles los pies —continúa—, no con palabras, no con recriminaciones. Solo en apariencia son inofensivos, pero no hay nada inofensivo en ellos, ni siquiera en sus silencios. Si les damos más espacio, será demasiado tarde.

Clara lo mira sin comprender. Piensa que no puede tocarlo como hacía antes. No puede abrazarlo. El nuevo entendimiento no implica contacto físico.

Michele deja de jugar con la pajita.

—Debes saber que estas son frases que pronunció Adolf Hitler. Extraídas de sus discursos. Tendrías que leerlos. Desde las cervecerías hasta sus mítines oficiales. Si su progresión tuviera forma, sería la de un embudo. La situación se vuelve cada vez más irreversible. Pero, en cambio —enciende impulsivamente un cigarrillo—, ¿qué pasaría si estas frases se pusieran en boca de una de las víctimas? Las palabras del hombre más malvado del mundo adoptadas por una persona realmente buena. Pero no una víctima que quiera vengarse, sino un inocente, alguien que sienta pena por él. Purificadas. Transfiguradas. ¿No crees, entonces, que la Historia volvería sobre sus pasos? Como si se abriera otra dimensión, la luz en el sendero que descartamos cuando tomamos el camino de la catástrofe.

—¡Joder! —Clara se echa a reír, golpea la mesa con la mano, casi volcando el vaso con el batido—, joder, Michele, ¿este es el tipo de cosas que dices en el colegio? ¡Por eso te han bajado todas las notas!

—No. Estas cosas las digo en casa —dice, serio.

En casa, Vittorio y Annamaria siguen hablando de los presuntos problemas de Michele. Un día, en la cocina, cuando su hermano no está, Vittorio pregunta a su mujer si ha notado que haya empeorado últimamente. El tono es muy serio.

—Verás —responde Annamaria—, estaba esperando encontrar el momento para hablarlo contigo.

La mujer se levanta. Desaparece en el salón. Vuelve con un sobre medio abierto. La carta de la subdirectora en la que se convoca a «los padres de Michele Salvemini». Justo cuando termina de leer la comunicación, antes de que Vittorio pregunte: «¿Podrías ocuparte tú de esto?» y Annamaria responda: «Claro, iré yo a hablar con ellos», a Clara le parece que sus padres dan muestras de tener un vínculo muy sólido, como si la noticia los reconfortara más de lo que pudiera preocuparlos.

Ellos, piensa.

Echa la silla hacia atrás. Se levanta. Mira a Vittorio y a Annamaria. Se coloca bien un mechón de pelo con un gesto de la mano.

—Pero ¿de qué estáis hablando? —Sonríe incrédula—. Mi hermano no está enfermo.

Les da la espalda y sale de la habitación. Está furiosa. En el pasillo se percata de algo. Gioia la está mirando estupefacta. Entonces Clara avanza y se inclina sobre ella. Le da un beso en la frente, cierra los ojos. *Ellos*, piensa, *y tú también*.

(Es de suponer que Annamaria no le cuenta a Vittorio todo lo que le han dicho los profesores del instituto. La profesora de lengua confiesa que está perpleja. El profesor de historia habla de la «imposibilidad de verificar su rendimiento». «¿Una crisis psicológica?», aventura Annamaria. El hombre abre los

brazos. Para la profesora de inglés, Michele es «un misterio».
Para la de latín, «una especie de fantasma». La sustituta de
matemáticas, en cambio, dice algo diferente. De hecho, Michele empezó bien el curso y luego se derrumbó. Sin embargo,
hay algo importante de lo que la sustituta se ha percatado. La
tarea a la que la profesora titular le había puesto un suspenso
—tarea que esta chica que no tiene aún los veintiocho años
tuvo la testarudez de ir a rescatar en los archivadores de la sala
de profesores—, si se examina detenidamente, podría ofrecer
una interpretación diferente. A primera vista, el problema de
calcular el perímetro y el área de un cuadrado cuyo lado es
igual a la altura de un rectángulo cuya área y proporciones
entre base y altura se conocen, parece haber sido abordado
por Michele de forma incoherente.

—¿Lo ve? —La sustituta le muestra una hoja de papel llena
de signos incomprensibles: primero Michele intentó plantear
una ecuación, luego lo dejó todo y empezó a dividir la base
del rectángulo en siete partes iguales—. En cualquier caso —la
sustituta enarca las cejas de un modo que a Annamaria no le
gusta—, en realidad se trata de un sistema alternativo para llegar a las mismas conclusiones. A la solución correcta del problema. Creo solo que no le dio tiempo a terminar. Lo sorprendente es que ese sistema alternativo los chicos aún no lo
han estudiado. ¿Se da cuenta de qué inventiva?

También en los ejercicios siguientes, la sustituta observó
algo parecido.

—No se lo creerá. Al principio a mí también me costaba
creerlo. Michele no llega a la solución del problema, atrapado
por la ansiedad de abordarlo de muchas maneras diferentes,
todas igualmente correctas.

—¿Significa eso que está mentalmente confundido? —la interrumpió Annamaria.

—Bueno, yo no diría exactamente eso. —La sustituta se encoge de hombros—. Si acaso diría que desconfía. Si tuviera
que atribuirlo a un estado mental determinado, diría que no se
fía de lo que le enseñamos. Por decirlo de algún modo, no ha

tenido en cuenta la versión oficial de la verdad. Debe de haberla considerado sospechosa. O peligrosa. Así que ha ido a buscar un método por su cuenta. Y, sorprendentemente, casi lo consigue. −Ahora se está riendo a carcajadas−. Quizá exagero, pero repasando los ejercicios me da la impresión de que descubre por sí mismo leyes matemáticas a medida que va progresando. Por muy sencillos que sean los teoremas, cada ocasión debe de haberle supuesto un esfuerzo tremendo. Por eso no termina ninguna de las tareas.

−Un esfuerzo tremendo −repite Annamaria−, como cuando uno está al borde del agotamiento nervioso.

−Yo diría que no, señora. Callar no es mentir, si aquello que se omite puede complicar las cosas de manera innecesaria.

Así que, de la conversación con esa joven profesora algo liosa que dentro de un par de semanas ya no estará allí, Annamaria no informará ni una sílaba. «¿Qué crees que deberíamos hacer?», pregunta Vittorio cuando su mujer termina de hablar).

−Desde que lo han vuelto a abrir, ha desaparecido la magia. Ya pueden poner la puta música que quieran, pero no va a funcionar. Los sofás negros. Ese era el secreto −dice Pietro Giannelli.

Clara flexiona las rodillas, se levanta después de recoger del suelo un folleto manchado de barro. Luego, con lentitud, lo hace pedazos. El viento agita las ramas del sauce que se extienden sobre la carretera desde el jardín, proyectando manchas de luz. Giannelli las ve girar en el sentido de las agujas del reloj, pero es solo el bajón del ácido.

Es entonces cuando la chica dice:

−¿Tú qué opinas de los psiquiatras?

Hoy va vestida con una camisa de algodón azul, vaqueros y calza unas viejas All Star. Si él pudiera satisfacer la felicidad de los dos, la besaría allí mismo.

−Una panda de idiotas.

−Me lo imaginaba. Yo opino lo mismo.

Naturalmente, Clara no ha hablado del asunto con Pietro. No sabría decir exactamente cuándo lo decidieron Michele y ella. Quizá empezó con aquel tema en el que el cantante invitaba a quemar la discoteca. Un juego de alusiones. Una partida de Scrabble en la que cada uno fue añadiendo una letra para que la palabra se formara por sí misma.

Vittorio y Annamaria han decidido llevar a Michele al psiquiatra para que lo examine.

No pueden ser tan idiotas como para dar ese paso, piensa Clara mientras Giannelli, tras casi rozarle una mejilla, da un paso atrás y dice:

—Hasta mañana.

No está claro de dónde ha salido el bidón de gasolina.

Hace una semana que está escondido en mi armario, piensa Clara. Va al salón. Se queda el tiempo suficiente para ducharse y vuelve a salir. Siempre está por ahí. Su padre ha intentado regañarla, pero ella sabe lo que hacer para que acabe cediendo. Pero luego, a la mañana siguiente, Clara baja al salón y encuentra a Giannelli sentado en el sofá junto a su padre. Vittorio lo ha invitado a pasar. Clara se aferra con fuerza al último tramo de barandilla. Su padre coge una revista de la mesa de cristal, finge estar leyendo.

—Llegaremos tarde al cine.

Mientras tanto, ella reflexiona. Es evidente que ha pasado algo. Se nota en la cara de Giannelli. Clara clava la mirada en su padre un momento. Vittorio evita levantar la vista. Entonces ella bendice el bidón de gasolina. Se materializó de la nada, como las pinturas de los santos médicos que aparecían de la noche a la mañana en los fosos de las iglesias.

—No puedes hacer eso.

Clara se ríe en el suelo del salón, después de dar otro trago de la botella. Están medio borrachos. Ruggero acaba de ganar una beca muy importante. Al parecer, se marchará a estudiar a Ámsterdam. Para celebrarlo, Vittorio y Annamaria salen a cenar con él y con Gioia. Clara y Michele se han quedado solos en casa. Al principio, ella tenía intención de cocinar. Se ha encontrado en las manos con la botella de Barbaresco.

—¿Hacer qué? —Le guiña un ojo, sentado con la espalda contra el mueble del televisor.

Clara se estira sobre la alfombra, como un gato que se despereza. Lo mira, despeinada, con la espalda apoyada en el suelo. Vuelve a beber y gira la cabeza hacia un lado, abre mucho la boca, con los dientes azulados, manchados de vino.

—Hacer qué. —Repite las palabras de su hermano con los ojos cerrados.

A la semana siguiente, Vittorio la ve emerger de la oscuridad del pasillo. Camisa a cuadros y Wrangler negros. Pero parece un espectro, una presencia procedente de un desastre futuro. Se pone delante de él para cerrarle el paso.

¿Es cierto que más tarde mamá llevará a Michele al psiquiatra?

—No os lo aconsejo —añade antes de que él pueda responder.

Por la noche, en el cine con Giannelli, mientras lo besa con ferocidad, se da cuenta de que volverá a ocurrir. Muy pronto. Después del hombre que conoció en Inglaterra, hará el amor con este chico.

Sin embargo, cuando Giannelli la acompaña de vuelta a casa, el plan vuelve a torcerse. Son las dos de la mañana. Clara ve la nube de humo negro que se eleva desde la villa. Es absurdo que haya dejado de pensar en ello. Cruza la verja a paso ligero, luego aminora la marcha. Su padre sale a su encuentro.

—¿Dónde has estado hasta ahora?

Una voz oscura, creíble. Como si la gravedad de lo que ha pasado la hiciera partícipe de insinuaciones (lo que, desde una profundidad intangible, él querría estar legitimado a pensar de su hija) que antes de esa noche nunca la habían alcanzado. Clara sostiene la mirada de Vittorio. Se pregunta qué es lo que en realidad habría deseado realmente que ocurriera. ¿Que la casa se derrumbara, devorada por las llamas? ¿Que Vittorio y Annamaria murieran?

Salió del cuarto de baño con la toalla ceñida a la cintura. Maullido. La gata dio una media vuelta ceremoniosa alrededor de sus piernas. Tras arrancarle una caricia, saltó sobre la cama. A las ocho menos cuarto, visto desde la ventana, el crepúsculo se presentaba como un vaso de agua en el que se hubieran vertido unas gotas de vino. Faltaban veinte días para el comienzo del verano. La gata tensó los músculos de sus cuartos traseros. Luego saltó al techo del armario. El amor que sentía por el animal, tan distinto del que ella sentía por él. Michele se miró en el espejo. Buscó en su rostro las huellas del cambio. El dolor se abre paso por caminos incomprensibles, y a él, apenas una hora antes, le había parecido que se moría cuando en el jardín había reconocido la mella en el borde de la fuente. Clara se había caído ahí y se había astillado un diente.

Se liberó de la toalla. Abrió el cajón de la mesita de noche. Sacó unos calzoncillos. Se los puso. Se puso también los calcetines. Cogió la camisa de rayas, se la puso, primero un brazo y luego el otro. Del piso de abajo le llegaban los sonidos de las grandes operaciones. Las mesas se movían, los platos se apilaban. Pronto llegaría el presidente del Tribunal de Apelación. Los platos colocados sobre la mesa como los pétalos de una flor surgidos de la nada. Michele sonrió en el espejo. Los signos de desagrado: ahora aparecían más rápido. Se preguntó si con su prodigioso sentido del oído la gata sería capaz de oír las resistencias al rojo vivo del horno donde se cocinaban las lubinas en su costra de sal.

Viento impetuoso, lluvia de hojas sobre las tiendas de discos. Todos mis problemas parecían tan lejanos, entonces. Las nubes se cernían sobre el paseo marítimo y mi hermano tenía la sonrisa indescifrable del plomo sobre el papel de periódico.

Ni siquiera mientras engañaba a Alberto con el propietario del gimnasio, ni cuando entró en el Palace para la fiesta de la asociación de periodistas, ni siquiera mientras se tragaba todos aquellos somníferos, Clara podrá olvidar la tarde en que fue corriendo al quiosco a comprar *La Città*, donde aparecía el primer artículo de Michele.

En aquella época, él va a todas partes con una horrible chaqueta impermeable. Clara se ha matriculado, sin entusiasmo, en la facultad de Arquitectura. Aunque lo considera capaz de ganar una discusión con un profesor universitario, leer el nombre de su hermano al final del artículo la emociona. Es el tercer quiosco por el que pasa. En los otros ni siquiera habían oído hablar de ese periódico.

Arranca la página del artículo, tira el resto a la basura. Gira sobre sus tacones, se aleja sujetándose la gabardina para protegerse del viento.

Desde la noche del incendio, las cosas han ido de mal en peor. No se puede decir que Michele y ella se hayan distanciado a propósito. Tal vez han sufrido un contragolpe del que no logran recuperarse. La decepción. Tal vez no merecían más de lo que ocurrió. Quizá ninguno de los dos sea el inocente de corazón puro del que hablaba Michele aquella vez después del cine.

Por la noche se cruzan en los alrededores del Black Drone (antiguo Stravinsky). Ella se ha bebido un par de vodkas. En esos días el alcohol no parece hacerle ningún efecto. Michele está encorvado, con una cazadora negra, junto a dos tipos a los que ella no ha visto nunca. Hermano y hermana se sonríen. Les cuesta hablar. Ella intenta iniciar una conversación.

Él la mira, no responde. Trastorno explosivo intermitente. Una forma leve de esquizofrenia, dijo el psiquiatra. ¿Debería creerlo Clara? Lo cierto es que últimamente ha estado tan raro, tan encerrado en sí mismo. Como si quisiera encajar a propósito en el surco del diagnóstico.

En casa, mientras cenan, Michele se levanta de repente y dice:

—Bien. Voy a fumar al jardín.

Vittorio y Annamaria ni se inmutan. Aunque fumara en la mesa, no le dirían nada. Lo dejan hacer lo que quiere. Él, a su vez, les deja hacer lo que quieren, pero ellos salen ganando. Clara se mortifica el dedo con una uña. Como si las cosas, de un tiempo a esta parte, hubieran llegado a un punto en el que no hacer nada conduce a consecuencias inevitables.

Al cabo de unos minutos, ella se reúne con él en el jardín.

Michele da una calada a su cigarrillo, mira las estrellas brillando en el cielo de noviembre. La brasa del cigarrillo se vuelve de un rojo intenso. Al menos es el segundo que fuma, calcula Clara.

—¿Por qué me miras así?

—No te miro de ninguna manera.

—Antes de que llegaras, me ha parecido oír que el jardín bullía.

—¿Que... qué? —Se pone el dedo índice entre los dientes.

—Las plantas. Las flores. Como si hablaran.

—Perdona... ¿y qué decían?

—Se estaban muriendo —da otra calada—, estaban vivas hace mucho tiempo. Ahora es como si estuvieran delimitadas por un cuadrado. En la naturaleza nunca encontrarás dos mariquitas iguales. El cuadrado es una abstracción. Asediados por algo que no existe. La verdad es demasiado delicada, demasiado elevada para no dejarse morir ante una ofensa tan grave. Eso antes de que llegaras tú.

—¿Y ahora que he llegado?

—Ahora el jardín lleva siglos muerto.

—¿Quieres que me vaya?

—No, no, quédate.

Desde hace unas semanas, Clara ha empezado a follar con otros chicos. Pietro Giannelli no lo sabe. De forma bastante precipitada, se considera su novio. Si se parara a reflexionar un rato, piensa ella, se daría cuenta fácilmente. Es como si, en algún momento, sus tractos olfatorios se hubieran desajustado. Los lugares a los que solían ir le parecen patéticos. Las chaquetas de cuero de Giannelli le dan ganas de reírse en su cara, y después abrazarlo por la pena que le inspira.

De manera que, una tarde, al salir de la facultad a última hora, se fija en un desconocido en la parada del autobús. Tendrá algo menos de treinta años. Pelo rizado, complexión atlética. La mira de arriba abajo. Clara le aguanta la mirada antes de que él pueda apartarla. El joven sonríe.

—Hola.

La apostura del joven le parece entonces más evidente.

—¿Qué tal? —responde Clara.

Media hora más tarde están en casa de él. Mientras hacen el amor, ella se provoca placer como si estuviera desollando a un animal. Por la noche ha quedado en ir al cine con Giannelli. Pasa el resto de la tarde paseando sola por las calles del centro. Le dan pena los universitarios que fuman porros cerca de piazza Umberto. El rótulo luminoso del bar Macondo solo sirve para hacer subir la factura de la luz. Un grado menor de hipocresía en los carteles de Prada y Armani. Los nuevos aparcamientos en espiral. Los edificios que están restaurando en el paseo marítimo. Le parece ver el texto escrito superpuesto sobre ellos. Como si detrás de cada esquina asomara una leyenda. Giannelli está en la entrada del Odeon. Mientras ven la película, él le coge la mano. Si él supiera de qué está hecha verdaderamente la realidad, piensa ella, si supiera que esta misma mano aún está caliente por el contacto de la de otro hombre. Créditos finales. Por un lado, a Clara le parece que comprende las cosas con una lucidez que nunca antes había tenido. Por otra, se ve obligada a admitir que la dirección que va tomando su vida no está nada clara. La universidad. Desde que se matriculó, habrá pasado, más o menos, un par de días con los libros.

Pero luego, cada vez que sale un artículo de su hermano, corre al quiosco a comprar el periódico. Lee con avidez, buscando significados ocultos. Un domingo por la mañana, mientras toma un capuchino en el bar. Una noche, después de pelearse con Giannelli. Pasa el dedo sobre las líneas de izquierda a derecha. Son textos oscuros, fascinantes. En los mejores momentos le parece entender sin entender nada. Se convence a sí misma de que Michele está elaborando un código secreto para mantenerse en contacto con ella. Como si su relación continuara de incógnito. Podría haber encontrado una forma de enviarle mensajes, un lugar remoto al que retirarse a hablar, para decirle cosas que fuera de allí sonarían ridículas o inverosímiles.

Una tarde de principios de diciembre, Clara encuentra a Michele hablando solo en el jardín. Ella está entrando en casa. Va envuelta en un abrigo, ceñido sobre un jersey de cachemir que la mantiene caliente. Cruza la verja. Pasa por delante de la fuente, en dirección a la escalera. No sé si he entendido bien. Clara se detiene. Vuelve tras sus pasos.

Está recostado contra la gran maceta de terracota, inclinado sobre los helechos.

—Michele, ¿estás bien?

—Hola.

Clara se queda un momento desconcertada. Los ojos de su hermano la atraviesan. Sus labios se relajan y se fruncen alternativamente, como si estuviera a punto de decir «No», pero luego no lo dijera. Una habitación en la que los cajones han sido revueltos y donde una mano pagada para hacerlo lo haya puesto todo en orden otra vez. Hasta la ropa parece que le queda demasiado grande.

—En serio, ¿estás bien?

—Sí, todo bien.

Se despide con un gesto. Se encamina hacia la casa. En cuanto le da la espalda, oye de nuevo el susurro. Entonces vuelve sobre sus pasos por segunda vez. Le rodea el cuello con un brazo. La sumisión con la que Michele se deja hacer la pone enferma. Lo abraza. Se encaminan hacia la casa. Y luego, sujetándolo como si fuera un niño de cinco años, lo acompaña por las escaleras.

Una vez en el piso de arriba, Michele se libera de su abrazo. Avanza por el pasillo. Entra en su habitación. A Clara le parece oír la llave al girar en la cerradura. Entonces aprieta el paso, se apoya en el marco de la puerta. Al cabo de unos segundos, aparta la oreja. Los bordes de su abrigo le cubren las pantorrillas, luego se pliegan en forma de acordeón. Ahora está sentada en el suelo. Cierra los ojos e intenta no llorar.

—Un general. O si no, qué sé yo, un subteniente de los carabineros. Tal vez incluso un médico, un cardiólogo. Podrían diagnosticarle un soplo en el corazón.

—Me estás diciendo que debería buscarle un enchufe.

Clara está en el estudio de Vittorio, sentada frente a él. Son las ocho de la tarde. No hay nadie en casa. El hotel con campo de golf construido en Salento en los años sesenta. Una cuadrilla de trabajadores en el tramo de autopista de Cádiz a Sevilla. Clara aparta la mirada de las fotos que cuelgan de las paredes, vuelve a posar sus ojos en Vittorio. Los separan una agenda y el gran pisapapeles en forma de avión.

—Papá, es obvio que hay que encontrar un enchufe, ¡y rápido además! Ese certificado de aptitud física es lo más estúpido que he visto nunca. —Por un momento parece a punto de levantarse de la silla con violencia—. ¿Te diste cuenta del estado en que quedó después de la revisión médica de reclutamiento?

—Siempre ha sido un chico a su manera un poco extra…

—Papá, estaba hablando *solo*.

—Le bastaría con matricularse en la universidad.

—El único inconveniente es que él *no quiere* matricularse.

Vittorio tiene un aire de incredulidad. Su rostro parece carecer de voluntad defensiva. Gira con lentitud las manos sobre el escritorio, como si le diera forma al pequeño dios de las justificaciones.

—Pero fuiste tú quien dijo…

—Yo no sé con exactitud qué pasó durante la revisión médica —lo interrumpe de nuevo—, quizá lo vieron raro. Quiero decir… él es diferente a todos esos… cuando hacen las revisiones de reclutamiento para el servicio militar, acude gente de todo tipo al cuartel, ¿no?

—Yo hice el servicio militar.

—Debieron de verlo tan introvertido… tal vez se metieron con él. Vamos, ya sabes la clase de bromas pesadas que se gastan… —Soltó un suspiro—. No digo que le hicieran nada. Quizá solo le *dijeron* algo. Pero, con más razón aún, si eso fue suficiente. El hecho es que ese día él estaba muy afectado. Me pregunto cómo podemos llegar siquiera a pensar…

—Me parece que ahora está bien.

—Me he pasado media hora escuchando detrás de su puerta. Lo que decía no era lo que diría alguien que está bien.

—Ahora, como te digo, me parece que tu hermano se comporta de una forma bastante normal. Sale por la noche. Lo aprueba todo en la escuela. Aparentemente, se graduará sin problemas. No me parece que esté en peligro de perder la cabeza. Hablaba solo, dices…

Vittorio vacila, frunce el ceño, como si lo embargara un arrepentimiento preventivo, la sospecha de que esta es la última oportunidad de cambiar de rumbo. Michele, la muerte de su madre, hacer las paces con lo sucedido. Afrontarlo antes de que el error sea irreversible. Un presentimiento. Vittorio decide ignorarlo.

—Vamos, Clara. —Sonríe—. ¿Quién no habla solo alguna vez? Deberías oírme el día después de la visita de los de hacienda. Monólogos de una hora mirando ese avioncito de ahí. —Señala el pisapapeles con forma de bombardero.

—Papá, el hecho de que *parezca* normal no quiere decir que lo sea. Aunque en ciertos periodos consiga alcanzar un aparente equilibrio...

—Pero fuiste tú quien dijo que tu hermano no estaba enfermo.

Vittorio ahora tiene las manos entrelazadas, una expresión aún más perpleja en su rostro. Un luchador, una apisonadora. ¿Cómo es posible que alguien así se muestre ahora tan inepto? Clara está levemente mareada.

—Papá —presiona el pulgar contra el índice como si estuviera apretando un lápiz—, te ruego que hagas un esfuerzo de imaginación. Piensa en Michele en un cuartel. Todo un año lejos de casa. Arrojado a un lugar donde cada momento está regido por un concepto tan racional como puede serlo la voluntad de los superiores. En el peor de los casos, sin embargo, es la voluntad del más fuerte, del más violento. Eso es. Te ruego que me digas lo que ves. Porque lo que yo veo no me gusta nada. Algún amigo tuyo del ejército. Un médico complaciente, tal vez un colega de Ruggero. Quien quiera que haya puesto su firma en ese certificado no sabía lo que hacía. *Tienes* que buscarle un enchufe.

—Un enchufe. —Vittorio coge un lápiz, empieza a dibujar círculos en una hoja en blanco—. Pero piensa que si se le declara no apto para el servicio militar perdería una serie de derechos. Si finge miopía nunca podría ser piloto de avión, si esa fuera su aspiración algún día. Aparte de que encontrar un enchufe para esta clase de cosas no es exactamente tan fácil como beberse un vaso de agua.

Es aquí cuando el mareo de Clara se convierte en náuseas. En la blandura de Vittorio, al menos tan firme como debe de ser su voluntad cuando decide machacar a un adversario, hay algo repugnante. Tal vez él no consiga obligarla a volver a casa temprano por la noche, si ella no quiere. Pero tampoco Clara puede hacer nada para convencerlo, si él no quiere.

—A quién narices le importa si nunca llega a ser piloto de avión —dice exasperada, desconsolada, vacía—, a quién narices le importa que no pueda entrar en la administración pública por culpa de un soplo en el corazón que no tiene. ¿Acaso no te das cuenta de que aquí hay algo en juego que...? —La voz se le quiebra en la garganta.

—Te prometo —dice él con firmeza—, te prometo que haremos todo lo que esté en nuestra mano.

Clara también intenta hablar del asunto con su madre. Pero la distancia que ha crecido entre ellas permite que la mujer soslaye las objeciones con aún más facilidad.

—Pero ¿a ti no te parece que si hubiera un peligro real tu padre ya habría hecho algo? —se limita a responder Annamaria una semana antes de que Michele se marche.

En esos días, por otra parte, su hermano está ilocalizable. Sale de casa por la mañana temprano. Por la noche nadie sabe exactamente qué hace. Clara se lo encuentra de repente en casa mucho después de medianoche. Está sola, viendo la televisión con una lata de cerveza, cuando oye los pasos en la entrada. Una sombra lenta, luego él. Pero a esas horas Michele solo tiene ganas de dormir. La saluda con el mismo gesto con el que un guardia de tráfico ordenaría a un coche que se detuviera.

La víspera de su partida, Clara entra en su habitación mientras él está haciendo las maletas.

—Hola.

Lo encuentra de pie, está doblando unos pantalones. En el suelo, la maleta. Una pila de calzoncillos sobre la cama. Parece más delgado que de costumbre, menos consistente. Pero también la habitación está rara. Da la impresión de que Michele pierde peso a medida que pasan los segundos.

—Hola —responde él.

Su expresión es tan distante que Clara se siente vacilar. Con los papeles cambiados, podría ser la escena de cuando ella se marchó a Inglaterra. Pero ahora hay algo más. Clara no puede saber que esta es la última vez que Michele ocupa su habitación. También ignora que ella, en menos de un año, abandonará esta casa. Sin embargo, el idioma intraducible del futuro inminente hincha las paredes.

Clara se sienta entonces en el borde de la cama. Sintiendo que su confianza se desvanece, tiende las manos hacia Michele. Michele la mira estupefacto. Ella insiste, quieta, con los brazos extendidos, hasta que él se ve obligado a cogerle las manos.

—Si no quieres marcharte, puedes quedarte aquí.

Michele sonríe.

—Si no quieres coger ese puto tren a Avellino —aprieta las manos de su hermano un momento después de que él empiece a intentar soltarse, sintiéndose ridícula—, entonces simplemente mañana no pongas el despertador. O vete por ahí y no vuelvas.

—Has bebido.

—¿Cómo?

—Has bebido. El aliento.

—Oh, dos malditas copas para que se me pasara la… Michele, si no quieres, no te marches.

—Pero ¿qué dices? Eso no se puede hacer. —La mira como si ella fuera la hermana pequeña.

—No estamos en guerra —Clara vuelve a apretarle las manos, él la deja hacer—, no rige la ley marcial. Si marcharte precisamente ahora te parece un disparate, y a mí me lo parece, no te subas a ese tren: lo peor que puede pasarte es alguna sanción administrativa. Que, además, tal vez con la ayuda de papá…

—Me parece que si no me marcho me espera algo peor que una simple multa.

Libera sus manos de las de ella. Da un paso atrás. La serenidad en el rostro de Michele es insoportable. Le da la espalda. Clara lo ve hurgando en los cajones. Saca algo. Se da la vuelta y se acerca. Sostiene en la mano unas hojas de papel grapadas.

—Pero quería pedirte un favor.

Le entrega el nuevo artículo que ha escrito para *La Città*. Una larga refutación de Joseph Heller y de su novela sobre la vida militar. Dice que lo envió por correo hace un par de semanas, pero, extrañamente, el artículo aún no se ha publicado. Le pregunta si puede llevárselo ella misma al jefe de redacción.

El primer día sin Michele a Clara le parece que va a volverse loca.

Deambula por la casa como esas mascotas a las que sin previo aviso se les quita un objeto de referencia crucial. Sale antes de comer, deja plantadas a unas cuantas citas, da vueltas sola en coche por las calles de la ciudad. Aunque en los meses anteriores apenas había tenido trato con su hermano, le parecía de todas formas captar su señal. A lo mejor no tenía ni idea de dónde estaba con exactitud, pero en cada momento del día podía sentir la huella de un puntito que se apagaba y se encendía, resonando en el vacío. Ahora esa señal ha desaparecido.

El segundo día sin Michele, nada más despertarse, va a la planta baja y se siente enseguida desorientada por el mero hecho de mirar a su alrededor. Los objetos. Tiene la impresión de que ya no están relacionados entre sí. Una silla. La tetera. Los fogones. No existe la cocina en su conjunto, sino solo los objetos aislados. Aferra la taza de leche caliente como si fuera un asidero sin el cual caería al vacío.

Un ruido detrás de ella. Gioia también entra en la cocina. Clara recupera el aliento. Deja de apretar los dientes. Se da cuenta de que acaba de reprimir el instinto de arrojar la leche hirviendo a la cara de su hermana. Se despide de ella. Abandona la taza sobre la mesa. Luego sale de la cocina, agotada. Sube a su habitación. Se pone unos vaqueros, una camiseta. Mete en el bolso la cartera, las gafas de sol, las hojas grapadas y el carnet de conducir.

En el centro, da cuatro vueltas a pie a la manzana sin decidirse a entrar. Para hacer tiempo, entra en una tienda de discos. Observa el escaparate de una joyería. Come una tostada. Pierde más tiempo. Horas después, vuelve a vigilar la zona entre via Cairoli y via Dante. Se le ocurre llamar a Giannelli. Pero es un pensamiento desesperado, se da cuenta. Así que por fin se encamina al número 127 de via Cairoli. Sube las escaleras hasta las oficinas de *La Città*.

Mientras habla con el jefe de redacción, es decir, mientras le implora que publique el artículo de Michele, por un momento le parece oír su señal. Debilísima. Pero de nuevo en la calle, la señal ha desaparecido.

Al día siguiente llama por teléfono al cuartel. Un chico con voz de *castrato* le dice que contesta desde la oficina de comandancia. La informa de que hoy no es posible hablar con los reclutas, pero luego (como si fuera la consecuencia lógica de lo que acaba de decir) le pide que llame otra vez al cabo de dos horas. Clara vuelve a llamar y el teléfono suena en vano. Por la noche, le pide a su padre que la avise «sin falta» cuando hablen con él.

Dos días después, Annamaria la llama desde abajo porque «Michele está al teléfono».

–No, sí. Todo bien. Solo que por aquí hace un poco de frío. Por la noche, sobre todo.

Esto dice la voz de Michele a través del aparato telefónico sin que ella tenga tiempo de preguntarle cómo está. El tono es apagado, un poco metálico. Clara repite:

–¿Frío?

Y se sobrepone a la mirada de sus padres, que la observan con atención debido a una extraña expresión que debe de haber aflorado en su cara. Ahueca la mano delante de la boca.

–¿Prefieres que hable contigo cuando esté sola? –susurra.

–Sí. Gracias por la llamada.

–Pero dime a qué hora puedo llamarte al cuar...

Ha colgado.

Durante los días siguientes, Clara llama varias veces. Está preocupada. El tono de Michele evoca imágenes que normalmente deberían ser tristes, pero a ella le parece la normalidad tras la que se esconde algo más. En el cuartel, responde la voz de la otra vez. Responde otra voz, pero de nuevo la voz de alguien que parece no tener ni idea de lo que está diciendo. Un par de días después, una tercera voz le dice:

—Clara Salvemini. ¿La hermana de Michele?

—Sí, sí —responde ella.

—Bueno, mire, su hermano dejó un mensaje. Dice que lo llame a las diecinueve treinta, aunque aquí pone diecinueve veintisiete.

Clara está a punto de colgar. Se lo piensa mejor.

—¡Perdone!

—La escucho.

—¿Ha escrito treinta o veintisiete?

—Veintisiete… Y escuche… —dice él esta vez.

—Sí.

—Verá, me gustaría entenderlo. Porque a lo mejor usted, que es su hermana…

—¡Sí, sí! ¿Qué pasa? —dice Clara repentinamente alarmada. Oye otras voces que se superponen.

—Llame entonces más tarde —corta el chico.

A las siete y cuarto, rodeada por las palmeras de piazza Umberto, Clara ocupa una cabina telefónica frente al quiosco de bebidas y bocadillos. Para evitar que los dos hombres que hacen cola se quejen, finge hablar por el auricular. Al cabo de unos minutos marca el número del cuartel. Baja los ojos, mira la reja metálica. La voz del telefonista dice:

—¿Diga?

Pide hablar con su hermano.

—Es difícil comunicarse. De todos modos, ayer me encontraba bien —dice él en un determinado momento.

—¡Michele!

—Ayer fue un día magnífico. Qué sol. Como si a través del sol pudiera regresar a ciertas tardes del pasado. Entonces tú también estabas allí. ¿Entiendes? Pero eso es exactamente lo que…

—Qué… Pero ¿cómo te van las cosas por ahí arriba? ¿Cómo es la vida en el cuartel?

—Aquí abajo. Avellino está ligeramente al sur de Bari.

—Sí, vale, vale. Lo que quería decir era…

—Es esto lo que no funciona. Si ayer me sentía tan bien en el pasado, hoy es como si me hubiera quedado atrapado allí. Como si estuviera mirando al yo de ahora desde allí. Tú estás conmigo, en aquella lejana tarde, y al mismo tiempo estoy yo, siendo observado por los dos mientras estoy aquí en el cuartel. Entonces me he preguntado si en la época en que parecía que era capaz de viajar al futuro en el fondo no estaría ya aquí. Como si todo hubiera ocurrido ayer mismo. Ese es el contrasentido. Y cuando aquellos chicos me pidieron que los siguiera a la oficina del furriel porque se había acabado…

—¿Qué chicos? ¿Qué oficina? ¿Qué estás diciendo, Michele?

—Por favor. No empieces a ponerte nerviosa. Me habían mentido. Aquí todo el mundo está siempre muy alterado. Además —su voz es diferente—, está el artículo sobre Joseph Heller.

—El artículo sobre Heller —repite Clara, mirando furiosa a los dos hombres de fuera hasta que dejan de mirarla—, fui allí, al periódico. Hablé con el tipo. Me dijo que no me preocupara. Por lo que pude entender, es solo cuestión de…

—Olvida ese artículo. Es agua pasada.

—¿Cómo? ¿Qué quieres decir con que es agua pasada?

—Por el amor de Dios, ¿no me estás entendiendo adrede? —No es la repentina aspereza de la voz lo que la asusta, sino la fragilidad de esa aspereza—. Si te digo que es agua pasada, significa que es agua pasada. Caducado, obsoleto. *Kaputt.* Aprende a abrir los oídos cuando alguien te habla. Ese artículo no debería haberse publicado porque ya se había publicado.

—Ya se había publicado.

—Es como escribir un artículo que apareció hace diez años. Hay que ser arrogante para no darse cuenta de eso. Tendrías que ser un patético gilipollas hijo de papá. Los chicos de la oficina del furriel trataron de enseñármelo.

Clara entrecierra los ojos. Le gustaría taparse los oídos. Su hermano se ha echado a reír.

—¡Michele! ¡Para ya! ¡Para ya, por el amor de Dios! —Le gustaría golpear la carcasa de plástico de la cabina telefónica.

—¡No, para tú! —gruñe él—. Y haz exactamente lo que te digo.

—Sí.

—Vuelve al periódico.

—Sí.

—Ese periódico de mierda.

—Ok.

—Ese inútil, Giuseppe Greco. Dile que no publique el artículo sobre Joseph Heller. Publicarlo sería un grave error. Como hacer que suceda algo que ya ha sucedido en el pasado. Una blasfemia. Escucha, haz el favor. En vez del artículo sobre Heller tienes que colocar otro artículo. Es un texto sobre un poeta. Tal vez el poeta más grande de los últimos cien años. Todavía lo estoy escribiendo. Cada vez que añado dos líneas, el primer sorprendido soy yo mismo. Como si lo estuviera escribiendo dentro de unos años, pero el mérito no es mío. ¿Entiendes? Clara, pero ¿qué te...? ¡Venga, venga!

Ella está llorando.

—Vamos, Clara, cálmate. —Su voz vuelve a ser amable.

—Por... por favor —dice ella sin poder contenerse—, yo, por favor... dime cuándo puedo... Quiero decir... Necesito verte.

—Oye, podrías haberlo dicho antes. —Ahora incluso está alegre—. Perdóname, en serio, tendría que habértelo dicho. Qué estúpido. Tengo un permiso. Estaré en Bari el próximo fin de semana.

Pero el viernes siguiente Michele no llega a Bari. Tampoco llega el sábado. Cuando Clara le pide explicaciones a su padre, su expresión se ensombrece. Annamaria mira hacia otro lado.

—¿Qué ha pasado? —pregunta preocupada.

—Nada, no ha pasado nada —dice Vittorio—, le anularon el

permiso y no ha podido venir. Un problema del que nos estamos ocupando.

Ya no queda ni rastro del hombre que unos meses antes atendía sus peticiones con tímidas evasivas. Ahora es el jefe que dirige las operaciones y no quiere interferencias.

—Ocupándoos de qué.

—Ya te lo he dicho. Un problema.

—Ok, pues dime cuál es el problema.

—Un problema con la justicia militar, si de verdad quieres saberlo —suelta Vittorio como si en parte también fuera culpa de ella—, un problema del tipo como que el otro día tu hermano le estampó la mano a otro recluta contra una plancha de cocina. La plancha estaba encendida, yo diría que no por casualidad. Por lo visto, le desgració la mano a ese pobre chico solo porque no pudo estamparle la cara contra la plancha.

—Si hizo tal cosa debía de tener sus… —dice Clara de forma inconexa. Está asustada, aturdida.

—Estamos hablando de un delito. Un delito cometido en el cuartel. Y, para tu información, te diré que no es algo sobre lo que podamos persuadir a la parte perjudicada para que retire la denuncia. No podemos zanjar el asunto pidiendo perdón y con un cheque compensatorio. Ni siquiera es necesario que la víctima presente una denuncia. Se procede de oficio. Para sacarle de este lío, casi tendríamos que rezar para que tu hermano esté mal de la cabeza. Y esto —dice Vittorio de forma totalmente ilógica— es el resultado de haber manejado las cosas como os ha dado la gana.

—Quiero hablar con él.

—¿Qué es lo que quieres hacer?

—Hablar con él por teléfono. Quiero hablar con Michele.

—Oh, claro. Tu hermano casi manda al otro barrio a un desgraciado y tú quieres llamarlo por teléfono. Muy bien… Adelante. Pídeselo al juez de guardia.

Clara pasa los días siguientes telefoneando al cuartel y dando vueltas por la ciudad.

Tras recibir de un excompañero del instituto una invitación que unos meses atrás habría tirado a la papelera, se presenta sola en una fiesta de jóvenes abogados en el Club Náutico. Se mueve en traje de noche entre cubiteras de plata llenas de vino muy frío.

—¡Clara! ¡Qué sorpresa!

A la mañana siguiente, llama por teléfono al cuartel. Más tarde compra una entrada en el teatro Piccinni para ver la producción de Peter Brook de *La tempestad*. Por la tarde, llama al cuartel. La voz habitual le dice que no es posible hablar con Michele.

—Bueno, volveré a llamar —responde ella.

Por la noche, apretujada entre dos señoras cargadas de joyas, sigue las hazañas de Calibán en el escenario del teatro. Se da cuenta de que la observan. Tres filas más adelante. Un hombre de unos cuarenta años. Un rostro delgado, refinado, agradable a su manera si no fuera completamente inexpresivo. Las miradas le parecen tan descaradas que Clara ni siquiera se siente ofendida. A la tarde siguiente entra en la mejor peluquería de la ciudad.

—¿Está segura?

Cuando vuelve a casa, su madre dice que se parece a Jacqueline Kennedy. Salen juntas por el centro. Se gastan cinco millones de liras en prendas de ropa. Esa misma noche, Clara acompaña a sus padres a un restaurante. Cenan con el director de la Banca di Credito Pugliese. Con él están su mujer y su hija de treinta y cinco años. Al salir del restaurante, Clara se despide y se marcha. Pasa unas horas en el Blue Velvet. Vuelve a casa borracha. Al día siguiente, por la tarde, llama al cuartel.

—¡No es posible que no sepan decirme qué le ha pasado a mi hermano! —le grita al chico con voz de *castrato*.

El chico le dice que vuelva a llamar. Más tarde, Clara toma un aperitivo con la hija del director del banco. Hablan de vacaciones, de la boda de una conocida común. Ella está un poco achispada. La noche siguiente acompaña a su nueva amiga a una fiesta organizada en honor de un académico. Se aburre mortalmente. No prueba ni una gota de alcohol. Por la mañana llama por teléfono al cuartel. Por la noche discute con su padre.

Vittorio la ve entrar en el estudio, con un vestido corto de seda sin mangas y altas botas negras. En los lóbulos lleva los pendientes con diamantes y tanzanitas engastados que su madre le regaló hace muchas navidades.

—¿Por qué no puedo hablar con Michele? —pregunta sin saludarlo siquiera.

Vittorio deja la pluma sobre la agenda, levanta la cabeza.

—Bueno, verás… —dice esforzándose por disimular su satisfacción por el nuevo aspecto de Clara, que aprueba de forma instintiva—, ese es exactamente el problema del que me estoy ocupando estos días. Lo estamos resolviendo todo.

—Sí, pero yo llamo al cuartel y nunca me pasan con él. ¿Dónde está ahora?

—Buena pregunta. —Vittorio suspira—. Él, por decirlo de algún modo, se encuentra ahora en un vacío legal. Está donde no debería estar. Lo que es una forma de decir que no está donde debería estar. No está en una celda de aislamiento. Ni siquiera está en prisión, gracias a Dios.

Vittorio se levanta. Se acerca a la estantería. Coge un archivador de un anaquel. Vuelve a su escritorio. Ahora está en el lugar exacto en el que estará dentro de quince años, cuando le comuniquen por teléfono que ella ha muerto. Abre las anillas del archivador. Extrae la hoja de papel de una funda de plástico.

—La instancia que se presentará al juez de guardia —dice—, máxima eficacia posible en el mínimo espacio posible. Gracias a esto, pronto pondrán en libertad a tu hermano.

A la mañana siguiente, Clara llama por teléfono al cuartel. Le dicen que llame por la tarde. Por la tarde no contesta nadie. Por la noche va sola al Club Náutico. Música de baile. Un hombre de unos cincuenta años vestido de blanco intenta ligar con ella. Le hace vagos cumplidos. Clara lo mira fijamente. El hombre sonríe. Ella lo deja plantado en la mesa del bufet. *Giannelli*, piensa por última vez de camino a casa. A la mañana siguiente, llama al cuartel. Le dicen que vuelva a llamar. Clara contiene las lágrimas. Por la noche, está en su habitación, mirando al techo. Se ha tomado un tranquilizante. A las nueve y media decide moverse. Se levanta de la cama. Sin pasar por la ducha, se pone el vestido de la noche anterior. Sale de casa. Se sube al coche y conduce hasta el centro. Media hora más tarde, entra en el *roof garden* del hotel Oriente. Están celebrando el noventa cumpleaños de un antiguo alcalde de la ciudad. Por lo que logra entender a su llegada, el homenajeado ya ha soplado las velas, ha pronunciado un breve discurso y se ha ido a la cama, instando a los invitados a seguir disfrutando de la velada. Clara se pasea por entre las mesas del bufet. Se sirve: primera y segunda copa de vino muy frío. Saluda a un conocido. Cuando está a punto de coger la botella de nuevo, el camarero se le anticipa. Se la quita de la mano.

—Permítame —dice sonriente.

Es un mocetón pelirrojo, con el pelo corto. No tiene más de veinte años. Ella mueve intencionadamente la copa para que el vino se derrame sobre el mantel. Se queda mirando al chico, hasta que ve cómo se sonroja. El vino vuelve a servirse en el lugar apropiado. Clara ahora mantiene quieto el brazo. Ha captado algo por el rabillo del ojo. Espera a que el camarero termine de servir. Se da la vuelta. Sonríe sarcástica.

—¿Sigue teniendo la costumbre de mirar así a la gente?

Traje gris, zapatos negros, camisa blanca. Los ojos pequeños y azules. Corbata de color intenso. No sonríe, ni siquiera cuando la ve acercarse a él con aire chulesco.

—La otra noche en el teatro no dejaba usted de mirarme. Ahora incluso mientras le daba la espalda.

—Se ve que en ambos casos estaba disfrutando del espectáculo —dice sin la menor ironía.

—Ah, ¿sí? ¿Y qué clase de espectáculo cree que soy yo?

—Solo la miraba porque conozco a su hermano.

—¿A Michele? —Clara abre los ojos como platos.

—No, al oncólogo. Ruggero.

La mirada del hombre es tan llana e inexpresiva que Clara siente como si la hubiera traspasado igual que la otra noche. Ningún dolor. Ninguna atracción. Nada.

—Silvio Reginato, cirujano —se presenta, le estrecha la mano—. Y me parece que esta noche ha abusado usted un poco del vino.

Clara se echa a reír.

—¡Ah! Esta es la típica broma de un…

—Tiene razón, una estupidez. —Le pone un mano en la espalda—. ¿Y si vamos a tomar un café?

Le da un pequeño empujón. Clara empieza a caminar. Pasan por delante de la mesa con los postres. Está un poco mareada. Los pasos de él detrás de ella. Clara se pone rígida. Lo suficiente para que ese hombre le quite la mano de la espalda. No la quita. Así pasan junto a la mesa con la máquina de café. La escena parece brillar en el centro y difuminarse en los bordes. Una cortina, inmóvil a ambos lados. Salen de la sala. Pasan por el vestíbulo. Luego una puerta negra. Por fin le quita la mano de la espalda, abre la puerta y la hace pasar. Ahora todo es blanco. Una larga encimera de mármol con vetas azules. Tres grifos, uno al lado del otro.

—Pero esto es el cuarto de baño —constata Clara de un modo bastante obvio.

Oye girar la llave en la cerradura. No tiene tiempo de darse la vuelta. Él vuelve a pasar junto a ella. Se mete una mano en el bolsillo de la chaqueta. Se inclina sobre la encimera de mármol. Seca el espacio entre los grifos. Empieza a extender la coca sobre la superficie. Todo parece suceder muy rápido. Al mismo tiempo, el hombre no parece tener prisa.

—Adelante.

Clara le quita el billete de las manos. Se inclina sobre la encimera. Cierra el ojo derecho. Acerca el billete enrollado a la pequeña raya blanca y aspira. Una lágrima helada brilla en el ojo que sigue abierto. Siente la mano del hombre. Se desliza sin vacilar por debajo de su falda. Se desliza por debajo de sus bragas, se abre paso, entra.

A la mañana siguiente, Clara se despierta con un terrible dolor de cabeza. Está convencida de que es más de mediodía. Abre las ventanas de par en par. Entrecierra los ojos. Recoge el despertador de un rincón del suelo. No sabe cómo ha acabado ahí. Las nueve y media. Se maldice. Se tambalea hacia el baño, se lava la cara. Vuelve a su habitación y empieza a vestirse. Cuando está a punto de salir siente algo helado en las sienes. Se ciñe el vientre con los brazos. Corre al lavabo. Diez minutos después está de vuelta en su habitación. Coge su bolso y sale.

Conduce hasta el final de via Fanelli. En cuanto ve una cabina telefónica, estaciona. Llama al cuartel. Pregunta por Michele.

—Es usted su hermana, ¿verdad?

Clara murmura un sí. La voz es la de hace muchas llamadas. No es la misma de siempre.

—Sí, claro, soy yo —confirma, y siente que las piernas le flaquean.

—Escuche —dice la voz—, ni siquiera estoy autorizado a transmitirle determinadas informaciones.

Le dice que Michele no está en el cuartel. Está en el Alma Mater de Salerno. Clara cuelga. Le sigue doliendo la cabeza. Se mete en el coche. Vuelve a casa. Come rápidamente y sube a su habitación. Agotada. Se desploma en la cama.

A media tarde, vuelve a abrir los ojos. Debe de haber dormido dos horas. Bosteza mientras se acaricia la nuca. Luego es como si abriera mucho los ojos, aunque no lo hace. No lo he soñado. Diez minutos después está de nuevo en el coche, pisa el acelerador. Luego empieza a reducir la velocidad. Se baja del coche. Entra en la cabina telefónica. Marca el número de información y pregunta por el Alma Mater de Salerno. Le dicen que es una clínica psiquiátrica. Le dan el número y cuelga. Ahora respira con lentitud. Mira a través del cristal su coche aparcado. Otros vehículos circulan a toda velocidad por la calle. Clara abre y cierra la mano derecha, como si fueran a sacarle una muestra de sangre. Levanta el auricular y llama al Alma Mater. Pregunta por su hermano. La dejan en espera. De nuevo la telefonista. Le dice que llame otra vez dentro de media hora.

Al cabo de media hora, Clara llama de nuevo. Pregunta por Michele. Le dicen que espere y no cuelgue. Empieza a sonar una musiquita. Al cabo de cinco minutos, la música se detiene.

—Clara.

—¡Michele, gracias a Dios! —Suelta un débil puñetazo contra la cabina—. Pero ¿qué has hecho? Joder... ¿Y cómo has acaba...? ¿Cómo estás? —Recupera el aliento.

—Me metí en un buen lío. Lo entiendo.

Entiende ¿qué? Su voz le parece aún más extraña que hace unas semanas, demasiado tranquila.

—Pero ¿cuándo vas a salir de ahí? ¿Cuándo vuelves a casa?

—Bueno, ya lo veremos. Hagamos las cosas con calma. Hay que tomárselo con calma. ¿Sabes...?

Una voz cansadísima, con la que Clara podría encontrar puntos en común durante el sueño, no ahora.

—¿Sabes? —prosigue él—. Hasta me rompí un diente.

—¿Un diente?

—Pensé que era el único, pero por suerte no es así. Les pasa a muchos. La boquilla de goma. Llega un momento en que aprietas con tanta fuerza que corres el riesgo de que se te salte algún diente. Al principio es duro.

—Sí. —Clara vuelve a mirar el tráfico de la calle, tiene miedo de haberlo entendido.

—El primer día hay momentos en que no recuerdas quién eres. Quiénes son tu familia, tus amigos. Imagínate, ni siquiera me acordaba de ti. Tenía la mente totalmente en blanco.

—Sí —asiente ella otra vez. Se sentiría morir si no fuera porque, para tomarle la mano virtualmente, tiene que lanzarse a una dimensión en la que oír estas cosas deja indiferente—. Sí. —Observa los árboles, el cielo azul.

—Así son las cosas —dice Michele—, y precisamente para tener algo a lo que agarrarme enseguida pedí algo para leer. Me dieron un ejemplar del *Mattino*. Pasaba las primeras líneas y ya se me había olvidado de qué iba el artículo. Entonces tenía que empezar de nuevo.

—¿Y ahora? —pregunta.

—Esa cuestión ya se ha arreglado. —La voz es aún más tranquila que antes, llena de aire cálido—. Y después de los primeros días las otras cosas también vuelven a la mente. Despacio, luego cada vez más rápido, y antes de que puedas preguntarte qué está pasando, ya lo recuerdas todo muy bien. El tiempo de asimilar el golpe.

—¿Cuándo te darán el alta?

—Hay que tener paciencia. En cualquier caso, aquí se está mejor de lo que uno puede imaginarse. Hay ping-pong. Hay gatos. Los gatos son fantásticos.

—Iré a verte. Tengo muchas ganas de verte —suelta equivocándose por completo de tono.

—Oh, no. No, querida. Eso no se puede hacer.

Nunca le había dicho «querida» de esa manera.

—Pero ¿cómo? ¿Desde cuándo no se les permite a los familiares ir a…?

—Oh, no, no, no —se ríe incómodo—, no pretendía insinuar… Los de la clínica no tienen nada que ver. Son muy buenos en lo suyo. Claro que puede venir la familia. Faltaría más. Pero si quisiera que el cerebro se me hiciera completamente papilla, entonces tendría que darte carta blanca.

—No quieres verme.

—Es mejor que no, Clara —dice manteniendo el mismo tono durante toda la conversación, como si fuera un sistema para mantenerse fiel al imperativo de no mentir—. Será mucho mejor que no nos veamos. Y ahora quizá debería añadir que lo lamento. Aunque de hecho lo que lamentaría sería que nos viéramos. Entiéndeme. Nos veremos, no te preocupes. Tenemos que mantener la calma. Pero, en fin —mientras Clara lo escucha, observa el cielo de verano—, en fin, creo que esa época ya terminó —concluye.

Esa misma noche, Clara está en la terraza del Sheraton. Dentro, la gente come y se divierte en la pista de baile. Relámpagos blancos a su espalda. De vez en cuando oye música. Después la puerta de cristal se cierra y, de nuevo, el único ruido es el del tráfico de la calle. Antes también ha venido su padre. Estaba el director de la Banca di Credito Pugliese. El alcalde, el concejal de obras públicas. Un grupo de ingenieros. Ella bebe la primera copa. Desde los geranios del último piso, observa las luces del barrio a su alrededor. El enrejado con las enredaderas. Saltar. Se enjuga las lágrimas, ni siquiera tiene fuerzas para recuperar el control cuando el hombre se planta delante de ella. Traje azul claro, camisa blanca desabrochada. Bonitas manos, largas y nudosas. Una cara que no está nada mal. Al principio parece tener que superar la vergüenza, luego algo le da fuerzas y tiende su mano hacia la de ella. Se la estrecha. Dice que se llama Alberto.

Tres semanas más tarde, se comprometerán.

Clara volverá a ver a Michele meses después. Los psiquiatras desaconsejarán cualquier contacto con la familia. Al parecer, había amenazado con suicidarse, o con matar a alguien si lo obligaban a ver, aunque fuera de lejos, la cara de alguno de ellos. Así que su padre le alquiló un apartamento en Roma. Resultó ser una decisión inteligente. Hasta el punto de que en pocos meses la situación mejoró. E incluso fue a visitarlos en Semana Santa. Almorzaron juntos en el jardín. Un domingo por la tarde. Había trabajadores allí. Muchos cuervos en el cielo. Incluso estaba el notario Valsecchi.

En cualquier caso, ella se estaba tirando a aquel tipo del gimnasio y yo en realidad estaba francamente mal, pensó Michele mientras fumaba junto a la ventana.

La gata saltó al alféizar, maulló. Michele apagó el cigarrillo. Era triste verla estornudar cuando el humo se enroscaba entre sus bigotes. Le acarició la cabeza, la gata multiplicó el placer abriendo ligeramente la boca. Éxtasis y aturdimiento. Entonces el hilo invisible se rompió y el animal salió disparado. Una voz gritó desde el piso de abajo.

—¡Michele!

El gran Audi metalizado. Lo había visto desde la ventana. La oscuridad de la noche entre las ramas de los árboles atravesada por el haz de los faros. El conductor había rodeado el coche para abrir la puerta. Había visto al hombre avanzar con tranquilidad por el camino de entrada.

Cerró bien la puerta de la habitación. Bajó las escaleras.

—¡Eh, espérame!

Pasos apresurados. Michele se detuvo y Gioia lo alcanzó.

—Espera, vamos juntos.

Llevaba un vestido de satén color melocotón que habría sido perfecto para una presentación en sociedad. Rizos y tinte. Si hasta ha ido a la peluquería, pensó con náuseas. Ahora solo faltaba que lo cogiera del brazo. De esta manera un tanto ridícula, como si fueran una parejita de novios, entraron en el comedor.

Michele vio a su padre sentado en el sillón junto a la chimenea. Troncos de leña decorativa. Luego, al otro hombre. En cuanto se percató de su presencia, el presidente del Tribunal de Apelación de Bari se levantó y se le acercó. Se presentó. Su hermana hizo una imperceptible reverencia, como una bailarina flexionando las piernas. El juez le tendió la mano.

—Mimmo Russo.

—Michele.

—Michele. Tu padre me ha hablado de ti. Vives en Roma. La capital. Encantado, un placer —farfulló.

Michele tuvo que esperar a que el apretón de manos se aflojara para darse cuenta de que, efectivamente, se trataba del juez. Por inverosímil que fuera, había supuesto que era el chófer.

—No nos quedemos de pie. ¿Por qué estamos de pie? Sentémonos, sentémonos —dijo el hombre, representando por un momento el papel de anfitrión.

Michele fue a sentarse al sofá. El juez volvió a sentarse en el sillón junto a Vittorio. Michele estaba incómodo. El apretón de manos del invitado le había dejado una desagradable sensación. Intentó observarlo con más atención.

Era un hombre robusto y levemente jorobado, de unos sesenta y cinco años. A pesar de las canas que le brotaban de las cejas y de las orejas, tenía el pelo negro y peinado hacia el lado derecho, lo que no impedía que parte del cráneo se le viera calvo, como si una vanidad enfermiza lo hubiera llevado a teñirse el pelo, pero no a hacerse un trasplante. Los dientes parecían tener algún problema de sarro. La forma de hablar, a toda velocidad y comiéndose las palabras, mostraba un acaloramiento que Michele creía inapropiado en las altas esferas del sistema judicial. Pero lo que lo delataba era la ropa. El traje de color camello, con los dobladillos deshilachados, habría resultado anticuado quince años atrás. En conjunto daba la impresión de un campesino que hubiera hecho dinero.

—Presidente, ¡buenas noches!

Annamaria entró en el comedor. A su lado, la criada sostenía una bandeja con vasos de bebidas sin alcohol y un surtido de canapés. El presidente del Tribunal de Apelación le dedicó una gran sonrisa.

—¡Señora!, ¿cómo está?

El hombre se palmeó enérgicamente los muslos. Se levantó por segunda vez y se aproximó a Annamaria para saludarla. Le besó la mano. Cogió un vaso de la bandeja.

—Cuidado no se derrame. —Gioia soltó una risita afable.

El juez volvió a su sitio. La criada pasó con la bandeja. Vittorio bebió un trago.

—Así que se trataba de cenas benéficas —dijo volviéndose hacia el juez y reanudando alguna conversación interrumpida.

—Benéficas. Pero ahora uno ya no puede ponerse a organizar veladas para los refugiados haitianos con el dinero de la región. —Terminó de masticar su canapé y se metió otro entero en la boca—. Ya no se pueden ignorar las limitaciones del presupuesto. —Masticaba con la boca abierta mientras se sacudía las migas de los pantalones con las manos.

—Disculpen el retraso.

Ruggero también llegó. El juez hizo ademán de levantarse de nuevo. Su hermano apresuró el paso.

—Presidente, no se moleste. —Se inclinó hacia él y le estrechó la mano. Con seriedad, no deferencia.

—Bueno, creo que ya podemos sentarnos a la mesa —dijo Annamaria.

Había que admitir que la mesa estaba magníficamente puesta. Mantel de lino blanco bordado a mano. Servilletas de lino adamascado. En una cesta de mimbre estaban los grisines y el pan de aceitunas. El hilo dorado de los manteles individuales brillaba a la luz de las velas, y cuando Vittorio cogió la botella de Amarone y empezó a servir, el color rubí centelleó en los ojos de los presentes.

—Presidente, la sepia está tan tierna que se le deshará en la boca —proclamó Vittorio.

—Seguro que me gustará.

Ruggero pidió la fuente del pescado crudo. Hincó el diente a una loncha de queso. Mientras tanto, Vittorio y el juez se habían lanzado a discutir un complicado caso de permisos urbanísticos. De vez en cuando, Ruggero participaba en la conversación. Annamaria sonreía con la barbilla apoyada en la mano. Gioia los observaba, y cuando los ojos del juez se encontraban con los de ella, su hermana asentía. Pero aparte de Vittorio y el presidente del tribunal, y quizá su hermano en algunos puntos, nadie tenía la más mínima idea de lo que estaban diciendo. El tono. Los gestos. Ambas cosas, no obstante, tenían su importancia. Y los gestos –incluido el mero acto de asentir, el mero acto de sonreír– servían al propósito de volver la superficie compacta e impenetrable, de manera que el río fluyera bajo tierra. Llegó la lubina a la sal. Michele miró asqueado los mechones canosos de los dedos del viejo juez. Annamaria asintió. Nadie mencionó Porto Allegro. Gioia bostezó. Apoyó la cabeza en el hombro de Michele. Él intentaba mantener la calma. Luego su hermana se despabiló y siguió comiendo.

Al cabo de otros cinco minutos, Michele dijo:

–Disculpen, voy al lavabo.

Salió del comedor. Cruzó el pasillo. Le parecía imposible pensar siquiera en Clara, como si la conversación hubiera construido alrededor de los presentes una coraza de plomo que los fantasmas no podían atravesar. Pasó junto a la librería de pared, la mesita con el teléfono. Entró en el cuarto de baño. Cerró la puerta con llave. Abrió el grifo. Se colocó frente al retrete. Levantó la tapa y el asiento. Se arrodilló. Cerró los ojos y vomitó. Se puso en pie. Volvió a colocarse delante del retrete. Vomitó otra vez. Tiró de la cadena, limpió todo cuidadosamente con papel higiénico. Fue a enjuagarse la cara en el lavabo y cerró el grifo. Salió del cuarto de baño.

En el pasillo oyó sonar el teléfono. Hizo ademán de pasar de largo. Luego se detuvo. Descolgó el auricular.

–Diga.

Era el aparejador Ranieri. Preguntaba por su padre.

–En este momento no puede ponerse.

–Pero es urgente, Michele, urgente –gimoteó el aparejador.

–Lo sé –dijo Michele, abrumado por el asco, por las náuseas, sin saber de qué estaban hablando–, ha dicho mi padre que me informes a mí. ¿Cómo está la cosa? –aventuró.

–Igual que la semana pasada –dijo el aparejador tras una vacilación–, el de Tarento exige una respuesta sobre el asunto del ascensor. Por eso quería hablar con tu padre, para ver qué debíamos decirle.

La furia, la náusea. Lanzó al aire una moneda imaginaria.

—La respuesta es no —dijo Michele.

Volvió al comedor. Se sentó de nuevo a la mesa. El juez y su padre estaban hablando del turismo en la zona de Salento.

Hacia las doce y media de la noche, cuando el juez ya se había marchado, Michele se quedó fumando en el jardín, como solía hacer cuando era adolescente. La luna estaba llena y pálida. Enjambres de mosquitos se arremolinaban alrededor de las farolas de la entrada. La sensación de náusea continuaba. Oyó un ruido entre los arbustos. Tuvo una intuición, pero estaba envuelta en otra cosa que debía descifrar, así que no se volvió para mirar. Dio una calada a su cigarrillo. Tosió. Se encaminó hacia la casa.

Entró por la puerta principal. Annamaria y la criada estaban ordenando. Ruggero había vuelto a su casa. Gioia había salido. Michele subió las escaleras. En cuanto estuvo en el piso de arriba, se detuvo. Respiraba con lentitud, como si luchara por superar la sensación de incredulidad. La puerta de su habitación estaba abierta. Se mordió el interior de la mejilla, entró velozmente en la habitación. Encendió la luz de inmediato. La cama. El armario. Le pareció ver algo por el rabillo del ojo. Durante una fracción infinitesimal de segundo, se tranquilizó. Luego comprendió. Solo una almohada tirada en un rincón. Empezó a silbar nerviosamente. Se estiró en el suelo, miró debajo de la cama. Volvió a ponerse de pie. Abrió el armario y empezó a rebuscar entre la ropa. De pronto, se sentía agitadísimo. Cogió la silla, la colocó junto al armario. Se subió encima. Comprobó la parte superior del mueble. Se bajó de la silla. Salió. Miró en el cuarto de baño, luego en la habitación de Gioia. Recorrió el pasillo hasta el dormitorio principal. Abrió la puerta sin llamar. Su padre se revolvió entre las sábanas.

—Pero ¿qué pasa?

Michele no contestó. Encendió la luz. (Le pareció percibir cómo su padre curvaba los dedos de los pies, le dio asco). Recorrió la habitación de un lado a otro. Abrió el armario, aunque fuera un gesto inútil.

—Pero ¿qué pasa? ¿Qué pasa?

Michele apagó la luz y salió. Corrió al piso de abajo. Una hermana, una madre. Empezó a llamar en voz alta. Silbó repetidas veces. La cabeza de Annamaria asomó desde la cocina.

—¿Qué ha pasado?

—¡Lo que ha pasado es que deberíais haber mantenido esa puta puerta cerrada! —gritó Michele, mirándola con odio desnudo, y de pronto todo volvió a la superficie, todo era claro, transparente, resplandeciente.

Avanzó hacia ella. Annamaria retrocedió. Michele miró en la cocina. Evidentemente, la gata no estaba allí. Se precipitó al jardín. Ahuecó las manos sobre la boca y empezó a llamarla.

—¡Joder, joder! —gritó al cabo de cinco minutos, dando pisotones.

A pesar de la luna, era difícil ver en la oscuridad. Entonces corrió hacia la casa. Volvió a salir llevando en la mano la linterna ya encendida. Apuntó con ella a los arbustos, a las plantas, levantó el haz de luz hasta los árboles. Mientras tanto, seguía llamando. Una madre. Una hermana. Y ahora una gata.

Tras una hora de búsquedas infructuosas, empezó a barajar la idea de que la gata hubiera vuelto sobre sus pasos y regresado a casa voluntariamente. Así que decidió ir a su habitación. Subió las escaleras acariciando la absurda esperanza de que todo hubiera sido una pesadilla. La gata no estaba allí. Michele se sentó en la cama. Estaba agotado. Se llevó las manos a la cabeza. Luego se tumbó. Dos minutos. Descansaré solo un par de minutos, dijo en voz alta, con la esperanza de despertar de la pesadilla.

Se despertó dando un respingo. Había dormido vestido. En sus pies la presión de los zapatos. Miró la ventana. La débil claridad granulada que precede al amanecer empezaba a extenderse. Se puso en pie. Se pasó una mano por el pelo. Entró en el cuarto de baño para mojarse la cara. La casa estaba sumida en el silencio.

Bajó las escaleras. Abrió la puerta de entrada y salió al jardín. La luz era más intensa. Las briznas de hierba, y los árboles, y la fuente, y los rosales. Miró a derecha e izquierda. Negó con la cabeza. Dos urracas se posaron en el césped. La imagen de la gata en una carretera asfaltada lo aturdió. El desconocimiento total del mal, y el hecho de encontrárnoslo delante de repente. En el fondo, siempre se trataba solo de esto. Subió por el camino de entrada. Llevaba la ropa arrugada, el pelo despeinado. Llegó frente a la verja. La abrió con un clic. Con un enérgico empujón, abrió una de las hojas. Se quedó mirando. Luego, como si alguien lo hubiera empujado, dio un paso adelante. Otro, y otro más.

De esta forma, a las seis y cuarenta y cinco de una mañana de mediados de junio, treinta y dos días después de su regreso a Bari, Michele se encaminó a pie hacia una ciudad que no veía desde hacía diez años.

TERCERA PARTE

TODAS LAS CIUDADES APESTAN EN VERANO

Un ejército de ventiladores agitaba el calor de una habitación a otra, derrotado por la majestuosidad del junio adriático. Treinta y cinco grados a la sombra. Palmeras mecidas por la brisa húmeda. Este año también había vuelto a ocurrir de repente. El día anterior la gente subía los peldaños de dos en dos y ahora resultaba agotador hasta salir de casa. La estela de un avión surcaba el turquesa puro del cielo. E incluso aquellos que, gracias a un aparato de aire acondicionado, habían pasado de la noche a la mañana sin sufrir el brusco cambio de temperatura, oían al despertarse el zumbido de los ciclomotores en los que los chicos abandonaban las clases para darse sus primeros chapuzones en el mar. Bajaban a toda velocidad por la carretera nacional, pasaban junto al muñeco hinchable de la gasolinera, dirigiéndose a las playas de Mola y a San Vito. De manera que, en los adultos, la idea del verano nacía ya henchida de nostalgia, disolviendo el recuerdo en envidia.

La señora Grazioli se despertó a las siete y media. Desayunó treinta gramos de copos de avena en un tazón de yogur desnatado. Se permitió un café. Volvió al dormitorio. Encendió su smartphone y esperó en vano un mensaje de su hija. Se fumó un cigarrillo. Al otro lado de la ventana podía verse la piscina: tenía el esplendor de algunos cuadros de la escuela del realismo americano. La juventud era en verdad muy poca cosas sin un paquete de fondos de inversión. La mujer dejó caer la bata en el parquet. Se desabrochó el sujetador, se quitó las bragas. Se inclinó sobre la cómoda. Sacó el biquini y se lo puso. Fue al cuarto de baño. Se calzó las zapatillas, cogió el albornoz. Cogió el paquete de cigarrillos y el último número de *Astra*. Se puso las gafas de sol, lista para el baño matutino.

Antes de salir, apagó las luces exteriores. Lámparas de pared. Grandes focos ovalados de poliuretano. Su marido insistía en dejarlas encendidas durante la noche, estaba convencido de que ahuyentaba a los ladrones. Menuda tontería. La mujer salió al jardín. A los dos pasos, vio la bolsa de basura rota, los restos de la cena sobre el césped. Solo Dios sabía qué clase de animales salvajes rondaban por la zona, y él dejaba la basura fuera, en la puerta. Como si no bastaran los montones de polillas muertas al pie de los focos. Ya se ocuparía de ellas la criada, pero mientras tanto ella ya las había visto.

Caminó hasta la tumbona. Por un momento desafió al sol desde detrás de los cristales oscuros de sus gafas. Se las quitó, dio unos pasos adelante y se zambulló. La piscina azul. Escamas de luz brillaban en el fondo. La decadencia comenzaba con una piscina con un mal mantenimiento, pero el equilibrio químico del agua aquella mañana era perfecto.

Después de veinte piscinas, la señora Grazioli pensó que ya había tenido bastante. Salió subiendo por la escalera. Su cuerpo encorvado y arrugado, iluminado por una estrella a millones de kilómetros de distancia, era la única imagen de vulnerabilidad que se ofrecía al testigo imaginario.

Se echó en la tumbona. Se desabrochó la parte superior del biquini y se preparó para recibir el sol. Luego se deleitó fumando un Marlboro rojo.

Terminada la lectura del horóscopo, se ciñó el albornoz y se puso en pie. Había llegado el momento de pasar revista a las rosas.

Cherry Brandy. Dame de l'Étoile. La hibridación obraba milagros. Prueba de ello era que las pobres Albertines (una variedad cuyas flores habrían tenido el mismo aspecto cuando las admiraban los bisabuelos de sus abuelos) ya estaban marchitas y agostadas por el calor. Mientras las miraba pensativa, la señora oyó un portazo al otro lado del seto. Entonces se puso rígida. La casa del vecino. Qué fastidio. Ahora se vería obligada a saludarlo.

Si se hubiera cruzado con él solo un mes y medio antes –pensó, aguijoneada por el disgusto–, le habría echado en cara el jaleo nocturno. Como el exsubsecretario era viudo, no era difícil imaginar la causa. No solo la música. No solo las luces de las ventanas bien protegidas por las cortinas. Risas femeninas. Gritos fuertes. Pero ahora hacía semanas que no llegaban señales de vida desde la casa. Así que cuando el rostro alargado y gris de su vecino emergió entre las hojas de los lentiscos, la señora Grazioli se obligó a exhibir una agradable sonrisa.

–Buenos días, señor Buffante.

–Buenos días, señora Grazioli.

La mujer regresó a la piscina. El viejo cruzó la verja del jardín. Se subió a su Maserati negro y lo puso en marcha.

Valentino Buffante conducía por la nacional 100 en dirección al centro de la ciudad. Tenía una cita con sus colaboradores de VersoSud, la fundación para el desarrollo del sur, que presidía desde que perdió su cargo en el ministerio. Estaba de un pésimo humor, sudaba bajo la camisa. Los problemas habían empezado cuando el viejo Salvemini lo había llamado para hablarle del funeral. Invitarlo a participar del dolor de un padre para tener la oportunidad de blandir a su hija, un cadáver, como elemento de persuasión. Se había visto obligado a estrecharle la mano a Costantini. Consiguió evitar al ingeniero. Unas semanas más tarde le había llamado por teléfono el hijo mayor.

–Señor Buffante, perdone que lo moleste. Teniendo en cuenta su experiencia en la administración pública, nos interesaría mucho conocer su opinión sobre un problema que estamos intentando resolver.

Querían que echara un vistazo a los informes hidrogeológicos con los que pretendían convencer al juez de que rechazara la solicitud de embargo. Para salvar el complejo turístico con el que estaban destripando un tramo de costa del Gargano.

Sellos oficiales. Resoluciones. Quizá un par de escrituras con las fechas atrasadas. No estaban buscando una opinión. Lo estaban chantajeando lisa y llanamente.

—¿Cuánto ponemos?

—Lleno, por favor.

O quizá intuían algo, pensó mientras se alejaba de la estación de servicio. Vio cómo el muñeco hinchable desaparecía en el espejo retrovisor. Sospechaban que él había tenido algo que ver en la ocasión anterior, cuando se trató de lograr la aprobación de las variantes relativas a los riesgos geomorfológicos en Val di Noto. Una resolución hecha a medida para el complejo residencial que Construcciones Salvemini estaba acabando de construir allí. En aquella época, Buffante aún era subsecretario. Pero, sobre todo, ella estaba viva.

Recordaba muy bien cuando Clara le había hablado del complejo residencial, porque también había sido entonces cuando ella le pidió que la llevara en coche a Avellino. Envuelta en una gasa transparente de pensamientos mientras subía al coche. Callada e inmóvil durante doscientos kilómetros. Luego empezó a hablar. También a petición de ella, durmieron en Salerno.

Aunque la casa de Buffante estaba disponible, ella prefería refugiarse en los hoteles. Incluso en pequeñas pensiones fuera de la ciudad. Los hoteles ofrecían el grado adecuado de anonimato. Las habitaciones desnudas. El papel pintado salpicado de feos escudos heráldicos. Clara se sentaba en el borde de la cama, cruzaba las piernas para quitarse cómodamente el primer zapato, y cuando volvía a ponerse en pie, normalmente en ropa interior, o desnuda bajo la luz eléctrica, a él le parecía tener entre sus brazos un cuerpo vaciado de recuerdos. Blanca como la cera, parecida a las figuras de ciertos cuadros antiguos en los que basta una segunda mirada para que la máxima familiaridad se convierta en la máxima extrañeza.

Ayudar a su padre con el complejo residencial, de acuerdo, era una petición que tenía sentido. Pero ¿por qué lo obligaba a cruzar Italia de costa a costa? Buffante no sabía si se trataba de un capricho. Aún la conocía poco. Se la había presentado aquel cirujano. Una joven casada que de buenas a primeras se dejaba seducir por un hombre que le doblaba la edad. No había tenido que luchar para conseguirla. Y cuando, ni siquiera veinticuatro horas después de haberla visto desaparecer entre la multitud, se había engañado a sí mismo apostando con audacia al enviarle un mensaje de texto («Estaría bien volver a vernos»), solo había tardado unos minutos en obtener la respuesta: «Claro, esta noche».

Una chica que no llegaba a los treinta años. Aunque su familiaridad con el poder fomentaba ilusiones sobre el encanto de la madurez, Buffante no ignoraba lo que representaba percibir sobre uno mismo el olor de un anciano que, de acuerdo con las leyes de la naturaleza, dentro de diez años podría perfectamente estar muerto. Y, sin embargo, sucedía. Él le enviaba la señal y Clara acudía. Cuando la veía en el lugar donde habían quedado, por regla general en la esquina entre via Fresa y via Lenoci —seria y adusta con el traje chaqueta bajo el que se encontraba la única razón de las horas que pasarían juntos—, el ímpetu que la hacía avanzar hacia el Maserati socavaba toda retórica sobre la necesidad de un cortejo. Clara subía al coche y enseguida preguntaba en qué hotel había hecho la reserva. Parecía que para ella el dato técnico era el único aspecto importante, o tal vez el verdadero placer residía en imaginar entre qué paredes dejaría de tener una historia personal.

Buffante conducía hacia un restaurante. En algunos casos, directamente a un hotel. La ausencia total de obstáculos era el único obstáculo real para comprender bien lo que estaba pasando. Clara hablaba poco. Nunca de su marido. Y cuando llegaba el momento de tumbarse en la cama, afrontaba la tarea convirtiéndose en una completa desconocida. Una chica hallada por casualidad. Una prostituta, o una transeúnte.

Una vez estuvieron dando vueltas hasta las cuatro de la madrugada. La tranquilidad con la que fingía no tener un hogar al que volver resultaba casi vergonzosa. Y ahora le pedía que la llevara a Avellino.

Mientras tomaba las curvas cerradas de la Irpinia, el rostro inspirado y atento de la muchacha lo había persuadido de no hacer más preguntas. Clara observaba con obstinación los relieves oscuros y macizos a través del parabrisas, como si más allá hubiera un imán con una fuerza aterradora.

En Avellino comieron cerca de los jardines municipales. Después del almuerzo, ella dio un paseo sola. Era un hermoso día de febrero. Buffante la vio alejarse entre los horribles bloques de apartamentos de la zona. Pensó que quería un poco de intimidad para telefonear a su marido, y fue a buscar el periódico. Pero Clara no tenía intención de llamar a Alberto. Se dirigió al cuartel. Si Buffante la hubiera seguido, no lo habría entendido.

Los muros rojos dentro de cuyo perímetro había estado encerrado Michele durante sus meses de servicio militar. Inmóvil y silenciosa, la muchacha se quedó mirando durante minutos. El espectro oblongo volvió a llenarse de carne. Las manos frágiles. El torso delgado. El chico tecleó toda la tarde, encerrado en una pequeña habitación, sentado sobre una pila de viejas guías telefónicas. Iba a escribir su artículo mañana, *mañana*. Pues bien, al fin ese día había llegado. Ella no buscaba un recuerdo, sino un comienzo. Hacía poco que había hablado con Michele para desearle felices navidades. Había telefoneado a Roma. Pero Clara no buscaba a ese Michele. Esperaba al otro. De igual modo que ella misma debía de estar evidentemente en otra parte, porque de lo contrario la Clara que se iba a la cama con un viejo repulsivo no tendría ninguna explicación. Captó un destello en la ventana abierta y cerrada de la torre de vigilancia. Ahora Clara podía sentirlo. Estaba convencida de que el demonio resplandeciente de Michele —el rastro que queda tras haber estado con una persona el tiempo suficiente para que sus caracteres primarios se recombinen dentro de nosotros de una forma cada vez más compleja, hasta cobrar vida propia– brillaba en quienes lo habían conocido de pequeño. En consecuencia el Michele que estaba en Roma brillaba en el otro. El que estaba convirtiéndose en adulto, el que se esforzaba por curarse, tal vez olvidar. Pero ella, su hermana, ahora lo convocaba a su lado. *Michele*. Un puntito. Una manchita oscura en el joven adulto que iba todos los viernes a la Galería Nacional a ver a su tigre, esperanzado, inconsciente de la pequeña flor que ella había hecho brotar dentro de él.

Clara le dio la espalda al cuartel. Regresó con Buffante.

Unos minutos más tarde le pidió que la llevara a Salerno. Ya eran las cuatro de la tarde. Aunque la petición carecía de sentido, Buffante enfiló el coche hacia el sur. Era imposible llevarle la contraria, aquel día aún no habían hecho el amor. Acostarse con ella otra vez significaba dividir en más unidades el tiempo que le quedaba de vida (un tiempo que Buffante creía poder ver ahora en su totalidad), de modo que incluso un mismo segundo, reducido a décimas, luego a centésimas y a milésimas, se prolongaría hasta el infinito.

Michele había hecho el servicio militar en Avellino, pero en Salerno estaba la clínica psiquiátrica. En cuanto entraron en la ciudad, Clara insistió en que se detuvieran en el primer hotel que encontraran.

—Aquí —dijo señalándole una horrible pensión con la cubierta de tejas de madera grisáceas. La caricatura de un refugio de montaña.

Él intentó disuadirla. Pero la fuerza que la atenazaba era tan poderosa, tan inequívocamente intensa, que Buffante se vio obligado a ceder. Entraron en el hotel. Se registraron con sus documentos. Subieron a la habitación. Directo, rápido. Luego la chica se vistió de nuevo. Se puso las mallas y la falda y los zapatos y el jersey, y luego también el abrigo, mientras él permanecía desnudo en la cama, recuperando fuerzas.

—Voy a dar un paseo —dijo.

Fue a la planta baja. Salió del hotel. Al cabo de diez minutos estaba fuera del centro de la ciudad. La noche caía entre los edificios de la periferia. El mar brillaba cada vez menos, mientras las luces de la ciudad seguían apagadas. En pocos minutos, la larga avenida que conducía hasta la clínica psiquiátrica se convirtió en una pista desierta, acechada por las sombras que se iban haciendo más densas allí donde se extendía la maraña de las ramas. Clara apretó el paso. Los coches la enmarcaban con sus faros en el último momento. Alguno le hizo luces. Otros silbaron. Un utilitario que circulaba en su dirección aminoró la velocidad antes de pasar junto a ella. Clara se arrebujó en su abrigo. La ventanilla bajó y le susurraron una frase obscena. Luego el coche aceleró y desapareció. Podrían haberla violado y nadie se habría enterado. Para ella no habría sido diferente de lo que había ocurrido en la habitación del hotel media hora antes.

Vio las luces del Alma Mater tras la enésima curva. Acabó de recorrer la avenida. Llegó a la gran explanada que servía de aparcamiento. Los últimos resplandores del cielo, finas franjas sanguinolentas, descendían verticalmente sobre los dos edificios separados simétricamente por un largo camino de grava. Fue desde uno de estos dos paralelepípedos desde donde Michele habló con ella aquel día, cuando le dijo que sería mejor que no fuera a visitarlo. Pues bien, ahora su hermana había llegado hasta allí. Clara se acercó a la verja. Deslizó una mano entre los vórtices florales de hierro forjado. Michele estaba allí dentro. El que había hablado de empezar una nueva vida se había marchado. Pero el chico decidido a quemar viva a su familia, el que apagaba sus cigarrillos en el globo celeste, aludiendo a su encuentro en un lugar más allá de la muerte que solo ahora Clara sentía de modo completo, ese chico estaba allí, se movía alrededor con la lenta respiración del atardecer. Sobre los tejados de la clínica. Entre las ramas de los árboles. En las profundas habitaciones donde ella lo esperaba. Clara le puso una moneda de plata en las manos. Así que ahora él tenía un compromiso. Ella volvería al hotel. Buffante. El cirujano. Luego algún otro. Sabía que ese era el camino a seguir. El bosque negro en cuyo final la esperaba la figura alargada de Michele, blanco y silencioso en la niebla matutina. Sería la otra parte de él, la que estaba en Roma, la que se lo traería de vuelta.

Clara regresó al hotel. Dejó que el subsecretario la desnudara. Dejó que la acariciara. Ahora probablemente él estaba dentro de ella. Empujaba. Se agitaba. Un pobre viejo desnudo, inmerso en un mar cuya magnitud ignoraba. Y cuando Clara cerró los ojos, dejó que su sonrisa fuera interpretada como la respuesta al esfuerzo que el hombre estaba haciendo. Pobres idiotas. Cuando empujaban dentro de un cadáver, solo entonces se convencían de que valían algo.

Una noche preciosa, recordó Buffante.

Y ahora no volvería a repetirse. Adelantó a un camión, luego a un BMW. La torre de Ikea apareció a la derecha. Hablar con los expertos de la Comisión de Impacto Medioambiental. Convencerlos de la validez de esos estudios técnicos. Luego conseguir que el jefe de la oficina provincial cambiara la fecha del dictamen de la Comisión. Eso no sería nada fácil. Y se trataba solo de un frente. Luego estaba el problema de los plazos judiciales. Colar el dictamen entre los expedientes de un procedimiento en curso. Aunque de eso ya se encargaría el viejo Salvemini. Pasó bajo un viaducto lleno de carteles pegados unos encima de otros. Dejó atrás los campos de fútbol base y dos minutos después entraba de lleno en el tráfico de Bari. Pescaderías. Panaderías. Mozos que descargaban mercancías de grandes camiones aparcados en doble fila. El cine Odeon. Luego el bar Gardenia. Buffante intentó no mirarlo. Pero el tráfico era lento.

Aquello fue en otra ocasión. Una tarde de finales de abril. Clara y él estaban sentados en el exterior. La chica bebía un Negroni tras otro. Hablaban del periodista al que ella había hecho que despidieran. Habían pasado cinco años desde que la llevó en coche a Salerno. Una eternidad. Como si el tiempo pesara el doble sobre Buffante por el hecho de verla, pero diez veces más sobre Clara, al ser ella el epicentro del seísmo.

—Hay gente que no se sabe controlar —dijo ella negando con la cabeza. Se había cortado el pelo. Se lo había aclarado de un modo que el conjunto le daba un aspecto un poco salvaje.

—¿El periodista? —preguntó Buffante.

—¿Quién si no? —respondió ella arrastrando las palabras, luego bajó los ojos—. Después de que lo despidieran, continuó calumniándonos. En las páginas del *Puglia Oggi*. Acusó a mi padre de haber presionado al alcalde para que nombrara a no sé qué colaborador nuestro para un puesto en no sé qué departamento. Pero ¿sabes qué?

—¿Sí? —Buffante debía ir con cuidado con el vino.

—¡También conseguí que lo echaran del *Puglia Oggi*! —La chica estalló en una carcajada cavernosa. La voz ascendía desde el fondo de un pozo.

»¿A que no sabes qué tengo aquí dentro? —le dijo, repiqueteando la uña esmaltada de rojo sobre el bolso.

La perfección, pensó Buffante mientras la miraba. A sus treinta y cuatro años tanto podría tener sesenta como dieciséis. Cuando la conoció, el vicio que llevaba dentro era un inquilino poco exigente. Inmaculada a los veintinueve años. Incorrupta a los treinta y uno. Pero ahora los hábitos empezaban a notarse. Las ojeras. La sonrisa apagada. La inminencia del declive la hacía aún más deseable. La cocaína. La cocaína era una bendición.

En ese momento Clara se dio cuenta de algo. Se puso en pie. Se tambaleó. Se volvió de espaldas a él, de cara a la multitud que bajaba por via Re David. Inmediatamente después, Buffante la vio entre los brazos de un hombre. Se hundía literalmente en el traje oscuro de ese desconocido. El subsecretario no lo entendía. Clara se dio la vuelta. Sin necesidad de cogerlo de la mano, arrastró al hombre hacia la mesita.

Parecía reír y llorar, y parecía estar divirtiéndose y queriéndose morir. La parte superviviente de un lento proceso de destrucción. Así que también aplastó esa parte.

—Mi marido —dijo.

Su marido, el ingeniero, asintió con la cabeza, inseguro. Un leve movimiento de la mano. Luego desapareció entre los peatones que seguían pasando por la calle.

En ese momento, Buffante también se puso en pie. Embriagado por la misma fuerza que había percibido cuando ella se echó a reír. Tomó los brazos de Clara entre sus manos.

—Vamos al baño. —Ni siquiera él mismo era capaz de decir si estaba borracho o no.

Le dio cien euros de propina al chico del bar para asegurarse de que nadie los molestara.

Encerrados en el cuarto de baño, el viejo le hundió las manos en el pelo. La sujetó por las caderas. El espacio era estrecho y sin adornos. El retrete, un blanco altar. Todo transcurría de un modo absurdo, desordenado. Clara abrió su bolso. Sacó la bolsita de plástico. Buffante se la arrebató de la mano. Luego, tras besarla en la boca —como si la bolsa fuera algo que le hubiera robado para devolvérsela a cambio de un precio—, la agitó en el vacío. Clara tendió las manos. Él retiró el brazo, riéndose. Entonces la chica resbaló. Acabó de rodillas en el suelo mugriento.

—¡Joder!

Le parecía estar en el vientre de un barco durante una tempestad. Buffante le mostró la bolsita con la coca.

—¡Dámela! —dijo ella.

Impulsado por la potencia de la música que oía resonar a su alrededor, el exsubsecretario dio un paso atrás. Levantó la tapa del retrete. Extendió la coca por el borde. Ni él mismo sabía lo que hacía. La vio abalanzarse sobre la taza del váter. Esnifó la coca con voracidad. Pero en el centro de sí misma estaba tranquila. En una parte que ya no requería ningún contacto con el mundo exterior, sabía que el proceso era irreversible. Estaba contenta de haber llegado hasta allí. La promesa de que un guijarro arrojado a un estanque levante un chorro de agua. La piedra estaba en el aire. Solo Dios podría haberla detenido. En el fondo, entre las corrientes heladas, cuando su cuerpo tocara la superficie verde y arcillosa, entonces el ojo de Michele se abriría de par en par, reflejándose en el suyo.

Tras pasar el atasco de via Amendola, Buffante giró a la izquierda por via Capruzzi. Entró en el aparcamiento subterráneo. Eran las diez menos cuarto cuando hizo su entrada en la sede de VersoSud.

A las doce y cuarto, la secretaria lo informó de que había llegado el aparejador De Palo. Buffante cerró la carpeta que contenía los documentos de Salvemini. Fue a recibir a su invitado.

—Vamos a tomar un café.

Bajaron a la calle. Pasearon por via Carulli, giraron en via Melo. Entraron en el Riviera.

—¡Buenos días, doctor!

El propietario era un hombre robusto de unos cincuenta años, con la frente perlada de sudor. A su lado se encontraba un hombre con mono de trabajo, diez años más joven, la cara devastada por el acné.

Buffante y el aparejador De Palo tomaron un café. El aparejador se comió un helado. El propietario del bar y su amigo se quejaban del calor.

—¡Adiós, doctor!

Salieron a la calle. Bajaron en silencio por via Melo. Volvieron a entrar en la fundación. Buffante se dirigió a su despacho. Cerró la puerta. Esperó a que el invitado se pusiera cómodo. Se sentó frente a él. Abrió la carpeta. Sacó los informes técnicos.

—Veamos —dijo.

—Esos son tal para cual —dijo el tipo del acné cuando los dos se alejaron.

—Cállate —dijo el propietario.

—¿Sabes cuánto cobra de pensión ese tipo?

—Aun así, tuvo que dimitir.

—Vive en una casa de tres plantas. Conduce un Maserati que cuesta más en mantenimiento de lo que tú y yo ganamos en un año.

—No sabes lo que cuesta mantener esto. —Señaló a su espalda la máquina de café.

El granujiento consultó algo en su móvil. El propietario atendió a otros clientes. Siguió charlando mientras se secaba la frente y maldijo los dos ventiladores que no refrescaban lo suficiente.

Luego el granujiento se fue a casa. El propietario almorzó solo, comiéndose un bocadillo. Se sentó a leer el periódico detrás de la caja registradora. Después de una hora sin clientes entraron unos estudiantes universitarios. El local volvió a llenarse.

A las cuatro menos cuarto, apareció un chico de unos treinta años. Un tipo extraño. Delgado, anguloso. Señaló la vitrina donde se colgaban los anuncios. Quería poner el suyo él también. No se trataba de publicidad, añadió. Hacía gala de una amabilidad que parecía poder quebrarse en cualquier momento. Similar a la de ciertos delincuentes. Pero evidentemente no era un delincuente. Dijo que repartía esos papeles por todos los comercios de la zona.

—¿Un gato? —preguntó el propietario, como si le costara asimilar ese concepto. O tal vez porque el chico hablaba demasiado bajo.

El hombre le dijo que podía pegar él mismo el anuncio. Le entregó la cinta adhesiva. Volvió a ordenar las botellas. Un gato perdido. Como si los ciudadanos no tuvieran ya bastantes problemas.

Michele salió del bar. Se encaminó hacia el mar con los puños metidos en los bolsillos. El calor no daba tregua. Le parecía que los edificios temblaban ante sus ojos. Pero era pura determinación. Dientes apretados. Como aferrar un amuleto entre los dedos, la moneda de plata para pagar un viaje a las sombras. La rabia fría. Esa fuerza lo guio hacia la redacción del *Corriere del Mezzogiorno*, donde tenía la intención de preguntarle a Giuseppe Greco por qué motivo seguía en Twitter el perfil de una chica muerta.

—¿Qué dices que te dijo?

—Que dijera que no, señor Salvemini. Me aseguró que fue usted quien había tomado esa decisión.

—Perdona, ¿y cuándo se supone que dijo tal cosa?

—Por teléfono. La otra noche. Llamé para saber cómo debíamos proceder y contestó su hijo. Me dijo que usted le había dicho que me comunicara que debíamos negarnos a la petición...

—¿Mi hijo te dijo *expresamente* que yo lo había hablado con él?

—Sí. O sea, no. Señor Salvemini, ahora no me acuerdo de todos los deta...

Fue en ese momento cuando el aparejador Ranieri se llevó la mano derecha a la sien, y el ligero estado de pánico que había logrado mantener dignamente oculto hasta ese momento empezó a humedecerle el surco del labio superior.

—¿Michele te habló *expresamente* de un ascensor que se iba a construir en un edificio de via d'Aquino?

—La verdad... Verá, el tema se mencionó en algún momento de la...

—¿Él te habló de ello, sí o no?

—Creo que no, pero...

—¿Te habló *expresamente* de un camionero de Tarento?

—De eso, mientras estábamos habla...

—¿Te habló *expresamente* de un inválido?

—No. De esto estoy seguro. El tema de la pierna no se mencionó.

—Pues entonces... —Vittorio respiró profundamente, como si acumular oxígeno ayudara a disipar el color púrpura que se había apoderado de su rostro—, si él no fue el primero en referirse a Tarento, si no te habló de un hombre con una pierna amputada, si no te dijo nada respecto a un ascensor, ¿¡cómo puedes —puñetazo en la mesa— decir —segundo puñetazo— que él te dijo que *yo* había decidido —un puñetazo más— no construir ese maldito ascensor!?

—Señor Salvemini…

—¿Qué le contestaste? —preguntó hablando en voz baja a propósito, para que el aparejador tuviera que esforzarse para entender.

—Qué le contesté… ¿a quién? —Parecía confuso.

—Al de Tarento. Qué le dijiste al tarentino.

—Que no íbamos a construir el ascensor.

—Llámalo.

—¿Cómo?

—Llama al de Tarento. Dile que te equivocaste.

—Verá. Me temo que eso no va a ser posible.

—¿Y por qué razón?

—Porque no tiene teléfono móvil. Sé que es extraño… Siempre llamaba él.

Vittorio susurró algo.

—¿Cómo dice, señor Salvemini?

—Tarento —repitió en voz más alta—, *ahora*.

—¿Tarento?

—No pasas por casa. No vas a ducharte. Si te concentraras lo suficiente, te darías cuenta de que ni siquiera estás hablando conmigo. Ya estás en el coche. Ya vas camino de Tarento.

Si no hubiera entrado nunca en ese bonito apartamento recién pintado, con las molduras de yeso a lo largo del techo y el suelo de parquet, superando la incredulidad de que fuera suyo y no de otra persona (no formaba parte del equipo de la mudanza: aquella era realmente su casa), entonces el esfuerzo necesario para llegar hasta el sexto piso no le habría provocado todo aquel resentimiento. Lo sintió la segunda vez que entró allí.

Llegó al rellano. Sintió dolor en las axilas. Abrió la puerta. La cerró con un golpe de la muleta. Recuperó el aliento. Vio las luces brillando a través de las ventanas del salón. Como el piso estaba orientado al oeste —aunque esto ni siquiera necesitaba saberlo—, los destellos procedían del castillo aragonés, luego estaba el arco luminoso de las grúas flotantes y la difusa nebulosa de relámpagos azules y enanas blancas que eran las llamas de la planta petroquímica y de la fábrica de acero. No estaba acostumbrado a verlos desde lejos.

Avanzó unos metros. Se dejó caer en el sofá. Le pareció más cómodo de lo que había imaginado. Soltó las muletas. Apoyó la cabeza en el cojín, notó la inconfundible sensación de recuperación progresiva. Inmediatamente después llegó la ira.

Le habría costado calcular cuántas vidas habría necesitado para comprar un piso como aquel, pero comprendió con demasiada claridad lo mucho que debió de costarle a la persona que se lo había conseguido. Y así, lo que debería haber sido una sensación de peligro evitado, si no ya un golpe de suerte, se convirtió en mera humillación. Orazio Basile no la habría sentido si no hubiera advertido por un momento el escalofrío del privilegio. Incluso la dignidad nacía del abuso de poder. Debido a las circunstancias en que se había producido el accidente (había estado en el lugar equivocado, con los faros apuntando a la más equivocada de las chicas que tenían la costumbre de pasearse por la carretera nacional desnudas y cubiertas de sangre) le habían ofrecido despreocupadamente lo que para muchos habría sido el sueño de su vida, y ni siquiera se habían molestado en comprobar si el edificio tenía ascensor.

En los barrios cercanos a la fábrica de acero morían jóvenes de treinta años. Niñas de doce años enfermaban. Tumores de estómago, de pulmones. Robustos padres de familia se doblaban sobre sí mismos y en pocos meses estaban muertos. Rostros hundidos. Cabezas calvas. Una de cada dieciocho personas estaba enferma, una tasa de plaga bíblica. Y eso era básicamente lo que Orazio Basile había temido hasta hacía un momento, lo que temían incluso los que venían de los largos años de luchas sindicales. Que hubiera algo sobrenatural en juego. Un dios invencible y cruel. Se emprendían investigaciones que luego encallaban. Se ordenaba la incautación de plantas enteras, pero las plantas seguían funcionando. Se congelaban fortunas enormes, pero las fortunas eran devueltas. Mientras tanto, los hospitales estaban llenos a reventar. Los cirujanos abrían cajas torácicas, serraban cráneos. Pequeños grupos de personas lloraban en habitaciones cada vez más grises y sórdidas. Si ocurriera algo capaz de invertir este ciclo, entonces tal vez decenas de miles de personas tomarían conciencia de que estaban solas en la Tierra. Se armarían con piedras y palos.

Pero ahora a Orazio Basile, de cincuenta y seis años, ex-transportista, con invalidez permanente, le habían regalado un hermoso apartamento en el centro de la ciudad; y no había sido la inescrutable maldad de un ente lejano sino la mezquina crueldad de los hombres, junto con el regalo, lo que había infligido el insulto. Lo uno hacía visible lo otro. Decidió que exigiría el ascensor.

La persona que le comunicó que su petición no iba a ser atendida fue el más imbécil de los lameculos con los que había tratado cuando estaba en el hospital. Orazio Basile salió de la cabina telefónica tambaleándose de ira.

Esa noche subir le costó el doble de esfuerzo. Se estaba habituando a las escaleras, incluso podía prever cada uno de sus movimientos. Sabía que tenía que poner la muleta derecha en el escalón empujando el cuerpo contra la barandilla. Darse impulso de un lado, recobrar el equilibrio inmediatamente después utilizando el segundo punto de apoyo. El pensamiento anticipatorio era tan odioso como el propio esfuerzo.

Bajar hasta la planta baja no era menos complicado. A la mañana siguiente, se encontró abriendo el portón completamente empapado de sudor. En el colmo de su furia, se dirigió hacia el puente giratorio. A mediodía ya estaba en el casco antiguo. Blasfemó. Avanzó con dificultad por detrás de una hilera de coches aparcados, teniendo mucho cuidado de que no lo vieran delante del centro recreativo. El sol caía a plomo sobre el asfalto devastado. Con los antebrazos y las axilas doloridos, vio a las dos chicas en la isla peatonal. Minifalda rosa. Vestido ceñido y vulgar. La de la minifalda estaba mejor. Sería la primera vez después del accidente. Pero también se habría sentido obligado a romperle un par de costillas a golpes de muleta. Siguió caminando.

Una hora más tarde entró en la estación. Sentado en la sala de espera, las manos entrelazadas en los reposabrazos de plástico, miraba el suelo de falso mármol. Empuñó de nuevo las muletas. También haría pagar a aquella panda de idiotas las escaleras del paso subterráneo. Se subió al primer tren con destino a Bari.

Terminó de corregir el artículo. Luego comprobó en internet el impacto del artículo del día anterior. Una larga reflexión sobre el cine de Arthur Penn. Le había costado tres días de duro trabajo. No obstante, mientras veía su reflejo en la pantalla se dio cuenta de que el artículo no había acumulado más de treinta likes.

A esa hora aún había bastante actividad en el periódico. Fue a buscar un vaso al dispensador de agua. Volvió a su despacho. ¿Qué esperaba, después de todo? ¿Que su trabajo circulara tanto que llegara a los responsables de espectáculos del *Corriere della Sera* o de la *Repubblica*? ¿Que se fijara en él la directora de *Ciak*? ¿O que acabara llamando la atención de un Tornatore, un Benigni, alguien que lo recomendara a los organizadores de algún festival internacional?

Bueno, pues sí, esa era exactamente su esperanza.

Giuseppe Greco contempló las mesas vacías del jueves por la noche. Las cosas importantes sucedían en otra parte. Desde luego, no en Bari. Volvió a su escritorio. Tenía que redactar un largo artículo sobre la delegación de la oficina de turismo que visitaba Pekín.

Oyó a alguien charlando en el otro despacho. Trasnochadores como él. Tras otro cuarto de hora tecleando, pidió una pizza. En la oficina del suplemento de viajes, tres redactores trabajaban sentados a una mesa. Giuseppe Greco fue al lavabo. Meó. Se lavó las manos. Volvió al pasillo.

Entonces se dio cuenta de que había pasado de largo su despacho. Volvió tras sus pasos. No lo había visto porque al salir había dejado las luces encendidas, pero extrañamente ahora estaban todas apagadas. Entró. Se detuvo de golpe.

—Disculpe, ¿busca a alguien?

La delgada figura se volvió hacia él. Giuseppe Greco se sintió invadido por una inexplicable sensación de pesar. Como si tocara el casco de un barco hundido y abandonado en el fondo del océano. El recuerdo de la juventud. Encendió las luces.

La silueta se reveló como un joven vestido con vaqueros y jersey negro. Pelo oscuro, pómulos pronunciados y un párpado ligeramente más caído que el otro.

—¿Qué hace usted en mi despacho?

—No, verá... —el desconocido sonrió, Giuseppe Greco volvió a notar la misma sensación de antes—, discúlpeme por la hora, es que quería comprar un espacio...

—Para la publicidad tiene que ir a la quinta planta. Y, de todas formas, a estas horas las oficinas están...

—En realidad —con un salto brusco, el chico se sentó en el borde del escritorio—, es que he perdido a mi gato y tengo que poner un anuncio urgentemente con todos los detalles y teléfonos de contacto.

—Pero es que esta no es la oficina de anuncios. Esta es la página de espectáculos.

Se sorprendió al verse ofreciendo todas aquellas explicaciones. Como si su propósito no fuera sacarse de encima a un desconocido que se había metido en su despacho y que, además, se había tomado la libertad de sentarse de aquel modo en su mesa, sino defenderse de algo.

—Ah, ¿y también se dedican a la cultura?

—De vez en cuando —dijo de forma expeditiva—, pero ahora tendrá que perdonarme porque estoy ocupado, he de terminar una...

El chico hizo otra cosa extraña. Bajó de un salto del escritorio. Atrajo hacia él una de las sillas y se sentó. Se dio impulso con los pies y se desplazó hasta *detrás* del escritorio.

No era solo la insolencia de sus gestos. Sino su desenvoltura en cierta manera amputada. Como si moverse con aquel descaro no le resultara nada fácil y él, el joven, se viera obligado a superar obstáculos invisibles incluso para ir de un punto a otro de la habitación, obstáculos que en el pasado, quizá, habían condicionado su vida de forma inequívoca y que ahora estaban ocultos en un rincón de su mapa interior. Giuseppe Greco conocía esa forma de moverse. Fue esta inasible sensación de familiaridad la que le impidió llamar al guardia de seguridad. Su memoria consciente, mientras tanto, trabajaba a pleno rendimiento intentando desenterrar el resto.

Pero una vez más fue el joven quien se le adelantó.

—Quizá te interese un buen artículo largo sobre Joseph Heller y el arte de la guerra.

Pues claro, pensó el jefe de sección.

—Mis errores de juventud han venido a visitarme.

Se arrepintió de la ocurrencia. Lo había dicho para aminorar la culpa que sentía por no haberlo reconocido, no para tranquilizarlo. Los Salvemini, pensó sin contener su desagrado. Cogió una silla y se sentó frente a él. Michele ya no sonreía. Giuseppe Greco habría dicho que incluso lo miraba con insolencia. Me está mirando con *arrogancia*, con *desprecio*. Observó la cara con mayor atención. Donde recordaba una curva, había un ángulo. Había perdido la desarmante falta de pragmatismo de la adolescencia. A partir de cierta edad emerge la verdadera naturaleza. Se creían los amos de la ciudad. Entraban en tu oficina a las horas más inesperadas porque estaban acostumbrados a hacer lo que les venía en gana.

—Como te decía, he de terminar algo importante —musitó, alimentado por el antagonismo que ardía en los ojos del joven, de modo que brilló entre ellos una hostilidad perfecta, la de quienes se detestan por diferentes motivos, ignorando cada uno el del otro—. Algunos nos vemos obligados a trabajar hasta tarde —continuó—, y ni siquiera tengo claro que el asunto del gato sea verdad. De todos modos, si hay algo más que quieras preguntarme, me parece que tendrás que darte prisa.

—Solo una curiosidad.

—Te escucho.

—¿Por qué sigues la cuenta de mi hermana en Twitter? Clara murió hace más de un mes.

El primer movimiento es tuyo. Ahora sí que se notaba el paso del tiempo. Aparte de los cambios físicos de ambos, todas las cosas que en la última década no le habían sucedido a él, y las que en cambio Giuseppe Greco estaba convencido de que le habían sucedido al vástago de los Salvemini. Un hijo de papá. Un joven que no habría tenido que chascar los dedos dos veces para encontrarse cenando con el director de algún periódico importante. Y ahora, la encarnación misma de la injusticia social tenía la poca vergüenza de venir a sermonearle por un pecadillo.

—Yo también tengo una curiosidad —respondió fríamente el jefe de sección—. Me gustaría saber cómo es posible que alguien como tú haya llegado tan alto.

Michele frunció el ceño. No sabía si el hombre hablaba en serio.

—Abro el *Corriere della Sera* y leo un artículo tuyo sobre los pavos de Flannery O'Connor —continuó el jefe de sección—; luego también en el *Corriere*, un artículo sobre Ellison. Hojeo *Ciak* y ¿a quién me encuentro? Michele Salvemini disertando sobre Herzog como si fuera un amigo de la familia. «La locura de Fitzcarraldo». Un artículo, por cierto, plagado de inexactitudes bastante graves.

Michele estaba ahora desconcertado. Apenas recordaba aquellos textos. Había convertido su hábito del fracaso en un fiel y protector compañero de viaje. Prefería olvidar las escasas veces en que su nombre había aparecido en una publicación importante, como si aquellas muescas en su biografía fueran una amenaza más que un estímulo. Al parecer, sin embargo, alguien recordaba todas esas cosas hasta el mínimo detalle. Realmente, el mundo era un lugar extraño.

—¿Cómo es posible, me he estado preguntando todos estos años —el jefe de sección intentaba revertir definitivamente la propiedad del factor sorpresa—, que un chico problemático como tú se abriera camino? A nadie se le escapa lo importante que es saber relacionarse con los demás en este trabajo. Saber moverse. Un joven incluso mentalmente perturbado —continuó sin pudor alguno—, alguien que nunca se molestó en seguir un curso de periodismo, y cuya única experiencia, antes de marcharse a Roma, la *gran ciudad* —subrayó, lleno de resentimiento—, consistió en escribir artículos que solo alguien como yo podía tomarse en serio. Artículos que nadie más habría publicado. ¿Cómo es posible que a este mismo inadaptado me lo encuentre en el *Corriere della Sera*, en la *Repubblica*, en *Ciak*?

—Yo también me lo pregunto a menudo —dijo Michele sin arredrarse.

—Tu apellido —Giuseppe Greco sonrió malvadamente—, la importancia de ser un Salvemini. Y luego, una vez que has entrado en la camarilla de los periodistas de primera fila, la costumbre que tenéis de protegeros entre vosotros.

—Veo que lo sabes todo sobre mí —el joven se esforzó por permanecer impasible—, mientras que yo sigo sin entender por qué sigues en Twitter la cuenta falsa de una muerta.

—Para poner en guardia a la profesión. —El jefe de sección lo sorprendió una vez más—. Porque tu hermana, viva o muerta, tenía la costumbre de deshacerse de los periodistas que no le caían bien.

Giuseppe Greco bajó los ojos. Era lo que se decía por ahí. Y, en cualquier caso, él no tenía nada en contra de aquella pobre chica. Era a él a quien no soportaba.

—¿De qué estás hablando?

—Ah, ¿no? *Ah, ¿no?* —Giuseppe Greco reaccionó como si Michele hubiera negado algo—. ¡Ah, no! —Levantó la voz, la excitación le hizo arrancar una hoja de papel de su bloc de notas, coger un bolígrafo y escribir en esa misma hoja el nombre de alguien con el ímpetu de quien lleva a cabo un maleficio, como si la secuencia exacta de letras fuera a destruir a Michele, incinerarlo al instante.

Pero Michele no fue incinerado. Su lado más remoto, que era también el más peligroso, esta vez lo protegió. Respiraba en su interior como un monstruo submarino en cuyo vientre yace dormido el hombrecillo de los sueños. Por un momento Michele se vio a sí mismo con dieciséis años. También vio a Clara. Tuvo miedo. Luego la sensación desapareció.

Giuseppe Greco le pasó el papel.

—Pregúntale a él si es verdad o no lo que digo.

—Venir a preguntármelo a mí. Eso requiere valor por tu parte...

Era una tarde preciosa. Llevaban una hora sentados en el viejo Fiesta aparcado bajo un nogal. Campos sin cultivar. Tierra rojiza entre un árbol y otro. Luego el mar, la línea azul. Al otro lado estaban los primeros edificios de Mola. Alquileres muy bajos y buena comida. Era aquí donde la historia se ralentizaba. Pero también era el lugar donde alguien como Danilo Sangirardi podía encontrar refugio para lamerse las heridas entre una investigación y la siguiente.

—Pero a mí me encantan esta clase de cosas —continuó el periodista—, adoro a los hijos desagradecidos.

Hablaba sin parar. Desde que se habían metido en el coche, no había parado ni un instante. Hacía y deshacía. Un muchachote de unos cuarenta años. Pelo rizado amenazado por un principio de calvicie. Su físico robusto transmitía una idea de inagotabilidad, como si el sobrepeso pusiera a su disposición muchas reservas que quemar.

—Más valor me costó averiguar cómo ponerme en contacto contigo —dijo Michele.

Pero el tipo ni siquiera lo estaba escuchando. Hablaba de un contenedor lleno de residuos tóxicos.

—El sistema de ir pasando la pelota. Solo cambian los códigos del formulario y en ese momento los residuos industriales pueden convertirse en residuos de procesamiento agrícola. Desde Alemania a Foggia, luego directamente a Campania y a Albania. Pero parte de la mierda también se queda aquí, no te creas. El otro mes salió un artículo en el *Frankfurter*. Adivina quién escribió sobre ello en Italia, aparte de mí. Nadie. ¿Tú te has enterado de algo? No podías saber nada –se contestó a su propia pregunta– porque publicaron el artículo en *Daunia Oggi*. Más o menos la hoja parroquial. Inmediatamente después nos notificaron que el laboratorio que hizo el análisis había presentado una demanda. Y ahora que lo dices, sí, cuando pienso en quién te dio mi contacto me siento un poco mal.

En cambio, él lo escuchaba todo. Almacenaba cada dato.

–Giuseppe Greco es un imbécil –añadió–, uno de esos periodistas que entrevistan a Peter Gabriel cuando viene a tocar a Melpignano y creen que así se han lavado la conciencia.

Pasó un camión cargado de sandías. Levantó una nube de polvo y desapareció.

Giuseppe Greco, continuó Sangirardi, no había tenido el valor de defenderlo cuando la empresa de piensos Mangimi Mediterranei se querelló contra él, ni se había hecho eco de la noticia de que la demanda había sido desestimada. Y ni hablemos de que lo dejara a él, Sangirardi, escribir en su periódico alguna vez. De todos modos, quizá solo le había dado el contacto porque tenía una cuenta pendiente con la familia de Michele.

–Al fin y al cabo, ¿quién no tiene una cuenta pendiente con vosotros, los Salvemini? –dijo encendiéndose un cigarrillo–. Los que no os temen, os odian. Eso cuando no los tenéis en nómina. Yo no os odio. Es mucho más interesante estudiaros. Sois una de las consecuencias fisiológicas de esta tierra. Cuando no se labra bien un campo, es obvio que luego crecen malas hierbas. Si no hubierais sido vosotros, habría sido otra familia de empresarios.

Michele también encendió un cigarrillo. Miró a Sangirardi. Lo admiraba. Tuvo la impresión de que en él la búsqueda de la verdad iba de la mano de la glorificación personal. Como si la urgencia no naciera de una herida, sino de un desafío, de una competición desesperada a la que él mismo se había convocado.

—Así es —dijo Michele—, pero volvamos a mi hermana.

Sangirardi dejó caer la ceniza por la ventanilla. A lo lejos apareció un punto que empezó a avanzar en su dirección. Lento, tambaleante. Un objeto no identificado en el tórrido aire de junio.

—¿Quieres saber si tu hermana realmente hizo que me echaran del periódico? —Sangirardi se volvió hacia él, sonriendo—. Claro que lo hizo. Dos veces. Primero del *Corriere del Sud*, y luego del *Puglia Oggi*. Pero no creas que fue la única.

A Michele le pareció ver el rostro de Clara emergiendo de un charco de agua.

—Mi currículum es como un parte de guerra —continuó Sangirardi con macabra satisfacción.

Enumeró las publicaciones que lo habían despedido. De nuevo Michele tuvo la sensación de que se trataba de una especie de carrera en la que Sangirardi era devorado por la necesidad de llegar el primero. Había un calendario y una estantería de trofeos, incluso cuando el ganador era el que perdía.

—Si me hubieran dejado las manos libres, habría demostrado con facilidad que tu padre infló los costes de la ampliación del puerto de Manfredonia muy por encima del umbral de la decencia. Habría probado que en realidad teníais en nómina al funcionario de obras públicas de la ciudad, y no me habría resultado difícil probar que construisteis como os dio la gana el complejo residencial de Val di Noto manipulando los coeficientes de sostenibilidad medioambiental. Pero en lugar de eso, siempre pasa algo raro cuando las cosas empiezan a encajar. Desaparece un documento importante. O me despiden.

El extraño objeto que se acercaba resultó ser un carro cargado de fruta. Parecía que tiraba de él un hombre en bicicleta. Una escúter lo adelantó.

—¿Por qué mi hermana hizo que te echaran?

El periodista se quedó con el cigarrillo suspendido en el aire. La melena se mecía al viento.

—¿Qué clase de pregunta es esa?

Se arrellanó mejor en el asiento, como si quisiera estar más cerca de Michele. Quizá sentía lástima por ese joven que no acababa de entender el mecanismo, y Michele, a su vez, notó cómo el coche se balanceaba bajo el peso de su propietario, amortiguadores de mierda, un viejo cacharro traqueteante que se abalanzaba contra un mundo blindado, como demostración de que el periodista estaba en lo cierto.

—La pregunta, en todo caso, es cómo se las arregló para que me echaran con tanta rapidez —continuó sin perder la sonrisa—. Costantini —dijo—, tu hermana era la amante de Renato Costantini. El rector de la universidad. Uno de los grandes accionistas de EdiPuglia. Yo estaba escribiendo un artículo contra tu padre, Clara fue a hablar con Costantini y él llamó al director del periódico en plena noche y lo sacó de la cama.

Ahora se veía mejor el objeto en movimiento. Se trataba ciertamente de un hombre en bicicleta.

—Lamento que se suicidara —dijo Sangirardi con un tono de fatalidad que a Michele no le gustó—. De vez en cuando los veía juntos en Bari —se rascó la barbilla—, a ella y a Costantini. He de decir que llamaban la atención. No era solo la diferencia de edad, ni el tema de la coca. El hecho es que... Eso es. Encontrarlos de repente andando por via Sparano, o bien verlos aparecer bajo los soportales de via Capruzzi para desaparecer justo después en el coche de Costantini. Parecían recién salidos de una alcantarilla. No te ofendas. Era como si brillaran con una luz horripilante. No te lo sé explicar mejor. En un momento dado, cuando *La Gazzetta del Mezzogiorno* empezó a publicar algún artículo que planteaba sospechas sobre ciertas irregularidades en las obras del aeropuerto, parece ser que el director de las obras fue a quejarse personalmente a Costantini. Ya sabes a qué me refiero.

—Alberto. —Michele estaba asombrado.

—Exacto —dijo Sangirardi—. ¿Ves con qué clase de gente se trataba tu hermana? Su marido iba tan tranquilo a pedirle favores al hombre que se la cepillaba. Quizá llegó un momento en que no pudo soportarlo más.

Michele asintió. Sabía que no era eso.

Sangirardi dejó de hablar. Miró a través del parabrisas. Michele hizo lo mismo. Por la carretera corrían las sombras de las nubes, y entre las sombras y el sol traqueteaba el enorme carro. Albaricoques, plátanos. Una pirámide verde de sandías. Tirando de él, el anciano en bicicleta. Ahora que lo tenían cerca, se dieron cuenta de que podía ser viejísimo. Uno de esos viejísimos cincuentones de cuatro o cinco siglos atrás. Todo músculos y nervios. Pantalones de lona, zapatillas de plástico trenzado. De su camisa sobresalían los huesos de un pecho muy bronceado. El cráneo calvo. La boca, una rendija horizontal. Pedaleaba con todo el esfuerzo del mundo, pero sin perder el ritmo, impulsado por una fuerza más primitiva que la de la voluntad. El periodista contuvo la respiración en el asiento de al lado, y Michele sintió que había un pequeño y profundo surco dentro del cual ambos amaban el sur del mismo modo. Luego, empezaron a traducir con distintos diccionarios a aquel viejo flaco que tiraba de una carga veinte veces superior a su propio peso. Sangirardi y él nunca podrían entenderse del todo. Modelos opuestos de orfandad. Tenían más posibilidades de entenderse con sus respectivos adversarios.

En cualquier caso, el periodista fue amable.

Cuando terminaron de hablar, acompañó a Michele en el coche hasta la estación. En el tren regional, Michele se quedó dormido. A las diez de la noche estaba de nuevo en Bari. Salió del paso subterráneo. Caminó por via Capruzzi. No pudo evitar imaginarse la escena que le había descrito el periodista. Su hermana y Costantini saliendo del coche y desapareciendo en la boca de una cloaca. Vio una sombra en movimiento bajo el Fiat Punto aparcado y pensó en la gata. Pero cuando recordó que ahora volvería a casa de su padre se sintió peor aún. Enfiló via Giulio Petroni. Se dirigió a la parada del 19. El cielo ennegrecido sobre su cabeza. Sentía cómo se movían las mil piezas del rompecabezas. Limaduras de hierro sobre una hoja de papel bajo la que se coloca un imán.

Cuando, muchos años después, Gennaro Lopez, antiguo médico forense de la ASL 2, el ambulatorio de Bari, se encontrara rescatando de entre sus muchos aunque confusos recuerdos el más aterrador, es decir, el que más daño podría haberle causado, elegiría la noche en que un joven de unos treinta años llamó a la puerta de su casa y empezó a bombardearlo con preguntas sobre el certificado de defunción de su hermana.

Marcó el número de la doctora Rosaria Nardoni. Tenía el móvil desconectado. Buscó el segundo número que le habían proporcionado. El teléfono sonó en vano. Entonces llamó directamente al Tribunal de Foggia. Pidió hablar con la secretaría del juzgado de instrucción. Tras una breve pausa, contestó un segundo telefonista. Vittorio preguntó por Nardoni.

—¿Diga? —respondió la mujer dos minutos después.

—Buenos días, doctora. —Siguió una pausa incómoda.

—¿Me está llamando... es decir, llama...?

—No, no —se apresuró a contestar Vittorio—, estoy utilizando el móvil de mi esposa.

—Perdone —dijo la mujer, aliviada—, debería habérmelo imaginado. Han sido días muy agotadores.

Vittorio pensó en la mala suerte de haber llamado durante la famosa semana negra, durante la cual en el juzgado llegaban a trabajar hasta tres horas seguidas.

—De todas formas, yo estoy aquí, respondiendo desde el despacho de la secretaría judicial.

El viejo captó la indirecta. Le dio a la doctora el número del móvil de su esposa. La mujer colgó. Al cabo de diez minutos, sonó el móvil. Esta vez la voz tenía de fondo el tráfico urbano. Vittorio comunicó a la mujer que los informes técnicos sobre el impacto hidrogeológico de las villas de Porto Allegro estaban listos. Refrendados por las oficinas administrativas del Instituto Nacional Italiano de Protección e Investigación del Medio Ambiente (ISPRA).

—Claro —dijo la doctora Nardoni. Luego añadió—: Señor Salvemini, la única razón por la que hacemos esto es porque cuentan con la certificación de un organismo del Ministerio de Medio Ambiente.

—Por supuesto —respondió Vittorio en tono despectivo.

Telefoneó al aparejador De Palo. Luego telefoneó a Ruggero. Le habló del ardor de estómago. Ruggero le dijo que era por culpa del estrés. Le recomendó Maalox. Vittorio soltó un suspiro.

—Como comprenderás, ya me lo he tomado.

Luego dijo que le costaba una eternidad hacer la digestión y que tenía los tobillos hinchados.

—Papá —le dijo Ruggero—, tienes setenta y cinco años.

Añadió que si quería hacerse un chequeo, podía pasarse por la clínica en cualquier momento.

—Escucha —lo interrumpió Vittorio antes de que su hijo colgara—. El nuevo director técnico de la ARPA, la Agencia Regional de Protección Ambiental. —El silencio de Ruggero, por decirlo de algún modo, se intensificó. El nuevo director técnico, continuó Vittorio, había gestionado los servicios farmacéuticos de la Agencia Sanitaria Local de Bari hasta hacía dos años—. ¿Lo conoces? —Ruggero no tuvo más remedio que decirle que sí—. Pues verás —dijo Vittorio con voz dolida, sentía crecer la desconfianza de su hijo. Justo ahora, cuando el lío de Porto Allegro estaba controlado por fin, empezaría la supervisión semestral de la ARPA en el distrito de Gargano.

—¿Y qué? —dijo Ruggero—. No tienes nada que ocultar, ¿verdad?

Cuando se ponía así, era insoportable.

—Claro que no tenemos nada que ocultar —se humilló Vittorio—, pero como hay un expediente abierto sobre Porto Allegro, no me gustaría que a los técnicos de la ARPA les diera por tomárselo excesivamente en serio.

—Vamos, que quieres que hable del asunto con ellos.

Vittorio respondió que la crisis allí era terrible, que si el complejo turístico saltaba por los aires sería una catástrofe.

—Los bancos se nos echarían encima al instante.

Estaba seguro de que su hijo se acordaba de todos los avales que había firmado a lo largo de los años.

Después de comer, Vittorio intentó encontrar alguna excusa para hablar con Michele. Hacía un mes y medio que su hijo había regresado a Bari. El anciano nunca habría apostado por una estancia tan larga. De hecho, dejando a un lado la incomodidad inicial, aquella circunstancia le producía un enorme placer. En los últimos días se había sorprendido a sí mismo sintiendo ternura donde tiempo atrás solo hubo incomprensión. En los escasos descansos del trabajo, reflexionaba sobre la posibilidad de que estuvieran restableciendo su relación. Con algunos hijos, la comprensión recíproca llegaba tarde. Lamentaba sinceramente que hubiera perdido a su gato. Era una lástima que no tuviera un trabajo estable. Crecer sin una madre de verdad debía de haber sido complicado. Sin embargo, no era descartable que Michele estuviera por fin a punto de encontrar su camino. Vittorio sentía que las perspectivas eran halagüeñas. Y, además, Michele era el único que nunca le pedía nada. Nunca ni un favor, ni un regalo. El único verdaderamente desinteresado, pensó con gratitud mientras pasaba del salón a la cocina. Entró en el porche, donde por fin lo encontró.

—Hola, papá —dijo Michele.

Tomaron el café juntos. Hablaron del verano que ya había llegado. Michele dijo que en aquella época morían al año solo en Europa más de veinte mil personas debido al calor.

—Lo has leído en internet —señaló Vittorio, subrayando su absoluta falta de pericia con el medio. No contento con ello, añadió—: A mi edad…

Lo dijo como si la confesión de debilidad fuera un homenaje a la de su hijo, convencido de que Michele no captaría la insinuación, como no la captaba del todo el propio Vittorio. Luego le preguntó a Michele si había hablado recientemente con el aparejador Ranieri.

—Sí —respondió el joven sin vacilar.

Vittorio empezó a tranquilizarse. En la maceta de ciclá-menes, a sus pies, dos insectos luchaban salvajemente.

—La semana pasada —añadió Michele—, cuando vino a ce-nar el presidente del Tribunal de Apelación.

Vittorio le preguntó si le había dado alguna instrucción concreta al aparejador.

—¿Sobre qué? —El joven no cayó en la trampa—. Me habló sobre un asunto de ascensores que había que instalar en Ta-rento. No entendí a qué se refería. Le dije que tendría que hablarlo contigo.

—Me lo imaginaba —contestó el anciano, meneando la ca-beza.

Uno de los dos insectos, mientras tanto, había muerto.

Media hora más tarde, Vittorio subió a su dormitorio para echarse la siesta.

Se despertó a las cuatro. Fue a la planta baja. Se preparó otro café. Telefoneó al aparejador Ranieri. El aparejador dijo que no había podido localizar al hombre. Llevaba tres días recorriendo las calles de la ciudad. Incluso se había apostado delante del edificio de via d'Aquino. Evidentemente, había llamado al interfono. Había ido al centro recreativo. Nada. Se había desvanecido en el aire. Vittorio le preguntó si estaba seguro de estar en Tarento.

—¿En qué sentido, señor Salvemini? —respondió el apare-jador Ranieri.

Vittorio acabó por convencerse de que el aparejador Ra-nieri había empezado a chochear. Sintió una oleada de cariño por su tercer hijo como nunca antes.

—¿Por qué crees realmente que lo de Porto Allegro se li-mita solo a un asunto de unos cuantos pinos marítimos ta-lados?

—El bosque mediterráneo —replicó el granujiento—, ¿estás de guasa? Una vez, en Castellaneta Marina, mi suegra arran-có dos matas de romero. Las amontonó detrás del jardín y las quemó. La policía forestal llegó al instante. Dos mil euros de multa. Luego, por si fuera poco, está el problema de la costa. No se puede construir un complejo turístico a veinte metros del mar.

—¿Te acuerdas de los anuncios que salían en los periódicos?

—Los propietarios entraban directamente en la villa con el barco. Creo que intervino la oficina de defensa del consumidor o algo así.

—No fue solo eso. ¿Qué me dices de Rodi Garganico? Allí sí hay villas que realmente tienen amarres privados.

Entraron dos clientes. El propietario interrumpió la charla. Sirvió capuchinos y cruasanes. Los clientes comieron. Luego se marcharon. El hombre retomó la conversación.

—No es solo el bosque mediterráneo. No es la distancia con el mar. Ni te imaginas las porquerías que han hecho en esa zona. Todo el alto Gargano. Cosas que, si yo viviera allí, saldría huyendo con toda mi familia.

Llegó un estudiante universitario. El propietario sirvió el café. El estudiante consumió. Se marchó.

—¿Qué clase de porquerías? —preguntó el granujiento.

—Residuos —respondió el propietario—, residuos especiales enterrados bajo los residuos agrícolas. E incluso esos deberían eliminarse con un procedimiento distinto. Todo el mundo lo dice. Ya hace tiempo que se sabe en qué manos cayó esa zona. Cosas que dentro de unos años podrían acabar estallando...

—¿Como la Ilva?

—Peor aún.

—¿Has hablado con el aparejador Ranieri recientemente? —dijo el hombre mayor al más joven mientras tomaban el fresco en el porche.

Pero para el diminuto ácaro adherido al abdomen de la avispa, solo eran sombras que la distancia no convertía en peligros reales. A pesar de que la avispa era diez veces más grande que él —su aguijón era capaz de provocar un shock anafiláctico en un perro pequeño—, la fuerza impersonal que gobernaba al ácaro lo empujó a atacarla en cuanto detectó su presencia en la maceta de los ciclámenes. La avispa intentó reaccionar, pero fue demasiado lenta. El ácaro pudo hincar sus menudos y afilados dientes en el abdomen, hasta introducirle en el interior sus poderosos apéndices tubulares. No podía saber que la avispa era vieja y estaba débil, y que esta era la única razón por la que iba a poder con ella. Lo sabía su fuerza, y eso era suficiente.

Como hombre instruido que era, Renato Costantini conocía la eficacia de ciertas reapariciones de lo idéntico una vez consumado el delito. Voces que surgen del subsuelo. Fantasmas que solo el sospechoso puede ver. Sabía también que en el mundo real suelen ser obra de gente malintencionada dispuesta a obtener beneficios de ello. Por regla general, chantajistas.

De todos modos, conservaban su angustioso poder. Lo había comprobado la semana anterior. Cruzaba a grandes zancadas la entrada monumental de la universidad cuando lo vio. Sentado solo en un banco de piazza Cesare Battisti. Se fijó en la extrañeza del fular atado al cuello. Le pareció reconocer algo cuyas consecuencias emocionales (un dolor, el sombrío desarrollo de un Viernes Santo) le habían impedido recordar. No se detuvo.

Dos días después se celebró la junta de accionistas de Edi-Puglia. El calor era terrible. La discusión se iba alargando. En un momento dado, Renato Costantini sintió la necesidad de salir al balcón a fumar un cigarrillo. Más allá del rompeolas, el mar estaba tranquilo y se veía metálico en la tarde veraniega. Desde la sala de reuniones le llegaban las familiares voces alzadas. Costantini dio una calada. Bajó la cabeza para cortar de raíz sus pensamientos y reconstruirlos en un orden diferente. Antes de que esto ocurriera —su mente era un camino temporalmente abierto— lo vio una vez más. A unos veinte metros de distancia. Sentado en una mesita del bar de piazza Diaz. Vaqueros y camiseta negra, encorvado sobre las páginas de un periódico frente a una taza de café.

Costantini sintió que se mareaba. La imagen del joven, que caía como un peso muerto en los archivos fotográficos de su memoria, fue a fusionarse con otra casi idéntica. La forma en que Michele se inclinaba hacia delante con las piernas cruzadas. Una inquietante figura geométrica –el triángulo vacío de una red metálica hinchada en campo abierto por un viento tumultuoso– que reproducía la postura de Clara. Antinaturalmente idéntica. Como si el joven hubiera ido hasta allí para desafiarlo pero, tras meterse provocativamente en el papel de su hermana, hubiera sido sometido a su vez. El hombre enfocó definitivamente también el fular. Llevaba al cuello el pañuelo del otro día, el mismo que ella llevaba cuando Costantini fue a rescatarla en el negro embudo de una noche de hacía varios meses, y la chica, en el coche, mirándolo con el labio tumefacto sin seriedad alguna, había convertido una página por lo demás rebosante de significado en un espejo.

Costantini se sintió presa de la ansiedad. Le parecía que Michele ahora, inclinado sobre el periódico en la mesa del bar, el dedo suspendido sobre el papel poroso como un péndulo sobre una cuadrícula alfabética, estaba leyendo precisamente esa misma página. Como si hablara consigo mismo –un susurro inaudible pero real–, diciendo cosas horribles sobre Costantini, detalles que, él en primer lugar, no habría tenido el valor de confesarse a sí mismo. *Clara*. Entonces Costantini volvió en sí. Pero el joven seguía allí en la calle.

Alguien lo llamó a la sala de reuniones. Fue una suerte. Unos minutos después debatía con los otros socios. Estaban discutiendo acerca de la conveniencia de trasladar al extrarradio las costosísimas oficinas del *Corriere del Sud*.

Viernes por la tarde, tercera aparición.

Esta vez Costantini estaba en el supermercado. No había tenido tiempo de ir a la charcutería. Se había visto obligado a recurrir al Conad de viale Unità d'Italia, que estaba abierto hasta tarde. Se sentía perdido entre los largos pasillos invadidos por la luz fluorescente. Lo difícil era evitar la comida de escasa calidad que le valiera una reprimenda de su mujer. Y luego la gente de alrededor. Las caras. El reflejo instantáneo con que su atención captaba el amarillo fosforescente de una oferta semanal. Si uno tenía la suerte de que las cosas le fueran bien, lo último que quería eran pobres a su alrededor.

Miró con aprensión mientras le cortaban en lonchas el jamón. Cogió el pan. Se dirigió a la nevera. La larga bandeja metálica estaba llena de yogures y pésimos quesos industriales. Acababa de apartar la vista de un improbable paquete de croquetas congeladas cuando se topó con él. Delgado, pálido. Empujaba un carrito completamente vacío. La mirada perdida en algo que Costantini parecía no poder quitarse de la cabeza del todo.

Fingiendo no verlo, Michele pasó por su lado. Desapareció al otro lado de la nevera. Costantini sintió que se le erizaba el vello de los brazos, se agarró el estómago por el malestar. Lo habían obligado a asistir al funeral. Luego había aparecido el esbirro del dueño con aquella absurda excusa del abrigo. Intentando chantajearlo para sacar provecho. Pero ahora el joven le había tendido una emboscada más. Llevando en el rostro la palidez de su hermana muerta (en la grotesca torsión de sus labios, la tranquilidad de Clara) estaba haciendo algo que carecía por completo de lógica. A menos que quisiera decirle otra cosa. La hipótesis de que había aspectos de Clara a los que él ni siquiera se había acercado. Universos enteros. Una historia que flotaba por todas partes, pulverizada, sin que Costantini pudiera reconstruirla, como tampoco es posible reconvertir la hoguera en libro juntando las cenizas.

Esa misma noche, tumbado en la cama junto a su esposa, no lograba pegar ojo. Una broma estúpida. El joven intentaba asustarlo. En connivencia con el resto de la familia. Sin embargo, tras la reunión con el aparejador De Palo, Costantini se había puesto manos a la obra. Solo él sabía cuánto esfuerzo le había costado. Pero ¿acaso habían aparecido nuevos artículos hostiles a Construcciones Salvemini en el *Corriere del Sud*? ¿Habían aparecido en *Puglia Oggi*, en la *Gazzetta del Levante* o en cualquier otro periódico donde tuviera siquiera un amigo? ¿Qué mensaje querían transmitirle a través de las apariciones de ese joven? A lo mejor querían que publicaran artículos *a favor* de Construcciones Salvemini. Pero eso era imposible. Seguían devastando una de las zonas más bellas de la región. Dadas las circunstancias, el silencio era el mejor regalo que la prensa local podía hacerle a una empresa como aquella.

Costantini se dio la vuelta en la cama. Su mujer seguía durmiendo. La boca entreabierta, sus rasgos relajados como una máscara de goma. Costantini cerró los ojos para no internarse más por aquella brecha desguarnecida. Pero en cuanto la oscuridad lo envolvió, permitiendo que los contornos de los objetos se convirtieran en un esqueleto de luz, de golpe volvió a verla. Un dibujo encerrado en sí mismo. Exactamente igual que cuando, después de hacer el amor, Clara empezaba a vestirse y él sentía que no había modificado en ella su estado de ánimo ni siquiera durante los dos minutos siguientes.

Al verla por primera vez, oscuramente desenvuelta en la fiesta de los periodistas, le pareció que lo llamaba para llenar un vacío. Esa sensación de que le faltaba una pieza (una invitación que provocaba congoja e, inmediatamente después, agresividad) Clara la emanaba incluso cuando él no estaba allí. Eso quedaba rematadamente claro. Incluso cuando se habían visto el día anterior. Incluso cuando él la acariciaba, le agarraba las muñecas con los puños, intentaba imprimirle en el cuerpo un impulso duradero.

Pero nada de todo eso perduraba en ella.

Paseando por la ciudad, podía ocurrir que Costantini la avistara en compañía de otros hombres. Nunca con su marido. Saliendo de un restaurante con Valentino Buffante. De compras con el director de la Banca di Credito Pugliese. Luego, una noche que ella le había pedido que la recogiera a las puertas de un local para ir juntos a cenar, se la encontró hablando en la penumbra con una especie de viejo simiesco con abrigo y zapatos negros. A Costantini le pareció (pero como en una pesadilla, la intermitencia de un presagio) que se trataba del viejo presidente del Tribunal de Apelación. Para sofocar los celos, tendrían que haber estado ya en el hotel, con los cuerpos hundidos en la cama. La vergüenza y la rabia le impidieron proponer el cambio de planes. Así que, tras hacerla entrar en el coche, Costantini se limitó a conducir hasta el restaurante. Al entrar en via Crisanzio, llegó incluso a preguntarse si ella no se habría ido a la cama con el juez esa misma noche. Quizá solo una hora antes. Suponiendo que efectivamente se tratara del juez. Lo pensó una vez que la tuvo sentada a su lado, mientras le llegaba un tufillo de su olor sumamente tenue, flores mezcladas con sudor. Aunque no lo hubiera hecho, en cualquier caso, era capaz de hacerlo, se dijo. Por tanto, lo había hecho. La indiferencia de algunas chicas guapas. Esa arma devastadora. Si le hubiera tocado a él, mantener en vilo así a dos o tres amantes al mismo tiempo, solo lo habría conseguido mediante fuerza de voluntad. Por brutal e instintiva que fuera. El motivo por el que nunca tendría tanto éxito como ella. Clara no ponía voluntad. No había en ella ni siquiera la estratégica determinación de prescindir de la voluntad. Para Costantini era una especie de rompecabezas que lo volvía loco.

Esa noche cenaron en las inmediaciones de via Amendola. Hicieron el amor en un hotel de Torre a Mare. Pero ya cuando la vio levantarse de la cama y caminar desnuda al cuarto de baño, le pareció que Clara había pasado de ser un cuerpo quieto sostenido firmemente entre sus manos a convertirse en un inalcanzable compuesto de pensamientos ajenos. La imaginó formada de energía pura, hecha posible —en su propia intensidad inmaterial— por lo que hacía con los otros hombres. Exactamente lo que hacía con él. Si hubiera podido espiar por el ojo de una cerradura, no habría encontrado a nadie más que a sí mismo.

Formar parte de la misma lógica significaba no comprender.

Si esperaba siquiera rozar el borde del problema, debía haber volcado el plano sobre el que razonaba. Cambiar de perspectiva. Tendría que haberla visto inmersa en su dolor más concreto. La hierba hasta las pantorrillas en las tardes de verano. Cuando, de un modo absolutamente patético, después de haber ido a cenar a casa de sus padres, Clara se levantaba de la mesa y se iba a pasear por los campos iluminados por la luna.

Pasaba junto a las moreras, se adentraba entre las espigas de gramínea. Luego llegaba a la turbera. Buscaba a Michele. Había existido, en sus vidas, un largo momento de felicidad. Cada vez que iba a su antigua casa, Clara comprendía mejor lo que de otro modo para ella habría sido tan solo la fuerza muda que gobernaba sus días. Así que es esto, se decía después de subir las escaleras hasta el primer piso. Ver la habitación de Michele reducida a un trastero la hacía sentirse mal, pero era la señal de la ofensa. *Es esto, claro que lo es.* Clara la repescaba un instante antes de que la negra gota se diluyera en el mar donde se convertiría en un malestar indistinto, sin origen ni dirección. En cambio, el origen estaba ahí. Había habido un ultraje, un crimen que ahora pedía a gritos una compensación. Clara se imaginaba repitiendo la frase a flor de labios bajo las constelaciones de verano. No es que soñara con la venganza. Le gustaba el orden. Una pequeña maceta de cerámica que colocar en su sitio. Pasó junto a los penachos de los juncos, luego de nuevo frente a los árboles en el cielo radiante de las once de la noche. Sabía que nombrarlo con demasiada claridad era lo contrario de volver a encontrarlo. No bastaba con pasear por los lugares donde a él le había gustado perderse antes de que comenzara aquel maravilloso año. No bastaba con encontrar de nuevo los viejos cómics que ella le había regalado. Había algo empalagoso, demasiado evidente en esos intentos. Al mismo tiempo, eran necesarios para asegurarse de que el verdadero dolor la sorprendiera por la espalda. De repente, sucedía. Clara se sentía desgarrada por la misma emoción que cuando ella y su hermano se peleaban en la cama. La espléndida quietud de los momentos en que Michele la observaba mientras ella hacía un mate por encima de la red. Loca de alegría, tenía la confirmación de que el mundo no estaba hecho de desnudos objetos materiales. Ni siquiera estaba hecho de personas, sino de presencias. *Él y yo liberábamos la energía de los muertos.* En un futuro inaccesible, pero tan cierto como el brote de una semilla ya enterrada, Clara sentía que Michele desenrollaría mentalmente la misiva, le daría voz. En ese momento ella lo comprendía plenamente. Se acordaba de que era un fantasma y no descansaría hasta que las cosas volvieran a ser como debían ser.

Al final regresaba a la casa, lista para despedirse de sus padres, subirse al coche e ir a reunirse con Alberto. Pensaba por un momento en sus amantes, vagas bazas de un juego del que no sabía más que lo que le dictaba su instinto. Se movía en un mar de niebla, confiando en que seguir adelante era lo correcto. Aunque la niebla se espesara, y el suelo bajo sus pies se volviera frío y húmedo. Olor a pantano y a hojas putrefactas antes de que las aguas hicieran sentir su presencia, rozándole la cintura, hinchándole el vestido como un paracaídas.

Fue entonces cuando empezaron las llamadas nocturnas.

Costantini se giró del otro lado. Le dio la espalda a su esposa, temeroso de que el sueño de la mujer arponeara sus secretos. Se acurrucó en la cama. La primera vez, recordó, su móvil sonó poco después de medianoche. Se encontraba en un restaurante del centro con el director de *Puglia Oggi*. Contestó al teléfono. Levantó la mano en señal de disculpa ante una mesa repleta de vasos que ya habían sido llenados y vaciados varias veces. Media hora más tarde, iba conduciendo solo hacia viale Europa. A esas horas la zona estaba completamente muerta, rodeada de campos y tiendas de muebles rebajados y casas horribles construidas ilegalmente. La encontró donde ella le había dicho. Una explanada desierta después de la gasolinera Q8. Quieta en la noche como el centinela de un mundo en el que para entrar no tenía credenciales. Costantini aminoró la velocidad. Clara se subió al coche. Él la miró a la cara y dio un respingo.

—Vámonos de aquí —dijo ella con decisión.

Condujo un par de kilómetros por precaución, luego se detuvo al borde de la carretera. Apagó el motor. Encendió la luz del techo. Se volvió para mirarla.

—¿Se puede saber qué está pasando?

Clara llevaba una chaqueta de cuero, camiseta blanca y fular de seda al cuello. Y tenía el labio superior tumefacto. La rodeaba ese viento eléctrico de los cuerpos que han dejado de luchar. Costantini imaginó que alguien la había arrojado de un coche tras algo que no era capaz de imaginarse. Intentó contener su ira.

—¿Qué te ha pasado? —repitió.

—Nada. —Clara se encogió de hombros. Esbozó una especie de media sonrisa que la hizo inabordable—. Venga, acompáñame a casa.

Él se puso de nuevo en marcha. Intentó decir algo. Estaba agitado, confuso. Estiró las manos dos veces hacia el vacío antes de volver a colocarlas responsablemente sobre el volante. No sabía decir si de verdad la habían golpeado. Mucho menos qué hacía en aquella parte absurda de la ciudad. Le preguntó si se había peleado con alguien. Clara respondió cansada que no se preocupara, que todo estaba controlado.

—¿Ha sido tu marido?

Más que una pregunta, Costantini se sorprendió al reconocer que representaba una esperanza. Ella encendió un cigarrillo.

—Pero ¿qué dices? Alberto está en casa, esperándome.

Tenía el tono de una madre que quiere tranquilizar a su hijo sobre cosas que es mejor que no sepa. Costantini siguió conduciendo, sin perder de vista los reflectores. No hizo más preguntas, porque empezaba a sentirse incómodo. Temía que ella pudiera leerle el pensamiento. Intentó no mirarla. ¿Por qué alguien podía hacerle esto y él no?

Lo que Costantini debería haber sabido —y no podía saberlo, la escena le estaba vedada— no tenía nada que ver con los acontecimientos nocturnos. A esos, tarde o temprano, habría tenido acceso. En cambio, nunca habría podido verla la tarde siguiente, en casa, inmediatamente después de un largo baño caliente, cuando Clara salió de la bañera con la intención específica de telefonear a su hermano. Hacía un mes que no hablaban. Se enrolló una toalla sobre la cabeza. Se puso el albornoz. Bajó la tapa del váter, se sentó en ella, estiró las piernas hacia delante, entrelazando los tobillos sobre el bidé. Se encendió un cigarrillo y marcó el número de Michele.

—¿Diga? —dijo él al cabo de unos tonos.

Diez minutos de conversación sin decirse nada. Llevaban años hablándose así. Pero ella, fumando y charlando, bromeando sobre formas vacías, se acariciaba con satisfacción el labio magullado por los golpes. Buscaba en la voz de este Michele la resonancia inconsciente del otro. Le pareció oírla. Mucho más fuerte que las veces anteriores. Una respiración airada iba creciendo bajo el tono tranquilo, prudente.

Entonces Clara sonrió, muy feliz de que nadie pudiera verla. Esperaba la cosecha. Estaba recibiendo la confirmación de que el viaje a través de la niebla iba muy bien.

La segunda llamada llegó unas semanas más tarde.

Costantini iba a meterse en la cama cuando su móvil se iluminó. Salió al balcón para que no lo oyeran. Su mujer toleraba las infidelidades, siempre que se respetaran las formas. «¿Hola, Clara?». La voz de la chica parecía llegar desde otra dimensión. Lloriqueaba. Dijo dos o tres frases inconexas. Entre los fragmentos de sus palabras, a Costantini le pareció que le pedía que fuera a recogerla al lugar de la última vez. No lo entendió del todo. Ella colgó.

Poco después, circulando a toda velocidad hacia viale Europa, Costantini intentó devolverle la llamada. El teléfono sonaba y sonaba. Pasó por delante del cementerio, del aparcamiento de viale Buozzi. Al cabo de cinco minutos vio la gasolinera. Se detuvo en la explanada y se bajó del coche. La chica no estaba allí. Los arbustos del borde de la carretera temblaban en el vacío desolador. Así que volvió al coche. Cogió el móvil. Intentó llamarla una vez más. Oyó el timbre del teléfono a su espalda. La vio salir de la oscuridad de la noche. Llevaba un extraño vestido vaquero sin mangas, abotonado por delante. Nunca se lo había visto antes. Eso bastó para que se sintiera aún más desorientado. Costantini fue hacia ella. Le puso un brazo sobre los hombros y el otro alrededor de la cadera. Le pareció que ardía. La arrastró con dificultad hasta el coche. La recostó en el asiento del copiloto. Clara cerró los ojos. Tenía otra fea señal en el labio y una más en la frente. Los brazos llenos de arañazos. Gemía como si tuviera una pesadilla. Costantini se preguntó si no estarían soñando los dos. Le desabrochó los primeros botones del vestido. Arañazos también en el cuello.

Clara dijo.

Tras comprobar que no respondía, siguió mirándola. Estaba tan quieta. No era el escurridizo destello que él ni siquiera podía pensar en perseguir, sino un cuerpo joven, físicamente abandonado en el asiento de su coche. Le desabrochó los demás botones, hasta descubrirle el esternón, y luego sus blanquísimos pechos y su vientre. A medida que iba mirando, se quedaba estupefacto. Estaba llena de moratones. Marcas profundas. Costantini la tocó. Se sintió mal. Le desabrochó también los últimos botones, hasta abajo. Intentaba desesperadamente no aprovecharse de la situación.

Volvió a girarse en la cama. Si intentaba mantener la calma, razonar con frialdad, le parecía imposible que se hubiera dejado arrastrar de aquella forma. Haber puesto el pie en algún momento en la casa de Buffante. Sin embargo, había sucedido. Había permitido que el cuchillo girara ciento ochenta grados. Sentía la hoja en su garganta. Podían obligarlo a hacer lo que quisieran.

Observó otra vez a su mujer dormida. Cerró los ojos, él también se durmió.

A la mañana siguiente, caminó cansinamente desde su casa hasta la universidad. Por la tarde, se encerró en su despacho. Se sentía confuso, desconcertado. Trabajó mal. Habló por teléfono distraídamente. Colgaba y perdía la concentración.

A las ocho de la tarde abandonó la sede de EdiPuglia. En el momento de ir a buscar el coche, lo vio por cuarta vez. Al otro lado de la calle. Iluminado por una luz blanca, parado frente a la Apple Store de corso Vittorio Emanuele. Costantini cerró los ojos para no dar un puñetazo en el capó del coche. Querían volverlo loco. Volvió a mirar el escaparate de la tienda. Michele seguía allí. Así que se lanzó hacia delante. Cruzó la calle. El joven se quedó quieto. Así impidió que el hombre llegase a empujarlo. Cuando estuvo a un metro, Costantini levantó el dedo índice para reducir aún más la distancia. Buscó en el joven la postura de su hermana. No la encontró. Nada era nunca como cabía esperar. Entonces le dijo que tenían que parar. Que dejaran de intentar chantajearlo. Era repugnante, añadió. Luego bajó la voz. Trató de explicarse. Le aseguró que era imposible que se le ocurriera hacer algo más de lo que ya estaba haciendo.

Michele frunció el ceño.

Poco después asentía, como si lo hubiera entendido todo a la perfección, punto por punto.

Pasaban por encima de los pequeños castaños y las dolinas de roca calcárea. Sentían debajo la fuerza del verdor de la bahía de Manfredonia, que no era nada en comparación con el verde esmeralda que los atraía hacia el sur. Las costas de Libia, luego el corazón de África.

Producían la impresión de una gran mano negra surcando el vacío, desintegrándose en mil puntos para condensarse después en una forma equivalente pero nunca idéntica, tan cambiante y tal vez igual al estupor de un hombre que los observara desde lejos. Chorlitos dorados. Volando sobre el Gargano. Un par de meses antes de cuando, tras la nidificación, deberían haber iniciado su travesía, como si advirtieran la llegada (agitada por el viento cálido) de un invierno prematuro.

Sobrevolaron la playa de Siponto. Luego el canal de Cervaro, cerca de Zapponeta. A continuación llegaron a Lido San Giuseppe y un pequeño conjunto de casas de turismo rural y de complejos turísticos. Baia Serena. Porto Allegro. Episódicas formas grises en un mapa verde y azul. Los niños apuntaban con el dedo hacia arriba. ¿Cómo sabían los miembros de una bandada tan grande qué dirección tomar con cada batir de alas? ¿Qué los mantenía unidos?

Las explicaciones de los adultos siempre eran erróneas. El líder, decían. Siguen al líder.

No sabían que las bandadas de pájaros no tienen ningún líder. Cada criatura ajusta sus movimientos a los de los congéneres que vuelan a su lado, un prodigio por el cual de la nada parecían surgir la vida y el movimiento. Un juego de espejos sin nada en el centro, semejante al que hace nacer la conciencia. Esa era la razón por la que, al ver pasar los pájaros en grupo, desde la noche de los tiempos a los hombres les parecía encontrar algo de sí mismos.

Luego los chorlitos llegaron a las salinas. Doblando hacia la derecha, mientras sus plumas de color gris oro brillaban al sol, muchos de ellos empezaron a perder altura. Descendían y ascendían de nuevo, de modo que la gran mano negra volvía sobre sí misma segundos antes de convertirse en nada. Era una zona de pequeños estanques y canales de agua salobre. Una espectacular sucesión de cuencas la convertía en un territorio de suma belleza. Para las aves migratorias eran pequeños oasis, el equivalente de los puertos intermedios donde hacían escala las flotas que realizaban viajes intercontinentales. Aquí bebían los chorlitos. Se refrescaban. Se mezclaban con las cercetas, las agachadizas, los delicados flamencos rosados que realizaban las mismas operaciones. Luego reemprendían el vuelo.

Media hora más tarde, la bandada se acercó a San Ferdinando di Puglia. Dado que sus sentidos eran un radar de superficie, reconocían la forma de los arroyos y de las pozas, pero no qué podía haber de totalmente extraño escondido debajo. Aquí, como en Castel Volturno o en Mondragone, etapas de los días anteriores. Tampoco sus sentidos estaban diseñados para asociar a las briznas de hierba y las nutritivas aguas fangosas elementos como el cobalto, el plomo, el manganeso.

Un buen número de chorlitos empezó a caer de repente. Morían en pleno vuelo. Uno tras otro. La gran mano negra, antes de convertirse en una mano más pequeña, adoptó formas absurdas que las leyes de la naturaleza no contemplaban.

Alberto salió del supermercado, los brazos tensos por las bolsas de la compra. Se encaminó hacia casa. Contaba los pasos, mirando a su alrededor con la esperanza de no encontrar caras conocidas. Lo habían buscado por teléfono. Le habían enviado correos electrónicos y mensajes de texto que le expresaban tibias condolencias (señal de que eran la reescritura de frases que al principio parecían demasiado originales). Por no hablar de las tarjetas de pésame. Él no había respondido a ninguna.

Habían metido el ataúd en un nicho a cinco metros del suelo. Habían sellado la losa con letras de bronce y el horrible óvalo de la foto. No podía considerarse una auténtica sepultura. A lo sumo, un subproducto de la construcción urbana. Si el objetivo era alojar a los muertos en una franja invisible donde a veces penetraba el espíritu de los vivos, habían fracasado. El sol se ponía, caliente y rojo entre los edificios. Así que Alberto era el verdadero guardián de su esposa. Por eso necesitaba paz y soledad. A cada hora del día y de la noche echaba un puñado de tierra en la fosa.

La concentración de puntitos negros sobre el centro comercial se iluminó con un intenso rojo bermellón y desapareció. Un destello deformó las nubes de plexiglás. Luego, de nuevo, la realidad.

–Qué fuerte –dijo Pietro Giannelli.

Michele sacudió la cabeza, aturdido.

Estaban sentados en el asfalto, la espalda apoyada en la puerta metálica de un garaje.

–De locos –dijo Giannelli, masajeándose la nuca–, como en la época en que tomábamos ácido en piazza Cesare Battisti. Cuando tú estás cerca, incluso los efectos del DMT duran la mitad.

Michele sentía en la cara el viento de última hora de la mañana. Las pocas nubes blancas como la nieve estaban a punto de desintegrarse con el calor torrencial. El cielo. De niño, hasta los campos de detrás de casa le habían parecido inmensos. Por no hablar de la llanura roja y verde de Salento cuando, a bordo de un tren de Ferrovie Sud Est, iba a la playa de Leuca. Una vez incluso se fue de acampada con su hermana.

Para eso servía respirar aquel aire: uno podía encontrar recuerdos fuera del relato, por así decirlo. Clara y él habían intentado montar la tienda de campaña hasta el anochecer. Ella no se rendía, descargaba fuertes martillazos sobre las piquetas. Llevaba un chaleco de rizo a rayas blancas y anaranjadas. El sur es también este engaño, pensó Michele herido por el sol, una parte que es más grande que el todo que debería contenerla.

Miró a Giannelli con su disfraz de rana. Antaño solía ir a todas partes con los ojos maquillados, la chaqueta llena de tachuelas. Ahora el mundo estaba en una nueva fase.

Una hora antes, Pietro Giannelli estaba repartiendo folletos del Toys Center. Mantenía las distancias con el Hombre Pollo. Sobre todo, evitaba al Gran Cerdo, que regalaba cupones de descuento. El Cerdo era una máquina. El número de cupones que repartía reducía a la mitad los potenciales clientes de quienes trabajaban a su alrededor, y Giannelli había planeado deshacerse de su primer lote de folletos antes de las diez.

Hacía un calor atroz. Los que no se habían ido a la playa entraban en oleadas en el centro comercial. A las diez y media, Giannelli se sintió un poco indispuesto. Asió la cremallera que cerraba la gran cabeza anfibia. Se asfixiaba en aquella jaula de gomaespuma. La cremallera no bajó. Entonces dio un tirón más violento, pero lo único que consiguió fue que la rendija para los ojos ya no estuviera alineada. Verde. Eso es lo que veía ahora. Sintió que su corazón se aceleraba. Se tambaleó. Vio dos sombras negras que se agigantaban a ambos lados del disfraz. Sintió presión a la altura de las orejas. Besa a la rana. Inmediatamente después vio las manos que lo liberaban del arnés.

Cuando la cabeza de la rana bajó por completo, delante de él estaba el rostro delgado y sonriente de Michele Salvemini.

—Por lo menos hace un mes que te espero —dijo Giannelli sin que el otro lo entendiera.

También sacó los brazos del disfraz. Abrazó a su amigo. Luego —mitad hombre, mitad rana— se dirigió a la máquina de bebidas.

Se tomó un Gatorade. Le ofreció a Michele una botellita de agua. Se secó el sudor de la frente. Sin decir ni una palabra, fue saltando hacia el sector H del aparcamiento. Michele lo siguió.

Bajaron por la rampa que conducía a los garajes. Giannelli se sentó a la sombra. Michele lo imitó. El otro metió una mano en su riñonera. Sacó la pipa y el papel de aluminio.

Michele se asustó. Hacía mucho tiempo que sus problemas no se manifestaban más que como leves recaídas. Tenía miedo de que una droga como el DMT despertara en él los monstruos del trastorno permanente.

Giannelli formó una pequeña capucha invertida con el papel de aluminio. La introdujo en la pipa. Sacó los cristales y los puso en la cazoleta. La encendió. Aspiró. Antes de desplomarse hacia delante, le entregó la pipa a Michele. Michele la miró con aprensión. Se la metió en la boca. Cerró los ojos. Inhaló.

El mundo se desintegró en un billón de puntitos. Michele no notó ningún malestar. En cambio, sintió que un par de ojos enormes se abrían de par en par ante él. Lo escrutaban, lo acariciaban amorosamente. Por su parte, él los reconoció y empezó a emocionarse. Luego el mundo volvió a ser idéntico a como era antes.

—De locos —dijo Giannelli, masajeándose la nuca—, como en la época en que tomábamos ácido en piazza Cesare Battisti.

Aunque en realidad estaban hablando de Clara. Era como si lo hubieran estado haciendo incluso antes de que Giannelli sacara la pipa. Como si siguieran el uno junto al otro sentados en los bancos de la plaza, contándose lo que se dirían de adultos si las cosas sucedieran exactamente como acabaron sucediendo.

—Después de la muerte de mi padre, ese fue el golpe más difícil de sobrellevar durante la adolescencia —estaba diciendo Giannelli con una sonrisa que aún no había cicatrizado—. En un momento dado, ella desapareció. Poco antes de que tú te fueras al servicio militar. Me dejó sin decirme nada. Ya sabes cómo funcionan las cosas con los adolescentes. Están juntos quizá durante años y en algún momento la cosa se termina. Sufres, te sientes una mierda, pero todo el abecé que debería ayudarte a descifrar esa pena aún no existe. De repente, tu hermana ya no estaba ahí y yo estaba demasiado hecho polvo como para ir a preguntarle qué estaba pasando. Nunca hablamos de ello.

—De esa época no recuerdo gran cosa.

Michele bajó los ojos. Tomó aire e intentó contarle lo que había ocurrido en el último mes. Le habló del ambiente absurdo que reinaba en casa de su padre. Le habló de Gioia. De lo incomprensible que era que estuviera manejando la cuenta falsa de Twitter de su hermana. Ruggero, le dijo, estaba abducido por su trabajo en la clínica. Y luego estaba Annamaria. Si estaba afligida por la muerte de Clara, no lo demostraba. Michele mencionó el ajetreo constante que había en la casa. Había algo malsano en todas aquellas llamadas que entraban y salían.

—No sé cómo explicártelo. —Extendió las manos como si imitara la forma de un gran gusano subterráneo.

Le habló del presidente del Tribunal de Apelación, que había ido a cenar a su casa.

—Esa noche vomité.

Pero Giannelli siguió hablando del pasado. Sobre sus cabezas flotaba una musiquita que llegaba de la sección de moda. Arrastrado y deshecho por el viento, podía recordar el tema «A Change Is Gonna Come». Giannelli dijo que los primeros tiempos sin Clara los había vivido en una especie de trance.

—Me di cuenta de que la había perdido meses después de la última vez que nos vimos.

Cegado por un delirio solipsista, estaba convencido de que solo se estaban tomando un descanso, de que cualquier día Clara lo llamaría para hablar del tema. Giannelli había llegado incluso a *ponerse a punto*, mientras esperaba ese fatídico encuentro.

—Me apunté a un gimnasio. Empecé a cortarme el pelo en un barbero decente. Llegué a comprarme ropa decente. En resumen, quería causar buena impresión.

Pero en lugar de ese encuentro hubo ese terrorífico partido de fútbol sala.

—¿Fútbol sala? —Michele pensaba que debía de haberse perdido algo de la conversación.

—Sí, sí, después del partido —confirmó Giannelli.

Para no volverse loco, durante esos meses Giannelli no solo iba al gimnasio cada día. Por las tardes entraba en el primer cine que encontraba. Deambulaba sin pausa por el paseo marítimo. Y entonces se enganchó a los partidos de fútbol sala. Uno, dos, cinco partidos a la semana. Al final de cada partido, siempre había alguien que preguntaba quién se apuntaba para jugar al día siguiente. A veces con otro grupo de gente, que frecuentaba una instalación deportiva distinta.

—En Italia, si te tomas en serio el fútbol sala podrías intentar ascender en la escala social.

Así fue como Giannelli se encontró jugando en todas partes. En los deteriorados campos de la zona industrial y bajo la elegante estructura de via Camillo Rosalba. En Poggiofranco. En Carbonara. En un polideportivo de la carretera de Valenzano. A veces su contacto cancelaba en el último momento y él corría por el campo entre completos desconocidos durante una hora. Fue así como una tarde acabó en un equipo de abogados. También había un notario. Gente bastante acomodada. Fue el típico partido entre hombres de mediana edad. Escasa competitividad, risas y gritos de ánimo cuando alguien fallaba un gol cantado. Lo que vino después fue horroroso. En las duchas, uno de los abogados empezó a hablar de una puta menor de edad con la que solía verse en un apartamento del barrio de Libertà. Otro dijo que a él le resultaba imposible empezar el día sin la mamada de la secretaria.

—¡La mamada de la secretaria! —gritó el notario como si fuera un eslogan recién acuñado en una reunión de publicistas.

Las risas resonaron en los vestuarios. Pietro Giannelli, cubierto de gel de baño, empezó a sentirse un poco incómodo. Llegó un momento en que solo se hablaba de furcias y de putas.

—¡A esa vieja furcia un día de estos le voy a meter arsénico en el Valium!

Las «viejas furcias» eran las esposas, mientras que las «putas» eran las mujeres (normalmente muy jóvenes) con las que se acostaban fuera de sus respectivos matrimonios. Empezó el juego de «¿A quién te follarías?» y en cuestión de segundos salió su nombre.

Giannelli dejó de masajearse el pelo lleno de jabón.

Estaba convencido de que había entendido mal. Pero el nombre se repitió. Uno de los abogados más jóvenes preguntó:

—¿La hija de Vittorio Salvemini? Pero ¿está buena?

—¿Que si está buena? No encontrarás en via Sparano una puta que te ponga más cachondo.

—¡Una calientapollas de campeonato!

Entre los vapores de las duchas, una de las voces dijo que estaba tan buena que con gusto se la follaría mientras le pateaba el culo. Otro (quizá de nuevo el notario) añadió:

—Te la cepillas en el suelo hasta que se desmaya. Luego le das bien por el culo.

—¡Hasta que se muera! —Más risas—. ¿Así? ¿Asíííí?

De entre los vapores emergió un cuerpo blancuzco con la polla medio erecta. Fingió intentar sodomizar a su vecino de ducha.

—¡Para ya, gilipollas!

Entonces las voces volvieron a describir el tipo de atenciones que dedicarían a Clara.

Paralizado bajo el chorro de agua caliente, Giannelli hubiera querido morirse. Por un momento, un instinto absurdo le había sugerido que levantara los puños y gritara: «¡Yo, pedazo de imbéciles! ¡Yo me la follé!». Pero la patética verdad era que la había perdido. Ellos sabían quién era ella, pero él nunca había visto a esa gente antes de aquella noche. Clara no volvería a llamarlo nunca. La chica cuyos rasgos había esculpido con tanto esmero durante los últimos meses no existía. En la realidad había otra persona, y ya no tenía nada que ver con él.

—Tuve la confirmación cuando me crucé con ella por la calle —le dijo a Michele.

Una noche, menos de un año después, Giannelli acababa de acompañar a su nueva novia hasta su casa. Mientras pasaba con el coche por via Putignani, la vio. A las puertas de un restaurante, fumando. Nuevo corte de pelo y vestido de lamé. Se reía entre dos hombres de traje gris. Cien metros más adelante, la perdió también en el espejo retrovisor.

Michele lo interrumpió, le puso el móvil delante de las narices.

—Mira esto. ¿Te das cuenta?

En la pantalla estaban las dos mariposas entrelazadas formando un corazón. En la cuenta de Twitter, frases que habrían resultado ridículas si se las hubieran encontrado al desenvolver una chocolatina, pero en este caso el efecto era macabro y carecía de sentido.

«Lucho por la vida».

«La verdad ofende a todos, a todos menos a mí».

«Todo el mundo te quiere cuando estás a dos metros bajo tierra».

—Cada cierto tiempo aparece una nueva. Lo terrible es que cada vez la sigue más gente.

Michele le habló del encuentro que había tenido en Mola con el periodista. Las cosas absurdas que le había dicho aquel otro tipo unos días antes por la calle. Renato Costantini. «But I know a change is gonna come. Yes, it will», canturreó en su cabeza, consciente de que el tema que sonaba en la sección de moda era otro.

Giannelli siguió hablando, y por primera vez pareció dejar de irse por las ramas. Después de aquel partido de fútbol sala, dijo con un suspiro, no paraba de toparse con gente que tenía noticias de ella. Quizá era lo que siempre sucedía. No paraban de llegarle rumores, cotilleos. Un día se encontró por casualidad con Vanessa Lovecchio.

—Creo que la conoces. Su padre es amigo de tu padre.

—¿Quién es?

—Saverio Lovecchio. El director de la Banca di Credito Pugliese.

A Michele se le disparó el corazón.

Esa tal Vanessa, dijo Giannelli, había ido al mismo instituto que él. En cuanto lo vio, se le echó prácticamente encima. Lo arrastró sin que él opusiera resistencia alguna hasta el bar más cercano.

—Estaba fuera de sí.

Sentada a la mesa, lo había señalado con el dedo. «Tú —le dijo— salías con Clara Salvemini».

Él asintió. Ella le gritó que aquella cerda había destrozado a su familia.

—«¿En qué sentido?», le pregunté yo. «En el sentido de que se está follando a mi padre, ¡coño!», dijo ella, conteniéndose para no romper algo.

Vanessa había conocido a Clara una noche, hacía muchos meses. Habían cenado todos juntos en un restaurante. Vittorio y Annamaria, Clara, y luego el padre y la madre de Vanessa. En los días siguientes, Vanessa y Clara se hicieron amigas. Quedaban para el aperitivo. Cotilleaban. Por las noches iban a fiestas. Y unos meses después su padre se la follaba.

A Michele le pareció que dos de las muchas piezas que se arremolinaban en su cabeza acababan de encajar.

—Y luego —dijo Giannelli, moviéndose un poco hacia él, porque la sombra por ese lado se iba acortando—, en cierto momento dijo que su madre había sufrido una crisis nerviosa y que a ella todo aquello le daba un profundo asco: una vez, al pasar por la sede central del banco, incluso había sorprendido a su padre charlando con Alberto. Lo que evidentemente era el colmo.

—Alberto —repitió Michele con tristeza, al notar que encajaban dos piezas más. Observó el cielo estival.

—No sé cuánto hay de verdad en todo esto. La chica parecía incapaz de contenerse.

—Los están chantajeando.

—¿Quién?

—Los están chantajeando porque ella se acostaba con ellos y todos están casados.

Michele sacudió la cabeza, del modo en que uno lo hace cuando la satisfacción de haber comprendido algo se desmorona ante la evidencia de que esa media verdad es totalmente ilógica, aparte de inútil, hasta que descubras el resto que la completará.

Entonces Giannelli le habló de la última vez que la había visto. Ahora ya casi era la hora del almuerzo. El bullicio había aumentado. La música, desaparecido. Ruido de carritos de la compra, de coches.

—Fue una noche no hace ni un par de años.

Se la había encontrado por casualidad en una cafetería que abría hasta tarde. Horrendas paredes de mármol, luces de neón por todas partes. Se había parado allí para comer algo antes de irse a la cama, y estaba sentado en un taburete con un bocadillo de pan rústico en las manos cuando ella entró en el local. Pelo cortísimo. Falda de cuero y camiseta blanca. Los brazos desnudos. Más delgada de lo que la recordaba. Y sola. Clara tomó la iniciativa. Le dio una palmada en el hombro. Se saludaron con una especie de afecto congelado, pero aún perceptible. Giannelli la invitó a una cerveza.

—Y —le dijo a Michele—, como te habrás dado cuenta, tengo cierta experiencia en este tipo de asuntos. Clara iba colocada hasta las cejas.

—Me lo imagino.

—Con todo, se mantenía en pie, controlaba. Hablamos un poco de todo.

—¿De mí también?

—Estuvimos unos veinte minutos así —dijo Giannelli.

Ella ya no parecía la diva a la que miras mientras hojeas una revista. Era la diva que te encuentras por la calle muchos años después de su último éxito y notas las diferencias con respecto a las fotos de la prensa. Y así se confirman los peores chismes. Comprendes que, si se te pasara por la cabeza, podrías sacar un cuchillo y destriparla. Dejarte llevar por el ambiente. Así que, aunque quería irse a dormir, Giannelli no dio el primer paso. Esperó a que fuera ella quien se despidiera.

—Para no dejarla sola en aquel local a las dos de la mañana.

Michele repitió la pregunta. Preguntó si habían hablado de él. Fue más preciso. Le preguntó a Giannelli si Clara le había hablado de él. Amplió la pregunta antes de que Giannelli pudiera responder. Le preguntó si Clara, tal vez incluso en otras circunstancias, le había hablado alguna vez de él.

—¿Hablado de qué?

—Algún detalle en particular, algo que se te quedó grabado —dijo, conteniendo las lágrimas.

Con su traje de rana, Giannelli se quedó un rato pensando. Él también contemplaba el cielo inmenso.

—Para serte sincero, no.

Al llegar a la estación, percibió en el aire el mismo olor que había respirado en el hospital cada vez que la enfermera abría las ventanas. Se le revolvió el estómago. Cogió las muletas. Rechazó la mano tendida de un joven que lo miraba a través de la elegante montura de sus gafas de sol. Se bajó del tren. Una vez en el andén, siguió la franja de luz que conducía a piazza Aldo Moro.

Avanzó entre grupos de universitarios y mujeres bien vestidas. Si uno se dedicara a contar solo las tiendas de ropa, habría dicho que Bari tenía el doble de habitantes y la renta media de una ciudad del norte de Europa. Vio el cielo más abierto a la derecha, más allá de los edificios del barrio umbertino. Se encaminó en esa dirección, dejando a su espalda un tablero de ajedrez lleno de símbolos y de peones completamente inútiles.

Tras una iglesia reducida a un paralelepípedo gris proyectado hacia lo alto, el paisaje se volvía familiar. Surtidores de gasolina aislados. Ancianos sentados en bloques de hormigón. Era gente con la que se podía hablar. Pidió información a un vendedor de neumáticos que fumaba fuera del taller. Siguió por via Ballestrero. La ciudad era grande y no sería fácil encontrar a la gente que buscaba. Adelantó la muleta derecha y dio un empujón con los dos apoyos a la vez.

Al cabo de una hora, caminaba por el paseo marítimo de Cagno Abbrescia. A la derecha, una larga franja de hierba descuidada. Pasó junto a un pequeño vertedero. Al pie de un edificio derruido, en cuya terraza había un cartel incomprensiblemente nuevo (MARINA SPORT), vio las siluetas inconfundibles.

Una de las mujeres llevaba una cazadora de cuero y bragas negras. La otra llevaba dos botas larguísimas plastificadas que le llegaban hasta la cadera.

Estaba demasiado cansado y cabreado para no tomarse un descanso.

La de las botas levantó la cabeza. Comprendió de inmediato. Teniendo en cuenta que solo tenía una pierna, pensó, había tiempo incluso para un cigarrillo.

El BMW descapotable se salió de la carretera tras una curva mal tomada. Ruggero apretó los dientes. No cometió el error de dar un volantazo. Con un movimiento poco intuitivo pero perfecto, aceleró hasta que el coche quedó atrapado en la nueva trayectoria trazada por el error. La puerta rozó el guardarraíl. Solo entonces, tras reducir la marcha, giró hacia la izquierda. El BMW volvió al carril de la calzada.

—¡Joder! ¡Joder! —gritó.

Ni él mismo sabía si estaba enfadado o satisfecho por seguir de una pieza.

Continuó por el paseo marítimo. Se acercaba a la playa de Pane e Pomodoro. Faltaba poco. No había tenido tiempo de preparar un discurso adecuado. Maldijo a su padre. Improvisó mentalmente las palabras que le diría al director técnico de la ARPA. Pasó por delante de dos semáforos. Al cabo de unos cien metros, vio descollar el gran edificio de la Agencia Regional de Protección Ambiental. Ruggero aparcó.

Entró en el edificio. Le dijo a la recepcionista que tenía una cita con el director técnico. La chica le pidió que esperara. Ruggero fue a sentarse al sofá de enfrente. Vio que la chica hablaba por teléfono, asentía con la cabeza. La chica, a su vez, se dio cuenta de que el hombre daba continuos golpecitos con el pie derecho en el suelo. Terminó la comunicación. Le dijo que el doctor Paparella lo esperaba en su despacho.

—Duodécima planta.

Lo vio desaparecer en el ascensor.

—Escuche, no me gustaría que todo este feo asunto supusiera algún prejuicio respecto a su supervisión en la región del Gargano.

Acabó de pronunciar la frase. Miró a los ojos al director técnico, preguntándose si aquel era el enfoque correcto.

El despacho era una habitación de treinta metros cuadrados con suelo de terrazo. Dos escritorios. Un sofá de cuero de espaldas a los ventanales. En las paredes colgaban grandes carteles plastificados que mostraban las maravillas naturales de la región. Los farallones de Mattinata. Las cuevas de Castellana.

—Mi padre ha invertido muchísimo en esa zona —añadió— y, después de lo ocurrido, francamente, estamos asustados.

No sabía si había hecho bien al tratarlo de usted. Estaba nervioso. Sentía que cada acción que realizaba esa mañana iba un poco por delante del pensamiento que debería haberla calibrado.

—Nuestro trabajo se lleva a cabo con total independencia de las prioridades existentes en la zona de supervisión. —El director técnico empleó un tono exageradamente institucional—. Si intentáramos ajustarnos a ellas, tendríamos que cambiar continuamente nuestros objetivos y estrategias de intervención. No se preocupe —añadió, reforzando la distancia y, al mismo tiempo, tratando de parecer protector—, la Agencia realiza sus análisis sin dejarse influir por nada que no sean sus propios escrúpulos y su sentido de la responsabilidad.

—No, porque en cualquier caso puedo asegurarle que la petición de embargo será rechazada. —Al darse cuenta del acaloramiento con que estaba exponiendo sus razones, intentó refrenarse—. A estas alturas ya es cuestión de días —añadió, recuperando cierta compostura.

—Para nosotros eso es irrelevante —reiteró el hombre, sonriendo.

Junto al escritorio, era imposible ignorar el cenicero de pie. Ruggero también se fijó en la forma de la lámpara. El conjunto sugería la idea de un elegante despacho ministerial de los años setenta que habría entristecido a cualquiera, a no ser que se expusiera en un museo de Londres o de Nueva York.

—Ya sabe, en Italia nunca podemos estar seguros de cómo acabarán ciertas cosas. —Ruggero intentó barajar de nuevo las cartas—. Cuando pienso en la cantidad de puestos de trabajo que mi padre...

—Estoy seguro de que lo que dice es cierto —lo interrumpió el director técnico, bajando los ojos—. No me cabe la menor duda de que su padre habrá respetado todas las restricciones y los chalets no serán embargados. De todas formas nosotros procederemos como de costumbre. Por lo demás, no hay razón para pensar que la superficie del complejo turístico formará parte de la muestra que vamos a examinar. Aparte de las zonas sensibles por definición, las estaciones de supervisión se colocan en lugares diferentes cada vez. Mire, ni siquiera he comprobado si en este caso...

—Son unos chalets muy bonitos, ¿sabe?

El director se interrumpió. Levantó la cabeza. Lo miró fijamente a los ojos.

—No lo dudo —respondió al final.

Ruggero comprendió que el hombre lo había entendido. Así pudo dar por terminada la comedia.

—Esa de ahí la diseñó Gae Aulenti —dijo señalando la lámpara con forma de murciélago.

El director técnico asintió. Dijo que el mobiliario era lo único que la crisis económica había respetado en aquellas oficinas. Luego añadió:

—Por cierto, el servicio de bar de la Agencia es pésimo. ¿Por qué no salimos a tomar un café?

El viento caliente los embistió como si saliera de la tubería de un aire acondicionado industrial. Una vez en la calle, en vez de dirigirse a una cafetería, el director técnico empezó a caminar hacia el mar. Ruggero lo siguió. Más allá de la acera estaban los parterres de suculentas, luego un aparcamiento sin vigilancia. También pasaron por delante. Los ruidos de la ciudad se hicieron lejanos. El director técnico tomó el estrecho sendero que llevaba a la playa.

Cinco minutos después caminaban entre guijarros negros y papeles revoloteando. Enfrente, el Adriático azul y agitado. La playa, si así podía llamarse, no era más grande que una cancha de baloncesto. A unos veinte metros, un hombre con una caña de pescar y botas de goma estaba metido en el agua hasta los tobillos. Las olas acallaban cualquier ruido que no fueran sus voces.

—Escucha —dijo el director técnico—, quiero ser lo más franco posible. Vuestros chalets no me interesan.

Ruggero no respondió. Intuyó que su padre lo había empujado a los brazos de un error colosal.

—El hecho de que hayas venido a hablar conmigo significa que el asunto del embargo es poca cosa comparado con lo que saldría si entráramos en las instalaciones de Porto Allegro con nuestras unidades de control. ¿Me equivoco o no me equivoco?

Ruggero permaneció en silencio.

—Sin embargo, no era difícil de imaginar —continuó el hombre en un tono más amistoso—. No se trata solo de vosotros. Es más, probablemente no podíais echaros para atrás. Sabemos lo que está pasando en la zona desde hace tiempo. Esta supervisión lo destapará todo. El otro día recibimos el informe trimestral de la Sociedad Italiana para la Protección de las Aves. El director general hizo todo lo posible para convencerlos de que lo retrasaran. Habrá una publicación conjunta de los informes. Obviamente, nosotros no podemos examinar esa parte del Gargano palmo a palmo. Por la misma razón que sería imposible una recuperación completa. Nos falta personal, por no hablar de fondos. La mayor parte de la zona siempre permanecerá fuera…

—Mire, no tengo ni la más remota idea de qué me está hablan…

—Sí, claro —lo interrumpió a su vez el director técnico—, tú eres oncólogo, no sabes nada de todo esto. Pero tu padre está bien informado sobre estos temas. Pregúntale y te lo contará. En cualquier caso, te lo repito, para mí los chalets no son más que una complicación. —Hizo una pausa—. Necesito ciento cincuenta mil euros. Y, por desgracia, con cierta urgencia. Siento tener que decirlo así. Si tenéis problemas con el pago en efectivo, podemos llegar a un acuerdo sobre unos honorarios de consultoría falsos. Puedo indicaros a una persona de confianza. A ti, o a tu padre. A quien queráis.

Regresó a casa conduciendo a treinta kilómetros por hora. ¿Qué tengo yo que ver con todo esto?, se repetía una y otra vez. Se sentía desconcertado, deprimido.

Al cabo de media hora pasó por delante de la gasolinera Texaco. Las naves industriales de las Officine Calabrese. La vieja bolera, cerrada desde hacía años, con su gigantesco bolo oxidado que sobresalía por encima de la carretera. Se dio cuenta de que iba en la dirección equivocada.

Cuando, muchos años después, Gennaro Lopez, antiguo médico forense de la ASL 2, el ambulatorio de Bari, se encontrara rescatando de entre sus muchos aunque confusos recuerdos el más aterrador, es decir, el que más daño podría haberle causado, elegiría la noche en que un joven de unos treinta años llamó a la puerta de su casa y empezó a bombardearlo con preguntas sobre el certificado de defunción de su hermana.

En aquella época, Lopez estaba cargado de deudas y consumía dos gramos de coca al día. Había evitado por los pelos que le abrieran un expediente disciplinario. Tomaba Diamet, Lormetazepam, Depakine en gotas, se iba de putas de manera regular y todo esto hacía que le atormentara una evasiva sensación de déjà vu: la sensación de haber leído la misma página del periódico, de haber vivido una escena el día anterior en la cual los mismos detalles sinestésicos se organizaban ante sus ojos.

@ClaraSalvemini:
Todo el mundo te quiere cuando estás a dos metros bajo tierra.

4 retuits 2 favoritos

@pablito82:
@ClaraSalvemini Eso depende del estado de conservación del cadáver.

@ClaraSalvemini:
@pablito82 Muy bueno, te lo aseguro.

9 retuits 4 favoritos

@elmoralizador:
@pablito82 @ClaraSalvemini Una foto como prueba.

@ClaraSalvemini:
@elmoralizador @pablito82 30#rt y adjunto 3 fotos seguidas. Aunque la soledad, esa no se puede fotografiar.

Apartó el iPhone de la punta de la nariz, lo dejó sobre la mesita de noche. Acabó de beberse el zumo de pomelo. También lo dejó sobre la mesita de noche. Se levantó de la cama. Fue al cuarto de baño. Cerró la puerta con llave. Hizo pis. Se subió los pantalones del pijama. Se miró en el espejo. Se encontró guapa. Volvió a su habitación. Cogió su iPhone de la mesita de noche. Contó los retuits. Eran *muchísimos*.

Entonces Gioia se dejó caer en la cama, invadida por un sentimiento que era el colmo de la felicidad y el colmo de la tristeza. Echaba de menos a todo el mundo. Al novio del instituto. El verano de diez años antes. Ciertos dibujos animados de una televisión local. Echaba en falta a su hermana. Incluso echaba en falta la rabia que sentía cuando veía a Clara y a Michele hablando en voz baja, excluyendo al resto del mundo de la conversación.

—Clara, Clara... —susurró, aferrando su móvil, como si le acariciara la cabeza y la regañara cariñosamente.

Luego Clara volvía a casa en mitad de la noche y su marido fingía no darse cuenta. Alberto se volvía en la cama, cerraba los ojos en cuanto el hilillo de luz se extendía bajo la puerta. Oía los pasos en el salón. Los tacones, luego el sonido amortiguado de los pies descalzos. Con un esfuerzo imaginativo extremo (la fiel reconstrucción de lo que ocurre cuando la lengüeta deja de deslizarse por la cremallera), podía oír el crujido impalpable del vestido desprendiéndose de su cuerpo y cayendo suavemente sobre el parquet.

Había estado con otro hombre. Era evidente. En sus gestos, el recuerdo del encuentro recientemente consumado. Con los años, Alberto había aprendido a reconocer la huella. Había aprendido a domarla, a manejarla. E incluso si persistía a la mañana siguiente, cuando desayunaban, Alberto era capaz de conducir la invisible señal de la ofensa a un territorio de la vida conyugal donde Clara volvía a ser suya. Entonces charlaban. Se sonreían. Una prueba de fuerza al revés. Pero ya no. De un tiempo a esta parte, era imposible.

Si la hubiera visto ahora, a las tres de la mañana –el labio partido, los hematomas, los brazos llenos de arañazos–, todo su autocontrol, las extenuantes estrategias para darle forma a lo que de otro modo habría provocado un dolor excesivo, se habrían venido abajo. Por eso él cerraba los ojos. Fingía que no había vuelto. Y, por la misma razón, en un momento dado Clara irrumpía en el dormitorio.

La puerta golpeaba contra el marco, él se sobresaltaba, y esa era la señal de un fuego dispuesto a devorarlo todo.

Ya no llegaba de puntillas. No se metía silenciosamente bajo las sábanas, entregándole la bomba que luego tendría que desactivar él solo. Esa bomba estallaba en el mismo instante en que Clara abría la puerta de par en par, sin que Alberto pudiera hacer nada para evitarlo.

Dejaba que la luz invadiera de golpe el dormitorio. Cruzaba la habitación medio desnuda camino del cuarto de baño. Se metía bajo la ducha, abría el chorro de agua caliente con un gesto decidido de la mano. Feroz, satisfecha. Entonces él no tenía otro remedio que abrir como platos sus jodidos ojos. Ya no resultaba creíble que estuviera dormido. Sabiéndose en el centro de atención de su marido, separados por un insignificante tabique, Clara dejaba correr el agua sobre los arañazos y los hematomas.

Llegados a ese punto, Alberto solo podía refugiarse en la retórica de un antes y un después. ¿Qué más le quedaba para defender la idea del matrimonio? Podía especular con que Clara ya no era ella, que se había vuelto loca o que la coca la había transformado. Si no, ¿cómo podía explicar que la oyera reírse? En la ducha, Clara sollozaba. Reducida a ese estado, se burlaba de la situación.

En los primeros años, las infidelidades habían sido los cadáveres dejados amorosamente sobre el felpudo para que Alberto la aceptara y, de este modo, la mantuviera aferrada a él. Entonces podían ir a cenar. Podían irse juntos de vacaciones. Podían hacer el amor. La vida conyugal recuperaba su equilibrio y, a pesar de todo, los gestos cariñosos que lograban intercambiar eran de verdad; la atención que se prestaban, el intento de protegerse mutuamente, incluso cierta clase de complicidad, todo eso era real.

No había hipocresía en el duro y escrupuloso trabajo con el que Alberto evitaba detestarla o incluso amarla menos. Volvía a acogerla entre sus brazos gracias a un gesto que —en términos de paciencia, de obstinación— era más expansivo que el alejamiento de ella. Pero esta disposición de ánimo podía resultar en algunos casos peor que la hipocresía. Una vez roto el caparazón de la vida cotidiana, cuando Clara se derrumbaba en el epicentro de su vida, ya no funcionaba.

Hubo un tiempo en que las mujeres toleraban las aventuras de sus maridos y preservaban así la paz doméstica. El despotismo de los varones era tan burdo e idiota que nunca las afectaba del todo. Pero en un hombre que soportaba las infidelidades como Alberto, podía haber una opresión aún mayor; en la aparente inversión de papeles, un intento de abuso de poder que aspiraba a lo absoluto. La corrección política de la abyección. La cara presentable de la violencia. Esto era lo que Clara veía cuando se encontraba defendiendo no solo la vida cotidiana, sino todo lo precioso que la acompañaba.

Así, ahora, desnuda y sollozando en la ducha, tan vulgar mientras se reía, herida y sobreexpuesta, destruía de forma irreversible todos los intentos de refrenarse. No había magnanimidad que pudiera remendar un desgarrón semejante.

El agua dejaba de correr. Clara se pasaba las manos por el pelo. Sin siquiera darse cuenta, volvía a verse como una adolescente. Un tránsito físico. Michele. La época feliz de su vida juntos. Las piernas le temblaban. Luego la sensación desaparecía. De nuevo los azulejos de la ducha. Necesitaba que se la follaran de esa forma. Necesitaba dejarse golpear y pisotear. Desde luego, no para herir a su marido. Y ahora que Alberto ya no podía ocultarla bajo las mantas de lo razonable, se veía obligado a contemplar todo el panorama. Entonces a él también le parecía ver en el fondo de Clara una marca opaca e indeleble. Ella había sido feliz. Durante una época muy lejana de su vida, una época que Alberto habría sido incapaz de reproducir ni siquiera a escala, su esposa había sido feliz estando en el mundo de una forma escandalosamente pura, desarmante. Y, lo peor de todo, reflexionaba Alberto con creciente preocupación, era la posibilidad de que el destinatario de los pensamientos más íntimos de su esposa —el objeto de un cántico, de una plegaria—, esa entidad imprevista que él reconocía de golpe como el *auténtico* enemigo, se desprendiera de Clara como una idea que se hace realidad, y odiosa e inesperadamente —pensaba mientras se preparaba para la batalla— se materializase un día en su casa.

Quieto en el sillón, herido por la luz de la última hora de la tarde que empujaba el resto de la casa hacia un pasado hinchado de matices cálidos y de abandono, él escuchaba lo que le decía.

El joven movía el brazo adelante y atrás, como un director de orquesta aficionado incapaz de llevar la ejecución al punto de equilibrio adecuado.

¿Era cierto que él había ido a protestar a Renato Costantini por unos artículos en los que se les había atacado?

No.

Los amantes de ella.

No.

Pero si incluso se había visto con el director del banco. El padre de la amiga de Clara. Otro tipo con el que esta salía regularmente.

No, Michele, no. Sigues muy desencaminado.

El joven no se daba por vencido. Enmascaró sus intenciones de ladrón de cajas fuertes bajo la apariencia de una visita de cortesía. En la mesa de al lado brillaba un jarrón rebosante de anémonas. Bien a la vista, el último número de una revista femenina. La bailarina de porcelana que Clara había hecho que le enviaran desde Londres destacaba sobre la consola en forma de medialuna. Encima de otro mueble –un pequeño escritorio de bordes dorados– estaba su bolso, y las muestras de perfume que ella coleccionaba con la tenacidad de quien trata de huir de la melancolía, consciente de la fragilidad de su pretensión. Cada objeto se cocía a fuego lento en la llama de un tiempo desordenado. Uno tenía la impresión de que de un momento a otro Clara regresaría de sus compras, sonriente y cargada de bolsas, como si su muerte hubiera sido el golpe capaz de empujar la realidad dentro de sí misma, devolviéndola a la dimensión donde debería haber estado desde el principio. Un pasado alternativo, al que había que dar tiempo para que los alcanzara.

Pero ahora Michele había llegado para perturbar este proceso de ajuste. Hacía insinuaciones. Sacaba a relucir de un modo desagradable las costumbres de su esposa.

—En los últimos días me he visto con varias personas —dijo después del habitual intercambio de cortesías—, y en un momento dado me he sentido bastante confuso. Así que he pensado en venir a hablar contigo de ello.

Fingió que tenía las ideas poco claras. Pero, en realidad, quería sonsacarle información. Detalles que, al pasar de unas manos a otras, acabarían por reescribir toda la historia.

—Has hecho bien en venir —respondió entonces Alberto.

Había apoyado el codo en el cojín, girando apenas la muñeca, como si Michele fuese una aparición trémula y él empuñara el mando con el que la señal podía recibirse mejor o incluso desaparecer.

Michele lo había llamado el día anterior, le había enviado mensajes al móvil. Alberto los había ignorado. Así que, justo después de comer, se topó con el chico delante de casa.

Volvía del minimarket al que se había acostumbrado a ir dos veces por semana, siempre a la misma hora. Antes había pasado por el quiosco. El duelo lo había mantenido alejado del trabajo, y ahora vendría agosto. En otoño tal vez no podría volver a trabajar en las obras, o solo hacer lo mínimo, pensó. Cada cosa en su sitio. Dos paquetes de cervezas, con tres botellas cada uno. Pechuga de pollo. Lechuga. Leche fresca. Gestos habituales. Hábitos muy regulares. Construir una fortaleza para amurallarse junto a ella.

Al doblar la esquina, lo reconoció a distancia. Michele sonrió. Alberto entrecerró los ojos, como para aplastar los huevos que la aparición pretendía haber puesto en su interior por el mero hecho de mostrarse allí, en el calor del verano.

Alberto lo saludó. Lo invitó a subir. Michele se ofreció a ayudarlo a llevar la compra.

—Ponte cómodo —dijo Alberto cinco minutos después, notando con satisfacción cómo la expresión de Michele había cambiado. Un cuerpo que delata la diferente densidad del ambiente en el que entra, desorientado por la atmósfera de expectación más que de contrición. Un lugar donde la ausencia de su hermana solo era temporal.

—¿Cerveza?

—Gracias.

Alberto fue a la cocina. Cogió las botellas de la nevera y metió las que acababa de comprar en el supermercado. Con calma, con mucha calma, para asegurarse de que el invitado quedaba aún más a merced de los objetos que lo rodeaban. El nido matrimonial. Su casa y la de Clara. Volvió llevando en una bandeja las cervezas y un bol de palomitas.

Se sentó frente a él, y ya está, ahora estaban hablando.

—Mi hermana y yo llevábamos distanciados un tiempo —dijo el joven—. En casa no hablan de ella. Es muy raro. Antes de regresar a Roma, quería hacerme una idea. Aunque algunas cosas pueden explicarse, hasta cierto punto.

—No viniste al funeral.

Duro, rápido. Primer golpe.

—¿Qué?

—No viniste al funeral. Por eso no te hablan de ella.

Alberto levantó la botella para que fuera el eje a través del cual clavarle la mirada. Bebió un sorbo. No se le escapaba la estrategia del joven, la forma en que le ponía delante una verdad para ocultar los matices que esa misma afirmación habría adquirido si se hubiera vislumbrado desde otro ángulo.

Pero Michele no mordió el anzuelo.

—No creo que sea por eso —dijo—. En realidad les cuesta procesar lo sucedido. Como iba diciendo, en las últimas semanas he tenido la oportunidad de hablar con algunas personas. Por lo que he podido averiguar, últimamente mi hermana tenía un montón de problemas.

—Tampoco viniste a la boda.

Esta vez fue Michele quien dio un sorbo.

—¿Sabes? —respondió—. Por aquel entonces pasaba la mayor parte del tiempo en clínicas psiquiátricas.

Alberto dio un respingo. La forma en que el chico cruzó las piernas permitía vislumbrar un dibujo —tan duradero como un círculo dibujado en el agua— que le pertenecía a ella. La sonrisa con la que Clara últimamente se absolvía de algo que resultaba menos grave que la herida que había abierto con su mirada. Una Clara distinta de la que evocaba el orden del apartamento. Una criatura que no volvía de las tiendas, sino de la tumba, para acabar con esa otra.

—Pues claro que mi esposa tenía problemas, de lo contrario no se habría suicidado.

Alberto ajustó la puntería, apropiándose del recuerdo. Quieto en el sillón, respiraba con autodominio el aire cálido que se estancaba entre las paredes. Seguía sacando provecho del piso, el lugar que Clara había compartido con él, no con su hermanastro, para que así la interferencia se desvaneciera tal y como como había aparecido, y efectivamente eso fue lo que ocurrió.

—Tenía problemas —repitió sacudiendo la cabeza y revolcándose en el fango de un dolor que había cultivado con tanta dedicación que lo había vuelto inabordable para cualquier otra persona—, ninguno de nosotros fue capaz de comprender lo graves que eran. Los que estábamos cerca de ella, quiero decir. —Alzó los ojos con frialdad.

—La cocaína —dijo Michele.

—En efecto, la cocaína. —Alberto intuyó que el chico había sacado el tema de la coca para tratar otro, así que lo mencionó primero, apoderándose de eso también—. Aparte del hecho de que llevaba un tiempo saliendo con otras personas. —Mantuvo la voz firme—. Pero eso era el efecto, no la causa. Clara atravesaba un periodo complicado. Tu hermana era una chica muy sensible. No soportaba la hipocresía. No se protegía.

—Exacto —dijo Michele—. ¿No sería posible que una de las personas con las que salía le hubiera creado problemas? A lo mejor se peleó con alguien.

Por segunda vez, Alberto levantó la mano en dirección al joven. Apretó los dedos con lentitud, como si quisiera aplastarlo. No eres tú quien se casó con ella. No sabes de qué está hecho el sabor de sus labios, no la viste llorar de aquel modo en la terraza del Sheraton. Por mucho que seas hijo del mismo padre y hayas pasado tu infancia en la casa donde también ella creció, a mí me tocó la parte incomparable. Tendrías que haberle puesto la alianza en el dedo. Tendrías que haberla esperado, despierto por la noche con el corazón en un puño, temiendo un accidente, y luego con la esperanza de un trivial contratiempo, porque el temor era ahora que ella estuviera en compañía de otro hombre. Tendrías que haber encontrado fuerzas para seguir abrazándola por los hombros al día siguiente, dándolo todo por sobreentendido, instalándote en una posición de la que ni siquiera ella habría sido capaz de desbancarte.

—No fue eso —respondió Alberto—, no se había peleado con nadie. Si hubiera tenido ese tipo de problemas yo lo habría sabido. Como te decía, estaba pasando por una época difícil. Estaba deprimida. Intenté estar cerca de ella. Hablábamos de ello constantemente. No había secretos entre nosotros.

Un destello. El contragolpe de quien se ha visto acorralado. Entonces Michele lo dijo.

—Mira, Alberto, intenta no malinterpretarme. Lo último que quiero es resultar desagradable. Pero el hecho de ir a hablar con los hombres con los que Clara se estaba viendo. Incluso hacer negocios con ellos. De verdad que no entiendo cómo eso era un modo de ayudar a mi hermana.

—Entonces deberías haberla conocido un poco mejor.

Alberto no se inmutó. En algún momento te cansarás, pensó mientras lo miraba. Te levantarás de esa silla. Desaparecerás por la puerta. Desintegrado por tu idiotez. Tu curiosidad aplastada por el poder del amor desinteresado. Tendrías que haber estado con ella en el altar, medio borracha. Tendrías que haberla arrastrado al hospital después de que se tomara todos aquellos somníferos, ni siquiera un año después de que decidiera casarse contigo. Saber lo que se siente. Sentado con la cabeza gacha en la sala de espera de urgencias. Golpeándote la cabeza contra la obstinada barrera de la vanidad, del amor propio. Y esto, por supuesto, solo era el inicio. Descubrir su aventura con el dueño del gimnasio. Un hombre cuya mano habías estrechado muchas veces. Tragarte el orgullo. Agachar la cabeza. Evitar que la ira se adueñara de ti.

Hubo la época del gerente del banco. Luego Renato Costantini. El subsecretario Buffante. ¿Cómo había podido soportarlo? Esa era otra pregunta equivocada. No debía preguntarse por qué motivo no se había divorciado de ella. Más bien era: ¿por qué ni siquiera se le había pasado por la cabeza la idea de que podía hacer tal cosa? ¿Qué buscaba? O, mejor dicho, ¿qué había encontrado ya que fuera tan fundamental que le permitiera recibir esa clase de humillación como un mal necesario?

Y entonces, una tarde —recordó Alberto, observando la reacción del joven: Michele movía el brazo de izquierda a derecha, todo a cámara lenta—, las cosas se fueron aclarando.

Era marzo. Alberto había vuelto a casa después de pasar el día en una de las obras de Vittorio. Había hablado con Clara por teléfono. Su mujer le había dicho que no la esperara para cenar. Iría al cine con una amiga.

—*Una historia verdadera*, en el Odeon.

Esa fue la respuesta.

Él se lo había preguntado impulsado por el deseo de pillarla en falso. No se dio cuenta de ello hasta que terminó de hablar, cuando la voz de Clara resurgió del silencio con un ligero crujido. Terminaron la comunicación. Alberto se sintió mareado de inmediato. Aferrar la mentira entre sus manos. Un corazón desnudo y palpitante. Hasta entonces había mantenido una distancia prudencial. Sabía que los cónyuges se engañan con la misma certeza con que sabemos que el sol se pone cada noche en las ciudades donde no vivimos. Nunca había intentado ensuciar su conocimiento teórico mediante una prueba. Así que, justo después de la llamada, dejó de lado toda vacilación y fue sin pudor a sacar el periódico de la papelera. Hambriento. Excitado. Una rata que hurga entre los desperdicios. Extendió las páginas de la cartelera sobre la mesa de la cocina. Se le cerró el estómago. La alegría atroz de ver las cosas con los propios ojos. Alberto se dejó caer en la silla. ¡Qué chica tan increíble! Ni siquiera se había molestado en comprobarlo. Pero era en momentos así cuando Clara brillaba en todo su esplendor. *Costantini.* No era raro que Alberto conociera los nombres de los amantes del momento. Pero ahora era diferente. Por primera vez podía especular que ella lo engañaba exactamente la noche en que estaba casi seguro de que ocurriría. Se levantó de la silla. Fue al lavabo. Abrió el grifo. Le parecía tener una gran cuña clavada en la cabeza. Puso el cuello bajo el chorro de agua fría. Luego levantó la cabeza y se miró en el espejo. Devastado, goteando. Apretó los dientes. Entonces sucedió. Sintió que la tensión se derrumbaba sobre sí misma y, en ese momento, ni siquiera comprendía cómo, ya había atravesado el espejo. De pronto solo había paz alrededor, un silencio mineral. Increíble. De este lado todo se volvió diáfano. Vio los dedos de su mujer desabrochando la camisa de Costantini, y los reconoció como *sus propios dedos.* Fue su boca la que dejó que el viejo la besara. Y en el momento en que Clara empezó a hacer el amor, allí estaba él, Alberto, en un lugar tan profundo de su cuerpo que Costantini se convertía en un simple vehículo de carne muerta.

Por eso nunca la abandonaría.

Su segundo nacimiento. A partir de aquella noche, Alberto dejó de preocuparse. Estar al otro lado significaba ver el mundo tal como era. Reconocer la humillación como un error de perspectiva. La ira como arma de quien anhela la derrota. Ahora por fin se sentía fuerte. En esta nueva condición, Alberto podría haber estrechado *conscientemente* la mano de Costantini como *inconscientemente* se la había estrechado al propietario del gimnasio. Incluso podría hablar con él. ¿Y por qué no? Con Costantini. Con el director del banco. Disfrutar de las expresiones estupefactas de los amantes de su esposa.

Por supuesto, nunca era indoloro. Uno tenía que saber sufrir si quería una recompensa semejante. Pero era un tipo de dolor diferente. Un muro contra el que chocar con violencia para encontrarse mágicamente junto a ella, unidos como nadie podía estarlo.

—Conozco a Clara —respondió Michele dejando que su brazo cayera sobre sí mismo.

Solo esto. Entonces el joven sonrió. Mirándolo, una vez más, como ella lo habría hecho unas semanas antes de su muerte.

Alberto notó que se ruborizaba. Los últimos tiempos con Clara, cuando la cocaína se había convertido en una obsesión y ella estaba irreconocible. Cuando regresaba a casa y estaba llena de hematomas. Pálida. Escandalosamente delgada, como si de la piel tirante de sus treinta y seis años emergiera un esqueleto burlón. Una presencia maligna que quería ponerlo todo patas arriba. Obsesionada con un proyecto del que Alberto estaba excluido. Como si esta aterradora pendiente fuera el último acto de una estrategia muy precisa que ella misma —desnuda los domingos por la mañana en el cuarto de baño de casa, las ojeras muy marcadas y una expresión de triunfo desquiciado entre sus huesos lacrimales— acababa de comprender. Releer los años que habían pasado juntos. Convencerlo, con su mera presencia, de que ella siempre había seguido otro camino. Algo anterior a él, mucho más importante. La casa que llevaba años ardiendo en sus sueños cada noche.

Pero la mujer de los últimos meses ya no era su esposa. Era lo que queda de una joven esplendorosa cuando se sale de la carretera derrapando en todas direcciones y los errores acumulados empiezan a ser demasiados. Era un espectro. Una impostora. La macabra presencia que ahora surgía de la misma carne de Michele.

—Sería más exacto decir que la abandonaste —respondió Alberto para librarse de la aparición, disfrutando de la mirada herida del joven—, digamos que te fuiste justo cuando más te necesitaba. Que con la excusa de tus presuntos problemas pusiste el foco sobre todo en tu ausencia. Ausente en la boda. Ausente en el funeral. ¿Dónde estabas cuando ella tomó los somníferos? —Vio que el joven estaba sufriendo, pero la mueca, la sonrisa burlona de Clara, seguía en el mismo sitio—. La llevé *yo* al hospital —tronó entonces Alberto—, tu padre estaba allí para reconocer el cadáver. Tú estabas fuera mientras ella se sumía en la depresión. Dejaste en manos del aparejador Ranieri y del aparejador De Palo la tarea de levantar un cadáver que tú ni siquiera viste. —A Michele le pareció como si alguien le hubiera puesto algo delante de los ojos por error, apretó los dientes en su esfuerzo por comprender; entonces Alberto, asustado, aumentó la presión—. ¿Crees que ella nunca me habló de ello? —mintió, lleno de rabia—. Me lo contó. Me lo contaba todo. Incluso hablábamos de ti. ¿Sabes lo que me contaba? —Ahora empujaba al joven al pozo de su desdicha; Michele estaba sentado en el sofá con el rostro agarrotado, como si todos sus horrores más secretos bailaran ante él, las voces que le hablaban desde dentro, esa locura nunca muerta del todo, mientras la sombra de su mirada, pensó Alberto, seguía en pie en toda su femenina ferocidad, independiente del chico, pero incrustada en él, como si esa fuera la misión de la *otra* Clara: arrastrar a su hermano hasta ese punto—. Me decía que estaba muy dolida, que no llegaba a entenderlo —musitó Alberto—, un hermano al que ella había ayudado tantas veces y él le correspondía con su total indiferencia. ¿Cómo puedes culparla de nada? Echa las cuentas. Desde que te mudaste a Roma, ¿cuántas veces viniste a verla? —Levantó el índice de la mano izquierda—. No creas que fue fácil para ella aceptar todo esto.

Entonces Alberto lanzó un largo suspiro de agotamiento, dándose dos palmadas en los muslos. Cerró los ojos. Volvió a abrirlos. El hechizo se había roto. Parecía como si por la habitación hubiera pasado un huracán. Tejados arrancados. Ramas rotas. Michele lo miraba en silencio. El ambiente volvió a la normalidad. Alberto empezó a sentirse incómodo. Como cuando, al final de una pelea en la que a uno se le ha ido la mano, se pregunta cómo ha sido posible descontrolarse de ese modo. Uno se arrepiente. Valora las consecuencias. Se convence con la cabeza fría de que el error consiste en haber dicho mal lo que se piensa de verdad. Y de esta forma –fuera del torbellino místico del arrebato– uno no reflexiona lo suficiente sobre el hecho de que, tal vez, puede haber dejado escapar alguna información que habría sido mejor guardarse para uno mismo. Vio que el joven apretaba los reposabrazos entre los dedos. Michele se puso en pie.

–Me he dejado llevar –dijo Alberto–, lo siento.

El chico bajó los ojos.

–Claro, no pasa nada. Estos días todos estamos alterados.

Alberto lo acompañó hasta la puerta. Se dijeron otras cosas. Frases de circunstancias que se borraban a medida que se iban pronunciando. Alberto abrió la puerta. Luego, con alivio, lo vio alejarse.

Tras atravesar el extrarradio, entró en la ciudad.

Había recorrido un largo tramo de costa completamente desierto. Naves industriales y edificios que habían quedado inacabados. Luego giró hacia el interior.

Los arbustos empezaron a ralear. Ahora tierra roja bajo el sol. Orazio Basile sudaba con las muletas. Cruzaba una tierra de nadie que le habría parecido idéntica saliendo de Tarento, o internándose en la llanura calabresa. La habría encontrado idéntica en Palestina.

Se topó con un medio idiota que estaba sentado solo en la hierba con una bolsa de plástico en la mano.

Luego, una señora vestida de negro, inclinada al borde de la carretera. Empuñaba una pequeña hoz con la que segaba achicoria silvestre.

A continuación, detuvo a un hombre en bicicleta que no tenía aspecto de pedalear por deporte.

Nadie sabía responderle.

A las dos se encontró en Japigia. La silueta blanca de enormes bloques de apartamentos, todos iguales, apareció tras una curva, la rodeó. Pidió información en una pequeña pensión de via Gentile. Le dieron la dirección, volvió a salir. La idea de un taxi, o de un autobús, por muy cansado que estuviese, lo ponía nervioso.

A las cinco de la tarde ya estaba cojeando por el extrarradio al sur de la ciudad. Aquí los niños jugaban a la pelota, seguros y protegidos, en los patios de las casas adosadas, las voces ahogadas por el sonido de los aspersores. Incluso el sol era más suave. El calor llegaba amortiguado por las plantas bien cuidadas. A ambos lados de la calle estaban aparcados coches de gran cilindrada. Ataúdes relucientes. Un avión sobrevolaba a baja altura. El ruido disminuyó de intensidad. De nuevo el rumor de los aspersores.

Orazio Basile reanudó su marcha. Pasó por delante de la gasolinera IP. Hacía rato que sabía que estaba cerca del objetivo. Ahora podía verlo.

Lo estoy haciendo por ellos. Son ellos los que me dan la fuerza.

Vittorio Salvemini estaba sentado entre los pacientes en la recepción del Instituto Oncológico del Mediterráneo. Esperaba a Ruggero. Con la excusa de una visita por su ya proverbial acidez de estómago, podría escuchar directamente de labios de su hijo lo sucedido con el director técnico de la ARPA.

En las pantallas de la sala de espera —cuatro Samsung sujetas a una barra metálica— mostraban unos dibujos animados patrocinados por una empresa farmacéutica. Alguien dejaba a un gato solo en casa. Este perseguía a una mosca en el salón. Cuando el dueño regresaba, encontraba la casa medio destrozada y al gato revolcándose en la alfombra de la entrada.

Vittorio se preguntó de qué forma podrían ayudar esas imágenes a un enfermo de cáncer. Formaba parte del nuevo mundo. Teléfonos móviles. Muñequitos. Fenómenos infantiles que nacían en internet y pocos meses después valían millones. Antes, la gente fabricaba coches. Televisores, tostadoras, calculadoras electrónicas. Pero ahora se fabricaban cosas que ni siquiera existían. Podías pensarlas, a lo sumo verlas. Grandes constelaciones giraban en el cielo nocturno, desligadas del fenómeno físico que las había engendrado. Todo esto generaba dinero. Generaba futuro. Vittorio había temido quedarse al margen del cambio. Había temido que un infarto fuera la consecuencia lógica de sus esfuerzos de los últimos meses. Pero después de muchos tira y afloja, Valentino Buffante había hecho que prepararan los informes técnicos.

La doctora Nardoni los había añadido al expediente que debía enviarse al juez de instrucción. Por último, se había producido la llamada telefónica. Mimmo Russo, el presidente del Tribunal de Apelación de Bari, se había puesto en contacto con el tribunal de Foggia. Que Dios lo bendiga, pensó. La invitación a cenar había sido determinante. Eso había desbloqueado la situación. Hacerle sentir el calor hogareño.

—Señor Salvemini.

La chica de recepción sonreía. Vittorio se puso en pie. Un enfermero salió por la entrada del personal. Detrás de él, Ruggero. Llevaba puesta una bata. Y tenía el rostro sombrío.

—Démonos prisa. —Vittorio temía que hubiera ocurrido algo irreparable con el director técnico.

Ahora caminaba detrás de Ruggero por el largo pasillo que llevaba a Radiología. Iban a hacerle análisis de sangre. Una gastroscopia. Amilasa y gastrina. Significara lo que significase, iba a perder el día. Vittorio estaba seguro de que ya no lo necesitaba. Las molestias se le habían pasado de golpe en cuanto supo que el presidente del Tribunal de Apelación había hablado con la oficina administrativa del tribunal de Foggia.

Esperó a que Ruggero saludara a otros colegas. Lo vio detenerse y hablar con un enfermero. ¿O era un médico? Reanudaron la marcha. Antes de que pasaran por delante del dispensario, Vittorio apretó el paso. Lo aferró por un brazo. Bajó la voz.

—¿Qué, cómo ha ido?

—Maldita sea, papá. ¿Es que no puedes esperar? Tenemos cita a las nueve y media en el laboratorio para los análisis.

Perfecto estilo Ruggero. Enfadado por una cosa, sacaba a relucir otra sobre la que resultaba más fácil e inmediato echarte la bronca. El truco era irritarlo más aún. No podía hacerse los análisis de sangre sin saber lo que había pasado en la ARPA. Los resultados saldrían alterados.

—Vamos, eres el subdirector —insistió Vittorio sin soltarle el brazo—, quién se va a quejar si te presentas un cuarto de hora tarde con tu viejo padre para que le hagan los análisis de sangre. Échame la culpa a mí —se rio—, siempre puedes decir que debido a mi próstata me paré a mear demasiadas veces.

—Pero cómo es posible que no... ¡es una cuestión de principios, joder!

Ruggero aminoró la marcha al llegar junto a un letrero donde estaban escritas las palabras CENTRO LIBRE DE HUMO.

Dos minutos más tarde, se lo había dicho. El pequeño despacho constaba de un escritorio, una camilla para las visitas y una vitrina llena de documentos. En las paredes había diagramas que ilustraban los índices de sustitución de las células precancerosas en función del tiempo transcurrido desde el último cigarrillo. Doce meses. Dos años. Diez años. Ciento cincuenta mil euros, dijo Ruggero con una mueca de disgusto. Una falsa comisión de asesoramiento bastaría. Estaba hinchado de rabia.

—Ciento cincuenta...

—¿Te das cuenta? ¿Te das cuenta o no te das cuenta de la humillación a la que me has expuesto?

Vittorio no podía creerlo. Lo que había temido que fueran malas noticias ni siquiera eran buenas noticias. Eran fantásticas. Un hombre que te dice su precio es un problema resuelto antes incluso de ser abordado. Ciento cincuenta mil euros era una suma ridícula si se comparaba con todo lo que había en juego. Y Ruggero, en vez de alegrarse, se mostraba asustado. Más aún. Estaba cabreado. Se sentía mortificado, ultrajado, y le echaba la culpa a Vittorio.

Sin embargo, lo hice por ellos, pensó Vittorio mientras seguía serio, disimulando su júbilo para no ofender a su hijo. Por ellos se había arriesgado, había luchado. Había sido por Ruggero. Y por Gioia. Por Clara, que ya no estaba. Y por Michele. En ese momento, Vittorio estuvo a punto de emocionarse. Últimamente, cuando pensaba en Michele le parecía poder retroceder en el tiempo. De nuevo joven y lleno de energía, inclinado sobre el daño, un punto de inflexión en su vida que esperaba ser corregido.

Riccardo Terlizzi, ayudante jefe del Cuerpo Forestal de Margherita di Savoia, detuvo el jeep entre las deslumbrantes pirámides blancas. Las salinas se extendían hacia el sur a lo largo de cuatro mil hectáreas. Incluso los que trabajaban habitualmente allí solían pensar que aquella belleza era excesiva. Los estanques de agua se alternaban uno tras otro de forma irregular, cada cien metros cambiaban de color. Un espejo roto, un caleidoscopio que en verano podía llegar a marear.

Riccardo Terlizzi se bajó del jeep. No estaba seguro de lo que había visto mientras bordeaba la costa. Era difícil que fuera lo que pensaba. Después de los chorlitos de la semana anterior, que encontraron muertos en grupos en las aguas salobres, era lícito esperar más sorpresas desagradables.

Cruzó la verja. Se adentró en los humedales. Intentaba calcular el punto donde debía de terminar la parábola. Veía fluir los canales. Más a lo lejos, los estanques como vibrantes líneas horizontales. Oyó las cercetas pasando por encima de su cabeza, el batir de alas. Comenzaba la zona de los cañaverales. Aquí el agua se volvía roja entre los islotes emergidos. El pigmento de los microorganismos que se desarrollaban en contacto con la sal. A simple vista, aquello era increíble. La luz, rebotando entre las lagunas y las montañas de sal, adquiría tonalidades de cobalto y de verde ceniza.

Se abrió paso entre los juncos, y cuando la vegetación se separó, transformándose en una cornisa que enmarcaba el agua, los vio. Una veintena de ejemplares. Nubes sobre unos palos largos y rectos. Los flamencos rosados. Criaturas de una belleza casi inquietante. Bañaban el pico en el agua, inclinaban el largo cuello hacia atrás y mordisqueaban las plumas.

Era aquí donde los guías contaban a los niños la misteriosa llegada de las aves a mediados de los años noventa. No muy lejos, vio que las cañas se movían. Justo en la zona donde, de ser verdad, habría terminado la trayectoria.

El ayudante jefe del Cuerpo Forestal avanzó unos pasos. Vio que el agua le llegaba a los tobillos, luego hasta los muslos. Se movía con lentitud. Notaba el fango bajo las suelas de sus botas. Lirios y ranúnculos flotaban alrededor. Salió al otro lado medio empapado. Barro y follaje. Pasó junto a un arbusto de cola de golondrina. Se detuvo. El gran cuerpo rosado se retorcía en la ciénaga. Así que había sucedido. Un flamenco se había precipitado en pleno vuelo. Los movimientos del ave eran convulsos, desesperados. De vez en cuando el pico se abría y por el extremo curvo asomaba una lengua grande, blanca y áspera. El ayudante jefe se sintió presa de un sentimiento de piedad. Dio dos pasos adelante. En ese momento, el flamenco levantó el cuello. Cegado por lo que lo estaba devorando, intentó lanzarse sobre el intruso. Se arrastró por el barro y, aunque no era un depredador, parecía a punto de rebelarse contra su propia naturaleza. El hombre se quedó paralizado. El flamenco lanzó un profundo y ronco grito que ningún etólogo había registrado nunca. Volvió a caer en el suelo húmedo y murió.

Vittorio Salvemini estaba en casa cuando sonó el teléfono. Con su habitual voz grave y cuaresmal, el abogado fiscalista anunció que la solicitud de embargo cautelar del complejo turístico de Porto Allegro había sido rechazada por el juez de instrucción.

La sombra de las magnolias y de la gasolinera IP se imponía a un calor ya debilitado por los aspersores. Así, en aquel tramo de carretera, se podía percibir la llegada de la noche, cuando los ricos residentes encenderían las espirales contra los mosquitos y prepararían la barbacoa, dejando el olor de la carne asada apenas velado por el humo y la fuerza del vino que se oxigenaba en los decantadores. Al pasar, Michele vio el haz de los televisores en los patios de otras casas, pequeños chalets rodeados de setos que por la noche amortiguaban el estruendo de las discotecas cercanas de Otranto, Ostuni, Leuca. Un presagio de mediados de agosto, cuando la ciudad quedaría vacía y esos mismos habitantes estarían lejos.

Por lo demás ya no siento nada, pensó con tristeza, dirigiéndose a casa de su padre. Tras el encuentro con Alberto, había decidido regresar a Roma. Lo anunció en casa dos días antes.

Le pareció que Annamaria casi lo sentía.

—Quédate un poco más —había dicho—. Quédate hasta principios de agosto. Luego nos vamos todos a la playa.

En la mirada de su padre había una mueca que era más que una simple esperanza. Quería que Michele se quedara. Lo deseaba de verdad, sinceramente. Si el chico le hubiera dado la oportunidad, ahora le habría apretado las mejillas entre sus viejas manos.

A Michele le pareció una escena monstruosa. Una película de terror que, en vez de terminar, parecía querer volver a empezar exactamente igual, pero sin las escenas de sangre o de suspense, como si la primera versión nunca hubiera existido.

—Quédate. Tres semanas. ¿Tanto te cuesta? —repitió Vittorio.

—Ya veremos —dijo Michele sin convicción.

Todavía tenía en la cabeza las palabras de su cuñado. Se sentía dolido, cansado, habría dormido durante meses. Una sensación de soledad distinta de aquella con la que se había educado.

Y luego llegó la noticia. Los teléfonos de la casa empezaron a sonar. Se oyó un ruido de vajilla en el piso de abajo, como si platos y vasos se movieran solos en previsión de una celebración. Gioia hablaba como una cotorra desde su habitación. Michele pasó por delante. Escuchó a hurtadillas. Una voz penetrante, henchida de orgullo; una familia sobre la que la estrella de la paz y la prosperidad nunca había dejado de brillar. Asqueado, Michele bajó las escaleras. Su padre salió de casa. Volvió al cabo de media hora. Llevaba un ramo de rosas. Michele lo vio dirigirse a la cocina. Vittorio llenó de agua el jarrón, lo llevó al salón. Puso dentro las flores.

Luego Michele vio reír a Annamaria.

Pensando que nadie la observaba, la mujer había salido al balconcito del salón. Había echado la cabeza hacia atrás. Se había reído como hacían las divas del cine mudo cuando, sorprendidas por una luz fría, mostraban sus blanquísimos dientes, volviendo sus rostros hacia un resplandor que podía ser la eternidad o una guerra que aún no había estallado.

La petición de embargo había sido rechazada. Estaban a salvo. Gioia empezó a probarse un vestido tras otro. Saldrían a celebrarlo todos juntos al restaurante.

Así que ahora, dos días después, Michele paseaba por las calles del barrio. El dolor de haber perdido a una hermana, de haber perdido primero a una madre, de haber perdido también una gata. No era más de lo que un cuerpo humano puede sufrir. Esta era la condena. Tras el encuentro con Alberto, Michele sentía que ya no controlaba nada, ni siquiera la profundidad de su malestar. Como si solo pudiera observarlo desde fuera. La gata le había hecho compañía durante cuatro largos años. Tan cariñosa, paciente. Una buena gata. Pero él, con tal de no venir a Bari solo, se la había traído consigo. La había metido en el transportín. Ella había entrado en él llena de confianza. Se había portado muy bien durante el viaje en tren. Se había adaptado a un lugar que no conocía, una casa llena de energías malignas que la pobre criatura había luchado por ignorar, debido a su amor por él. Incluso se le había ocurrido aquel juego, en el que saltaba desde lo alto del armario. Michele tendría que haberla protegido. Este era el resultado. Pasó por delante del surtidor de gasolina. Paseó bajo las hojas de los plátanos, junto a los coches aparcados. Un BMW semejante a un proyectil plateado. Marcas oscuras en el parachoques. Sangre. O quizá solo barro, arañazos.

Michel se imaginó a la gata paralizada en medio de la carretera, en sus ojos los faros de un coche lanzado a cien por hora. Una criatura acostumbrada a recibir solo caricias. El mal, para alguien que ni siquiera había imaginado su existencia. Pensó en las ratas sobre las que había leído en el periódico. Enormes ratas que salían de las cloacas, asustando a la gente. Había sucedido en Poggiofranco, en Carrassi. La gata se habría visto atemorizada por ellas. Ratas con ojos de color rubí, nacidas en la violencia.

Pero me han amputado la pena.

Michele se encaminó por el paseo bordeado de cipreses. Vio la casa con su terraza aparecer entre el follaje. Antaño no se habría limitado a imaginar a la gata despedazada por una manada de ratas de alcantarilla. Lo habría *sentido*. Se habría convertido en ella. Clara. Algo en su interior se había desplazado sin que se diera cuenta. La rotación de una habitación. Ventanas en vez de paredes, muros exteriores orientados hacia la luz en lugar de hacia la sombra, para que el espectro huyera de lo imprevisto.

Cruzó la verja de la villa. Estaba claro que Alberto había mentido. Contra las cosas que Michele había dicho, había exhibido la parte obtusa de sí mismo. La parte cerrada, la parte muerta. Pasó junto a las adelfas. La fuente de piedra manchada con las franjas húmedas del musgo. Subió las escaleras. Su hermana y aquellos hombres. Como explicación, bien podría valer. Cogió las llaves. Abrió la puerta. Entró en casa. Pero, por supuesto, no se sostenía. En el segmento de la vida de Clara (Michele lo había visto por completo en los lejanos días del servicio militar, cuando estaba sumido en su delirio) había algo distinto de lo que querían hacerle creer. Él nunca lo sabría.

Cruzó el salón. Dijo «Hola» en voz alta. La casa estaba vacía. Fue a la cocina. Bebió un vaso de agua. Luego subió a su habitación. Se tumbó en la cama sin quitarse los zapatos. Encendió un cigarrillo. Miró el techo del armario. Se concentró. (Observar el vacío para que en su interior brotara la forma del animalito). No lo lograba. Bueno, pensó. Roma. Como quien dice París o Buenos Aires. Desaparecer entre la gente.

Se bajó de la cama. Fue hasta la ventana y la abrió. Oyó el estruendo. Luego, vio en el cielo el avión que volaba a baja altura.

Última calada. Volvió a cerrar la ventana. Ahora el sonido de una señal repetida. Michele contuvo la respiración. Miró con calma la mesita de noche, luego la cama. A continuación, el armario. Ruidos de asentamiento. Era algo que pasaba con los muebles de madera. Luego, una esperanza. Su corazón se aceleró. Pero cuando el ruido volvió a oírse, Michele se dio cuenta de que venía del piso de abajo. Alguien llamaba a la puerta. Por un momento, cambió la esperanza de encontrarse la gata en el armario por la de que alguien se la hubiera traído. *¿Es suya esta gata?* Bajando por las escaleras, pensó que podía tratarse de Vittorio, quien había salido de casa sin llevarse las llaves. Llamaron otra vez. Por absurdo que fuera, la esperanza sobrevivía. Abrió la puerta. No era su padre. Algo en él comenzó a agitarse. Un movimiento confuso, violento, que ya no era capaz de dominar.

—Buenas —dijo Michele, impresionado por lo que veía.

El hombre estaba de pie. Un señor de mediana edad. La pierna derecha cosida a la altura de la rodilla. Sostenido por dos muletas. La cara grande y rechoncha. Ojos húmedos. Los labios entreabiertos de alguien que está a punto de despotricar o de gritarte a la cara.

—Orazio Basile —se limitó en cambio a presentarse.

Michele lo hizo pasar.

—¿Un ascensor? —preguntó, estupefacto, un cuarto de hora después.

Para hacerle entender que no bromeaba, el hombre le dijo que si ellos no respetaban los acuerdos, entonces él tampoco lo haría. Se lo diría a todo el mundo. Una chica. Desnuda y cubierta de sangre en medio de la carretera. Eso es lo que iba a contar a los cuatro vientos.

Entonces llegó Vittorio. Vio a su hijo y a Orazio Basile sentados en el sofá. Palideció. Michele se volvió hacia él. Hizo un tremendo esfuerzo para transformar su odio en una mirada de complicidad.

@ClaraSalvemini:
Los sabios se alegran cuando descubren la falsedad. Los idiotas, cuando descubren la verdad.

10 retuits 2 favoritos

@pablito82:
@ClaraSalvemini Tendría que ser al revés.

@ClaraSalvemini:
@pablito82 Esta noche todo es posible.

19 retuits 10 favoritos

—El forense se llama Gennaro Lopez y tiene muy mala reputación —dijo Danilo Sangirardi.

De nuevo estaban sentados en el viejo Fiesta aparcado en la carretera de Mola, mientras una tarde aún más soleada que la precedente brillaba alrededor. Justo antes de llegar al mar, la hierba se difuminaba en una alargada sombra rojiza.

—No deja de ser extraordinario por tu parte —añadió luego el periodista—. En Italia, la familia es sagrada. Normalmente, la gente prefiere hacerse destruir por ella.

Michele captó el tono adulador de las últimas palabras de Sangirardi. Como si quisiera decirle algo más, pero necesitara que entre ellos hubiera una complicidad mayor.

No le había hablado de su encuentro con el hombre de Tarento. No le había contado nada acerca de una chica desnuda y ensangrentada en la nacional 100 la noche en que Clara murió. Lo había llamado diciendo que ya no estaba tan seguro de que se hubiera suicidado. Al menos, no de la manera en que decían que lo había hecho. Era probable que su padre, la mujer de su padre y sus hermanos se hubieran formado una opinión equivocada. Le había preguntado si se podía averiguar el nombre del forense que había examinado el cadáver. Se había esforzado por mantener la calma al pronunciar cada palabra, intentando mantener a raya la furia que lo sacudía desde hacía unos días.

—Un depravado —respondió Sangirardi.

Cocainómano. Putero. Cargado de deudas y de amistades dudosas.

—Incluso fue objeto de una investigación disciplinaria —añadió tras encender el primer y gustoso cigarrillo de la conversación.

Luego entrecerró los ojos. Aunque Michele no había dicho nada al respecto, Sangirardi intuyó la brecha que se estaba abriendo. ¿Acaso Michele estaba buscando una forma de actuar contra su propia familia? ¿Era para eso para lo que le estaba pidiendo ayuda? Porque si ese era el caso, dejó caer el periodista, corría también el rumor de que habían hecho una transferencia bancaria a un funcionario de la ARPA. Tal vez un dinero negociado por medio de un intermediario. Una buena suma. Si Michele pudiera entrar en las oficinas de la empresa, tal vez podría encontrar documentos o recibos que arrojaran luz sobre ese asunto también.

—Escucha —dijo Michele dando una calada a su Marlboro y mirando a la cara al periodista—, comprendo que puedas tener atravesada a mi familia. También entiendo que no te caiga bien mi hermana —hizo un esfuerzo—, ni siquiera estando muerta. Pero yo no quiero causarle ningún problema a nadie —mintió—. Solo quiero entender.

Sangirardi bajó los ojos, esbozó una sonrisa fatalista.

—Si quisiera vengarme de todos los que intentaron taparme la boca, con tres vidas no tendría bastante. —A Michele le pareció verlo brillar—. Si uno quiere ser bueno en este oficio, el rencor vale lo mismo que el miedo.

El resplandor del sol, antinaturalmente realzado en las paredes de los edificios, rebotaba entre mil círculos luminosos a través del parabrisas. Sangirardi no mentía. No sentía rencor. La verdad como un número perdido. La verdad, y la representación humana de este dios que era el respeto a la ley. Eso era lo que le interesaba, y presumía que a Michele le movían los mismos deseos. Pero Michele no buscaba la verdad, sino algo más sutil. La negra membrana de celuloide dentro de la que queda aprisionado un fantasma que desaparece durante el proceso de revelado. Ni siquiera buscaba una mentira, sino un gesto. Algo que rompiera la cadena de los significados, para que la sed de verdad ni siquiera llegara a nacer.

—Gracias por darme el nombre del forense.

—Y escucha, Michele…

Por primera vez, Danilo Sangirardi esbozó una sonrisa frágil. Parecía inseguro sobre algo. Michele lo asoció a los velados cumplidos de antes, como si buscara la alianza que había empezado a tejer, un tipo de acuerdo que Michele consideraba humano mientras que para Sangirardi debía de significar claramente algo embarazoso.

—Oye… —continuó Sangirardi tras superar el obstáculo—. Si encuentras algo interesante, me gustaría ser el primero en saberlo. Ya me entiendes. Para escribir un artículo sobre el tema.

—Es natural. Tú me has dado el contacto, la primicia es tuya. Te lo prometo —dijo Michele mientras oía el mar agitarse a su derecha.

Ahora, pensó Ruggero encerrado en su estudio, la vida retomaría su curso normal. Ahora que la petición de embargo se había hecho pedazos en el tribunal, y después de que su padre hubiera mareado con su cháchara también a aquel pobre desgraciado, enviándolo de vuelta a Tarento con la promesa de su ascensor. La tormenta se alejaba a ojos vista. Había estallado violentamente dos meses antes, pero ahora le parecía como si azotara tierras ya lejanas. De nuevo mar en calma. Al fin.

Ruggero miró el archivador. La lista de pacientes de su agenda. El certificado del premio Robert Wenner de la Liga Suiza contra el Cáncer enmarcado en la pared. Todos los objetos brillaban con una luz diferente a la que deberían. Tenía casi cincuenta años. Se hundía en su papel de subdirector de la clínica oncológica más conocida del sur de Italia como un insecto en la mermelada. Pensó en la reunión cara a cara con el director técnico de la ARPA. Algún día a él lo nombrarían director. Entre su trabajo de consultor y las subvenciones y becas, ganaría el doble. Recogió su bata del perchero, se la puso. Pero los premios internacionales. Las ceremonias de apertura de los congresos en la Federation of European Cancer Societies. Los artículos en *The Lancet* o en el *British Medical Journal*. Eso no iba a ocurrir.

Al fin y al cabo, recién incorporado en su puesto en el Instituto Oncológico del Mediterráneo, se había dejado convencer por su padre para que le entregara los documentos del Archivo Sanitario Regional.

La magia de los predestinados. La fuerza pura que brota de ciertos hombres antes incluso de que abran la boca. Todo eso lo había perdido. De joven lo tenía en estado incipiente. Había dejado que se lo destruyeran. No les había ocurrido a otros alumnos del profesor Helmerhorst. Ruggero observaba desde la distancia sus trayectorias. Leía los periódicos, le interesaban las estadísticas. Mario Capecchi, premio Nobel de Medicina, se había quedado huérfano a los cuatro años. El padre de Christiaan Barnard era misionero de la Iglesia reformada neerlandesa. El padre de Pascal era matemático, no promotor inmobiliario. Cada vez que Ruggero encontraba uno nuevo, memorizaba al instante la información. Descartes. Voltaire. Gandhi. Erasmo. Miguel Ángel. Todos ellos huérfanos a una tierna edad. A él le había tocado un luchador más violento que cualquier adversario que pudiera construir con la imaginación. Las nueve en punto. Levantó el auricular. Marcó la extensión. Le dijo a la chica de recepción que dejara pasar al primer paciente.

Tras cinco horas de visitas, empezó a organizarse para el día siguiente.

Apuntó los nombres en su agenda. Confirmó citas, intentó cancelar otras. Se concentró en los historiales médicos. Luego pasó a los análisis. Estuvo otras dos horas leyendo los informes. Paciencia, concentración. En un momento dado enarcó la ceja derecha de forma innatural. Anemia sideropénica. Hemorragia gástrica por alteración en la absorción de hierro. Aferró el brazo de la lámpara de escritorio, la orientó mejor hacia los documentos. La albúmina había caído por debajo del nivel de alarma. La progresión desde la mucosa hasta la submucosa gástrica parecía evidente. Tres indicadores de ese tipo eran poco menos que una prueba abrumadora. Su padre era hombre muerto. Ruggero cerró los ojos, respiró hondo y golpeó el escritorio con los puños. Permaneció así durante unos segundos, la cabeza gacha, las manos doloridas.

—¡Joder!

Una vez digerido el estallido de pura alegría, intentó recuperar el control que había mantenido hasta minutos antes.

Miró la bandeja. Saboreó el arrepentimiento preventivo de los que tienen demasiado azúcar en la sangre. Cogió un profiterol de chocolate. Se lo metió en la boca.

Luego Mimmo Russo, presidente del Tribunal de Apelación de Bari, se acercó al gran ventanal del salón. La villa daba al mar, por el que en estos momentos navegaban un trasatlántico y un sinfín de barcos con las velas blancas. Su mujer estaba en Salento, tomando el sol. Los hijos, lejos. La ciudad cada vez más vacía. Así que él –un viejo monumento abandonado en la soledad veraniega– al final había tenido que ceder. Telefonear a Foggia. Una hora de explicaciones, de puntualizaciones. Cada vez que había presionado al juez de instrucción sobre algún aspecto del asunto que no cuadraba, Mimmo Russo había sentido cómo se desmoronaba –mercancía de intercambio en el curso de la conversación– un fragmento de su autoridad. Y todo por una zorra que, en cualquier caso, ya estaba muerta.

Al fin y al cabo, yo me lo busqué, pensó al apartarse de la enorme cristalera del salón. Se había metido en un buen lío en casa de Valentino Buffante. Había aceptado la invitación. No había subestimado la sumisión de la chica. Todo el mundo sabía cómo eran esas zorras, dispuestas a dejarse hacer de todo con tal de no asumir la responsabilidad de cómo pueden acabar ciertas veladas. Sobre la bajeza de la joven habría puesto la mano en el fuego. Era el grado de idiotez de los demás lo que no había tenido en cuenta. Ese Costantini. La forma en que había perdido el control. Ella los había provocado y él había caído en la trampa. Imbécil. En este tipo de asuntos hay que mantenerse firme. Hace falta muy poco para que en una situación perfectamente consensuada, bien llevada según las reglas del juego, las cosas se salgan de madre.

El viejo presidente volvió a acercarse a la bandeja. Una vez le había tocado juzgar el caso de un chico al que habían matado a golpes a la salida de una taberna. Habían empezado dos contra uno. Una pelea trivial. Pero en cuanto la víctima cayó al suelo, cometió el error de hacerse un ovillo con las manos en la nuca antes de que nadie lo hubiera tocado. Esto desencadenó la violencia. Los otros dos empezaron a golpearle. Luego se les unió un tercero, alguien que no tenía nada que ver. Luego un cuarto, un quinto. Acabaron con él dándole patadas en la boca, sin motivo, empujados por el alcohol y por un odio que no pertenecía a nadie. Una energía brutal propagada en el vacío, una fiebre colectiva. Tal vez el residuo de un tiempo anterior a las primeras leyes cinceladas en el basalto, una era lejanísima y feroz, siempre dispuesta a abrirse bajo nuestros pies.

Cogió otro profiterol. Se lo metió en la boca. Seguía considerando desagradable y al mismo tiempo comprensible lo que el viejo Salvemini le había dejado entrever cuando había ido a cenar a su casa. La sombra del chantaje. Le había hecho saber que lo sabía. Se lo había mostrado en presencia de toda la familia. Una valentía notable en sí misma. Pero en el fondo era el teatro de siempre. El presidente del Tribunal de Apelación volvió a colocarse frente al ventanal. Quieto, mirando el mar. Qué hermosa y que estúpida era la creación.

Vittorio se despertó a las cinco de la mañana. Llamó por teléfono a Turquía. Luego se vistió, desayunó y salió de casa. Se subió al coche. Emprendió la ronda habitual por las obras. Mientras conducía, seguía haciendo llamadas. Habló con Turín y con Cagliari. Les pidió información a sus socios españoles. Intentaba ponerse al día en todos los frentes que había descuidado en las últimas semanas. Si pensaba en lo que aún quedaba por hacer antes de agosto, se ponía enfermo. Se sentía razonablemente bien. Debilitado, pero dueño de un nuevo tipo de serenidad. La fuerza que incluso la vejez poseía.

Después de visitar todas las obras, poco antes del mediodía, condujo hasta las oficinas de la administración. Allí también había mucho trabajo pendiente. Y luego, a la hora de comer, llegaría Michele. Su hijo venía a visitarle al trabajo.

Lo llevó a un restaurante no muy lejos del despacho. Michele pidió un primero y un segundo. Un filete poco hecho. Vittorio se limitó a una ensalada y un plato de verduras a la plancha. Todavía sentía molestias de estómago. Pero era un placer ver comer a su hijo. Oírlo hablar, entrar en su mundo. *Una semana.* En algún momento, sin saber cómo, Vittorio consiguió convencerlo.

—Vale, papá —dijo Michele, llevándose a la boca el último trozo de filete.

Se quedaría en Bari hasta mediados de julio. Bien. Muy bien. Quizá lo tenía decidido ya desde hacía unos días y había venido allí para hacerle creer que él, su anciano padre, había sido lo bastante hábil como para convencerlo de que se quedara. Tomaron una macedonia. Michele también pidió café. El viejo pagó la cuenta.

Antes de salir del restaurante, Michele le preguntó si podía ir con él a las oficinas. Necesitaba hacer unas fotocopias. Y también necesitaba utilizar un ordenador. Revisar el correo electrónico, escribir un artículo. En resumen, tenía que trabajar.

—Siempre y cuando haya una mesa libre, papá. No quisiera molestar a nadie.

—Pero ¿qué dices, Michele?

Vittorio frunció el ceño. Casi sintió que la pena se le clavaba en el estómago. Pensó en cómo debía de haber vivido aquel chico, si después de tantos años aún sentía la necesidad de pedirle permiso para hacer cuatro fotocopias. ¿Había cometido errores? Como casi todos los padres. Y, como en el caso de tantos padres que se han equivocado, el tiempo le estaba dando la oportunidad de enmendarlo.

—¡Martina! —gritó Vittorio cinco minutos después, cruzando el umbral de las oficinas—. Mi hijo necesita un sitio donde trabajar. Un escritorio con teléfono y ordenador.

El tono era tan solemne que podía resultar incómodo para Michele. Vittorio no se dio cuenta. Aun así bajó la voz al dirigirse al chico.

—Por favor. Aquí tú eres el jefe. Haz lo que tengas que hacer.

A las ocho de la tarde, los empleados empezaron a marcharse uno tras otro.

A las nueve y cuarto, Vittorio hizo la última llamada. Salió al pasillo. Los demás despachos estaban a oscuras; las salas, vacías. Pero Michele, quieto en su rinconcito, delante del ordenador, seguía trabajando. La viva imagen de la discreción, de la buena voluntad.

Vittorio volvió a su despacho. Recogió el maletín. Apagó la luz. Salió al pasillo y se acercó a su hijo.

Michele dejó de teclear. Se volvió para mirarlo.

—Estoy cansado, me voy a casa. ¿Vienes conmigo?

—La verdad es que aún no he terminado —respondió el chico—, ¿puedo quedarme un rato más?

Vittorio extendió los brazos en señal de desesperación. Pero sonreía.

—Acaba de una vez por todas con esos «puedo» —dijo el viejo—, o tendré que pensar que me estás tomando el pelo. Haz lo que quieras. ¿Te esperamos para cenar?

—No hace falta. En cuanto termine aquí, saldré con unos amigos.

—¿Amigos del instituto?

—Algo así.

Michele sonrió. Guiñó un ojo a algo indefinido que su padre —convencido de que podía arder en el reflejo de la luz que él mismo había generado— asoció orgullosamente con exnovias suyas no especificadas.

Vittorio sonrió a su vez.

—Vale.

Hurgó en sus bolsillos. Con un gesto imperceptiblemente afectado, deslizó por encima del escritorio las llaves de la oficina. Se despidió de su hijo. Se marchó.

A las tres menos cuarto de la madrugada, Michele salió de las dependencias administrativas de Construcciones Salvemini. Estaba cansado, tenía los ojos enrojecidos. Durante cinco largas horas no había hecho más que abrir y cerrar cajones. Estuvo hojeando informes y libros de contabilidad, documentos llenos de cifras y siglas incomprensibles. Aun así, al final, encontró lo que buscaba. Al aferrar los papeles, sintió que una oscura energía regeneradora se expandía por todo su cuerpo. Una fría luz verde. Hizo fotocopias.

Cuando, muchos años después, Gennaro Lopez, antiguo médico forense de la ASL 2, el ambulatorio de Bari, se encontrara rescatando de entre sus muchos aunque confusos recuerdos el más aterrador, es decir, el que más daño podría haberle causado, elegiría la noche en que un joven de unos treinta años llamó a la puerta de su casa y empezó a bombardearlo con preguntas sobre el certificado de defunción de su hermana.

En aquella época, Lopez estaba cargado de deudas y consumía dos gramos de coca al día. Había evitado por los pelos que le abrieran un expediente disciplinario. Tomaba Diamet, Lormetazepam, Depakine en gotas, se iba de putas de manera regular y todo esto hacía que le atormentara una evasiva sensación de déjà vu: la sensación de haber leído la misma página del periódico, de haber vivido una escena el día anterior en la cual los mismos detalles sinestésicos se organizaban ante sus ojos.

El problema fue que el joven empezó a chantajearlo.

Y el problema también fue que, en el momento en que oyó sonar el timbre, Gennaro Lopez estaba a punto de inclinarse sobre la cuarta raya alineada en su mesita de noche, después de haber consagrado la tarde a un tríptico (ketamina, speed, éxtasis, a los que había añadido un ácido ligero), y lo estaba haciendo en compañía de Rocco −un antiguo compañero de juergas que se había tirado desde el sexto piso del hotel Parco dei Principi tras una sobredosis de LSD−, cuya blanca aparición volvía a visitarlo de tanto en tanto cuando se encontraba en ese estado lamentable.

−¡Ya voy!

Aunque el timbre ya había sonado dos veces, se metió la coca hasta que sintió la gota helada. Respetaba el viejo principio de que cuando surgía un imprevisto y tenías una raya por esnifar, siempre había que consumirla. Si eran los vecinos tocapelotas, al menos ya te la habrías metido. Si venían a darte una paliza con un par de puños de acero, al menos ya te la habrías metido.

Gennaro Lopez se levantó de la cama cagándose en la virgen. Se calzó las zapatillas. Se echó una camisa por encima. Dio unos pasos y entonces se detuvo. En el tramo entre el armario y el espejo siempre se le ocurrían las mejores ideas. Giró lentamente la cabeza hacia su invitado.

—Anda, ve a ver quién es.

El fantasma, quieto a los pies de la cama, lo miró con severidad. Su figura se convirtió en la larga urna de luz dibujada por la lámpara de pie. *Es tu casa y vas tú a abrir*, dijo una voz que el forense reconoció como la banal prolongación de su propia soledad.

Gennaro Lopez salió del dormitorio. El timbre sonó por tercera vez. Recorrió el pasillo. Delante de la puerta del cuarto de baño, cerró los ojos y avivó el paso. En su estado, el cuarto de baño era mejor evitarlo. Corría el riesgo de encerrarse en él, acurrucado junto al hueco del radiador con las manos en los oídos para no oír las voces. Voces que le exigían que les devolviera su dinero. Lo amenazaban, lo cubrían de insultos. Pero lo peor era que, por debajo de los gritos de los acreedores, Gennaro Lopez era capaz de percibir algo más. Un flujo lento y cálido: llantos, lamentos. La niña estrangulada a la que se le había dictaminado un simple paro cardíaco. El delincuente rematado con un golpe de cachiporra que en su certificado médico se convertía en «traumatismo craneoencefálico causado por caída accidental».

Gennaro Lopez dio un brinco, logró pasar a salvo la puerta del cuarto de baño. Finalmente consiguió avanzar con dificultad por el pasillo. Plantó los pies delante de la puerta, y en ese momento dijo:

—¿Quién es?

Como toda respuesta, el timbre volvió a sonar.

—¡He preguntado quién es!

—Usted no me conoce. Necesito hablar con usted. Abra la puerta. Es mejor así.

¿No había oído esa voz antes? En cualquier caso, le tranquilizó el uso del usted. Nada de puños de acero. Probablemente la advertencia se había añadido al final para compensar el error de haberse mostrado demasiado amable. Y sin embargo... ¡Ahí es donde la había oído! La sensación de déjà vu. El abismo temporal que seguía abierto en su cabeza. A Gennaro Lopez le pareció revivir la misma película de la noche anterior. En la continuación de la escena estaba sentado en la cocina, delante del dueño de la voz que lo sometía al tercer grado. Un chico claramente desarmado, que nunca habría podido entrar en su casa si él no fuera tan idiota como para abrirle la puerta. Así que Gennaro Lopez pudo responder sin titubeos:

—¡Lárgate!

El timbre volvió a sonar.

—¡Lárgate, he dicho!

—Abra. O llamo a la policía.

Estaba claro que no iba armado. Pero estaba igual de claro que, por esa misma razón, no dudaría en cumplir con su amenaza. Y si la policía llegara a entrar allí dentro, bueno, lo que encontrarían bastaría para causarle un montón de problemas.

Deprimido, humillado por la forma en que las circunstancias se iban poniendo en su contra, Gennaro Lopez aferró la manija. Con la otra mano descorrió el pestillo. Abrió la puerta.

—Buenas noches —le dijo el dueño de la voz.

Gennaro Lopez palideció.

Se encontró, en efecto, cara a cara con un joven de unos treinta años. Solo que este no era el sugerido por el déjà vu. Lo era, sí, a nivel físico —moreno, demacrado, pómulos pronunciados, el párpado derecho ligeramente más bajo que el otro—, pero el resultado tenía poco que ver con la suma de las partes: emanaba una oscura vibración en la que el forense se sintió inmediatamente envuelto. Una sensación de pérdida y desesperación, que el consiguiente deber de buscar venganza (el último homenaje a algo sobre cuya reversibilidad hemos dejado de hacernos ilusiones) no hacía menos triste.

El joven levantó lentamente la mano derecha, un gesto lúgubre que asustó aún más al médico; una fuerza amplificada por las alteraciones del estado de conciencia, cuyo poder era difícil eludir. Tanto es así que ahora Gennaro Lopez se encontraba ya en la cocina, sentado ante el chico, tal como había temido al oír su voz por primera vez.

El invitado inclinó la cabeza. De sus facciones surgió una mirada final pero comprensiva, parecida a la de ciertas aterradoras vírgenes entronizadas al final de los pasillos de los hospitales enterrados en los recuerdos de la infancia. Juntó las manos. Luego habló. Le pidió que le contara lo que sabía sobre la muerte de su hermana.

–¿Qué hermana? –dijo Gennaro Lopez.

Una luz verde, que inmediatamente se desvaneció, cruzó las baldosas.

–Clara Salvemini.

–¿Y quién se supone que es?

Esta vez el médico mentía. Lo primero que le vino a la mente fue el pequeño foco del depósito de cadáveres. Después de ajustar la intensidad de la luz, se había inclinado para examinar el cadáver, y el foco le escaldaba la nuca. Le erizaba el vello de la nuca, de lo potente que era.

El joven dijo que su firma estaba en el informe.

–¿Y cómo voy a acordarme? En los últimos años debo de haber visto cientos de cadáveres.

El médico notó un escalofrío y se ajustó mejor la camisa. Aun así tenía mucho calor.

Entonces el joven separó las manos y, con la misma lentitud exasperante, las ahuecó hacia arriba como si sostuviera sin esfuerzo la carga invisible que inquietaba la conciencia del hombre que tenía delante. Dijo que lo notificaría a la autoridad judicial. Si tenía que llegar hasta las últimas consecuencias, estaba dispuesto a hacerlo. Levantó dolorosamente el dedo, dibujando en el aire los números de un vía crucis inverso. Exhumarían el cadáver. Compararían los resultados de la nueva autopsia con lo que estaba escrito en el documento que él había redactado. Pero Michele no quería que desenterraran el cadáver. El último insulto al cuerpo de su hermana sería convertirlo en objeto de una investigación, dijo con el rostro cada vez más compungido. Hablaba más allá de un velo ensangrentado, y sentía sincera lástima por aquel a quien obligara a traspasarlo y se embadurnara de la misma sustancia. El médico se dio cuenta de que hablaba en serio.

—No podía hacerse de otro modo —dijo.

—¿Por qué?

—Me obligaron.

—¿Quién le obligó?

El médico volvió a sentir un escalofrío. Si escuchaba con atención, no era solo la voz del chico. En su timbre masculino había otro. Y en la voz del vivo, la de la muerta. La chica. Las dos voces iban cogidas de la mano. Esto le causó una extraña impresión. Viéndolo hablar, a Gennaro Lopez le pareció que el tono de su invitado de vez en cuando se apagaba. En esos momentos llegaba al fondo de su dolor, que era también su fuerza, para sacar de las profundidades la figura viva de su hermana, es decir, el recuerdo más hermoso que tenía de ella, sostenido por el recuerdo más hermoso que tenía de sí mismo, de modo que no era uno sino dos los muertos que hablaban por su boca. Hermanito y hermanita. Eso era desconcertante. Verlos caminar juntos por la curva del tiempo. Arrojados a un futuro que no habían previsto.

—¿Quién te obligó? —dijo Michele.

—No lo sé. —El forense gimoteó, abrumado por el repentino bajón de la droga.

—No puedes no saberlo.

—Ellos me llaman y yo voy. —Ya no era una víctima del joven, sino de sí mismo—. Se trata de averiguar las causas del fallecimiento —dijo—. A veces me llama un directivo de la Agencia Sanitaria. O el responsable de la gestión técnica. Normalmente, sin embargo, es gente que no conozco. Me llaman por teléfono. Sé que hablan en nombre de otra persona, pero nunca he oído su voz antes. De todos modos, en el momento en que me llaman tengo que ir a examinar un cadáver.

En el pasado, Gennaro Lopez conocía bien el mapa constantemente actualizado que permitía saber a qué exigencias podía negarse sin arriesgarse a sufrir graves consecuencias. Pero con los años el número de personas capaces de chantajearlo había aumentado de forma espantosa. Llegó un momento en que el mapa le estalló en la cabeza.

—Lo entiendo, pero en el caso de mi hermana, ¿exactamente quién te llamó?

—Un directivo de la Agencia Sanitaria Local.

—El nombre.

—Podría decírtelo, pero no serviría de nada.

El joven lo miró con dureza.

El médico le sostuvo la mirada. No tenía problemas en hacerlo cuando no mentía.

Michele sacudió la cabeza. Al médico le pareció que intuía a qué laberinto de otros nombres lo habría conducido el del directivo, los eslabones de una cadena interminable que tendría que ir rompiendo uno tras otro para encontrarle algún sentido. El joven dejó caer la cabeza entre las manos, probablemente agotado, y eso bastó para que la marea que estaba llevando al forense al colmo de la postración le sugiriera la presencia de otro lugar donde desembarcar. La empatía. Metilendioximetanfetamina. El principio activo del éxtasis recuperó terreno.

—Créeme —dijo entonces el médico, impulsado a su pesar por el fuego de la solidaridad—, ni siquiera yo sería capaz de llegar a ninguna parte empezando por ese tipo. Además sobre esta historia puedo decirte algo más útil. El problema —se inclinó con cautela hacia Michele— es que en el momento en que efectué el examen del cadáver de tu hermana, en el tanatorio del cementerio, verás… me di cuenta de que ese cuerpo yo ya lo conocía.

El joven lo miró sin decir nada.

–Las fotos –continuó el médico–, por lo menos un año antes. Había visto sus fotografías.

–¿Qué fotos?

–Las fotos de tu hermana. Esas fotos circulaban por ahí, ya sabes a qué me refiero.

Vio que Michele se entristecía. Sintió que la fuerza de su profundo malestar volvía a amenazarlo.

–¿Y quién hizo esas fotos? –preguntó el chico tras una pausa. Parecía que el mero hecho de pronunciar las palabras le provocaba pequeñas quemaduras en los labios.

–Un cirujano. –Gennaro Lopez intentaba sostener con las fuerzas que no tenía la patológica infelicidad del joven, para que no se sumergieran, uno tras otro, en un mar profundo sin luz ni sonido–. Pero él tampoco es la solución al problema.

–¿Y entonces? –Michele cruzó los brazos sobre el pecho. No estaba claro si pretendía intimidar al médico o darse un poco de seguridad a sí mismo.

El médico soltó un suspiro.

–No sé qué le pasó a tu hermana –dijo por fin–, las fracturas que encontré durante el examen podrían haber sido causadas fácilmente por una caída. No puede descartarse que saltara desde aquel aparcamiento. Pero también podría ser otra cosa. Por ejemplo, podían haberle dado una paliza. El examen externo no podía establecerlo. Habría sido necesaria una autopsia. Lo que está claro es que tu hermana murió de una forma muy desagradable. Las fotos. Nunca había visto algo semejante –dijo, y experimentó la sensación de cuando en la noche se cruzan las juntas de dilatación de un largo puente a bordo de un camión–. Quizá haya un modo de intentar averiguar algo. Una chica. Una amiga de tu hermana. No exactamente una amiga. Digamos que era alguien que frecuentaba los mismos círculos. Puedo darte el nombre. Puedo darte el número de teléfono y la dirección. Así eres libre de ir a hablar con ella.

—Vayamos juntos —dijo el chico.

—¿Cómo dices?

—Vamos a verla. Ahora. Vamos a verla ahora.

El médico lo miró.

Michele volvió a reclinar la cabeza. Al doctor le pareció que el chico podría permanecer en esa posición para siempre, tan profunda era no su impaciencia sino su pena; de modo que, cuando el cuerpo físico se pusiera necesariamente en pie, quedaría aquello, el enésimo fantasma plantado entre las paredes de su casa.

—Es que es tarde —dijo Gennaro Lopez, sabiendo que había perdido.

Por el cielo se extendía un resplandor blanco y transparente, y era imposible saber dónde se encontraba la luna. Habían salido a via Corridoni, flanqueados por los edificios que formaban el cinturón protector alrededor del casco antiguo. El médico se metió por las callejuelas del centro medieval, Michele lo siguió. A sus espaldas podían intuir la gran fachada del antiguo convento de los dominicos, cortada verticalmente por la enorme torre del reloj. Pasaron bajo un arco de toba. Dejaron atrás una hornacina votiva. Sus pasos resonaban en la maraña de calles desiertas. Después de otras callejuelas, se encontraron fuera de las murallas, en el lado opuesto por el que habían entrado. Frente a ellos, las negras aguas del Adriático. Las farolas del paseo marítimo, las luces de los hoteles y de los edificios monumentales. Los observaban como desde lo alto de una colina.

El médico empezó a subir por la empinada calle que conducía al punto más alto de los bastiones. Michele continuó tras sus pasos. Al cabo de unos veinte metros, Gennaro Lopez se detuvo. Un chillido. Ambos se volvieron para mirar. Estaban escondidas en un rincón del mirador. Una estaba sobre dos patas, su largo hocico olfateaba el aire a su alrededor. Las otras ratas corrían arriba y abajo. Inquietas. Aventurándose a salir de las cloacas. El médico se subió las solapas de la chaqueta. Las drogas eran ahora una fría cuchilla horizontal, una fisura que quería succionarlo, como si la luna que no encontraban en el cielo brillara en él cada vez más pequeña, dejándolo hundirse en las aguas de un océano en cuyo fondo ya ni siquiera tendría nombre. Corrientes negras y metálicas. Cadáveres pulverizados de pequeños animales que giraban sobre sí mismos removiendo el agua.

—Ya hemos llegado —dijo el forense, regresando de su viaje.

Una pequeña puerta lacada de blanco. Encima, el halo verde del letrero de neón medio fundido transformaba las letras de una marca de cerveza en un acrónimo (H K E) que remitía a algo más íntimo y menos familiar. Gennaro Lopez llamó al timbre. Oyeron el clic de la cerradura. Entraron, cerraron la puerta tras de sí. Michele sintió un calor inesperado. El médico saludó al gorila. Atravesó la cortina de terciopelo que separaba la antesala del club propiamente dicho.

Se encontraron en un espacio largo y ovalado. Dos paneles luminosos sumergían la sala en una tórrida atmósfera propia de un acuario tropical. En el centro, una barra coronada por una pirámide de botellas que, gracias al efecto de los focos, parecía flotar en el vacío. En las mesas, unas pocas parejas mal conjuntadas. Hombres con la corbata desaflojada, chicas cuyas melenas alborotadas desentonaban con la música de fondo. Bebían, fumaban. Las toscas manos de los hombres eran la parte del cuerpo que más miraban las chicas.

En cuanto los recién llegados se pusieron al alcance de las voces, pareció como si una membrana invisible ofreciera resistencia antes de dejarlos pasar dentro. El médico avanzó hacia la barra, hizo una señal al hombre que preparaba los cócteles. Un joven de unos treinta años de rostro anónimo. Perilla y pañuelo. Charlaron. El médico volvió junto a Michele. Se sentaron a una mesita. Llegó un camarero con dos vodkas helados. El médico se bebió el suyo de un trago. Michele también bebió. Luego llegó la chica.

—Encantada, Bianca —dijo tendiendo la mano hacia Michele.

Él hizo ademán de levantarse, pero ella fue más rápida, se inclinó hacia delante, lo besó en las mejillas. Maquillaje y sudor. Un gesto torpe y, al mismo tiempo, agresivo. Michele la miró. Rubia, no llegaba a los treinta, botas y vestidito ajustado.

—Siéntate —dijo el forense.

La chica se sentó en el sofá. Se pasó desganadamente una mano por el pelo. Los observaba a ambos, intentando transformar una hostilidad natural en un canal de comunicación carente de significado. El camarero trajo una caipiriña. La chica cogió el vaso, se lo llevó a los labios repintados con un feo carmín rosa pálido, ni putesco ni infantil, la señal de un amplio abanico de opciones que ella desperdiciaba por completo, como si precisamente eso, el desperdicio, fuera su prisión.

Dio un sorbo, apartó el vaso de la boca, con cuidado de no dejarlo sobre la mesa, sosteniéndolo en el aire.

—Pero ¿tú eres de Bari? Nunca te había visto. —Se dirigió a Michele con la sonrisa de quien tiene por oficio dejarse fascinar.

—Escucha, Bianca. —El doctor cortó de raíz la idea de ese tipo de conversación—. Más que nada a él le gustaría que le contaras en qué andabais metidas Clara Salvemini y tú. Te acuerdas de ella, ¿verdad? De lo que solíais hacer cuando salíais juntas. —Luego le hizo una señal al camarero.

La chica abrió ligeramente los ojos, colocó el vaso sobre la mesita. Se rio entre dientes.

—Queréis que acabe con la mierda hasta el cuello —dijo con una cara que denotaba que ya se encontraba así.

Abrió el bolso. Sacó un paquete de cigarrillos.

—No, en serio. —Sacudió la cabeza con el fatalismo de quien reitera el signo de la mala suerte ante alguien que es la enésima demostración de la misma—. A mí no me metáis en ningún lío.

Michele se dio cuenta de que el médico la tenía cogida. Por alguna oscura razón de la que nunca sabría nada, la chica se vería obligada a decirle lo que le pedían.

—No queremos meterte en ningún lío. —El forense tendió la mano hacia ella, la chica dejó que se la cogiera—. Solo queremos que nos digas qué le pasó exactamente.

—No debería haberse convertido en la única atracción de la fiesta, eso es todo —dijo con desprecio, y retiró su mano de la del médico.

—¿Qué fiesta? —intervino Michele.

Llegó el camarero. El forense pidió dos vodkas más y una caipiriña.

—Es una forma de hablar —prosiguió la chica—, las fiestas, las orgías. Le habría ido mejor si se hubiera dedicado a eso.

—¿Se prostituía? —preguntó Michele.

Ella hizo una mueca de desagrado.

Michele la miró.

—Oh, no, pero qué dices. —Escupió el humo, escandalizada, aunque no se sabía si estaba defendiendo el honor de Clara o el de la profesión—. No era una puta. En absoluto.

—¿Pues entonces? —dijo Michele aliviado, confuso, sintiendo que se le hacía un nudo en la garganta.

—Ella tenía… relaciones especiales. —La chica sonrió con picardía—. Tenía a esos hombres y luego de vez en cuando venía con nosotras. El cirujano ese organizaba nuestras fiestas.

El forense giró la mano en el sentido de las agujas del reloj, como sugiriéndole que se saltara los pasos intermedios.

—Estaba liada con un hombre que era dueño de unos periódicos —continuó ella—, pero también salía con Buffante, ese tío que se metió en política. Luego estaba el juez. El problema es que en algún momento parece que empezaron a quedar por su cuenta. Me refiero a Clara y esos tres imbéciles. En casa de Buffante. Fue allí donde el asunto se les fue de las manos. Eso es lo que se comenta por ahí —dio otra calada al cigarrillo—. Joder, lo sabe todo el mundo —protestó—, y vosotros venís a preguntarme precisamente a mí.

El camarero volvió con la bandeja.

El forense bebió, echando teatralmente la cabeza hacia atrás. Luego miró a Michele. Intentaba ver si ya tenía suficiente.

—¿En qué sentido se les fue de las manos? —preguntó no obstante el chico.

—Pues, ya sabes —hizo girar los dedos en el aire, concentrada en enlazar una serie de pensamientos—, si hubiera continuado montando las fiestas con nosotros, esos tíos no habrían perdido el control de una forma tan idiota. Cuando hay mucha gente se aligera la tensión. —Apagó el cigarrillo; parecía irritada por el hecho de que Michele no asintiera mostrando su acuerdo y le permitiera acabar de una vez con la conversación.

—¿De qué estás hablando? No lo entiendo.

En el rostro de ella se dibujó otra sonrisa escandalizada. Pero esta vez entre la sorpresa y la irritación había un desgarro que coser.

—Oye, que no hemos nacido ayer, ¿eh? —Aplastó en el cenicero la colilla ya completamente apagada—. Todo el mundo sabe que a los hombres les gusta pegar a las chicas.

Michele no respondió nada. Cuanto más profundo es el dolor, más tiempo tardan los sentidos en advertirlo. El forense también guardaba silencio.

—Sin embargo, la gota que colmó el vaso fue la familia —prosiguió ella para rellenar el vacío—. El hecho de que... esto también se dice por ahí —añadió para mantener el asunto a distancia, a fin de que cada vez tuviera menos que ver con ella—, esos tres imbéciles se pusieran en situación de dejarse chantajear...

—Escucha, solo una cosa más —la interrumpió Michele, que ya había entendido lo suficiente, lo había sabido antes de entrar, solo necesitaba entenderlo así, entendía incluso lo que seguía siendo un enigma, tan visible como el rostro de una mujer vislumbrado a través de una ventana azotada por la lluvia, las palabras que Alberto había dejado escapar sobre los dos aparejadores, detalles, matices que nunca sería capaz de vislumbrar en su totalidad, entendía lo suficiente, y, pese a todo, ahora no era el dolor sino su hermana, fuera un fantasma o la persistencia de su rastro, la viva huella que las personas a las que hemos amado dejan en nosotros para seguir condicionándonos, guiándonos, obsesionándonos con su voz incansable, este es su legado, la diferencia entre un cuerpo muerto y el que sobrevive, su hermana estaba enfadada, él podía sentirlo, pero necesitaba comparar las versiones.

–Sí –dijo la chica mientras se frotaba los ojos.

–Las veces que la veías –Michele se obligó a permanecer concentrado, como si la respuesta dependiera de ello–, ¿hablabais de vuestras cosas?

La chica se encogió de hombros. Bebió un sorbo del vaso.

–Bueno –dijo con cansado dominio–, a veces regresábamos juntas a casa, al final de las fiestas. Me llevaba en coche. Nos parábamos en un bar. Desayunábamos antes de irnos a dormir.

–Desayunabais juntas.

–Desayunábamos. Eso es.

–Y hablabais.

–Ya te lo he dicho. Comíamos un cruasán y…

–¿De qué hablabais?

La chica bajó los ojos, fingió una timidez que no sentía.

–Bah, de todo y de nada.

–¿De qué hablaba ella? –dijo Michele–. ¿Te habló alguna vez de su hermano?

–Tenía un hermano, sí. –La chica lo miró a los ojos–. Un oncólogo, creo. Uno bastante…

–Me refiero a *otro* hermano –susurró Michele con nerviosismo, su voz decía que ahora ya era suficiente, los elementos estaban ahí, solo había que actuar–, un hermano más pequeño, en Roma –insistió–, ¿te habló de él?

—¿Un hermano? ¿En Roma? No sabría decirte. No creo que hubiera un hermano también en Roma —respondió la chica con un deje de aburrimiento.

Unos minutos después, Michele se levantó del pequeño sofá. Les dio la espalda a ambos. Se encaminó hacia la salida. Debían de ser las tres de la madrugada.

La puertaventana se abrió de golpe, recorrió violentamente toda la extensión de su riel y se detuvo. Una figura humana salió del charco de luz del salón y se internó en el viento de la noche. Era un viejo de unos sesenta y cinco años, con los ojos abiertos de par en par y la camisa medio fuera de los pantalones. Miró a su alrededor. Una lluvia de manchitas rojas le había salpicado desde el cuello de la camisa hasta el borde de los puños. Avanzó unos pasos, vacilando, como quien intenta escapar de una pesadilla que su propio cuerpo ha generado. Se fijó en la nube de polillas que flotaban en el aire, atraídas por las luces de la casa de al lado. No era eso lo que buscaba. Bajó los escalones de la entrada, empezó a caminar por el césped. La expresión angustiada persistía en su alargado rostro gris. Oyó pasos detrás de él. Un segundo hombre, más alto y robusto, salió de la casa. Se tambaleaba. Luchaba con todas sus fuerzas para emerger de su estado de confusión. Alcanzó al otro hombre. Apoyó las manos con dificultad en el respaldo de una tumbona de plástico.

—¿Y bien?

—Maldita sea, no la veo —susurró el otro.

El tercer hombre estaba dentro, sentado en una butaca del sótano. Seguía sollozando mientras se miraba las manos manchadas de sangre.

En el primer piso de la casa de al lado, la señora Grazioli daba vueltas en la cama, nerviosa. No era la primera vez que armaban aquel jaleo. Cerró los ojos, intentó volver a dormirse.

Pocos minutos después del accidente, antes de que llegaran las ambulancias, encontraron el cadáver. Estaba a veinte metros de la carretera, abandonado en la hierba seca. Una suerte. La habían visto desnuda de recién nacida, y ahora tendrían que actualizar la imagen. Se miraron el uno al otro. La levantaron sin mucho esfuerzo, uno por los hombros, el otro sujetándola por los pies. En silencio, con pasos rápidos, con la luna casi llena iluminándoles el camino, el aparejador De Palo y el aparejador Ranieri llevaron el cadáver de Clara hacia el monovolumen.

Esa noche se reúnen todos en la villa del exsubsecretario. Están borrachos, medio colocados. O no beben, no fuman, en su vida han consumido drogas. Se desquitan con la chica. Le dan una soberana paliza. O quizá sucede otra cosa. *Deben* de estar borrachos. *Deben* de estar drogados. De lo contrario, no se explica cómo puede ella salir de la casa. Desnuda. Es en ese estado como ella cruza la carretera. Provoca el accidente. Es así como la encuentran. O tal vez le hicieron otra cosa. Qué otra cosa podrían haberle hecho. Qué estaban haciendo allí exactamente. En cualquier caso, la encuentran muerta. A estas alturas, él lo sabe. Siempre lo ha sabido. Actúa como si no lo supiera. Se convence a sí mismo de que no lo sabe. En su corazón ya no lo sabe. Eso es lo que más le conviene. Se las apañan para que la encuentren al pie del aparcamiento. Esa noche debe de haber descolgado el teléfono varias veces. Tiene que presionar a una serie de hombres. Chantajea a los tres, pero nunca de forma explícita. Una invitación a cenar, un funeral. Les manda saludos. Es suficiente que sepan que hay una razón por la que lo está haciendo. Olvida la razón. Por un momento lo sabe. Luego ya no lo sabe, como si nunca lo hubiera sabido. Ahora ya nadie es consciente de sus peores actos. Antes lo éramos. Ahora ya no. Sufrimos. Le echamos la culpa al mecanismo. Es como culpar a la naturaleza. Si no hay elección, tampoco hay culpa. Hacer algo en lugar de no hacerlo. Hacerlo.

Michele seguía dándole vueltas a todo esto mientras regresaba a pie a casa de su padre. Tras salir del club, recorrió toda la via della Repubblica. Ahora andaba por via Giulio Petroni. Cansado, entumecido, atravesaba los últimos remolinos del viento nocturno. Una acción concreta, voluntaria. Pasó por delante de la gasolinera IP. Miró los jardines de las villas envueltas aún en la penumbra. El silencio de los aspersores. La antigua parada del autobús 19. Sintió una opresión en el estómago. Tampoco estaba ya allí el quiosco de bocadillos. A lo largo del recorrido, desde el centro hasta la zona residencial de la periferia, había mantenido la vista fija en el borde de la carretera. Había mirado debajo de los coches aparcados. Las aceras. La gata. También estaba muerta. El follaje de los cipreses. Vio la fachada de la casa. Hacerlo en lugar de no hacerlo. Oyó la voz de ella.

Ahora Michele se movía por el jardín. Pasó junto a la fuente. Subió la escalinata. Por detrás de él, el gorjeo de los pájaros madrugadores. Abrió la puerta. Se quitó los zapatos. Subió al piso de arriba con cuidado de no hacer ruido, no fuera a ser que el repentino despertar de uno de los miembros de la familia turbara la perfección del momento. Un universo de espejos que se entrecruzan, el sueño lúcido dentro del cual el asesino se funde con la acción. Pasó por delante del cuarto de baño. La habitación de Gioia. Siguió recto. Por la ventana de su habitación vio que el cielo se teñía de rosa. Empezó a desnudarse. Hacía calor, pero estaba tiritando. Se agachó sobre los pantalones tirados en el suelo. Se levantó con un cigarrillo entre los dedos. Se metió en la cama. Las sábanas estaban recién lavadas. Apoyó la cabeza en la almohada. Encendió el cigarrillo. Dio una calada. Muy pronto, el nuevo día. Se durmió de golpe. Sintió ardor. Volvió a abrir los ojos. Dio otra calada. Se sacudió del pecho la ceniza que había caído inadvertidamente. Cogió el móvil de la mesita de noche. Se lo puso delante de los ojos. Pulsó la pantalla. La superficie de plástico se iluminó. Entró en Twitter.

@ClaraSalvemini:
@pablito82 Esta noche todo es posible.

20 retuits 15 favoritos

@pablito82:
@ClaraSalvemini ¿También vernos?

@ClaraSalvemini:
@pablito82 De momento, intenta imaginarme.

65 retuits 22 favoritos

@elmoralizador:
@ClaraSalvemini @pablito82 Danos alguna pista.

@ClaraSalvemini:
@elmoralizador @pablito82 Llevo un vestido corto de algodón, escotado por delante y por detrás, zapatos de tacón de 12 centímetros. Cremallera lateral.

70 retuits 25 favoritos

@laziale88:
@ClaraSalvemini Te estoy desnudando con la mirada.

El intercambio se interrumpía aquí. Michele extendió un brazo hacia el vacío. Dejó caer la ceniza al suelo. Tenía el corazón acelerado. Los días en que no había tenido que pensárselo dos veces antes de prenderle fuego a la casa. Contuvo la respiración. Algo más había aparecido en la pantalla.

@ClaraSalvemini:
@laziale88 Al parecer, lo has conseguido. Ahora solo llevo el aroma de mi cuerpo.

Michele se levantó de la cama de un salto. Corrió hacia la habitación de su hermana, con los ojos velados por la ira. Cuando llegó a la puerta, se detuvo. Nadie, hasta el último momento, debía ser arrancado de una felicidad que durante el resto de su vida entendería de manera retrospectiva como ilusoria. Michele retrocedió. Recorrió el pasillo en dirección contraria. Volvió a entrar en su habitación. La luz del día empezaba a inundarlo todo. Se acercó a la ventana. Cerró la persiana. Una acción que siga la música lejana de determinadas catástrofes naturales. Intervalos de frecuencias no perceptibles para el oído humano. Volvió a meterse en la cama. Cerró los ojos. Catástrofes que no avisan de su inminente llegada hasta que ya es demasiado tarde. Se durmió.

Al día siguiente comieron todos juntos. Ruggero pasaría más tarde. Michele masticaba despacio. Se sentía entumecido. La ligera desorientación de quien ha entrenado duro para un partido crucial y descansa el día previo. Los pájaros piaban en los árboles. Vittorio lo miraba con una pizca de pesar. Dentro de unos días se marcharía. El anciano lo observaba mientras se llevaba a la boca unos espaguetis con bogavante, mientras bebía vino blanco. Annamaria vigilaba la escena con neutralidad. A media comida, Gioia anunció que pasaría el mes de agosto viajando por Europa. Se marchaban hacia el este. Ella y un par de amigas. Grecia. Turquía. Michele preguntó si también tenían intención de visitar Chipre. El comedor estaba inundado de luz.

—Chipre —sonrió Gioia—, nos lo estamos pensando.

—¿Sabéis al menos que está dividida en dos?

El tono de Annamaria era ligeramente polémico. Su idea de una vuelta a la normalidad significaba hacer pasar un mal rato a su hija biológica para equilibrar la situación con respecto a él.

—Veréis el santuario de Afrodita —dijo Michele, imperturbable.

Antes de responder, Gioia le pidió a su padre que le pasara la guarnición de verduras. Michele se adelantó a Vittorio y le acercó la fuente. También sirvió vino. Gioia se llevó una zanahoria a la boca. Masticó. Sonrió.

—Pero a nosotras solo nos interesa el mar —dijo al final.

Michele sonrió a su vez. La Casa de los Cupidos en Pompeya, pensaba. La calma perfecta del día anterior.

Después de comer, tomó café en el porche con su padre.

—Así que te marchas —dijo Vittorio mirando la hierba alta frente a él, el laberinto de hojas de laurel iluminado por el sol.

—Tarde o temprano tenía que ocurrir —intentó bromear Michele.

Vittorio seguía mirando al jardín. Las arrugas alrededor de sus ojos le daban una expresión sabia. Oyeron el ruido de un coche. Al cabo de unos minutos, Ruggero apareció en el porche.

Besó a Vittorio en las mejillas. Luego abrazó a Michele. Con energía, calor humano. Le dijo a Vittorio algo sobre unos documentos contables que había que recuperar. El anciano hizo una señal de asentimiento con la mano. Ruggero entró en la casa. Vittorio reanudó la conversación.

—Hemos pasado una época difícil. —Recogió de la mesa la tacita de café, ahora ya fría. Bebió—. Una época terrible —continuó—, ¿para qué andarse con rodeos? En los últimos diez años habrás vuelto a casa tres o cuatro veces en total, y nunca por más de uno o dos días. Luego te quedas aquí dos meses, y es por esto. Lo siento mucho, quería decírtelo.

—Papá, no te preocupes. —Quería sacudírselo de encima.

Pero Vittorio no había hecho más que empezar.

—Tu hermana —dijo pronunciando cada sílaba—, y luego estos problemas que han estado a punto de hacernos saltar por los aires. He intentado no decíroslo demasiado claro, no quería asustaros. —Lo miró con intensidad—. Ahora, por suerte, todo se ha arreglado. Pero el daño es anterior, soy consciente de ello. Estos meses he estado reflexionando. Cómo no vas a reflexionar cuando pasa todo esto. —No dejaba de mirarlo, Michele sentía que la carga se hacía más pesada a cada segundo que pasaba—. Nunca me ha sido fácil abrirme —dijo Vittorio—, pero he llegado a la conclusión de que, si durante estos años apenas has vuelto a casa, no ha sido por maldad. Era porque en el fondo nunca has reconocido este lugar como tuyo. No lo consideras tu hogar. —Le temblaba la voz.

—Por favor, papá…

Michele se sentía incómodo. La turbación de su padre era sincera. Y, sin embargo, comprendió el truco. Era como escuchar la verdad, pero dicha de tal manera que saliera desfigurada, de modo que la vía de acceso a su origen quedara vedada para siempre.

—Si es así —continuó el anciano—, es culpa de tu padre. No puede ser de otra manera. Me dejé llevar por los problemas del día a día, durante años —entrecerró los ojos a causa del sol—, siempre con la cabeza gacha. Batallas terribles, sin pausas para reflexionar. No me di cuenta de cómo te sentías. Subestimé el estado de ánimo de tu hermana. Lo hago por mis hijos, pensaba. Solo que lo hacía de la manera errónea. Sin descansos ni vacaciones. Sin amigos. ¿Qué sentido tendría, de otra forma? —Está haciendo que todo sea más difícil, pensó Michele—. Siempre pensé en vosotros —dijo al final Vittorio—. Lamento que hubiera problemas. Te quiero.

Michele se inclinó hacia delante. Él no lo habría hecho. Pero era ella quien se lo pedía. Había que respetar las formas de una antigua tradición. El hecho de que Clara estuviera atenta incluso a esos pequeños detalles lo conmovió. Michele abrazó a su padre. Lo estrechó contra sí. Le dio un beso.

—Yo también te quiero —dijo.

De nuevo en el interior de la casa, subió a su habitación. Buscó el número en la guía telefónica. Llamó por teléfono a las oficinas administrativas de la ARPA. Ya había llamado una vez a primera hora de la mañana. Le habían dicho que volviera a llamar. Volvió a preguntar por el director técnico. La chica de la centralita lo puso en espera. La sinfonía *Júpiter* de Mozart. Luego, otra vez la telefonista. La cita estaba concertada.

Por la tarde, antes de marcharse, Ruggero también se detuvo a hablar con él.

Michele lo acompañó hasta el coche. La situación era extraña. Durante dos meses no había tenido prácticamente ninguna relación con aquel hermano más de diez años mayor que él. Los pacientes, la profesión, su perenne mal humor. Ahora, en cambio, sentía el magnetismo, la intención tácita de atraerlo hacia él.

Al llegar ante la verja, Ruggero se detuvo. El BMW descapotable aparcado a pocos metros. Pero no se movía.

—Sé lo que piensas de él en el fondo —dijo—, y no puedo decirte que te equivocas.

Michele se esforzó por no responder. Esperaba. Miraba el sol que convertía el parabrisas en un rectángulo de luz.

—Crees que es un cabrón —prosiguió Ruggero—, consideras que tal vez debería ser castigado. —Hizo una pausa—. No sé con quién has estado hablando estos días. De todos modos, no pueden haberte dicho nada que tú no supieras ya de sobra.

Michele se sobresaltó. Empezaba a temer que Ruggero supiera algo. Quizá lo habían llamado de la ARPA. Podía ser incluso que le hubieran contado lo de la noche anterior. O simplemente lo había intuido, con su sexto sentido. La presunción de tener a Michele como cómplice era una señal de la arrogancia de su hermano y al mismo tiempo de miedo.

—Y, pese a todo, no creo que debamos hacerle daño —continuó—. No somos nosotros quienes debemos hacérselo pagar.

—No lo entiendo —se aventuró a decir Michele.

—El castigo —dijo Ruggero—, nosotros no tenemos que mover un dedo. El castigo está al caer —hizo una mueca—, esto te lo puedo garantizar. Te lo garantizo como médico. El tiempo todo lo cura. —Hizo una pausa para que se tragara el acontecimiento al que aludía—. Y, en ese momento —continuó—, teniendo en cuenta todo por lo que nos ha hecho pasar, seremos compensados. Es lo que nos merecemos. No tenemos que ensuciarnos las manos.

—Quieres decir que heredaremos… —Michele estaba atento a no mover ni un solo músculo de la cara.

—Quizá no te imaginas lo que vale la empresa —dijo Ruggero—. Hasta que llegue el momento, la empresa tiene que seguir en pie.

—Sí, claro. Tienes razón.

—¿Estamos seguros? —preguntó Ruggero, con la vista clavada en el coche al otro lado de la verja.

—De acuerdo, ya te lo he dicho.

Hablar. Mentir. Hacer en lugar de no hacer. Es real. Voluntario. Tiene consecuencias.

Tensó los músculos. En cuanto los dos vehículos acabaron de pasar, se lanzó hacia delante. Sintió la muerte en la ráfaga de aire que aún no se había dispersado por el asfalto. Cruzó la carretera. Se internó entre los arbustos de lavanda. Por detrás de ella, otros vehículos pasaban ahora a toda velocidad. Empezó a correr por la hierba seca. Estaba agotada. Su pelaje reducido a una informe masa de un gris oscuro. Emanaba un hedor nauseabundo. Y tenía hambre.

En los días anteriores, la gata había ido deambulando por las calles de la ciudad. Mezclada con fragmentos de olores familiares, había percibido en el aire una brutalidad tan acendrada que se quedó aturdida. Grandes bolsas de basura. El hierro inerte de los coches aparcados. Y voces, ruido por todas partes.

A medida que avanzaba por las últimas zonas de la periferia, el grado de familiaridad había disminuido junto con la esperanza de encontrar el camino a casa. Un tipo diferente de brutalidad reducía el espacio para cualquier cosa que no fuera la mera supervivencia. Más que confundirla, la mantenía en tensión. Aguzaba sus sentidos. Lo que le llegaba a las fosas nasales podía descomponerse en una miríada de nuevas sensaciones. Aterradoras, embriagadoras, cada una cargada de matices a la espera de ser descifrada.

A pesar de estar a salvo, la gata siguió corriendo por la curva del campo iluminado por la luna. Veía las moreras a ambos lados. Luego los manzanos. Negras presencias que irradiaban energía. En un momento dado, algo salió disparado por el lado derecho. Una oscura masa corporal que se aproximaba. Se desvió hacia la izquierda y fue engullida por la oscuridad. Comenzó a perseguirla de nuevo. La parte de la gata que recordaba su vida en cautividad lo interpretó como una invitación al juego. Luego estaba la otra parte. Entonces, sin saber por qué, se dirigió a un manzano que se alzaba entre la masa indistinta de maleza. Aceleró. De pronto se dio la vuelta para que su perseguidor tuviera el árbol detrás.

Ambos animales se detuvieron. Se agazaparon uno frente al otro. No los separaban más de diez metros.

La rata de alcantarilla la enfocó con sus ojitos brillantes. Sus incisivos eran tan grandes que la obligaban a mantener la boca entreabierta. Se lanzó contra ella. Antes de que pudiera atraparla, la gata saltó rozando el cuerpo de la rata y, cuando volvió a caer sobre la hierba, sus garras estaban extendidas. Ahora era ella quien tenía la desventaja del árbol a su espalda. Se erizó por completo. La rata se levantó sobre sus patas traseras. Pero estaba herida. La gata se llevó la pata derecha al hocico, la lamió. Eso fue lo que inclinó definitivamente la perspectiva. El sabor de la sangre la conmocionó. Toda la parte que había estado abajo se le subió arriba, sin dejar espacio para nada más. Se lanzó hacia delante. La rata a su vez se abalanzó hacia ella, con la boca abierta para matar. Con extrema precisión, las garras de la gata atravesaron en diagonal los ojos del roedor. La rata cayó de costado. El felino se le echó encima. Le hundió los dientes en la dura piel del cuello. Mientras luchaba, sabía: sabía y recordaba al mismo tiempo. La rata chillaba desesperadamente. Algo denso y profundo borbotó en la garganta de la gata. Había encontrado la arteria. Estaba excitada, eléctrica. Sintió a la rata dar el último estertor bajo la luz de la luna.

—De este modo todo el mundo acabaría arruinado —dijo el director técnico—, espero que te des cuenta.

Estaban a pocos metros del mar, sentados a una de las mesas al aire libre de un restaurante al que aún no había llegado nadie. Las diez de la mañana. Detrás de ellos, medio oculto por los parterres de suculentas, se alzaba el gran edificio de la Agencia Regional de Protección Ambiental. El cielo sobre la ciudad estaba despejado y sereno.

Cuando Michele había empezado a hablar, el director técnico no estuvo seguro de haber entendido bien. La petición de incluir los alrededores de Porto Allegro en la zona de supervisión podría haber sido una provocación. Una forma de decirle que ciento cincuenta mil euros era demasiado. Habían enviado al miembro más desvergonzado de la familia para pincharlo. Pero ¿por qué ahora, cuando el contrato estaba firmado? No lo entendía.

Luego, al seguir escuchándolo, se dio cuenta de que el joven no bromeaba. Realmente le estaba pidiendo que no hiciera la vista gorda. Que mantuviera los ojos bien abiertos. Que husmeara. Que comprobara. Que colocara unidades móviles de vigilancia en las tierras de su padre. Detectores de plomo, de mercurio. Los equipos para evaluar los niveles de gas radón.

—Pero ¿qué clase de petición es esta?

—Me parece que no hay nada más que explicar.

Mientras hablaba, podía sentir a Clara rozándole la piel, lo que hizo que no le temblara ni un ápice la voz. Natación sincronizada. Gimnasia artística. Una de esas disciplinas en las que cada célula participa en el resultado.

Entonces el director técnico cruzó los brazos. Lo miró con conmiseración. La oveja negra. Todas las familias tenían una. Rencorosos y sedientos de venganza. Por suerte, solían ser unos incompetentes redomados. Pretendían volar puentes sin saber nada de dinamita.

—No sé de qué me estás hablando.

En ese momento, Michele sacó del bolsillo de sus pantalones la fotocopia del contrato de asesoría. Se la entregó.

El director técnico encajó el golpe sin dejar que se notara. Ahí estaba la dinamita. El viejo Salvemini debía de chochear si consentía que un loco como ese tuviera acceso a los documentos.

—¿Y quién me garantiza a mí que si incluimos el complejo turístico en la supervisión, después no dejarás que circulen igualmente estos papeles?

Visto cómo estaban poniéndose las cosas, primero había que protegerse uno mismo.

—No incluya Porto Allegro en la supervisión y puede estar seguro de que los documentos circularán.

Michele debería habérselos dado primero a Sangirardi. Se lo había prometido. Se había comprometido a ello y no lo había respetado. Sentía el viento caliente en la cara.

—Muy bien —dijo el director técnico—, veo que has decidido causar problemas a tu gente. No sé qué te habrán hecho ellos para empujarte a hacer algo semejante. Pero a lo mejor no te imaginas cuáles pueden ser las consecuencias…

—Me imagino perfectamente las consecuencias de mis actos. Soy incapaz de imaginar otra cosa, por si le interesa saberlo.

—Escucha, Michele. —El director técnico desplegó sus últimas reservas de autoridad, que no existían, y que paradójicamente habrían permanecido intactas si Michele no le hubiera puesto la fotocopia del contrato delante de sus narices—. Quizá no te das cuenta del enorme lío que va a provocar esta nueva inspección. No será una supervisión como las demás. Tendríamos que haber llegado a este punto hace unos años.

La situación general no lo permitía. Quieres hacer algo. No te dejan hacerlo. Entonces insistes y al cabo de un tiempo lo consigues. Así es como funcionan las cosas en el mundo de los adultos. Encontraremos concentraciones de arsénico en el agua cinco veces superiores al límite legal. Los niveles de dioxina resolverán el problema de los directores de los periódicos sobre qué publicar en la primera página durante semanas. Saldrá lo del plomo y saldrá lo del cobre. Han muerto un montón de animales. Mucha gente lo pasará mal. Enfermarán niños que aún no han nacido. Son estadísticas –continuó–, lo más grave ocurre en la otra costa. Pero una parte también ha llegado hasta aquí. Será imposible limpiar una zona tan vasta y será imposible recuperarla al completo. –Suspiró como si necesitara aliviar la tensión–. Tu padre –dijo mirándolo de nuevo–, tu padre no tiene absolutamente nada que ver con este asunto de los residuos tóxicos. La semana pasada fue absuelto de todos los cargos de haber violado las restricciones hidrogeológicas y forestales durante la construcción de esas casas. Restricciones tan complicadas que habría hecho falta todo un equipo de filósofos para interpretarlas. Toda una maraña de leyes y contraleyes. Sin embargo, tu padre no incumplió ninguna. Respetar esas normas al pie de la letra es imposible, pero él lo consiguió. El juez de instrucción tuvo que reconocerlo. Piensa en ello. Tu padre respetó las restricciones *ordinarias*, lo que significa que tuvo cuidado de no arrancar ni un solo roble albino. Y ahora –negó con la cabeza, incrédulo–, ahora tú pretendes que vayamos a averiguar si en algún lugar del complejo no habrá enterrado por casualidad algo que quema. Bueno –dijo con dureza–, por supuesto que habrá algo que no debería estar ahí. Quien busca encuentra. Lástima que tu padre no se llevara ni un céntimo. ¿Alguna vez lo has pensado? A lo mejor lo obligaron a hacerlo. ¿No se te ha pasado por la cabeza que tal vez no tuvo elección? Que alguien, mientras estaban construyendo ese maldito complejo, le pidió amablemente que dejara los trabajos. Solo unos días. El tiempo justo para entrar con una excavadora y un par de camiones, hacer lo que había que hacer y largarse. Tu padre no sacó de ello ni un euro. Al contrario. Perdió días de trabajo. La alternativa era que amablemente le hicieran saltar las obras por los aires. O que le hicieran daño a alguno de sus seres queridos.

—Por desgracia, no me está convenciendo —dijo Michele.

Sentía que ella le apretaba la mano, como cuando eran niños. Estaba a su lado. Estaba encima de él, dentro de él. En todas partes.

—Al hacer esto no solo estás causando problemas a tu familia —el director levantó las manos, mostró las palmas como si el chico fuera un fenómeno atmosférico desprovisto de una voluntad con la que se pudiera razonar—, no solo les estás ocasionando una gran pérdida económica. Si vamos allí y encontramos algo, están realmente jodidos. No me refiero solo a la empresa. Me refiero a delitos muy graves. Te estás arriesgando a arruinar para siempre a alguien que hizo cosas porque no tenía elección…

—Eso no es verdad.

Michele la sintió en su máxima intensidad. Entonces Clara se desvaneció.

—No es verdad en un mundo ideal —respondió el director técnico—, no es verdad en las películas ni en las novelas. Quizá no era del todo verdad cuando nacimos. En el siglo XXI sí lo es.

Michele permanecía en silencio. El cielo sobre sus cabezas era una lámina de color turquesa y Clara lo había abandonado. Había ocurrido así. Ella lo había soltado. Lo había dejado solo en el mundo. Libre para siempre.

—¿Sabes qué disciplina explica mejor el nuevo siglo? —siguió diciendo el hombre.

Una ligera brisa marina les alborotaba a ambos el pelo.

—La etología —se respondió el director técnico—. Pon a un zorro hambriento delante de un grupo de conejos. Ve corriendo a una plaza llena de palomas y las verás volar. Encuéntrame una paloma que no eche a volar.

—No somos animales, hacemos cosas raras —dijo Michele.

Se sentía desconcertado. Estaba mareado. Delante de él ya no estaba Clara, sino los días que aún estaban por llegar. El espacio vacío y aterrador, una inmensa página en blanco.

—Hacemos lo que la naturaleza ha decidido por nosotros. Los límites están bastante claros —respondió el hombre.

Michele lo miró a los ojos. ¿Qué sentido tenía, si ella ya no estaba allí? Sintió un escalofrío en las piernas.

—Nos comportamos de una forma absurda. Somos imprevisibles —dijo entonces, y fue como dar los primeros pasos sin que Clara lo llevara de la mano, caminar en línea recta después de haber tirado al suelo las muletas—. En el pasado alguien hizo por mí algo que no podía hacer. Acciones contrarias a las leyes de la naturaleza. Me hicieron el bien sin ningún motivo práctico, y ahora yo estoy haciendo esto. Esta cosa antinatural. Absurda incluso para mí. Un milagro. Piénselo.

Después de haber permanecido escondido tanto tiempo, empezó a tomar forma. A Michele le parecía verlo por fin. El futuro. Magnífico y feroz como las fauces abiertas del tigre sobre el que había leído de niño.

El director técnico bajó las manos en señal de rendición.

—Está bien —dijo—, no se hable más.

EPÍLOGO

Los primeros en entrar fueron los niños.

Abrieron la puerta de la villa de par en par después de dos años sin que nadie lo hiciera, y empezaron a correr por el pasillo. Levantaron polvo y yeso, desaparecieron dejando tras de sí una nube blanca. Él tenía siete años. La pequeña, cinco. Los pasos resonaron donde presumiblemente había estado el salón. Sin los muebles, no resultaba fácil orientarse.

Llegó luego el turno del padre. Pasó de la dorada luz otoñal a la penumbra del vestíbulo, seguido por el arquitecto. Notaba el olor en el que se sumergen las viviendas hechas por el hombre cuando están abandonadas, y donde otros hombres, atrapados en un juego sin fin, sienten la necesidad de establecer un nuevo orden.

El nuevo propietario tenía poco más de cuarenta años. Alto, con la tez olivácea. Se había casado en 2004, pero hacía poco que las cosas habían empezado a irle bien económicamente, e incluso así no habría podido permitirse aquella casa.

Vio salir a sus hijos de la blanca nebulosa que era la boca del pasillo. Figuras nacidas de la luz. Se reían. Pasaron corriendo junto a él y el arquitecto. Subieron corriendo las escaleras. Había sido la villa del *podestà* local. Un senador la había vendido a principios de los setenta. Luego, un golpe de suerte. Los últimos propietarios se habían visto envueltos en un escándalo, y la consiguiente ruina económica los había obligado a deshacerse de ella rápidamente.

Entraron en una habitación oscura y sin aire, con las persianas bien cerradas y los pernos echados durante dos veranos seguidos. El polvillo de pintura reseca se arremolinaba en un riachuelo de luz. El arquitecto estaba dando su sermón sobre la necesidad de renovar los tabiques. El nuevo propietario le sugirió echar un vistazo a la planta superior. Allí los niños jugaban a perseguirse. Iban de habitación en habitación. Hasta que la pequeña encontró una puerta cerrada con llave. Giró la manija. Empujó, tiró con todas sus fuerzas. Fue inútil. La puerta no se abría. Entonces se le unió su hermano.

El arquitecto giró sobre sus talones, se alejó hacia las escaleras.

Al quedarse solo, el nuevo propietario se detuvo unos minutos en la penumbra, como si esa fuera también su misión. Sopesar la sinfonía del deterioro antes de ponerle remedio. Había algo que lo fascinaba, pero no sabía explicárselo. Así que dio un paso adelante. Hizo presión sobre la puerta hasta que se abrió de par en par. La luz se multiplicó radialmente. Vio la cocina. Entró en ella. Superó la mosquitera medio salida del marco de la puertaventana que daba al otro extremo del jardín.

El sol de septiembre volvió a calentarle la cara, encerrando sus sentidos en el bienestar de un recorrido circular. Ahora se encontraba en el porche. Una montaña de muebles cubiertos de polvo permanecía apoyada contra la cristalera. Tumbonas, carritos, el toldo de lona de un viejo balancín. Unos encima de otros. Como si los hubieran amontonado apresuradamente o alguien los hubiera arrojado al rincón en un horrible ataque de ira.

Intentando que no cayera nada, el nuevo propietario sacó una tumbona. Limpió el polvo del asiento y del respaldo lo mejor que pudo con un pañuelo de papel. Arrastró la tumbona hasta el borde del césped. Se acomodó en ella. Ajustó la inclinación y miró al frente. Maleza. Rosales silvestres. Oía los gritos de los niños en el extremo opuesto del jardín. Más allá del frondoso follaje de los árboles, en lo alto, dos cuervos se perseguían en el vacío. Surcaban la misma superficie azul que millones de años antes había pertenecido a los reptiles voladores. Debería llamar por teléfono a su mujer. El sol, suavizado por las hojas del eucalipto, le caía sobre la frente. El hombre cerró los ojos. Estaba tan seguro de su ración de buena suerte que se deslizó en el sueño y en el error sin darse cuenta.

NOTA DEL AUTOR

Todas las referencias a hechos, personas e instituciones realmente existentes son pura coincidencia. Se han introducido aquí y allá pequeños cambios en la topografía de los lugares mencionados, o en las referencias cronológicas a hechos históricos conocidos, noticias o costumbres, por exigencias dramáticas. Doy las gracias a todos los que me han apoyado durante los complicados años que ha requerido la escritura de esta novela. A mis amigos de siempre. Al equipo editorial. A quienes me han proporcionado consejos técnicos (médicos, jurídicos, urbanísticos) que he utilizado o evitado según las necesidades. A quienes me han invitado a cenar, casi todas las semanas, a pocos pasos de casa. A Giovanna, que entretanto ha hecho una niña. Especialmente los lunes, el libro está dedicado a Chiara, médium.